Kim Landers

KARPATEN FÜRST

Erotischer Vampirroman

Plaisir d'Amour Verlag

KIM LANDERS

KARPATENFÜRST

EROTISCHER VAMPIRROMAN

© 2010 Plaisir d'Amour Verlag, Lautertal
Plaisir d'Amour Verlag
Postfach 11 68
D-64684 Lautertal
www.plaisirdamourbooks.com
info@plaisirdamourbooks.com
Coverlayout: Andrea Gunschera,
©Coverfotos: Shutterstock (Iia Dukhnovska, Yarygin)
ISBN 978-3-938281-65-9

Prolog
Anfang 15. Jahrhundert, Törzburg, Transsilvanien

Die Schlachtrufe waren längst verklungen, aber der Krieg um die Herrschaft in den Karpaten dauerte noch an. Erst wenn der Letzte der Rebellen aufgeben würde und ihm, seinem Fürsten, die Treue verspräche, wäre er beendet. Seit Einbruch der Dunkelheit standen sich Valerij und Razvan, der Anführer eines Werwolfrudels, im Zweikampf gegenüber. Stunden waren seitdem vergangen, in denen nichts die Stille durchbrach als ihr Keuchen und Kampfgebrüll. Ihre Gefährten zu beiden Seiten der Zugbrücke beobachteten mit angespannten Mienen das Schauspiel. Das Werwolfrudel knurrte zornig bei jedem Schlag, den ihr Anführer erhielt, während die Vampire im Burghof eher versteinert wirkten. Valerijs Hemd klebte zerfetzt und blutdurchtränkt an seinem Körper. Sein Gegner hatte es ihm weiß Gott nicht leicht gemacht. Doch nun verloren seine Attacken an Treffsicherheit und Tempo, was Valerij aufatmen ließ. Aber auch seine Kräfte erlahmten, jedoch nicht so schnell, weil er nicht in blinder Rage wie sein Gegner zugeschlagen, sondern mehr auf Angriffsstrategien gesetzt hatte. Die tiefe Risswunde am Bauch, die ihm der Werwolf mit einem Hieb seiner Klauen verpasst hatte, schmerzte und behinderte ihn bei jeder Bewegung. Zusammen mit dem Geruch seines eigenen Blutes entfachte das in Valerij unbändigen Zorn, der nach Vergeltung schrie. Er sprang hoch und drehte sich in der Luft, um den Werwolf mit einem Tritt zu Fall zu bringen. Getroffen jaulte der Werwolf auf, bevor er auf die Seite kippte. Würde er noch einmal aufstehen oder bedeutete es das erhoffte Ende dieser unseligen Fehde?

Valerij verharrte gespannt auf der Stelle, ohne den Werwolf aus den Augen zu lassen, der seine Vorderläufe aufrecht stellte, um sich hochzudrücken. Das leichte Schwanken Razvans, als er sich von der Zugbrücke aufrappelte und auf allen vieren stand, entging Valerijs Blick nicht. Der Werwolf blutete aus zahlreichen Wunden, die er ihm zugefügt hatte. Jede seiner Bewegungen wirkte schwerfälliger. Aber er hatte es nicht anders verdient. Wer sich Valerij nicht unterwarf, bekam seinen Zorn zu spüren. Und er besaß das Recht dazu, das aus einem uralten Pakt resultierte, den die Werwölfe, wenn auch widerwillig, akzeptiert hatten. Als der hitzköpfige Razvan vor wenigen Jahrzehnten die Rolle des Rudelführers übernommen hatte, musste er einen Schwur darauf leisten. Doch den hatte er in dem Moment gebrochen, als er beschloss, seinen Fürsten zu stürzen. Von Bitterkeit erfüllt, ballte Valerij seine Hand zur Faust. Razvan verdiente keine Gnade. Die Machtgier des jungen Werwolfs schien grenzenlos zu sein, und er überschätzte oft seine Stärke. Es war Zeit, ihm eine Lektion zu erteilen. Valerij wollte ihn so lange im Staub kriechen sehen, bis sein Wille gebrochen war und er endlich nachgab.

„Ergib dich endlich, Razvan!", forderte Valerij und entblößte fauchend seine Fangzähne. Hasserfüllt, aber klar funkelten ihn die gelben Augen des Werwolfs an. Würde er niemals aufgeben? Valerijs Geduld war am Ende. Eine Kapitulation seines Rivalen wäre ein größerer Erfolg, als ihn zu vernichten. Nach Razvans Ende würden sie ihn vielleicht zum Märtyrer erklären und einen neuen Rudelführer wählen, der gerissener und stärker sein könnte und eine weitaus größere Gefahr für das Bündnis darstellte. Aber den Werwolf zu verschonen, bedeutete, auf einem Pulverfass zu leben, das irgendwann explodieren würde. Nie war ihm eine solche Entscheidung schwerer gefallen.

„Nein." Razvan war noch immer nicht zu einer Kapitulation bereit. Er versuchte, sich erneut auf Valerij zu stürzen, obwohl seine Hinterbeine wegknickten.

„Du bist am Ende, deine Sinne sind getrübt. Gib endlich auf und unterwirf dich."

"Ich beuge mich keinem Vampir", stieß der Werwolf heiser hervor und taumelte auf Valerij zu. Die Entscheidung war gefallen - er musste den unbeugsamen Razvan vernichten.

„Wie du willst. Du hast nichts anderes verdient." Valerijs Stimme klang jetzt Oktaven tiefer und verzerrt, wie immer, wenn sich im Zorn seine dämonische Natur offenbarte. Mit einem Satz sprang er so schnell vor, dass es ihm gelang, den Werwolf zu überrumpeln und durch die Luft zu schleudern. Das Rudel jaulte auf, als Razvan auf den Boden krachte. Als er reglos liegen blieb, verstummten die Werwölfe. Sollte das wirklich das Ende Razvans sein? Valerij mochte es kaum glauben, dass der klobige, vor Kraft strotzende Werwolf sich nicht mehr erheben würde, um weiter gegen ihn zu kämpfen. Fast vermisste er seine Attacken. Ein Zittern durchlief Razvans Flanken, und roter Schaum trat aus seinem Maul. Valerij blickte auf den Feind hinab, der mit rasselndem Atem zu seinen Füßen lag und suchte in dessen Blick die Demut, die er von ihm erwartete. Doch der Ausdruck in seinen Augen wirkte starr und wie gewohnt feindselig. Valerij spürte, dass der Werwolf noch immer innerlich mit sich rang. Aber er konnte nicht länger zögern, seine Gefährten und das Rudel forderten eine Entscheidung. Er wartete eine kurze Weile, bevor er sich neben den am Boden Liegenden kniete und sich über den massigen Körper beugte, um ihn mit einem letzten Biss zu vernichten. Bevor sich seine Zähne in die Halsschlagader seines Gegners versenkten, ging ein Ruck durch Razvans Körper. Sein Maul öffnete sich langsam.

„Ich ... ergebe ... mich", flüsterte er und schloss die Augen.

Nach jahrelangen blutigen Fehden war es Valerij endlich gelungen, seinen letzten Widersacher in die Knie zu zwingen. Er frohlockte über diesen

Triumph, stand auf und erhob seine Hand.

„Ihr habt gehört, was euer Anführer gesagt hat. Ab jetzt habt auch ihr euch meinem Willen zu unterwerfen. Für eure Rebellion verbanne ich euch nach Bukarest! Nehmt euren Anführer und verlasst die Karpaten!", rief Valerij ihnen zu. „Wagt es nie mehr, Bukarest zu verlassen, sonst schicke ich euch in die Hölle."

Razvan lauschte Valerijs Worten, aber er war zu geschwächt, um sich gegen den Bann zu wehren. Er hasste den Karpatenfürsten, der ihn vor den Augen seines Rudels gedemütigt hatte. Irgendwann würde Valerij cel Bâtrân diesen Tag verfluchen. Razvans Kräfte würden wachsen, genauso wie sein Verlangen, den verabscheuungswürdigen Vampir zu vernichten. Er sehnte sich nach dem Tag der Rache und konnte es kaum erwarten, es ihm heimzuzahlen. Wann? Wenn das Schicksal es bestimmte. Er besaß alle Zeit der Welt, denn vor ihm lag die Ewigkeit.

1.
Prag, Frühjahr 1841

Der Vorhang wurde mit einem Ruck beiseite gerissen. Erschrocken zuckte Oana zusammen und fuhr auf dem Hocker herum. Wer zum Teufel war so dreist und störte sie bei ihrer Abendtoilette? Sie hasste es, wenn jemand ungebeten den Kopf hereinstreckte und ihr ungeschminktes, bleiches Gesicht sah. Hastig klopfte sie mit den Fingern auf ihre Wangen, damit sie ein wenig rosa Farbe annahmen.

Ein elegant gekleideter Mann trat ein und füllte mit seiner Statur den winzigen Raum aus. Unter seinem grünen Frack glänzte eine Seidenweste mit aufwendiger Stickerei. Seine langen, schlanken Beine steckten in einer hellgrauen Wollhose und endeten in schwarzen Stiefeln. Er trug eine Reitgerte in der Hand und schlug sie lässig in seine Handfläche.

Seine schwarzen Augen blickten amüsiert auf sie herunter. Ihr Herz klopfte heftig. Bei Gott, sie hatte fast vergessen, wie gut er aussah und welche Anziehungskraft er noch immer auf sie ausübte.

Die goldglänzenden, kunstvoll drapierten Locken, die sein jungenhaftes Gesicht umrahmten und ihm das Aussehen eines Engels verliehen, bildeten den perfekten Kontrast zu seiner schwarzen Seele. Genau dieser Gegensatz faszinierte sie und zog sie magisch an.

„Was willst du?", fragte sie mit heiserer Stimme.

Seine Lippen verzogen sich zu einem Lächeln, das jede Frau wie Butter in der Sonne schmelzen ließ.

„Was werde ich schon wollen, Oana?" Ehe sie antworten konnte, stand er so dicht vor ihr, dass seine Kälte sie einhüllte und Schauer über ihren Körper liefen, die als lustvolles Ziehen in ihrem Schoß endeten. So war es immer gewesen, seitdem sie ihn kannte. Die Gefühle, die er auslöste, waren mächtig und nahmen von ihr Besitz. Nur ein Blick genügte, sie gefügig und willenlos zu machen.

Seine Besuche waren selten, und wenn er kam, verlangte es ihm nach Befriedigung seiner Lust. Sie hatte ihm diese immer gegeben. Auch heute würde sie sich nicht verweigern. Er spielte mit ihr, das war ihr klar. Aber sie empfand mehr für ihn. Es war eine unerwiderte Liebe, die sich nur von der Hoffnung auf ein Wiedersehen nährte und ihr einsame Nächte bescherte. Sein Blick glitt von ihrem Gesicht zu ihren harten Brustwarzen, die sich deutlich unter dem dünnen Leibchen abzeichneten. Sie trug das ungewöhnliche und wenig reizvolle Unterhemd unter den Kleidern, weil die Nächte in den Karpaten kalt waren. Es zog durch jede Ritze des Planwagens. Bei jeder Bewegung rieb der Stoff an ihren empfindlichen Knospen. Das erregte sie in seiner Gegenwart und erinnerte an ihre Liebesspiele, in denen er so lange mit Zunge und Lippen ihre Brustwarzen liebkost hatte, bis sie rot und wund waren. Es hatte bei jeder Berührung gebrannt wie die Bisswunde an ihrem Hals von ihren Freiern. Ihre Hand ertastete den Schorf am Hals, der sich über den Löchern gebildet hatte.

Doch das Brennen stand in keinem Vergleich zu dem Feuer, das jetzt in ihr unter seinem begehrlichen Blick aufflackerte.

Oana empfand mehr für ihn, als es zuträglich war. Wie oft war sie gewarnt worden, sich nicht an ihren vampirischen Beschützer zu verlieren. Schon als Dreizehnjährige hatte sie ihn vergöttert, nachdem er sie in der Gosse Prags aufgelesen hatte, damit sie nicht mehr um jedes Stückchen Brot betteln musste. Sie war ein Kind gewesen, das durch die Realität der Aussicht auf ein glückliches Leben beraubt worden war und in einer Welt ohne Sonnenschein lebte. Bis sie ihm begegnet war. Erst durch ihn kehrte Licht in ihr tristes Dasein. Dafür war sie ihm unendlich dankbar.

In letzter Zeit waren seine Besuche selten geworden, weil er sich immer öfter mit jüngeren Weibern vergnügte, deren Haut noch rosig schimmerte und deren Blut frisch und nicht so schal schmeckte wie das ihre. Die Eifersucht quälte sie immer mehr. Ihr blonder Todesengel gehörte zu ihr. Sie wollte ihn nicht teilen, und doch wusste sie, wie unmöglich es war. Nach einiger Zeit wurde er den albernen Gänschen überdrüssig und kehrte zu ihr zurück. Dann gehörte er wieder ihr. Für einen Moment ihres verfluchten Lebens.

Noch galt sie bei den Vampiren als schön und verführerisch. Aber Schönheit war vergänglich. Bei der Vorstellung, wie eine Rose zu verwelken, schluckte sie und verdrängte den Gedanken schnell wieder. Es machte sie trübsinnig. Hier und jetzt stand er vor ihr, nur das zählte.

Lasziv rekelte sie sich auf dem Hocker und bemerkte das begehrliche Aufblitzen in seinen Augen.

„Wie wünschst du es heute? Welche Stellung? Mein Körper gehört wie immer dir."

Lächelnd lehnte sie sich so weit auf dem Hocker zurück, bis ihr Rücken Halt an der Plane des Wagens fand. Langsam schob sie den Unterrock über ihre Oberschenkel, bis ihre rasierte Scham zum Vorschein kam. Unterwäsche trug sie nur bei Eiseskälte. Das war praktischer. Schließlich konnte sie nie ahnen, wann ein Freier sie begehrte und musste schnell ihre Röcke lüpfen.

Sie spreizte die Beine und präsentierte ihm ihre Schamlippen. Gebannt beobachtete sie jede Regung seiner Miene. Im Kerzenschein funkelten seine Augen wie Smaragde. Die Augen eines wilden Tieres, das sie voller Gier betrachtete. Er straffte seine Schultern und legte seine Hände auf die ausgeprägte Beule in seiner Hose. Langsam rieb er daran auf- und abwärts. Seine andere Hand umklammerte die Gerte und schwang sie durch die Luft. Sie konnte ihn noch immer erregen, was sie beflügelte, ihn weiter zu reizen.

Mit dem Zeigefinger strich sie über ihre feuchte Spalte und hielt ihn anschließend hoch. Sie wusste, dass ihn der Geruch ihrer Wollust verrückt machen konnte, denn Vampire besaßen einen sensibleren Geruchssinn. Seine Nasenflügel blähten sich vor Erregung. Tief sog er den Duft ihres Körpersaftes ein und leckte sich über die Lippen, bevor er sich mit einem Knurren zwischen ihre geöffneten Schenkel kniete. Er beugte seinen Kopf weit vor, um an ihr zu schnüffeln wie ein Hund, der die Hitze einer läufigen Hündin begutachtet. Aber er berührte sie nicht. Noch nicht.

Ihre Beine zuckten, als seine kalten Finger plötzlich sanft über ihre Oberschenkel strichen und sich auf Entdeckungsreise zu ihrer Mitte begaben. Scharf sog sie die Luft ein und krallte ihre Hände um die Hockerbeine, als seine Finger in sie eindrangen und wieder, begleitet von einem schmatzenden Geräusch aus ihr hinausfuhren, um kurz darauf erneut tief in ihr Innerstes vorzustoßen. Das Gefühl, einen Eiszapfen in sich zu spüren, dessen Kälte von ihrem glühenden Unterleib in Besitz nahm, steigerte ihre Erregung. So hatte er sie damals als Jungfrau vorbereitet, sie geweitet, bevor sein mächtiger Phallus sich in ihr versenkte.

Sie spürte, wie auch er vor Erregung zitterte, wenn seine Finger in sie eintauchten. Dann drehte er die Gerte in seiner Hand und führte vorsichtig den Knauf in sie ein. Der fühlte sich im Gegensatz zu seinen Fingern rau und uneben an, aber herrlich steif, als er über ihre Perle glitt. Langsam bewegte er die Gerte im Kreis, und sie stöhnte auf. Sein Liebesspiel wurde von Mal zu Mal variantenreicher und quälender, sodass sie danach fieberte, seine Männlichkeit in sich zu spüren.

Zu ihrer Enttäuschung zog er sich zurück, warf die Gerte beiseite, doch nur, um hastig seine Hose aufzuknöpfen. Ihr Puls klopfte in freudiger Erwartung bis zum Hals. Jetzt würde sie den Teil von ihm sehen, der ihr die größten Freuden bereiten konnte. Ihre zittrigen Hände halfen ihm, die Hose über die Hüften zu streifen. Der Anblick seines entblößten, prachtvollen Gliedes, das sich wie eine Kerze emporreckte, entzückte sie.

Fast zaghaft streckte sie die Arme aus und fuhr sanft mit den Fingern über die feuchte Spitze.

„Nicht so zaghaft. Weiter", forderte er. „Mehr, fester."

Dieser Aufforderung kam sie gern nach. Ihre Hände umfassten seinen samtigen Schaft und massierten ihn von der Spitze bis zur Wurzel. Er warf den Kopf in den Nacken und reckte ihr sein Becken entgegen. „Noch fester", presste er zwischen zusammengebissenen Zähnen hervor.

Sofort intensivierte sie die Massage und spürte, wie sich auch ihre Erregung steigerte. Wellen der Lust liefen ihren Körper hinab und brachten sie zum Keuchen. Ein irrsinniges Prickeln entstand in ihrem Schoß, das sie fast um den Verstand brachte. Sie konnte es kaum abwarten, ihn in sich zu spüren. Mit geschlossenen Augen befingerte sie seinen prallen Hodensack. Als sie mit den Nägeln in die empfindliche Haut zwickte, stöhnte er auf. Sie kannte seinen Körper gut genug, um zu wissen, wonach er verlangte. Immer fester kniff sie in das pralle Fleisch, bis er lauter stöhnte.

Plötzlich packte er sie an den Schultern und riss sie vom Hocker hoch. Ihre Haut glühte vor Wollust wie im Fieber. Mit einem Ruck drehte er sie herum und beugte sie so weit vor, dass sie sich mit den Händen an der Wand des Planwagens abstützen musste, um Halt zu finden. Seine Hände zerrissen das Leibchen, das ihn hinderte, ihre nackten Brüste zu liebkosen. Geschickt zwirbelten seine Finger ihre Knospen. Das Blut jagte heiß durch ihre Adern und steigerte die Hitze in ihrem pulsierenden Schoß.

Während seine Hände ihre Brüste umspannten und derb durchwalkten, schob er ihren Rock hinauf und drückte sein zuckendes Glied zwischen ihre Pobacken. Langsam rieb er es in ihrer Ritze auf und ab. Sie drängte sich fester an ihn, stellte sich auf die Zehenspitzen und reckte ihren Hintern höher, in der Hoffnung, dass er endlich in sie eindrang und von der sich bis ins Unermessliche steigenden Erregung erlöste. Aber er trieb dieses quälende Spiel weiter und lachte leise in ihr Ohr.

„Du musst darum betteln, dass ich dich nehme, Hure. Ich bin dein Herr und Gebieter", raunte er an ihrem Hals. Seine Nasenspitze fuhr über die weiche Haut ihrer Halsbeuge. Dann knabberten seine Reißzähne bereits an der Stelle, unter der ihre Schlagader pulsierte. Wenn er sie während des Höhepunktes in den Hals biss und ihr Blut trank, wurde sie jedes Mal von Begehren erfasst, das wie eine Flutwelle über ihr zusammenschlug und bunte Punkte vor ihren Augen tanzen ließ. Das Brennen der Wunde verstärkte ihr Lustempfinden, bis sie glaubte, es nicht mehr aushalten zu können.

Sie hätte nicht nur ihn auf Knien angefleht, sondern am liebsten hinausgeschrien, er solle aufhören, sie zu quälen und endlich zum Höhepunkt bringen. Doch das durfte sie nicht. Er trieb sein Spiel mit ihr, dessen Regeln er bestimmte. So war es schon immer gewesen, und sie war seine devote Gespielin. Wenn sie jetzt nachgab, zöge er sich von ihr zurück, ehe ihre Lust gestillt werden würde, und er wandte sich einer anderen zu. Aber heute sollte er ihr allein gehören.

„Niemals", stieß sie hervor und wusste nicht, woher sie die Kraft zum Widerstand nahm. Dabei brannte ihr Körper vor Verlangen wie im Fieber.

„Hast du noch nicht genug?" Seine Zähne ritzten ihre Haut. Blut floss ihren Hals entlang. Das Brennen zog durch ihren Körper bis zu ihrer Vagina, die durch die immer stärker werdende Lust kontrahierte.

„Nein", antwortete sie heiser.

Schon spürte sie wieder seine eiskalten Finger, die sich diesmal in ihren Anus bohrten. Als sie nach vorn gegen die Scheidenwand drückten, verlor sie die Beherrschung und schrie auf.

„Nimm mich!"

Er knurrte zufrieden dicht an ihrem Ohr.

„Jetzt habe ich da, wo ich dich haben will. Aber du sollst trotzdem noch ein wenig zappeln. Erst will ich noch etwas wissen." Seine Stimme klang scharf und befehlend. Mit dem Hinauszögern trieb er sie fast an den Rand des Wahnsinns. Er war nicht nur zu ihr gekommen, um sich Befriedigung zu verschaffen und seinen Blutdurst zu stillen, sondern weil er wieder eine Information brauchte.

Unwillkürlich versteifte sie sich. Nichts hatte sich geändert. Gar nichts. Enttäuschung stieg auf und ballte sich zu einem Kloß in ihrer Kehle.

Im gleichen Moment drehten sich seine Finger erneut in ihrem Hintern und jagten weitere Schauer der Lust über ihren Rücken. Zum Teufel! Sie war ihm willenlos ausgeliefert und das wusste er. Alles würde sie ihm sagen, wenn er nur endlich das Feuer in ihr löschte. Geschickt verstand er es, ihr jedes Geheimnis zu entlocken.

„Was willst du von mir?", wisperte sie und stöhnte auf, als er seine Finger herauszog und über ihren Kitzler strich.

„Wo ist das Versteck der Dceras?"

Wenn er sie doch nicht so reizen würde. Sie konnte schon nicht mehr klar denken.

„Wo ist das Versteck der Dceras?" Seine Stimme erinnerte an das Zischen einer Schlange.

Verdammt! Sie hatte geschworen, den Orden nicht zu verraten. Als sie mit der Antwort zögerte, ließ er abrupt von ihr ab. Alles in ihr schrie nach Erfüllung.

„Tja, dann muss ich halt ein anderes Mal wiederkommen", sagte er und trat einen Schritt zurück. Sie wollte nicht, dass er ging, weil sie ihn brauchte, sich nach ihm verzehrte. Was scheren dich andere? Denk an dich selbst, meldete sich eine Stimme in ihr, die stark war und alles andere in den Hintergrund drängte.

Noch immer vor Verlangen zitternd, richtete sie sich auf und wollte sich ihm zuwenden. Aber er packte sie im Nacken und presste sie unnachgiebig nach vorn.

„Ich weiß, dass du es kaum aushalten kannst, nicht befriedigt zu werden. Rede und ich fahre fort." Seine Fingernägel kratzten leicht über ihre erhitzte Haut. Die Anspannung erregte sie so sehr, dass die Feuchte aus ihrer Scheide an ihren Innenschenkeln hinablief.

Den Dceras bist du gleichgültig, sorge für dich selbst. Dieses hatte sie erfahren, als sie allein und hungernd durch Prag gestreift war. Was kümmerten sie diese Vampirjägerinnen? Die waren schlau genug, zu entkommen. Für einen Augenblick überlegte sie, ihn anzulügen, verwarf jedoch den Gedanken. Wenn sie es wagte, würde er sie umbringen. Sie sehnte sich nach seinen Berührungen, alles fühlte sich mit einem Mal so kalt und leer an.

„Sie verstecken sich … in den Katakomben, unter dem … verlassenen Palast der Elisabeth." Nun war es heraus. Im gleichen Moment bereute sie zutiefst, den Verrat begangen zu haben, aber sie fürchtete, seine Gunst zu verlieren. Selbst ihre Mutter hätte sie an Satan verkauft für einen Beischlaf mit ihm.

„Braves Mädchen. Jetzt erhältst du auch deine Belohnung."

Er ließ ihren Nacken los und zwängte sein Knie zwischen ihre Schenkel.

„Heb die Gerte auf", forderte er und schlang den Arm um ihre Taille. Die Gerte lag vor ihren Füßen. Sie bückte sich und langte danach. Als sie sich aufrichtete, füllte sein Phallus sie bereits aus. Es war Himmel und Hölle zugleich.

„Das Tempo bestimmst du", flüsterte er. „Je schneller du mich peitschst, desto schneller stoße ich dich."

Das Verlangen in ihr überrollte sie mit solcher Gewalt, dass sie aufschluchzte. Ihre Hand umschlang den Gertenknauf, der noch feucht von ihrer Scheide war.

Dann holte sie aus und die Gerte klatschte auf seine bloße Hüfte. Mit einem tiefen Grollen stieß er derb in sie. Ihr blieb fast die Luft weg, als die Erregung heiß durch ihre Adern fuhr. Wie von selbst durchschnitt die Gerte in immer schneller werdendem Rhythmus die Luft.

„Schneller, fester", stieß er hervor und stöhnte so tief, dass sein ganzer Körper vibrierte. Sie steigerte keuchend das Tempo, bis sie ihren Höhepunkt laut hinausschrie.

„Weiter", feuerte er sie an und sie folgte seiner Aufforderung. Sein Phallus rieb unermüdlich über ihre Klitoris und ließ den Höhepunkt nicht abklingen. Mit einem Schrei ergoss er sich in ihre zuckende Vagina. Dann versenkten sich seine Eckzähne in ihrem Hals. Der brennende Schmerz durchzuckte sie wie ein Blitz und ließ sie ein zweites Mal einen Höhepunkt erleben, der den ersten noch übertraf. Die Gerte entglitt ihrer Hand. Schlaff hing sie in seinen Armen, während er gierig von ihrem Blut trank.

Mit dem Abebben der Erregung folgte die Ernüchterung. Im Rausch der Ekstase hatte sie tatsächlich die Dceras verraten. Sie fühlte sich miserabel, und Tränen der Scham brannten in ihren Augen.

Sein Mund ließ von ihr ab. Er hob sie hoch und bettete sie auf ihr Lager, das aus Stroh und einer geflickten Wolldecke bestand. Atemlos sah sie ihm zu, wie er seine Hose hochzog und das Hemd hineinstopfte, ohne sie eines Blickes zu würdigen. Sie hatte ihre Schuldigkeit getan. Zurück blieben Leere und Einsamkeit, die sie immer beschlichen, wenn er sie verließ und ihr bewusst machten, dass ihr Leben nicht einen Gulden wert war.

„Madame", sagte er und verbeugte sich lächelnd. Pfeifend griff er nach seiner Gerte, die achtlos auf dem Boden lag, wischte mit einem Tuch über den Knauf und verschwand in der Nacht. Vor Kälte zitternd wickelte sie sich in die Decke und sah ihm nach. Diesmal fühlte sie sich nicht nur einsam, sondern verabscheute sich wegen des Verrats.

2.

Es war viel zu riskant. Über ein Dutzend Vampire durchstreiften das Zigeunerlager mit dem Ziel, ihren Begierden nachzugehen. Drazice befand sich zu ihrer Enttäuschung nicht unter ihnen. Verdammt! Wo steckte dieser Teufel in Person?

Daniela presste die Zähne zusammen. Ihre Finger umklammerten den Abzug der Armbrust, jederzeit bereit, abzufeuern. Mit angezogenen Beinen saß sie im Geäst einer ausladenden Eiche und beobachtete seit Langem das Treiben im Zigeunerlager. Sie hatte sich den Filzhut tief ins Gesicht gezogen, um sich durch ihre leuchtend blauen Augen nicht zu verraten.

Mit Einbruch der Dämmerung suchten die Vampire das Lager auf, um sich mit den Huren zu vergnügen, die sich rund um das Feuer versammelt hatten und sich aufreizend in den Hüften wiegten, als ihre Freier sich näherten.

Einer der Zigeuner spielte voller Hingabe ein melancholisches Lied auf seiner Geige. Ein Lied über den Tod, was angesichts der Anwesenheit von Untoten im Lager passend war. Daniela grinste spöttisch. Sie fühlte die sanften Vibrationen der Töne als leichtes Kribbeln auf ihrer Haut.

Ein Junge schälte sich aus dem Schatten eines Planwagens, in seinen Händen ein tönerner Krug. Er war nicht besonders groß, mit schmalen, hängenden Schultern und nackten Füßen. Sein lockiges, schwarzes Haar glänzte im Feuerschein. Daniela schätzte ihn auf zehn oder zwölf Jahre. Sein schmales Gesicht besaß weiche Züge. Mit einem Rock bekleidet hätte er auch als Mädchen durchgehen können. Sein Blut duftete süß wie Apfelblütenhonig. Das weckte auch das Interesse zweier Vampire, die nahe am Feuer standen und miteinander flüsterten. Die begehrlichen Blicke, die sie ihm zuwarfen, sprachen Bände.

Daniela spürte, wie die quälenden Erinnerungen erneut in ihr aufstiegen. Vor über einem Jahr waren in Prag einige Kinder verschwunden. Die anderen Dceras und sie hatten erst später erfahren, dass sie Vampiren wegen ihres frischen Blutes zum Opfer gefallen waren. Auch die Tochter ihrer Gefährtin Hana war darunter gewesen. Daniela spürte noch immer die unbändige Trauer über den Tod des Mädchens in sich, als wäre es erst gestern geschehen. Es hatte ihr fast das Herz zerrissen bei der Vorstellung, welche Qualen und Angst das liebreizende Kind in der Gewalt der Vampire durchlebt haben musste. Sie hoffte, dass es jetzt in einer besseren Welt war, fern der Schrecken, die die Vampire in Prag verbreiteten. Gleichzeitig waren Hass und Wut aufgestiegen, auf die Vampire und auch auf sich, weil sie wie alle anderen Dceras, Anna nicht besser beschützt hatte. Getrieben von dem Wunsch, Rache zu üben, hatte sie lange nach Annas Mörder gesucht, ihn aber nie gefunden. Die unerfüllte Vergeltung saß wie ein Stachel in ihrem Herz und flammte durch die Blicke der beiden Vampire wieder auf.

Als die Weise verklungen war, erschallte lautes Gelächter der Huren, die sich mit den Vampiren im Schlepptau in die Planwagen zurückzogen. Nur die am Feuer verharrten. Als sich auch der Junge in einen Planwagen zurückziehen wollte, hielten sie ihn fest. Ihre maskenhaft verzerrten Gesichter verrieten, wie sehr es sie nach Körper und Blut des Jungen gelüstete. Danielas Hände legten sich eine Spur fester um den Abzug. Diesen Jungen würden sie nicht kriegen! Angst lag in seinem Blick, als er sich losriss, blitzschnell umdrehte und davonrannte, geradewegs auf die Eiche zu, in der Daniela hockte. Die Vampire folgten ihm. Das Kind schlug Haken wie ein Kaninchen, um die Verfolger abzuschütteln. Daniela roch seinen Angstschweiß.

„Warte, mein schönes Bürschlein. Wir wollen deine Dienste auch reichlich belohnen", rief der Größere, ein breitschultriger Kerl mit pockennarbiger Visage und Hakennase. Sein kleinerer Kumpan, der dicht hinter ihm lief, kicherte. Die spitzen Eckzähne, die aus seinem Mund herausragten, verliehen seinem hageren Gesicht etwas Frettchenhaftes. Er knöpfte in seiner Erregung bereits im Laufen die Hose auf. Gier loderte in seinen Augen. Alles, was Daniela spürte, waren Angst um den Jungen und grenzenlose

Wut auf seine Verfolger. Die Vampire holten ihn schließlich ein.

„Was für ein wohlgeformter Körper, die zarte Haut. Sein Blut riecht süß. Er muss mir gehören." Der Hagere schloss die Augen und fauchte leise. Die spitzen Eckzähne blitzten gefährlich in der Dunkelheit auf.

Der Knabe wich langsam zurück. Seine Augen flogen umher auf der Suche nach einer Fluchtmöglichkeit.

„Nun zier dich nicht. Du kennst das doch von deiner Alten." Die Augenbrauen über der Hakennase zogen sich drohend zu einem Strich zusammen. Der Vampir trat einen Schritt auf den Jungen zu und baute sich wie ein Felsen vor ihm auf.

„Nein! Bitte lasst mich! Nehmt doch eine von den Huren!", rief der Knabe und hob abwehrend die Arme. Seine Furcht brandete wie eine Welle zu Daniela. Für einen Moment überlegte sie, sofort einzuschreiten und sich zwischen ihn und die Vampire zu stellen, aber das hätte die anderen im Lager alarmiert. Gegen ein Dutzend Vampire zu kämpfen wäre Wahnsinn. Sie durfte nicht unüberlegt handeln, sondern musste auf eine günstigere Gelegenheit warten.

Der Arm des Hakennasigen schnellte nach vorn, um den Jungen zu greifen. Doch der reagierte, indem er wieselflink unter dem Arm des Vampirs hindurchtauchte und die Flucht antrat. Das hast du gut gemacht, Junge. Daniela lächelte.

Der Vampir mit der offenen Hose amüsierte sich über das Missgeschick des anderen, der mit wutverzerrter Miene dem Jungen hinterhersah und derbe Flüche ausstieß.

„Du kannst uns nicht entkommen!", schallte seine tiefe Stimme durch den Wald.

„Ergreif ihn endlich, damit wir uns an ihm laben können", befahl der Hagere seinem Begleiter und trat voller Ungeduld von einem Bein auf das andere.

Daniela schulterte die Armbrust und legte sich auf die Lauer, bereit, den Knaben zu verteidigen. Sie konnte ihn nicht der Willkür dieser blutsaugenden Bestien überlassen. Um keinen Preis der Welt.

Na, wartet, euch werde ich die Suppe gründlich versalzen.

Als der Junge sich direkt unter ihr befand, versetzte sie sich nach unten, packte ihn und saß einen Wimpernschlag später wieder mit ihm in der Astgabel. Sie presste ihre Hand fest auf seinen Mund. Er zitterte wie Espenlaub und starrte mit angstgeweiteten Augen nach unten, aber er machte keine Anstalten, zu schreien. Ihrem feinen, vampirischen Gehör entgingen nicht die raschen und dumpfen Schläge in seiner Brust.

Die Fähigkeit des Translozierens verdankte sie ihrem Vater. Manchmal begrüßte sie diese besonderen Eigenschaften, die ihr wie jetzt halfen.

Sie schob den Jungen beiseite gegen den Stamm und bedeutete ihm mit

Gesten, still zu bleiben und sich nicht zu bewegen.

„Da hat ihn sich einer vor uns geschnappt. Wir haben ihn zuerst entdeckt." Der Große stützte empört die Hände in die Hüften und sah zur Baumkrone auf, in der sich Daniela versteckte. Über den einfältigen Gesichtsausdruck des Vampirs hätte sie fast laut gelacht. Die dachten doch tatsächlich, ein anderer Vampir hätte ihnen die Beute vor der Nase weggeschnappt. Umso besser für sie.

„Gib ihn heraus, Pavel. Ich will ihn. Jetzt!" Der Hagere stampfte mit dem Fuß auf.

Am liebsten hätte sie ihm entgegengeschleudert, dass sie nicht dieser Pavel war, aber hier war es angebracht, zu schweigen.

Geräuschlos legte Daniela die Armbrust an, in die noch der Silberpflock gespannt war. Töten oder getötet werden. Wie oft war sie in ihrem Leben vor diese Entscheidung gestellt worden? Entweder die Vampire oder sie und der Junge.

Sie visierte den Hakennasigen an, der ein leichtes Ziel bot.

Langsam spannte sie die Sehne, bis ihre Finger sich öffneten. Der Silberpflock surrte durch die Luft und bohrte sich in die Brust des Vampirs. Sofort züngelten Flammen aus der Wunde. Mit einem erstickten Aufschrei sank er auf die Knie. Der Pflock, der in seinem Körper steckte, verbrannte ihn von innen. Sie erwartete von seinem Kumpan einen Angriff, aber der rannte in Panik davon. Daniela spannte in Windeseile einen neuen Pflock ein und zielte auf den Flüchtenden. Doch dieses Mal verfehlte sie ihr Ziel und der Pflock bohrte sich stattdessen in einen der Bäume. Sie fluchte leise. Jetzt steckte nur noch ein einziger in ihrem Gürtel. Einen weiteren Fehlschuss konnte sie sich nicht leisten, ohne das Leben des Jungen zu riskieren.

„Wir müssen hier schnellstens verschwinden", raunte sie dem zitternden Bündel hinter sich zu und zog ihn am Arm.

Der Vampir rannte zum Zigeunerlager, um die anderen zu alarmieren.

Ihnen blieb nicht viel Zeit, bis die wütende Vampirmeute sie verfolgen würde.

„Kletter auf meinen Rücken", befahl sie dem verängstigten Jungen.

Zu ihrer Erleichterung befolgte der Junge ihre Aufforderung, ohne Fragen zu stellen.

In seiner Angst umklammerten seine Arme ihren Hals so fest, dass er ihr die Luft abdrückte.

„Du erwürgst mich. Nicht so fest. Greif lieber meinen Zopf", presste sie zwischen den Zähnen hervor. Sein Griff um ihren Hals lockerte sich. Seine Hand fasste ihren dicken, schwarzen Zopf, bevor Daniela mit einem Satz vom Baum sprang. Unten angekommen zerrte sie ihn vom Rücken.

„Und jetzt lauf, was das Zeug hält und halte dich so dicht wie möglich bei mir."

Der Junge schlotterte am ganzen Körper, aber er bemühte sich, tapfer zu sein. Er nickte, und schon stoben sie davon. Wäre Daniela allein gewesen, hätte sie sich zu den Gefährtinnen versetzen können, aber jetzt musste sie Rücksicht auf das Kind nehmen. Hoffentlich gelang es ihnen, den Blutsaugern zu entkommen. Leise Zweifel schlichen sich ein angesichts der schmächtigen Knabenfigur.

Sie musste ihn bis zum Morgengrauen bei den Dceras verstecken, bevor er ins Zigeunerlager zurückkehren konnte.

Nebelschwaden schwebten dicht über der Moldau, als sie die Karlsbrücke erreichten. Es war stockdunkel durch die dichte Wolkendecke am Nachthimmel. Das bereitete Daniela jedoch keine Sorgen. Sie kannte hier jeden Stein und hätte blind den Weg gefunden. Außerdem verhalf ihr feiner Geruchssinn, sich überall zurechtzufinden, als besäße sie feine Tasthaare, die jede Bewegung registrierten.

An die Brücke schloss sich eine Gasse an, die zum Marktplatz hinaufführte. Das surrende, stetig anschwellende Geräusch verriet, dass die Verfolger ihnen dicht auf den Fersen waren. Daniela trieb den Jungen zu größerer Eile an. Es war zwar nicht mehr weit, bis sie sich in Sicherheit befanden, aber die Schnelligkeit der Vampire durfte sie nicht unterschätzen. Das Versteck der Dceras befand sich in den Katakomben unterhalb des Marktplatzes, seit Carlottas Haus vor einem Jahr abgebrannt war. Drazices Werk. Die Erinnerungen hinterließen noch immer einen bitteren Nachgeschmack, der wie Säure auf ihrer Zunge brannte. Diese Bestie hatte auch ihre treuen Gefährtinnen auf dem Gewissen. Seit Langem versuchte der Baron ihren Orden auszulöschen, den er nur als Geschmeiß bezeichnete. Mit dem Brandanschlag wäre es ihm fast gelungen. Nur Danielas feinem Geruchssinn verdankte eine Handvoll Dceras ihr Leben.

Vom stolzen Orden des Lichts überlebten nur Malvina, die Anführerin, Hana, Johanna, Amalia und sie. Alle anderen waren im Feuer umgekommen.

Die Erinnerungen entfachten den Hass gegen Anton Drazice aufs Neue.

Die Gasse endete in einer steilen Treppe, die zum Marktplatz führte. An dieser Stelle hatte sie Drazice im Kampf gegenübergestanden und verloren. Die Schmach über ihren missglückten Versuch, ihn zu töten, saß tief.

Plötzlich brannte die Narbe an ihrem Hals, die seine krallenartigen Fingernägel damals hinterlassen hatten. Sie fürchtete sich weder vor dem Tod, dem sie schon auf vielfältige Weise und oft begegnet war noch vor Drazice. Aber sie hatte Respekt, weil seine dämonischen Kräfte ihn zu einem äußerst gefährlichen Gegner machten.

Das durchdringende Surren über ihren Köpfen riss Daniela aus ihren Erinnerungen.

Jetzt war nicht der Augenblick, der Vergangenheit nachzuhängen. Nicht umsonst hatte sie das Leben des Jungen gerettet, um es wieder an diese Bestien zu verlieren.

Am Ende der Treppe warf sie einen Blick zurück und machte mehrere Schatten aus, die tief über den Häusern kreisten.

„Hier entlang! Schneller!", forderte sie ihren Schützling auf und rannte über das Kopfsteinpflaster des Marktplatzes.

„Ich kann nicht mehr", japste der Junge und stoppte. Daniela wirbelte herum und betrachtete mitleidvoll das Kind, das keuchend und schweißüberströmt vor ihr stand.

„Los komm jetzt. Du musst. Oder wir werden deren Abendbrot. Hast du mich verstanden?" Sie zerrte ihn am Arm, als ein Vampir in Zigeunerkleidung und mit diabolischem Grinsen auf den Lippen aus dem Nichts auftauchte. Daniela war wütend auf sich, weil sie sein Kommen nicht eher gewittert hatte.

Ein Gefolgsmann Drazices, dessen Namen ihr entfallen war. Sofort stellte Daniela sich schützend vor den Jungen und zog das Kurzschwert aus der Scheide, die an ihrem Schenkel befestigt war.

„Soll ich mich jetzt etwa fürchten, Weib?" Der Vampir legte den Kopf in den Nacken und lachte schallend. Es juckte Daniela in den Fingern, ihm für seine Überheblichkeit eine Lektion zu erteilen. Er sah er in ihr nur die Sterbliche und glaubte, leichtes Spiel zu haben. Oft hatte sich ihr menschlicher Geruch als Vorteil erwiesen, weshalb kein Vampir bei ihr ebenbürtige Fähigkeiten vermutete.

Der Kerl vor ihr war erst kürzlich in Prag eingetroffen, ein Frischling in Drazices Gefolge.

Der Junge krallte sich an ihrer Jacke fest.

„Dir wird das Lachen noch vergehen!" Daniela schwang das Kurzschwert vor seiner Nase, ließ es geschickt auf der Handfläche um die eigene Achse drehen, bis ihre Finger zuklappten und sich fest um den Schaft schlossen. Der Vampir zeigte sich von ihrer Geschicklichkeit unbeeindruckt.

„Ganz nett." Er grinste breit.

Daniela spähte flüchtig zu dem alten Stadtpalais hinüber. Im fahlen Licht der Straßenlaterne erkannte sie die eiserne Tür, die zum Keller und durch eine Geheimtür zu den Katakomben führte. Im Geist überschlug sie die Entfernung und kalkulierte die Chancen für den Jungen. Wenn es ihr gelang, den Vampir abzulenken, verblieb dem Jungen genügend Zeit, die Tür zu erreichen. Malvina und die anderen würden ihn hören und ihm zu Hilfe eilen. Jedenfalls hoffte sie das.

„Komm her, Bürschchen, es hilft dir nichts, dich hinter einem Weiberrock zu verstecken. Ich erledige euch beide, so oder so. Ich schmecke bereits euer Blut auf meiner Zunge."

Kaum hatte er das ausgesprochen, sprang er mit vorgestreckten Armen nach vorn, um Daniela zu packen. Aber er hatte nicht mit ihrer Schnelligkeit und Wendigkeit gerechnet und sah verblüfft auf die leere Stelle, an der sie und der Junge eben gestanden hatten. Die Miene des Vampirs verzerrte sich zu einer wütenden Fratze.

„Wer bist du?" Seine Stimme klang verzerrt wie die eines Vampirs, der einen Schattendämon in sich trug.

Zu ihrer Erleichterung bemerkte Daniela, dass er sich nur einer besonderen Sprachfähigkeit bediente, die manche Vampire besaßen und kein blaues Feuer in seiner Iris schimmerte, das den Dämon verriet.

„Das musst du schon selbst herausfinden, Vampir."

Sie wandte den Kopf leicht zur Seite und raunte dem Jungen zu: „Siehst du die eiserne Tür dort drüben?"

„Was redet ihr da von einer Tür?" Der Vampir setzte erneut auf sie zu, aber Daniela war schneller.

„Renn dorthin. Klopfe. Man wird dir helfen. Auf mein Kommando rennst du los", flüsterte sie dem Jungen zu.

Er nickte.

„Jetzt habe ich aber genug!", brüllte der Vampir und seine weißen Fänge blitzten gefährlich auf.

Im gleichen Moment schubste Daniela den Jungen beiseite.

„Jetzt!" Sofort verstand er, wirbelte herum und raste auf die Eisentür zu.

Der Vampir setzte nach, doch Daniela warf sich dazwischen und stoppte ihn.

Sie holte mit dem Kurzschwert aus, um den Kopf des Vampirs mit einem einzigen Hieb abzutrennen. Aber ihr Gegner wich dem Schlag aus und spurtete an ihr vorbei, um den Jungen einzuholen. Sie zog einen Riemen aus dem Lederbeutel an ihrem Gürtel. Mit einem Satz sprang sie dem Vampir in den Rücken und brachte ihn zu Fall. Er schlug der Länge nach auf das Kopfsteinpflaster.

Sie schlang den ledernen Riemen um seinen Hals und zog zu. Während die eine Hand den Riemen hielt, hangelte ihre andere nach dem Kurzschwert und drückte es gegen sein Genick. Das Leder schnitt sich in seine Haut. Dunkelrotes, fast schwarzes Blut quoll hervor.

„Ich rate dir, dich nicht zu bewegen oder mein Schwert trennt deinen Kopf vom Rumpf. Dann ist es vorbei mit dem ewigen Leben."

Sein Fäulnisgeruch war ekelerregend. Wie gut, dass das der menschlichen Nase entging, sonst würden sich die Menschenfrauen angewidert von den Vampiren abwenden, anstatt ihnen in die Arme zu sinken. Der Vampir zuckte, zappelte und bäumte sich auf. Er fauchte und versuchte, sie abzuschütteln, aber sie umklammerte den Riemen mit aller Kraft.

Bevor der Junge die Tür öffnen konnte, wurde er von zwei Vampiren eingekeilt, die ihn lüstern taxierten. Die Angst ließ Daniela kurz erstarren, sodass sich die Schlaufe um den Hals des Vampirs lockerte. Diesen Augenblick ihrer Schwäche nutzte er aus, um sich vom Boden abzudrücken und sie abzuschütteln. Er katapultierte Daniela in hohem Bogen durch die Luft, bis sie hart auf dem unebenen Kopfsteinpflaster aufschlug. Sie schrie auf, als heftiger Schmerz ihre Knie durchzuckte. Doch sie verbiss ihn sich, rollte auf die Seite und schnellte wieder empor.

Die Vampire betrieben ein düsteres Spiel mit dem Jungen, der schluchzend zwischen ihnen hin- und hergeschubst wurde. Ihre Hände betatschten sein Gesicht und seinen Körper. Daniela spürte die Verzweiflung des Jungen körperlich. Zorn stieg auf. Sie musste ihn retten, um jeden Preis. Wo waren ihre Gefährtinnen? Warum hörten sie nicht das Treiben? Ihre Fragen blieben unbeantwortet, denn der Zigeunervampir attackierte sie aufs Neue. Verdammt, sie musste zuerst diese Bestie erledigen, um den Jungen zu befreien, und zwar schnell, bevor diese Blutsauger ihn als Hors d'œuvre genossen. Sie spurtete los und sprang über seinen Kopf hinweg.

„Jetzt werde ich langsam wütend", knurrte er.

Sie hatte ihre Armbrust und das Schwert beim Sturz verloren. Beides lag nur wenige Schritte entfernt auf dem feuchten Kopfsteinpflaster.

Das Treiben der Vampire wurde immer ungezügelter. Sie hoben den Jungen hoch und schnupperten an ihm, als wäre er ein Stück Fleisch. In ihren Augen loderte wilde Gier.

Wenn sie nicht endlich die Vampire erledigte, war es für den Knaben zu spät. Aus dem Augenwinkel visierte sie die Armbrust an. Der Vampir lächelte wissend. Der Junge schrie auf und drängte Daniela, zu handeln.

Sie hechtete auf die Armbrust zu, packte sie, rollte über den Rücken ab und sprang auf. Sie zuckte zusammen, als ihr geschundenes Knie sich bei der ruckhaften Bewegung verdrehte.

Der Vampir preschte mit Gebrüll auf sie zu, aber Daniela gelang es, zur Seite zu springen. Ihre Hände fingerten nach einem Silberpflock im Gürtel, den sie in die Armbrust spannte. Sie federte hoch und bewegte sich mit einem Salto hinter den Vampir. Ihre Finger, die die Sehne spannten, öffneten sich, der Pflock schoss hinaus und bohrte sich in die Brust des Vampirs. Eine Stichflamme leuchtete aus seiner Brust, die ein immer größer werdendes Loch in seinen Brustkorb fraß. Der Vampir schrie und wand sich. Seine Beine knickten ein und er fiel wie ein gefällter Baum zu Boden. Sein Körper bröckelte wie Holzkohle, bis er zu Asche zerfiel.

Der Vampir mit dem breitkrempigen Hut zerriss das Hemd des Jungen. Seine krallenartigen Fingernägel kratzten die Knabenbrust blutig. Eine eiskalte Hand umspannte Danielas Herz, als ihr klar wurde, dass der Vampir gleich seine spitzen Zähne im zarten Fleisch des Kinderkörpers versenken wollte.

Ein Kampf gegen zwei Vampire war äußerst riskant. Aber sie würde es wagen, um das Leben des Jungen zu retten. Nie mehr wollte sie sich vorwerfen, versagt zu haben, so wie damals, als ihre Gefährtinnen in Carlottas Haus starben.

„Daniela, du denkst doch wohl nicht, dass wir dir die Blutsauger allein überlassen?", schallte Malvinas vertraute Stimme über den Marktplatz. Daniela hätte vor Erleichterung jubeln können. Im selben Augenblick zischten Pflöcke durch die Luft. Mit einem Aufschrei stürzten die Vampire zu Boden und verbrannten wie Papier, bis nur noch ein Häufchen Asche übrig blieb.

„Ich kann gar nicht sagen, wie froh ich bin, euch zu sehen." Daniela umarmte Malvina und Hana.

„Und wir dachten schon, du kehrst aus dem Zigeunerlager nicht wieder zurück. Drazice ist in der Stadt." Malvina rümpfte ihre sommersprossige Nase. Ihr kupferroter Schopf schimmerte unter der Filzkappe hervor.

Beim Nennen von Drazices Namen stieg Zorn in Daniela auf. Das Brennen vorhin an ihrer Narbe ... Der verhasste Vampir befand sich also in der Stadt. Die Chance, ihn zu vernichten, rückte in greifbare Nähe.

„Sei auf der Hut. Du willst doch nicht etwa ...?"

Malvina stockte, umfasste Danielas Hand und betrachtete sie besorgt.

„Er ist hier! Versteht ihr? Das ist die Gelegenheit. Endlich wird er für alles büßen." Daniela zitterte vor Aufregung. Diese Bestie hatte alles getötet, was sie liebte. Ihr Leben zerstört. Sie würde nicht eher ruhen, bis sie ihn vernichtet hatte.

Dieses Mal käme er nicht davon.

Nicht nur sie, sondern ganz Prag würde aufatmen, wenn sie seiner blutigen Tyrannei ein Ende bereitete.

„Deine entschlossene Miene gefällt mir nicht, Daniela." Malvinas Stimme schwappte in ihr Bewusstsein.

„Ich muss ihn finden." Sie ballte die Hände zu Fäusten.

„Du machst mir Angst", mischte Hana sich ein, die sie mit großen Augen ansah.

„Daniela, mit dem Schattendämon in seinem Körper ist er unbesiegbar. Jag ihm nicht mehr nach. Wenn er dich erwischt, wird er dich wie eine Fliege zwischen seinen Fingern zermalmen und dir das Blut aussaugen. Vergiss deine Rache. Es macht deine Eltern und Schwester nicht wieder lebendig."

Daniela schwieg. Was wusste Malvina schon, wie schmerzlich sie all die Jahre ihre Familie vermisst hatte. Es saß wie ein Stachel in ihrer Brust, der sich immer tiefer bohrte, wenn Drazices Name fiel.

„Wir müssen den Jungen bis Sonnenaufgang verstecken. Die Vampire waren hinter ihm her, als ich beim Zigeunerlager gewesen bin." Daniela deutete auf den Jungen, der abseitsgestanden und zugehört hatte.

„Tu nichts, was du später bereust", appellierte Malvina.

„Drazice ist nicht mehr lange hier", mischte der Zigeunerjunge sich ein.

Die Köpfe der Dceras flogen zu ihm herum.

„Woher willst du das wissen?", fragte Malvina und stellte sich mit strenger Miene vor ihn.

„Weil er das einer der Huren erzählt hat."

„Warum sollte er das ausgerechnet einer Dirne erzählen?" Hana trat neben Malvina und sah den Knaben misstrauisch an. Sie vertraute keinem Fremden, selbst einem Kind nicht.

„Ich habe es nur gehört. Es hieß, er wollte in die Karpaten reisen, zu einem Fürsten namens cel Bâtrân."

Der Junge fuhr sich mit der Hand durch sein schmutziges Gesicht. Sein Blick war offen und was er über Drazice gesagt hatte, weckte Danielas Neugier. Sie wollte mehr erfahren und hob zu einer Frage an. Diesmal kam Malvina ihr zuvor.

„Valerij cel Bâtrân?", fragte sie.

Der Junge nickte. „Ich glaube, das war der Name."

Malvina kratzte sich am Kopf und stieß geräuschvoll den Atem aus. Hinter ihrer gerunzelten Stirn arbeitete es offensichtlich.

„Kennst du den etwa?", wandte Daniela sich an ihre Gefährtin. Diesen Namen hatte sie nie zuvor aus Malvinas Mund gehört. Es erstaunte sie, dass die Gefährtin diesen Vampir zu kennen schien.

„Das wäre zu viel gesagt. Habe nur von ihm gehört durch die Zigeuner. Er ist einer der mächtigsten Vampire weit und breit. Die cel Bâtrâns gehören zu einem uralten Clan gebürtiger Vampire. Liliths leibliche Kinder."

Daniela horchte auf, weil in Malvinas Stimme eine Spur Ehrfurcht schwang.

„Das hört sich fast so an, als müsste man vor diesem Blutsauger auf die Knie sinken?" Es war ihr egal, ob von Geburt an ein Vampir oder ob verwandelt. Sie hasste sie alle.

Malvina zuckte leicht zusammen und funkelte Daniela wütend an.

„Natürlich nicht, aber die sind besonders gefährlich. Sie verfügen über Kräfte, die nur Schattendämonen übertreffen könnten."

„Diese Kreaturen verdienen es nicht, dass man auch nur mit einem Hauch Ehrfurcht von ihnen spricht."

Wenn sie nur an Drazice dachte. Und die anderen waren auch nicht besser als er, mal mehr oder weniger verschlagen und blutrünstig.

„Der Hass auf Drazice beherrscht dich, Daniela. Lass nicht zu, dass es in deinem Herzen keinen Platz mehr für Liebe gibt."

Liebe? Daniela hatte dieses Gefühl fast vergessen. Es war mit ihrer Familie gestorben und lebte nur noch in ihrer Erinnerung. Aber Malvina stimmte sie nachdenklich. Sie schluckte gegen den plötzlichen Kloß an, der sich in ihrer Kehle festgesetzt hatte.

„Der Hass darf niemals stärker sein als die Liebe."

Malvina klopfte ihr auf die Schulter, bevor sie sich abwandte und die Silberpflöcke aus den Aschehaufen sammelte.

Den Letzten hielt sie länger in der Hand und betrachtete ihn nachdenklich.

„Drazice wird den Tod an seinem Günstling rächen wollen. Wir müssen besonders wachsam sein."

Sie stopfte den Pflock in den Lederbeutel an ihrem Gürtel.

„Wie bist du an den Knaben geraten?"

Daniela schilderte in knappen Worten von ihrem Erlebnis beim Zigeunerlager und der Flucht. Sie rechnete mit Malvinas Tadel, weil sie allein gegangen war und den Zigeunerjungen hierhergebracht hatte. Aber die Anführerin schwieg.

„Der Junge kann bis Sonnenaufgang bei uns bleiben, aber dann muss er gehen. Er ist ein Risiko. Die Bluthuren werden uns warnen, wenn Drazice einen Angriff plant", sagte Malvina nach einer Weile.

„Bist du sicher, dass sie nicht zu beiden Seiten Wasser tragen? Schließlich werden sie von den Blutsaugern für ihre Dienste bezahlt."

Daniela misstraute allen, die sich mit Vampiren einließen, seitdem ihre Eltern einem Verrat zum Opfer gefallen waren.

„Sie sind Huren, weil sie sonst in der Gosse verreckt wären."

Malvina bedeutete ihren Gefährtinnen und dem Jungen, ihr in die Katakomben zu folgen.

Drazice plante also eine Reise in die Karpaten. Daniela nahm sich vor, ihm zu folgen, egal an welchen Ort.

3.

Valerij cel Bâtrân lag auf seinem Bett und warf sich von einer Seite auf die andere. Er presste die Hände gegen den Leib und zog die Beine an. Die Krämpfe überwältigten seinen Körper in Schüben und verhärteten seine Muskeln. Das Haar klebte an seiner Stirn. Stöhnend presste er die Kiefer zusammen, damit sie nicht aufeinanderschlugen. Das Blut rauschte in seinen Ohren, und sein Kopf schien zu platzen. Bilder flackerten für einen Moment vor seinen Augen auf und wurden durch neue ersetzt, bevor er sie zuordnen konnte. Es waren Visionen, die ihm seine Mutter Lilith als Botschaft sandte. Es bereitete ihr Spaß, ihn damit zu quälen und fesselte ihn für mindestens einen Tag an sein Gemach. Valerij keuchte, als der nächste Schub ihn überrollte. Er ballte die Faust und verwünschte die dämonischen

Kräfte und das Wesen seiner Mutter. Die Visionen kündigten sich durch ein unkontrollierbares Händezittern an, das er vor den anderen zu verbergen suchte.

Schließlich drang Lilith in sein Hirn wie ein Blitzschlag, nahm es in Besitz und verdrängte jeden anderen Gedanken. Begann sich alles um ihn herum zu drehen, zog er sich zurück, bis die Botschaft und das letzte Zittern beendet waren.

Valerij presste die Hände gegen die Schläfen, als ihn eine weitere Schmerzwelle erfasste, die seinen Kopf wie eine Schraubzwinge zu zerdrücken schien. Es lag daran, dass er sich noch immer gegen die Visionen wehrte. Schließlich gab er auf und ließ die Bilder wie eine Flut in sich hineinströmen. Wenn er sich widersetzte, würde Lilith persönlich erscheinen, übel gelaunt, weil er sie von einem ihrer zahlreichen Liebhaber wegriss. Eine Strafe wäre ihm gewiss und die fiel beileibe schmerzvoller aus als diese Visionen. Seine Mutter genoss Bestrafungen, die ihr eine gewisse Lust bereiteten. Darauf konnte er jedoch verzichten.

Die letzte Vision, die ihn heimgesucht hatte, lag fast vierhundert Jahre zurück, als Lilith ihn vor Razvan, dem Rudelführer der Werwölfe gewarnt hatte. Aber sie hatte auch gesehen, dass Valerij sich vom Flehen des Werwolfs erweichen und Gnade walten ließ. Diesen Fehler bereute er noch heute zutiefst. Aber dieses Mal verspürte er zum Glück nicht dieses bedrückende Gefühl einer bevorstehenden Gefahr, das eiskalte Schauder seinen Rücken hinabjagte, sondern eine unerklärbare Vorfreude.

Welche Prophezeiung würde ihn nun erwarten? Er war begierig darauf, mehr zu erfahren. Die Krämpfe ebbten ab. Valerij streckte sich aus und schloss die Augen. Langsam wich der Druck aus seinem Kopf und er entspannte sich. Wärme durchflutete seinen Körper und die Bilderbruchstücke fügten sich zu einem Ganzen zusammen. Verschwommene Formen nahmen allmählich Konturen an.

Im Mondschein hockte eine nackte Frau am Ufer eines Sees. Sie tauchte ihre Hände ins Wasser. Eine Vision von einer Frau? Geliebte besaß er doch genug.

„Aber keine, die dich länger reizt als eine Nacht", hörte er Liliths Stimme an seinem Ohr, als stünde sie neben ihm. Dabei lebte sie an ihrem Verbannungsort, der Wüste Nod, Tausende Kilometer entfernt.

Die Frau besaß hohe Wangenknochen und eine schmale Nase. Ihr Gesicht ähnelte denen griechischer Götterstatuen. Nur ihre Augenfarbe blieb ihm verborgen. Sie war grazil, aber Busen und Hintern besaßen genau die richtigen Rundungen, so, wie er es bevorzugte. Das schwarze Haar hatte sie zu einem Zopf geflochten, der seitlich über ihre Schulter hing. Ihre Haut war glatt und zart und schimmerte wie Perlmutt. Als sie sich erhob, wippten ihre vollen, runden Brüste. So hatte er sich immer eine Nymphe vorgestellt, wenn es da nicht das Kurzschwert gäbe, das sie in der Hand hielt. Die Klinge reflektierte das Mondlicht.

Aber seine Aufmerksamkeit galt nicht der Waffe, sondern vielmehr ihren dunkelrosa Brustwarzen, die so verlockend wirkten, dass er am liebsten zu ihr gelaufen wäre, um die Objekte seiner Begierde mit den Lippen zu umschließen. Aber es war nur eine Illusion, die Lilith ihm ins Hirn pflanzte. Eine anregende Fantasie, die er allzu gerne weiterspann. Ja, er wollte dieses zauberhafte Geschöpf in seinen Gedanken berühren. Nicht nur das, er wollte sie verführen.

Sie kam langsam wiegenden Schrittes auf ihn zu und setzte sich auf den Bettrand. Wie gut Lilith Traum und Wirklichkeit vermischen konnte. Eine Meisterin der Träume.

Valerij strich mit den Händen über die seidenweiche Haut der Frau, nahm die Brüste sanft in seine Hand und rieb mit dem Daumen über die harten Knospen. Er musste sie an seinem Körper fühlen und zog sie zu sich herunter, bis sie auf ihm lag. Sie stützte sich zu beiden Seiten seines Kopfes ab, legte den Kopf in den Nacken und schloss die Augen. Ein leises Stöhnen fuhr aus ihrer Kehle. Valerij spürte ihre weichen Rundungen an seinem drahtigen Körper. Es erregte ihn so sehr, dass das Blut heiß durch seine Adern schoss. Sein Phallus erigierte. Er küsste sie ungestüm. Sie war so wunderbar anschmiegsam. Bereitwillig öffnete sie ihre Lippen, um seiner Zunge Einlass zu gewähren. Valerij fühlte sich wie berauscht, als sich ihre Zungen zu einem wilden Tanz trafen. Alles in ihm drängte danach, jeden Zentimeter ihres Körpers zu erkunden, zu schmecken und zu liebkosen, bis ihr Schoß ihn in voller Hingabe aufnahm. Ein herrlicher Traum, von dem er hoffte, dass er niemals enden würde. Nie glaubte er etwas Vollkommeneres gesehen zu haben als dieses schwarzhaarige Weib.

„Es ist kein Traum, Valerij", hörte er seine Mutter flüstern. „Sondern die Zukunft. Sieh genau hin."

„Ja", hauchte er und glaubte in diesem Moment, die Schwarzhaarige nicht nur zu sehen, sondern auch zu riechen. Den süßen Duft ihrer Haut und ihres Blutes, das ein sehnsuchtsvolles Ziehen in seinen Lenden bewirkte wie nie zuvor. Wenn er sie jetzt nicht nahm, würde er vor Lust durchdrehen. Unerwartet hob sie ihre Hand, in der sie noch immer das Schwert hielt, zerschnitt sein Hemd und ritzte die darunterliegende Haut. Das Brennen auf seiner Brust verwandelte sich in Lustschmerz. Der Geruch seines Blutes machte ihn begierig auf ihres. Voller Ungeduld riss er ihr das Schwert aus der Hand und legte es neben sich. Bevor er von ihr kostete, legte er den Kopf an ihre Halsbeuge. Sie roch so köstlich, dass er sich zurückhalten musste, um ihr nicht in seiner Gier die Kehle zu zerfetzen. Das Kostbarste würde er sich für den Augenblick vorbehalten, wenn die Wellen der Ekstase über ihm zusammenschlugen. Ihr Blut wäre die Krönung. Er drehte sie leicht auf die Seite, damit seine Hände von ihren Brüsten zu ihrem Venus-hügel wandern konnten. Valerij stöhnte auf, als er mit seinen Fingerkuppen über ihre Haut strich, die von einer unbeschreiblichen Zartheit war. Sein Finger versank in ihrer Mitte. Sie war so herrlich feucht und warm, dass er bereits bereute, nicht mit seinem Phallus in sie eingedrungen zu sein. Seine Kleidung hinderte ihn. Geschwind knöpfte er die Hose auf, umfasste ihren Hintern und rieb sein Glied an ihrem weichen Leib. Ihr Körper erschien vollkommen und wie für ihn geschaffen zu sein.

Gleich würde er ihre Schenkel spreizen und sie in Besitz nehmen. Mit jedem Beckenstoß würde er der Glückseligkeit näher kommen. Doch plötz-lich löste die Begehrte sich in seinen Armen auf. Sie riss ihre Augen auf und öffnete den Mund zu einem stummen Schrei. In ihrem Blick erkannte er Trostlosigkeit und Verzweiflung. Valerij versuchte sie mit den Händen fest-zuhalten, aber Stück für Stück verwandelte sich ihr Fleisch in Nebel. Warum endete der Traum so schnell? Bevor er sich eine Antwort darauf geben konnte, umhüllte Dunkelheit seinen Geist.

Valerij öffnete mühsam seine bleiernen Lider. Er lag noch immer auf dem Bett. Sein Unterleib spannte vor unbefriedigtem Verlangen, und sein hartes Glied drückte gegen den Hosenstoff. Wenigstens war der Kopfschmerz zurückgegangen, aber er fühlte sich benommen. Er war enttäuscht und gleichzeitig wütend auf seine Mutter, weil diese Vision ein so abruptes Ende genommen hatte.

„Warum hast du sie unterbrochen?", fragte er unwirsch. Valerij mochte es nicht, wenn seine Mutter sich ihm nicht zeigte.

„Damit du dich nicht täuschen lässt. Dieses Weib besitzt eine dunkle Ver-gangenheit, die dich deine Unsterblichkeit kosten kann. Sie ist Himmel und Hölle, Wasser und Feuer. Nimm dich in acht, Valerij."

War dieses begehrenswerte Weib eine Vampirin oder gar Dämonin?

„Wer ist sie?"

„Sie ist das Weib, das das Schicksal dir erwählt hat. Stärker und mutiger als jede andere. Du wirst sie heiß und innig begehren. Aber die Begierde wird dich verbrennen. Nur wenn du sie und das Feuer in dir beherrschst, wird sie dein."

Liliths Worte schreckten ihn nicht ab, im Gegenteil, sie erweckten seinen Jagdtrieb. Diese Frau musste er besitzen, so schnell wie möglich.

„Wann werde ich sie sehen?" Schon jetzt brannte Valerij auf eine Be-gegnung. Er war der Karpatenfürst und besaß das Recht, sich zu nehmen, wonach ihn gelüstete. Und er wollte sie.

„Fass dich in Geduld, mein Sohn. Der Tag eurer Begegnung ist nah. Bis dahin werden dich meine Succubi verwöhnen, zum Trost, wenn es dich nach ihr verlangt."

Valerij spürte die eiskalten Lippen seiner Mutter auf seiner Wange, bevor sie verschwand. Er würde nach der Frau suchen, gleichgültig, wie lange es dauern mochte.

4.

„Wie heißt du eigentlich?" Daniela schüttelte eine Decke auf und legte sie auf das Strohlager, das dem Zigeunerjungen als Bett dienen sollte.

„Roman." Er sah sie aus großen, dunkelbraunen Augen wie ein scheues Tier an. Eine Traurigkeit lag in seinem Blick, die sie rührte und schwesterliche Gefühle weckte, wie sie es nur bei Anna empfunden hatte. Roman war ein schöner Name, klangvoll und ungewöhnlich.

„Also gut, *Roman*. Hier kannst du schlafen. Ich wecke dich, wenn die Sonne aufgeht."

Sie schob ihn an den Schultern auf das Schlaflager zu.

Wie schmal und zerbrechlich er vorhin gewirkt hatte, als sie die Kratzwunden auf seiner Brust mit einer Heilpaste bestrich. Er wühlte ihre verdrängten Sehnsüchte nach der Geborgenheit einer Familie auf.

„Danke", sagte er leise. „Danke, dass du mich gerettet hast."

Sie strich ihm liebevoll über den schwarzen Schopf. „Schon gut. Jetzt schlaf. Hier bist du sicher."

„Was ist eigentlich eine Dcera?" Er sank auf das Strohlager und sah sie fragend an.

„Eine Vampirjägerin."

„Und wie wird man das?"

„Es wird weitervererbt."

„Bei euch allen?"

„Nein, nur eine Dcera kann an ihre Tochter diese Aufgabe weiterreichen. Malvina und die anderen sind meine Gefährtinnen, die der Heilige Michael ausgesucht hat. Sie haben gelernt ..."

„Lernen? Oh je, ich kann nicht schreiben und lesen. Aber ich kann gut singen."

„Man muss den Umgang mit den Waffen erlernen. Aber Schreiben und Lesen ist trotzdem sehr wichtig. Wenn du möchtest, bringe ich es dir bei."

„Wir ziehen bald weiter."

„Wenn ihr wieder zurückkehrt, dann lehre ich dich." Es würde ihr viel Freude bereiten, das Kind zu unterrichten. Zum ersten Mal nach langer Zeit freute sie sich tatsächlich auf eine Aufgabe, weil sie nichts mit Vampiren verband. Sie konnte es kaum fassen.

Er schürzte die Lippen und schien zu grübeln. Dann erhellte ein spitzbübisches Lächeln sein schmales Gesicht.

„Gibt es keine männlichen Vampirjäger?"

Anscheinend konnte er sich nicht vorstellen, dass nur Frauen Vampire jagten.

„Nein", antwortete Daniela schmunzelnd. Roman war enttäuscht.

„Hast du denn keinen Mann?"

„Nein!" Daniela lachte auf. Der fragte ihr noch Löcher in den Bauch.

„So und jetzt ist Schluss mit der Fragerei. Es wird geschlafen. Die Flucht vorhin war aufregend genug. Gute Nacht."

Sie drehte sich um, aber er hielt sie noch einmal mit einer Frage zurück.

„Wer ist das denn?"

Daniela folgte seinem ausgestreckten Finger, der sich auf eine kleine Statue richtete. „Erzengel Michael, mein Schutzpatron."

Der Junge gähnte und streckte sich auf dem Lager aus.

„Du hast gelogen, du hast ja doch einen Mann."

Daniela grinste. „Ja, in gewisser Weise schon."

Der Junge schloss die Augen und drehte sich wohlig seufzend auf die Seite. Die Kerzenflamme flackerte kaum, sondern richtete sich starr nach oben.

Daniela lächelte noch immer über die Worte des Jungen, als sie sich in ihre Nische legte. Auf dem Rücken liegend, starrte sie zur Decke aus rohem Felsgestein, die feucht glänzte. Im Winter gefror die Nässe und überzog die Wände mit einer fingerdicken Eisschicht. Vor langer Zeit hatten sich hier in den Tunneln und Kammern der Katakomben die Anhänger Johann Hus' vor ihren Verfolgern versteckt. Jede Mauerritze schien von Tod und Furcht zu erzählen. Ein Schauder lief ihren Rücken hinunter. Irgendwie wirkte heute alles bedrohlich, selbst das leiseste Flüstern, als läge Gefahr in der Luft. Manchmal glaubte Daniela sogar die Stimmen derer zu hören, die sich hier versteckt hatten. Sie lauschte. Ein Scharren hallte durch den Tunnel. Ratten auf ihren nächtlichen Streifzügen.

Im Gegensatz zu ihren Gefährtinnen konnte sie sich nicht an die Geräusche hier unten gewöhnen, was sicherlich an ihrem vampirischen Gehör lag, das viel sensibler war als das Sterblicher. Viel lieber hätte sie nachts den Sternenhimmel betrachtet. Daniela vermisste Carlottas Haus, in dem sie sich ihren Eltern immer sehr nahe gefühlt hatte.

Flüstern und eilige Schritte rissen sie aus ihren Grübeleien. In einem der anderen Räume kicherten Hana und Malvina. Ihre Fröhlichkeit bedrückte Daniela. Sie fühlte sich einsamer denn je. Ihre Gefährtinnen hatten zueinandergefunden, liebten sich. Eine sündhafte Liebe, deren Geheimnis sie streng hüteten. Aber wenn sie sich allein wähnten, tauschten sie die Liebkosungen miteinander aus, die sonst Mann und Weib vorbehalten waren. Die beiden ahnten nicht, dass Daniela ihr Geheimnis kannte.

Sie störte sich nicht daran, sie gönnte ihnen das heimliche Glück. Wenigstens teilten sie eines. Nur sie hatte niemanden. Ihr blieben nur die

Träume von einem Mann, in dessen Armen sie sich geborgen und geliebt fühlte. Seufzend schlang sie die Arme um ihr Kissen und schlief ein.

Nackt durchstreifte sie bei Dunkelheit den Wald. Mit dem Blumenkranz im Haar fühlte sie sich wie eine Nymphe, frei und ungezwungen, wie es ihr sonst nie möglich wäre. Auf einer Lichtung am Waldrand legte sie sich hin und wartete auf ihren Geliebten. Daniela spürte das feuchtkalte Moos in ihrem Rücken. Eine Gänsehaut überzog ihren Körper. Nicht nur, weil sie fröstelte, sondern weil sie seine nahenden Schritte vernahm. Der Boden vibrierte unter seinen Füßen. Sie konnte es kaum erwarten, seine Hände auf ihrer Haut zu fühlen.

Ihre Brustwarzen verhärteten sich und reckten sich neckisch dem samtenen Sternenhimmel entgegen. Erregung rollte wie eine Welle über sie hinweg. Sie spreizte die zitternden Beine. Ein Luftzug strich über ihre feuchte Mitte und ließ sie erschauern. Sie stellte sich vor, wie er zwischen ihren Schenkeln kniete und sein Atem über ihre empfindlichste Stelle strich. Allein der Gedanke an eine Vereinigung mit ihm bewirkte ein Ziehen in ihrem Unterleib, so stark, dass sie die Pobacken zusammenkneifen musste, um nicht laut aufzustöhnen. Dabei hob sie ihr Becken und krallte ihre Finger in wachsender Erregung in den weichen Untergrund.

Sie sah ihn nicht, aber sie hörte sein Atmen und fühlte seinen Blick, der auf ihr ruhte. Sein Gesicht blieb ihr verborgen. Und das war auch gut so, denn sie kannte keinen Mann, dem sie sich derart freizügig bis zur Ekstase hingegeben hätte. Nur das Spiel seiner Muskeln unter der weichen Haut konnte sie bei jeder Bewegung mit den Augen verfolgen. Was hätte sie darum gegeben, in sein Gesicht zu sehen, das Begehren in seinen Augen zu lesen. Alles nur Sehnsüchte, Wunschträume, die sich vielleicht nie erfüllen würden.

Als sie die Beine noch weiter spreizte und leicht ihr Becken hin- und herbewegte, hielt er die Luft an. Daniela musste gestehen, wie sehr es sie erregte, dass ihr jemand zusah, wie sie sich rekelte und streichelte. Nein nicht jemand, sondern *er* sie beobachtete.

Bei jeder Berührung stellte sie sich vor, es wären seine Hände, die über ihre Haut fuhren. Das weiche Mooskissen massierte durch die Bewegung ihr Hinterteil und stimulierte die kleine Perle in ihrer Mitte. Aber sie wollte noch mehr und setzte sich auf. Die Arme abgestützt, scheuerte sie mit dem Becken über das weiche Moospolster. Sie schloss die Augen und legte stöhnend ihren Kopf in den Nacken. Himmel, wie genoss sie das entstehende, wohlige Kribbeln, das von ihrer Mitte aufstieg und ihre Sinne in Aufruhr versetzte. Geräuschvoll stieß ihr Beobachter die Luft aus. Es war so schön sich auszumalen, dass auch er nackt da stand, seinen erigierten Phallus bei seinen Betrachtungen in der Hand hielt und ihn massierte.

Sie hielt inne, steckte einen Zeigefinger in den Mund und lutschte daran, zog ihn heraus und schob ihn wieder hinein, leckte in kreisender Bewegung über die Fingerspitze, um erneut ihre Lippen darüber zu stülpen. Das ganze Spiel wiederholte sie noch mal und noch mal, bis er neben ihr stöhnte. Es entlockte ihr ein Lächeln, als sie merkte, wie sein Atem sich beschleunigte. Mit einem leisen Seufzer zog sie ihren nass gelutschten Finger aus dem Mund und verteilte die Feuchtigkeit um ihre Brustwarzen, die nun glänzten. Jedes Mal, wenn ein kühler Luftzug ihre Brüste streifte, kribbelte es in ihr und schürte das Verlangen nach mehr. Der Vorhof um ihre Warzen zog sich zusammen, bis sich ein kleiner Wulst ringförmig um ihre Knospe schloss. Bald würde sie ihn in sich aufnehmen, um die Erfüllung zu erhalten, nach der sie gierte.

Langsam wuchsen die kleinen spitzen Eckzähne in der Erregung aus ihrem Oberkiefer. Genüsslich leckte und saugte sie weiter an ihrem Finger. Sein leises Stöhnen klang zu ihr herüber und verriet, wie sehr auch ihn ihr Spiel erregte. Aber sie wollte ihn endlich sehen, sich vergewissern, wie sehr auch er sie begehrte. Als hätte er ihre Gedanken erraten, trat er hinter dem Baum hervor, seinen steifen Phallus in der Hand haltend, auf dessen Spitze ein durchsichtiger Tropfen schimmerte.

Er hatte verstanden, wie sehr sie seine Männlichkeit zwischen ihren Lippen begehrte. Das ließ sie immer kühner werden und das Spiel weitertreiben. Jetzt umfassten ihre Hände ihre Brüste und kneteten sie, während ihre Daumen über die Knospen strichen. Blitzte zuckten durch ihren Körper und entluden sich in ihrem Schoß zu einem prickelnden Feuerwerk. Feuchtigkeit sammelte sich in ihrer Scheide und floss hinaus.

Er kniete sich vor sie und drückte mit einer Hand ihren Kopf nach unten, damit sie sein Glied genau so verwöhnte, wie sie es mit ihrem Finger getan hatte. Langsam beugte sie ihren Kopf hinunter, bis ihre Lippen die Spitze seiner Männlichkeit umhüllten. Das Pulsieren in ihrem Schoß konnte sie kaum noch im Zaum halten. Das Vorspiel währte ihr fast zu lange, es quälte sie …

Daniela bekam plötzlich keine Luft mehr und wachte aus ihrem verführerischen Traum auf. Es brannte in ihrer Kehle, dass sie husten musste. Wut und Enttäuschung stiegen auf, weil sie den Traum nicht zu Ende geträumt hatte.

Ihre Hand ruhte in der Lederhose auf ihrer noch immer vor Lust pochenden Mitte. Sie zitterte, während sie nach Luft rang. Benommen setzte sie sich auf und rief nach den Gefährtinnen, aber ihre brennende Kehle verstümmelte die Worte zu einem Krächzen. Sie erstarrte, als Flammen den Vorhang erfassten und nach dem leeren Strohlager neben ihr züngelten. Mit einem Schlag war sie hellwach. Hastig sprang sie auf und presste das Tuch, das unter ihrem Kopf gelegen hatte, fest auf Nase und Mund. Dann raste sie in den Tunnel. Das Lager, auf dem der Zigeunerjunge geschlafen hatte, war leer. Sicher hatte er sich schon in Sicherheit gebracht. Es blieb keine Zeit, weiter nachzudenken, die Flammen schlugen höher.

Sie rannte weiter, um die anderen zu alarmieren. Bis in diesen Tunnel hatten die Flammen sich noch nicht ausgebreitet, aber es war nur eine Frage der Zeit.

Hana und Malvina lagen eng aneinandergeschmiegt auf ihrem Lager und schliefen. Von dem Jungen keine Spur. Daniela rüttelte die Frauen an den Schultern. Hana fuhr auf und erfasste sofort die Situation, als grauer Rauch herein quoll. Ihr gellender Schrei hallte durch die Katakomben.

Die Gefährtinnen sprangen auf und rannten mit ihr durch den schmalen Gang, der zur Treppe führte. Auf halbem Weg holten sie Amalia und Dana ein, die von Hanas Schrei alarmiert worden waren.

Die Flammen breiteten sich durch das Stroh und die in den Tunneln gelagerten Lebensmittel in rasanter Geschwindigkeit aus. Malvina drehte sich um und wollte zurücklaufen, um ihre Armbrust vor den Flammen zu retten, aber Daniela hielt sie am Arm zurück. Der beißende Brandgeruch drang tiefer in ihre Lungen und machte das Atmen unmöglich. Daniela musste raus aus den Katakomben an die frische Luft.

Aber wo zum Teufel steckte bloß Roman? Und weshalb hatte er sie nicht vor dem Feuer gewarnt? Viele Fragen, für die sie keine Antwort parat hatte. Vielleicht war er in Panik in den nächsten Tunnel geflohen? Daniela rannte auf die hölzerne Tür zu, die den Tunnel mit dem Labyrinth verband, aber sie war wie gewohnt verriegelt. Den Schlüssel bewahrten sie in der Kapelle des Heiligen Michael auf. Malvina sah sie fragend an. Daniela zuckte mit den Achseln und hustete.

Die Flammen loderten auf, als sie die säuberlich aufgestapelten Strohballen erreichten, die den Dceras für verschiedene Waffenübungen dienten.

Das Stroh knackte und puffte, ein Funkenregen stob hervor. Davor lagen Decken, die sie einst aus Carlottas Haus gerettet hatten. In Daniela stieg eine dunkle Ahnung auf, die Übelkeit verursachte.

Wenn sie nicht bei dem ganzen Rauch und Qualm ersticken wollten, mussten sie schneller sein. Ein seltsames Gefühl beschlich sie, während sie keuchend die Treppe nach oben rannten, die zum Marktplatz führte. Oben angekommen fiel ihnen das Atmen leichter. Aber es war nur eine Frage der Zeit, bis die Rauchschwaden und das Feuer heraufzogen.

Malvina streckte ihre Hände aus und legte sie um die runde Eisenschlaufe. Das Eisen war heiß. Sie schrie auf, als sie es berührte.

„Wir müssen zurück und durch einen anderen Tunnel ins Freie gelangen", presste Daniela hervor.

„Bist du verrückt? Bei dem Feuer wäre es Wahnsinn, den Schlüssel zu suchen. Wir gehen nicht mehr in den Qualm, sondern raus. Helft alle mit und stemmt euch gegen die Tür."

„Das ist doch wie damals, Malvina, als Carlottas Haus abgebrannt ist. Die wollen uns nur wie die Ratten hinauslocken." Daniela stellte sich zwischen Malvina und die Tür.

„Was redest du da? Die Blutsauger kennen unser Versteck nicht."

„Und wenn der Junge uns verraten hat?", wandte Daniela ein. Malvina runzelte die Stirn.

„Stimmt, er ist gar nicht da", mischte Hana sich ein und warf ihre langen Haare nach hinten.

„Daran bist du doch schuld! Du hast ihn zu uns gebracht." Malvina bohrte ihren Zeigefinger in Danielas Brust und sah sie wütend an. „Trotzdem will ich hier drin nicht am lebendigen Leibe verbrennen. Mit den Vampiren werden wir eher fertig. Öffne die Tür!"

Als Daniela zögerte, fuhr Malvina sie an.

„Öffne endlich die verdammte Tür, habe ich gesagt!" Malvina besaß die meiste Erfahrung von allen. Sie war ihre Lehrmeisterin und Daniela vertraute ihr. Dennoch ließ sich das ungute Gefühl nicht zurückdrängen. Im Zusammenhalt lag ihre Stärke.

Daniela seufzte und schloss die Augen, um sich auf ihre Kräfte zu konzentrieren. Es war, als betrete sie jedes Mal eine andere Welt. Sie spürte, wie die Energie sich mit ihrem Blut im Körper verteilte. Schließlich holte sie mit dem Bein aus und trat mit voller Wucht gegen die Tür. Holz splitterte, die Tür sprang knarrend auf.

Für einen Moment verharrten sie im Türrahmen, hielten die Luft an und lauschten in die Stille. Das flaue Gefühl in Danielas Magen ließ sich nicht vertreiben. Gefahr schwebte wie eine dunkle Wolke über ihnen. Feine Schwingungen bewegten sich durch die Luft und lösten ein unangenehmes Prickeln auf ihrer Haut aus. Tausend Fragen schwirrten durch ihren Kopf und ihre Antwort lautete: Falle.

„Ich sehe nach, ob die Luft rein ist." Hana wagte sich ein, zwei Schritte vor. Daniela zog sie zurück.

„Diese Stille ... Spürt ihr das nicht auch? Hier stimmt was nicht", flüsterte sie.

„Du siehst Gespenster, da draußen ist kein Vampir. Kein Flattern, keine Schatten. Hana, geh endlich weiter." Malvina winkte der Gefährtin zu.

Wie konnte die erfahrene Jägerin ihre Warnungen in den Wind schlagen? Weil sie nicht über deine Vampirsinne verfügt, antwortete eine Stimme in ihrem Inneren.

Als sich nichts regte, wurde Hana kühner und tastete sich Schritt für Schritt vor. Plötzlich schnellte etwas herunter und klatschte ihr ins Gesicht. Hana schrie vor Entsetzen auf und schlug die Hände vor den Mund. Es war ein blutverschmierter Arm, der von oben herabbaumelte. Die anderen

Dceras wichen entsetzt zurück. Blut floss den Arm entlang und tropfte auf das Kopfsteinpflaster. Ein Kinderarm. Daniela war wie gelähmt, das Blut sackte in ihre Füße. Auch die anderen bewegten sich nicht, sondern starrten fassungslos nach oben. Daniela fasste sich ein Herz, trat vor und zog vorsichtig am Arm. Ihr wurde speiübel. Ein Körper sauste herab. Aber Daniela gelang es, ihn aufzufangen.

Es war der Zigeunerjunge, der stöhnend in ihren Armen lag. Aus zwei Löchern an seinem Hals rann Blut. Seine Lider bewegten sich unruhig und seine Lippen schimmerten bläulich. Vorsichtig legte sie ihn auf den Boden. Schweigend und entsetzt starrten alle auf Roman. Die Vampire hatten sich in ihrer Gier auf ihn gestürzt.

„Und ich vermochte ihn nicht zu beschützen. Das arme Kind", flüsterte Daniela und Tränen schossen in ihre Augen.

„Dich trifft keine Schuld. Du konntest ihn nicht beschützen", hörte sie Malvina neben sich, die ihr die Hand auf die Schulter legte.

„Ich hatte vorhin Geräusche gehört und gedacht, es wären Ratten, dabei …" Danielas Stimme versagte. Sie fühlte sich hundeelend, weil sie wieder versagt hatte.

Malvina hockte sich neben den Jungen und bekreuzigte sich.

„Wir können ihn hier nicht lange so liegen lassen. Er wird sonst verbluten", gab Malvina zu bedenken.

„Dafür werden Drazice und seine Anhänger bezahlen, das schwöre ich", flüsterte Daniela.

„Möge Gott gnädig sein und das Leben des Jungen erhalten!" Malvina betete laut. Die anderen folgten ihrem Beispiel. Alles, was Daniela in diesem Moment spürte, waren unbändiger Zorn und der Wunsch nach Vergeltung. Die Vampire hatten ein wehrloses Kind gequält.

Sie legte den Kopf in den Nacken und fauchte. Ihre Eckzähne, Relikte ihrer vampirischen Vorfahren, wuchsen aus dem Kiefer. Aber sie war kein Vampir, besaß keinen Blutdurst, den es zu stillen galt. Vorsichtig hob sie den Jungen hoch und legte ihn in den Schatten eines Dachüberstandes. Wenn die Vampire an ihn gelangen wollten, mussten sie erst sie und die anderen Dceras töten.

Hana, die sich weiter vorgewagt hatte, kehrte um und wollte den Gefährtinnen etwas zurufen. Aber sie verzog plötzlich ihr Gesicht, rollte mit den Augen und sackte auf die Knie. Blut rann aus ihrem Mundwinkel. Fassungslos beobachtete Daniela die Gefährtin, die nun nach vorn kippte. Sie war unfähig, sich zu bewegen und fühlte sich erbärmlich.

„Hana!" Malvina stürzte schluchzend an die Seite der Geliebten und warf sich über sie.

Schatten bewegten sich in der Dunkelheit. Sie kamen von allen Seiten, pfeilschnell, lautlos. Malvina! Sie schwebte in Gefahr. Danielas Angst um die

Gefährtin riss sie aus der Starre.

„Malvina, pass auf!", schrie sie und zog das Kurzschwert aus der Scheide.

Mit einem mächtigen Satz warf sie sich schützend gegen die Gefährtin. Beide krachten zu Boden, ehe der Vampir Malvina greifen konnte.

Die beiden anderen Dceras, die noch an der Tür standen, schrien in Panik auf, drehten sich um und rannten ins Feuer zurück. Sofort rappelte Malvina sich auf und wollte ihnen hinterherrennen.

„Nein!", gellte Danielas Schrei durch die Nacht. Auch sie sprang auf, um sie zurückzuhalten, doch dann besann sie sich des Jungen, der noch immer stöhnend hinter ihr auf dem Boden lag. Sie konnte ihn nicht schutzlos lassen. Schon waren die Dceras im Inneren verschwunden, bevor Malvina sie erreichte.

„Das ist doch Wahnsinn!", rief Daniela voller Verzweiflung.

Als die verzweifelten Schreie ihrer Gefährtinnen aus dem Tunnel erklangen, schluchzte sie auf. Ihr tragisches Ende erschütterte Daniela und riss ein tiefes Loch in ihr. Sie fühlte sich so hilflos, weil sie es nicht hatte verhindern können. Warum? Daniela haderte mit dem Schicksal, weil sie versagt hatte. Hätte sie doch nur die Gefährtinnen im Auge behalten. Alles schien sich gegen sie verschworen zu haben. Wie damals, als sie Elena nicht aus dem brennenden Haus hatte retten können.

Zu allem Unglück kreisten sie die Vampire ein, eine Phalanx der Finsternis. Zwei Dceras gegen ein Dutzend Vampire?

Obwohl es aussichtslos erschien, war sie zum Kampf bereit, und auch, ihr Leben zu geben für Malvina, Roman und ihren Orden. Bis aufs Blut würde sie beide verteidigen und wenn sie dabei stürbe.

Ihre feuchten Hände umklammerten den Schwertknauf. Heiliger Michael, hilf mir, sandte sie im Geist das Stoßgebet an den Erzengel und Beschützer ihres Ordens. Er durfte sie jetzt nicht im Stich lassen. Malvina und sie standen jetzt nebeneinander zwischen den Vampiren und dem verletzten Jungen. Daniela spürte deutlich das Zittern der Gefährtin. Das war nicht gut. Sie vermochte kaum ihre Emotionen zu zügeln, ausgelöst durch den Tod der beiden anderen. Die Vampire zogen den Kreis enger um sie. Aus ihren Augen sprühten Hass und Gier.

„Kommt nicht näher!", rief Daniela und wusste nicht, woher sie den Mut nahm angesichts der Überlegenheit ihres Gegners. Mit dem Handrücken wischte sie die Tränen aus ihrem Gesicht.

„Bist du verrückt?", zischte Malvina ihr zu und kniff Daniela in den Rücken, um sie zur Besinnung zu bringen.

„So leicht machen wir es denen nicht. Auch wenn ich hier sterbe, die sollen es schwer haben. Ich wehre mich bis zum Letzten", antwortete Daniela.

„Aber wir haben keine Chance gegen die."

Wo blieb Malvinas Kampfgeist? Aus dem Augenwinkel erkannte Daniela, wie die Gefährtin mit tränenfeuchten Augen zu ihrer toten Geliebten hinübersah. Der Schmerz weckte in ihr jedoch nicht den Ruf nach Vergeltung, sondern schwächte ihren Kampfwillen. Fatal. Genau das, was sie jetzt auf keinen Fall brauchen konnten.

„Nur eine geringe, aber sie besteht. Und sie ist größer, wenn wir gemeinsam kämpfen", versuchte Daniela, die Gefährtin zu motivieren. Sie hoffte inständig, dass ihre Worte Malvina erreichten.

Ein weiterer Schatten glitt herab, genau zwischen die Dceras und die Vampirphalanx.

Drazice! Daniela prallte zurück.

„Wie verängstigte Hasen sind die Weiber in ihr Verderben gerannt."

Er seufzte und hob seine Arme in einer theatralischen Geste. „Aber sie haben es ja nicht anders gewollt. Ihr hättet ihnen folgen sollen, wenn wir euch nicht in Stücke zerreißen sollen."

„Drazice, niemand anderes weidet sich so sehr am Elend Sterblicher." Der Anblick des verhassten Vampirs ließ sie vor Zorn beben.

Er lachte, aber in seinen Augen blitzte es drohend auf.

„Sterbliche sind schwach. Eure Gefühle verraten euch. Was für ein kläglicher Haufen ist von den Dceras übrig geblieben. Ihr glaubt doch nicht wirklich, den Jungen beschützen zu können?"

Er musterte sie von oben bis unten und schnaubte spöttisch.

„Aber heute ist es mit dem kriegerischen Weiberpack vorbei! Nie mehr könnt ihr uns daran hindern, Sterbliche zu jagen. Ich werde euch umbringen, langsam, qualvoll, wie ihr es mit meinen Gefährten ausgeführt habt."

Sein Arm schnellte nach vorn und packte ihren schwarzen Zopf, der über der Schulter hing, und ließ ihn gleich wieder los, als hätte er sich daran verbrannt.

„Eigentlich zu schade, Bastardin."

Malvina trat einen Schritt vor und reckte ihr Kinn empor. Der pulsierende Blutdiamant auf ihrer Brust brachte sie wieder zur Besinnung.

Daniela atmete auf. Da war er wieder, der gewohnte Kampfgeist, der die Gefährtin beseelte.

Drazice würde wegen des Blutdiamanten sehr vorsichtig sein. Gewiss ein Vorteil, aber sicher konnten sie sich weiß Gott nicht fühlen.

„Du wirst es nicht wagen, uns anzugreifen", zischte Malvina, nahm den Blutdiamanten in die Hand und drehte ihn zwischen ihren Fingern. Der Blick des Barons verweilte mit Respekt auf dem immer stärker pulsierenden Stein.

Dass er plötzlich grinste, machte Daniela stutzig. Sicherlich hatte er abgewogen, auf welche Art er Malvina töten könnte, ohne den Stein zu berühren. Und er schien eine Lösung gefunden zu haben. Ihr wurde schlecht vor Angst um die Gefährtin. Wenn sie nur wüsste, was dieser Teufel vorhatte. Seine Miene blieb beherrscht und ausdruckslos und verriet nichts über seine Absichten.

Drazices Gefolge zog den Kreis ein Stück enger. Daniela erkannte den mit dem Frettchengesicht vom Zigeunerlager.

„Wo sind denn eure heiligen Armbrüste, Dceras?"

Drazices Stimme triefte vor Hohn, wofür Daniela ihm am liebsten einen Backenstreich verpasst hätte. Ihr Arm zuckte. Malvina berührte ihn leicht mit der Hand, um sie zurückzuhalten.

„Deine Gefährtin ist schlauer. Du wärst gut beraten, mich nicht bis zur Weißglut zu reizen, sonst quetsche ich das Blut aus dir heraus wie eine Frucht, bevor ich dich genieße. Wenn ich genug von dir habe, gehört dein begehrenswerter Körper den Schattendämonen." Er stützte die Arme in die Hüften, während sein Blick mit unverhohlenem Begehren über ihre Rundungen glitt. Ein silbriges Glitzern, wie ein Netz aus leuchtenden Sternen, überzog seine Iris.

„Du kannst uns keine Angst einjagen, der Blutdiamant wird seine Töchter behüten. Er verleiht uns die Kraft, um euch zu vernichten", tönte Malvina. Ihre Absicht, den Vampir herauszufordern, war zu riskant, die Lage eher verzweifelt zu benennen angesichts der Schar, die sie umzingelte, allen voran Drazice mit dem Schattendämon.

Mit Unwohlsein bemerkte Daniela, dass Roman sich hinter ihr regte. Hoffentlich verhielt er sich still und verharrte auf der Stelle. Aus dem Augenwinkel sah sie, wie er sich hinkniete. Der hohe Blutverlust hatte ihn sehr geschwächt. Aber er lebte. Das war alles, was zählte. Für ihn musste sie stark sein und den Blutsaugern trotzen.

Dass der Baron sich davon nicht einschüchtern ließ, bewies er im gleichen Moment, als er den Kopf in den Nacken legte und lachte. Die anderen Vampire stimmten ein.

„Sind die beiden Weiber nicht mutig? Ich schmecke bereits die Süße ihres Blutes. Das der Blauäugigen wird mir am besten munden." Er leckte sich über die Lippen, ohne den Blick von Daniela abzuwenden. Der Ausdruck in seinen Augen verriet, dass er nicht nur nach ihrem Blut verlangte, sondern sich an ihr vergehen wollte. Drazice besaß den Ruf eines Verführers. Gaben sich ihm die Frauen nur allzu willig hin, verfielen sie ihm. Es war der Dämon in ihm, der ihre Gefühle beeinflusste und sich von den wollüstigen Trieben seiner Bettgefährten ernährte.

Sah man dem Baron zu lange in die Augen, lieferte man sich dem Dämon aus. Was für eine abscheuliche Vorstellung. Er stand jetzt dicht vor ihr, sodass sie die blaue Flamme erkannte, die das Glitzern in seinen Augen verdrängte. Daniela rümpfte die Nase. Drazice überdeckte seinen Fäulnisgeruch mit einem schweren, süßlichen Parfüm, das ihn wie eine Wolke einhüllte. Übelkeit stieg in ihr auf. Alles an ihm weckte Ekel. Weil sie ihn mit jeder Faser ihres Herzens abgrundtief hasste.

Sein Blick saugte ihren fest. Sie wollte blinzeln, aber ihre Lider gehorchten ihr nicht mehr. Ihr Körper wurde von einer Schwere erfasst, die es ihr unmöglich machte, sich ihm zu widersetzen. Allmählich tauchte sie in das blau schimmernde Flammenmeer seiner Augen ein. Ihr Geist entschwebte in eine andere Welt.

Sie sah das Palais vor sich, vor dem sie gerade stand, aber die Rundbogenfenster waren nicht dunkel, sondern hell erleuchtet. Es erstrahlte in der Pracht, als Boskovic seine pompösen Bälle gefeiert hatte. Sie kannte es aus den Erzählungen Malvinas. Unter riesigen Kristalllüstern schwebten Paare über das Parkett, andere standen in kleinen Gesellschaften am Rande und hielten ein Glas Champagner in ihren Händen. Einer von den Gästen war ihr vertraut, mit seinen schwarzen Haaren und den blauen Augen. Es schien, als blicke sie in einen Spiegel.

„Mein Vater", wisperte sie. Ihn zu sehen, erschütterte sie. Wie oft hatte sie sich danach gesehnt, ihn noch ein einziges Mal wiederzusehen, aber das Schicksal hatte anders entschieden.

Ihr Vater schleuderte das Glas auf den Boden und eilte mit wutverzerrtem Gesicht aus dem Saal. Vor dem Eingang schwang er sich auf sein Pferd und ritt in die Dunkelheit. Schatten folgten ihm, die wie flatternde Schleier lautlos durch die Luft glitten.

Als er die Stadt hinter sich ließ, stürzten sie sich auf ihn, rissen an seinen Kleidern, zerfetzten seine Haut mir ihren Krallen. Das Pferd unter ihm bäumte sich auf. Er stürzte mit einem Aufschrei herab und blieb am Boden liegen, wo die Schatten ihn malträtierten, bis sein Körper nur noch ein Klumpen blutigen Fleisches war.

Daniela glaubte in diesem Moment, jemand bohre ihr ein Messer ins Herz. Sie hatte den Tod ihres Vaters gesehen. Sie wollte schreien, aber ihre Stimme versagte.

„Du darfst ihm nicht in die Augen sehen, Daniela!" Gedämpft vernahm sie Malvinas Stimme, die in ihr Bewusstsein drang und den Bann zwischen Drazice und ihr brach.

Es gelang ihr, den Blick von ihm loszureißen.

„Jetzt weißt du, Dcera, welches Schicksal auch dich erwarten kann." Drazice schnaubte verächtlich.

Noch immer benommen, lehnte sie sich an Malvina.

Der eiskalte Zeigefinger Drazices berührte ihre Wange. Seine Kälte ließ ihren Hass neu auflodern und erfüllte sie mit neuer Kraft. Die Wut ballte sich in ihrem Inneren zusammen, um schließlich zu explodieren. Ihre zittrigen Finger umklammerten den Schwertknauf. Jetzt musste er sterben.

Für ihre Eltern, für Hana und die anderen Gefährtinnen.

Mit einem Aufschrei riss sie das Schwert aus der Scheide, um es dem verhassten Vampir in den Leib zu rammen. Aber Drazice wich der Attacke aus.

Daniela wirbelte herum und stürmte wieder auf ihn los.

Der Baron wehrte auch diesen Angriff erfolgreich ab, indem er an der Palaismauer emporlief, sich rückwärts überschlug und über Danielas Kopf hinwegsauste. Die anderen Vampire jubelten über den Kampf zwischen ihnen und feuerten ihren Anführer an, der das Ganze anscheinend als Spiel betrachtete.

Das stachelte Danielas Zorn noch mehr an. Verdammt! Das Schicksal konnte doch nicht so grausam sein und diese Höllenbrut siegen lassen. Fieberhaft überlegte sie, wie sie den Vampir überlisten konnte. Ihr Blick flog vom Baron über die Häuserdächer und zurück. Drazice stand breitbeinig auf einer Stelle und lächelte siegesgewiss. Daniela vermied es, ihm in die Augen zu sehen.

„Was für ein vortreffliches Spiel", feixte er. „Ein Kampf bietet ein klein wenig Ablenkung gegen meine Langeweile. Überdies frohlocke ich, welch Vergnügen mich danach erwartet, wenn ich dich im Bett zähme."

„Das könnte dir so gefallen, aber das wird niemals geschehen!", schleuderte sie ihm entgegen. „Vorher bringe ich dich um." Wenn ihre Mutter es geschafft hatte, Boskovic zu töten, warum sollte es ihr nicht auch gelingen, diesen Vampir zur Strecke zu bringen? Getrieben von ihrem rasenden Zorn wagte sie sich weiter vor und schwang das Schwert.

Sein dröhnendes Lachen ertönte wieder.

„Daniela, tu nichts Unüberlegtes!", rief Malvina ihr zu, die sich wacker gegen die anderen Vampire schlug, welche nun auch Spaß am Kämpfen gefunden hatten. Der Blutdiamant versprühte sein rotes Feuer auf ihrer Brust und hielt ihre Gegner auf Distanz, weil sie Respekt vor ihm besaßen. Aber wie lange würde das gut gehen? Wann würden sie wagemutiger werden und sich auf Malvina stürzen? Daniela hätte vor Verzweiflung schreien können. Ihre Hoffnung sank mit jedem Schritt, den sich die Vampire ihrer Gefährtin näherten. Doch sie durfte jetzt keine Schwäche zeigen, weil es genau das war, worauf Drazice wartete.

Daniela atmete tief ein, um all ihre Kräfte zu sammeln.

Heiß schoss das Blut durch ihre Adern und versetzte sie in einen Zustand der Spannung, wie sie ihn fürs Translozieren brauchte. Sie musste dieses Mal schneller sein als er und ihn mit einem einzigen Stoß vernichten. Die aufsteigenden Zweifel angesichts seiner körperlichen Überlegenheit unterdrückend, gelang es ihr, sich hinter ihn zu begeben und das Überraschungsmoment auszunutzen. Das Schwert bohrte sich in seinen Rücken. Daniela jubelte innerlich über ihren Triumph, aber es hielt nicht lange an, denn Drazice brach weder zusammen noch verbrannte er von innen.

Stattdessen drehte er sich langsam zu ihr um. Das blaue Feuer glomm in seinen Augen. Blut quoll aus der Wunde und durchtränkte binnen kurzer Zeit das weiße Hemd, das er trug. Die Schwertspitze lugte aus seinem Bauch heraus. Blut tropfte von der Spitze auf den Boden. Die Erkenntnis, erneut versagt zu haben, traf sie wie ein Schlag ins Gesicht. Ohne Waffen war sie ihm und seinen Vasallen ausgeliefert. Wie hatte sie auch nur annehmen können, ihn im offenen Kampf zu besiegen. Hatte ihre Mutter Boskovic nicht während seines Schlafes besiegt?

Drazices Hand schnellte vor und packte ihr Handgelenk. Sie versuchte, sich loszureißen, aber umso fester schlossen sich seine bleichen Finger um ihren Arm. Mit der anderen Hand zog er das Schwert aus seinem Körper und warf es achtlos neben sich. Die klaffende Wunde in seinem Bauch schloss sich bereits. Er fletschte die Zähne, dass seine spitzen Fänge wie zwei Dolche aufblitzten. Mit einem Knurren zog er sie an sich und presste sein Gesicht in ihre Halsbeuge. Zitternd hing sie in seinen Armen, verzweifelt bemüht, ihn von sich zu stoßen.

Im gleichen Moment hörte sie Malvina aufschreien. Drazice drehte sie um und zwang sie, dem Geschehen zuzusehen, wie einer der Vampire der Gefährtin das Schwert entriss. Das, wovor sie sich am meisten gefürchtet hatte, war eingetroffen. Die Vampire überwältigten die treue Gefährtin. In diesem Moment starb in Daniela jegliche Hoffnung. Es war vorbei, die Dceras vernichtet, und die Herrschaft der Vampire gewann. Wozu kämpfte sie noch? Es war doch zwecklos.

„Rette dich, Daniela. Du bist die einzige Hoffnung der Sterblichen!", schrie Malvina.

Einer von kleinem Wuchs brachte sie zu Fall. Das war das Zeichen für die anderen, sich wie ein Rudel Raubtiere auf sie zu stürzen.

Daniela schrie und schluchzte. Sie schloss die Augen, weil sie den Anblick nicht ertragen konnte. Aber Drazice drückte ihre Lider auseinander, sodass sie mit ansehen musste, wie die Vampire Malvina zerrissen. Eine schlimmere Qual war kaum vorstellbar.

Ein Vampir schrie auf, als er den Blutdiamanten berührte. Dann sackte er zu Boden, und der Stein schlitterte über das Pflaster.

Wie ein rot glühendes, pulsierendes Herz lag er wenige Schritte entfernt.

„Steckt ihn ein, aber werft vorher ein Tuch über ihn, bevor ihr ihn an euch nehmt", befahl Drazice seinen Kumpanen.

„Und jetzt, mein schönes Vögelchen, vergnügen wir beide uns."

Danielas Schluchzen verebbte. „Du bist die einzige Hoffnung der Sterblichen!", klangen Malvinas letzte Worte in ihren Ohren. Solange noch eine Dcera existierte, gab es keine vollendete Macht der Vampire. Malvinas Gesicht tauchte vor ihr auf.

„Tu es für mich, für den Jungen und alle Menschen. Vernichte die

Vampire", flüsterte die Gefährtin ihr zu, bevor ihr Antlitz sich auflöste.

Malvinas Worte gaben ihr Kraft und setzten ungeahnte Reserven frei.

Anton Drazices Zunge glitt an ihrem Hals entlang und hinterließ eine kalte, feuchte Spur auf ihrer Haut. Sie spürte die Spitzen seiner Zähne über ihrer Schlagader und erschauderte. Obwohl sie ihn abstoßend fand, konnte sie das erregende Prickeln nicht ignorieren, das sich über ihren Körper ausbreitete bis in den Schoß. Drazices Körper drängte sich fest an sie, sodass sich seine Erektion in ihren Unterleib drückte. Ihr Blick suchte nach dem Schwert, das nicht weit entfernt auf dem Pflaster lag. Nur ein kurzer Sprung und sie hätte es.

Als er sich an ihr rieb, lockerte sich für einen Augenblick sein Griff. Endlich die Gelegenheit, sich aus seinen Armen zu katapultieren. Daniela drückte sich mit aller Kraft vom Erdboden ab, riss die Arme hoch und sprang über den verdutzten Drazice hinweg. Am Ende ihrer Flugkurve schnappte sie sich das Schwert und kam auf die Beine. Ihr Blick suchte nach dem Jungen. Aber der war weg. Hatte er sich unbemerkt fortstehlen können oder war er ein Opfer der Vampire geworden? Die Vampire hätten ihn vor ihren Augen zerrissen, dessen war sie sicher, also musste er sich erholt haben und entkommen sein. Wie von Furien gehetzt rannte sie über den Marktplatz. Die schmale Gasse, die sie gewählt hatte, führte zur Moldau hinab. Das Surren hinter ihr verriet, dass Drazice ihr bereits folgte, was Daniela beflügelte, schneller zu rennen. Aber sie durfte sich nicht verausgaben und verzichtete aufs Translozieren.

Ihre Beine flogen über das Pflaster. Drazice näherte sich immer schneller. Keuchend erreichte sie die Karlsbrücke, passierte das Tor und hastete weiter. Da erkannte sie den Jungen vor sich, der keuchend über das Pflaster stolperte. Er hatte es also geschafft. Nein, noch nicht, Drazice verfolgte sie und würde so lange nicht ruhen, bis er sie beide getötet hatte. Sie trieb den Jungen mit Rufen zur Eile an. „Lauf zu der kleinen Kapelle. Dort hinein werden sie dir nicht folgen!", rief sie ihm hinterher. Sie betete zum Heiligen Michael, er möge das Kind beschützen. Schluchzend humpelte der Junge weiter.

Drazice holte Daniela ein und riss sie an der Schulter um. Sie stürzte zu Boden, rollte sich herum und sprang auf die Füße. Sie zückte das Schwert und umklammerte es mit beiden Händen.

„Den Jungen bekommst du nicht. Dafür werde ich sorgen."

Den Vampir ließ sie nicht aus den Augen. Drazice stand mit wutverzerrter Miene vor ihr.

„Ich lasse mich nicht foppen, schon gar nicht von einem Weib!", donnerte er los.

Schweiß rann ihren Rücken hinab, ihr Körper war bis in den kleinsten Zeh angespannt, bereit, sich erneut im Kampf mit dem Vampir zu messen. Sie wagte einen flüchtigen Blick über die Schulter. Der Junge verließ die Brücke. Sie musste Drazice noch eine Weile aufhalten, um ihm ausreichenden Vorsprung zu garantieren.

Lass dich nicht von Drazices imposantem Gehabe beeindrucken. Auch er ist besiegbar. Sie unterdrückte die Zweifel, die durch das eben Erlebte erneut in ihr aufstiegen. Drazice schoss schneller als ein Pfeil auf sie zu, um sie niederzustrecken. Daniela reagierte und wich aus, sodass er ins Leere griff. Das machte ihn noch wütender. In seinen Augen flackerte wild das blaue Dämonenfeuer. Gleich wandte sie den Kopf zur Seite, um sich nicht wieder darin zu verlieren. Er knurrte und bleckte die Zähne.

„Das wirst du noch bereuen", zischte er.

Daniela sprang auf die Brückenmauer und lehnte sich an die Statue des Heiligen Johannes.

„Dann komm und hol mich doch, Blutsauger. Oder nimmst du es nur mit Kindern auf?" Sie winkte ihn heran und stellte sich neben die Statue, in der Hoffnung, er möge hochspringen. Zu ihrer Enttäuschung tat er es nicht. Wenn ein Vampir ins Wasser sprang, wäre er für eine kurze Zeit gelähmt. Zeit genug, um zu fliehen.

„Was ist denn? Hier bin ich. Der mächtige Vampir fürchtet sich doch nicht vor dem Wasser?" Sie zitterte vor Anspannung und Konzentration. Alles musste ganz schnell verlaufen, wenn es Erfolg versprechend enden sollte. Er musste hochspringen, wenn er sie fassen wollte.

Fauchend sprang er neben sie auf die Brüstung, um sie zu ergreifen. Er war so berechenbar. Daniela holte mit dem Schwert aus, um seinen Kopf abzutrennen, aber er duckte sich, und sie traf ihn stattdessen am Oberarm. Drazice war schnell, verdammt schnell, viel schneller, als sie gedacht hatte. Das Schwert schnitt sich tief in sein Fleisch. Er brüllte vor Wut und drückte eine Hand auf die klaffende Wunde, während er seine Backenzähne so fest aufeinanderpresste, dass sie es knirschen hörte.

„Na, warte, Dcera. Ich werde dir jeden einzelnen Knochen im Leib brechen, das schwöre ich dir."

Er warf sich auf sie. Wieder gelang es ihr, ihm rechtzeitig auszuweichen, aber sie rutschte auf der Brüstung aus und verlor das Gleichgewicht. Ihre Arme ruderten in der Luft, das Schwert entglitt ihrer Hand, und sie stürzte dem grauen, träge dahinfließenden Nass entgegen.

„Verrecke, du Bastardin!", schrie er ihr hinterher.

Sein dröhnendes Lachen begleitete ihren Sturz.

Mit voller Wucht klatschte sie auf die Wasseroberfläche. Die eisigen Fluten schlugen über ihr zusammen und rissen sie in die Tiefe. Wild paddelte sie mit den Armen, um nach oben an die Wasseroberfläche zu gelangen. Als sie keine Luft mehr bekam, geriet sie in Panik und schlug um sich. Der Vampir wartete nur darauf, dass sie jämmerlich wie eine Katze ertrank. Wenn sie doch nur nicht so zittern würde und ihre Glieder nicht vom eiskalten Wasser so steif wären. Dennoch gelang es ihr, kurz aufzutauchen und Luft zu schnappen. Sie sah Drazice auf der Brüstung stehen. Er beobachtete mit einem diabolischen Lächeln, wie sie um ihr Leben kämpfte. Ein Gedanke schoss ihr durch den Kopf. Wenn sie sich tot stellte, würde er glauben, alle Dceras vernichtet zu haben. Das würde ihr ermöglichen, unterzutauchen und ihn zu jagen, bis sich eine Gelegenheit zur Rache ergab.

Daniela holte tief Luft, bevor sie sich bäuchlings mit ausgebreiteten Armen wie ein sterbender Schwan auf der Moldau treiben ließ. Ihre Lungen schienen bersten zu wollen, ihr Körper sich in einen Eisblock zu verwandeln. Lange könnte sie es nicht aushalten. Sie spürte, wie alle Kraft aus ihr wich.

„Wir sehen uns in der Hölle wieder!", hörte sie Drazice schreien, bevor tiefe Dunkelheit sie umfing.

5.

Valerij beobachtete gelangweilt die elegant gekleideten Frauen, die in den Ballsaal traten und ihm erwartungsvoll entgegenblickten. Er nippte an seinem Champagner und lächelte. Sein Ruf als fantasievoller und einfühlsamer Liebhaber eilte ihm voraus. Er konnte nicht verhehlen, dass dieses ihn in gewisser Weise mit Stolz erfüllte.

Jede der Frauen hoffte, seine Gunst zu gewinnen und seine Mätresse zu werden. Ein Teil in ihm war selbstsüchtig genug, eine nach der anderen zu genießen, wenn es ihn danach gelüstete. Wer würde schon auf das Vergnügen verzichten, wenn eine schöne Frau sich anbot? Der Duft süßen Blutes stieg verführerisch in seine Nase. Die Krönung aller Begierden. Doch er wusste schon jetzt, dass keine der Frauen mehr als ein einziges Intermezzo bedeutete. Es verlangte ihn danach, sich zwischen weiche Schenkel zu schieben und in Ekstase zu versinken. Und er brauchte heute ihr Blut.

Valerijs Ansprüche waren im Laufe der Jahrhunderte gestiegen, was die Auswahl einer passenden Geliebten schwierig gestaltete. Eine innere Rastlosigkeit zwang ihn nach einer liebenden Gefährtin zu suchen, mit der ihn mehr verband als der Rausch einer Nacht. Eine, die ihm nicht nur die Langeweile vertrieb, sondern ihn als Mann herausforderte. Doch nach fünfhundert Jahren erfolgloser Suche gab er die Hoffnung langsam auf. Ein Weib, das in ihm ungezähmtes Verlangen weckte, sein Herz berührte und gleichzeitig seinen Geist unterhielt, müsste erst noch geboren werden.

Seufzend überschlug er seine langen, muskulösen Beine und lehnte sich in dem gediegenen Hochlehnsessel zurück.

Die Musik verstummte, als einer der Vampire seines Hofes neben ihn trat und sich zu ihm herabbeugte. Es war Petre, ein schlaksiger Jüngling, der im Alter von siebzehn Jahren in einen Vampir verwandelt worden war. Sein unbedarftes Auftreten stand im Gegensatz zu seiner Gerissenheit und dem hitzigen Gemüt, das sich hinter dem jungenhaften Gesicht verbarg. Und er war geiler als jeder andere hier im Saal. Im Gegensatz zu Valerij, der Frauen bevorzugte, war er nicht wählerisch, was die Geschlechter betraf. Nur jung mussten sie sein, damit ihr Blut frisch schmeckte. Seine Loyalität und seine Kampfbereitschaft waren jedoch lobenswert, weshalb Valerij ihm manches verzieh.

„Mein Fürst, ich bin weit durchs Land gereist, um Euch diese Auswahl zu präsentieren. Wie wäre es da mit der Rothaarigen ganz links? Sie erscheint mir ganz reizvoll. Brüste wie zwei pralle Äpfel. Und ... ihr Blut riecht köstlich." Er zog geräuschvoll die Luft ein.

Valerij kniff die Augen zusammen. Die Rothaarige sah in der Tat ganz appetitlich aus und ihr Blick versprach Begierde.

Ein Weib musste mit einem einzigen Blick in ihm die Wollust wecken, dass er an nichts anderes mehr denken mochte.

Wenn sie ihn weiter fesseln wollten, verlangte er Fantasie beim Liebesspiel. Was bedeutete ein schöner Körper, wenn Leidenschaft und Esprit fehlten?

Petre fühlte sich durch Valerijs Zögern sichtlich unwohl und sah ihn fragend an. Hastig pries er ihm eine nach der anderen an, schwärmte von ihrer Schönheit und ihren Fähigkeiten.

„Zieht Ihr vielleicht eine Frivole einer keuschen Jungfer vor? Oder liebt Ihr es heute exotisch? Vielleicht die mit den Mandelaugen, die aus Samarkand stammt? Ihre Hände und Lippen sollen von besonderer Geschicklichkeit sein. Oder doch besser die Bauerntochter mit den breiten Hüften? Oder vielleicht alle zusammen für eine Orgie?", flüsterte Petre ihm ins Ohr.

Valerij schüttelte den Kopf. „Die Rothaarige. Lass sie vorführen."

In den Jahrhunderten seines Vampirdaseins hatte Valerij die Fleischeslust genossen. Keine Stellung, kein Liebesspiel, das er nicht ausprobiert hatte. Würde diese hier überraschen können? Er bezweifelte es.

Petre winkte der Rothaarigen. Das grünseidene Kleid umschmeichelte jede Rundung ihres Körpers und konkurrierte mit ihren moosgrünen Augen. Ihr üppiges Dekolleté zog seinen Blick magisch an. Ihre Brustwarzen bohrten sich wie spitze Dornen in den seidigen Stoff. Die Haut war rosig und glatt, und in der Halsbeuge, unter der ihr Puls hämmerte, besonders zart. Der Duft von Rosenessenz schwebte ihr voraus.

Valerij stellte sich vor, welche Wonnen ihn erwarten würden, wenn er sie streichelte, leckte und ihre samtene Haut zwischen die Lippen sog. Von ihr zu kosten versprach Genuss. Er war ausgehungert und lüstern, gierig darauf, ihren Schoß in Besitz zu nehmen und von ihrem Blut zu trinken. Es kostete ihn Mühe, sich zusammenzureißen. Tagelang hatte er abstinent gelebt, sich weder mit einer Frau vergnügt noch Blut getrunken. Und er war bei Gott kein keuscher Mönch. Im Gegenteil, er brauchte den warmen Leib einer Frau. Er versprach sich von seiner Enthaltsamkeit, die Ekstase noch intensiver zu erleben. Angeregt trank er sein Glas mit einem Zug leer und ließ seinen Blick begehrlich über ihren Körper gleiten.

„Dana, tritt näher, damit der Fürst dich betrachten kann." Petre winkte sie ungeduldig näher.

Kokett lächelnd folgte sie der Aufforderung. Leichtfüßig erklomm sie die Treppe. Sie war nicht nur sehr apart mit dem herzförmigen Gesicht und der Stupsnase, sondern bewegte sich auch anmutig wie eine Tänzerin.

Valerij spürte, wie seine Männlichkeit sich versteifte und ein Prickeln in seine Lenden fuhr.

Petre beugte sich zu ihm herunter und flüsterte ihm ins Ohr.

„Sie ist die Tochter des Grafen Flaviu." Der Graf war ein wichtiger Verbündeter Valerijs gegen die Werwölfe, die ständig die Bergdörfer überfielen. Er nickte anerkennend, angesichts des diplomatischen Schachzugs Petres, gerade sie zu präsentieren.

Sie neigte den Kopf und knickste.

„Durchlaucht, ich erfülle Euch jeden Wunsch", sagte sie leise. Sie bedachte ihn mit einem glühenden Blick, der Eis zum Schmelzen bringen konnte. Aber es lag etwas darin, das Valerij störte.

„Folgen Sie mir bitte in mein Separee." Valerij erhob sich aus seinem Sessel, ergriff ihre Hand und hauchte einen Kuss darauf. Galant reichte er ihr seinen Arm zum Unterhaken und wollte mit ihr die Treppe hinabschreiten, als Petre ihn am Ärmel zurückhielt, um ihm etwas zuzuraunen.

„Ihre prallen Backen, so fest und rund wie die einer Stute, eignen sich hervorragend zum Peitschen. Sie hat mir verraten, dass der Schmerz in ihr die Lust anfacht. Und wenn ihr Hinterteil dann die richtige Färbung besitzt, ist sie reif, genommen zu werden." Begeisterung schwang in Petres Stimme mit.

Valerij sah seinem Vertrauten an, wie sehr dieser darauf hoffte, sich selbst einmal mit ihr vergnügen zu dürfen. Bei der Auswahl war er sicher scharf darauf gewesen, ihr nacktes Hinterteil eingehend zu begutachten.

„Worauf wartest du noch? Bereite das Separee vor", befahl er Petre und nickte ihm zu. Vielleicht würde die Rothaarige amüsanter sein als angenommen und könnte ihn länger als eine Nacht fesseln.

Petre klatschte in die Hände. Daraufhin nahmen alle Gäste auf den vergoldeten Stühlen Platz, die zu beiden Seiten des Ballsaales aufgereiht waren.

Auf einem Podium am anderen Ende des Saales saß ein Kammerorchester und wartete auf seinen Einsatz. Gespannte Erwartung zeichnete sich in den Mienen der Gäste ab. Valerij legte Dana einen Arm um die Taille und schritt mit ihr durch den Saal. Unter halb geöffneten Lidern sah sie zu ihm auf und leckte sich über die kirschroten Lippen. Ihr rotes Haar fiel kaskadenartig über ihre Schultern und reichte ihr bis zur Hüfte. Es bildete einen reizvollen Kontrast zu ihrer weißen Haut und fühlte sich zwischen seinen Fingern seidig an. Petre hatte Geschmack bewiesen.

„Ihr werdet es heute Nacht nicht bereuen, Durchlaucht, mich gewählt zu haben. Mein Körper gehört Euch", flüsterte sie.

Über den Köpfen der Zuschauer hingen vergoldete, mannshohe Spiegel, die das Kerzenlicht der Kristalllüster reflektierten. Valerij betrachtete die Rothaarige und sich mit Wohlwollen. Ein perfektes Paar. Als sie bemerkte, dass er in den Spiegel blickte, hob sie ihre Hand und berührte sein dunkelbraunes Haar, das sich im Nacken kräuselte. Früher hatte er wie Petre sein Haar lang getragen, bis die Mode Kurzhaarfrisuren vorschrieb.

Petre hob den Arm und bedeutete den Musikern zu spielen. Anstelle gewohnter Walzerklänge schwebten Zigeunerweisen durch den Saal. Ein Raunen ging durch die Zuhörer, denn das fahrende Volk erfreute sich am Hof nicht großer Beliebtheit seit dem letzten Kampf gegen die Werwölfe. Der Verrat der Zigeuner war nicht vergessen.

Valerijs Brauen schossen nach oben. Bereits nach wenigen Tönen empfand er das Geigenspiel jedoch angenehm. Zigeunermusik strahlte eine gewisse Sinnlichkeit und Temperament aus, Eigenschaften, die er von einer Frau ersehnte. Als sein Blick seine Begleiterin streifte, wurde ihm schlagartig bewusst, was ihn an ihr und all den anderen Frauen störte. Sie machten es ihm zu leicht, waren zu devot. Dabei liebte er die Jagd. Er wollte um die Gunst einer Frau kämpfen, das Fieber eines Jägers in sich spüren, bis er sie erbeutete.

Enttäuscht kniff er die Lippen zusammen.

Das Separee war ein quadratischer Raum hinter dem Ballsaal, von dessen Existenz nur Eingeweihte Kenntnis besaßen. Auch engen Vertrauten wie Petre stellte Valerij das Separee gern für Liebesvergnügungen zur Verfügung. In der Mitte zog eine Kirchenbank alle Blicke auf sich, auf der einst Sünder in Demut gekniet hatten. Sie im Schloss eines Vampirs zu finden, war ungewöhnlich genug, doch die Lederschlaufen, die an der Lehne befestigt waren, ein Kuriosum. Hinter der Kirchenbank stand ein französisches Bett, dessen blutroter Samtüberwurf aus dem dunklen Ambiente schwarzer Seide hervorstach, mit dem die Wände bespannt waren. Valerij liebte die Farbe Rot, weil sie nicht nur Blut, sondern auch Feuer und Glut verkörperte, bestimmende Elemente seines Daseins. Rote Rosenblüten lagen auf dem Boden verstreut und betörten durch ihren lieblichen Duft. Rings um das Bett hingen die gleichen vergoldeten Spiegel wie im Ballsaal und vervielfachten die Anzahl der brennenden Kerzen. Die Atmosphäre besaß eine süße Schwere, die nicht prickelnder und sinnlicher sein konnte. Valerij umgab sich gern mit Dingen, die er liebte, um ein Wohlgefühl zu erzeugen.

Durch einen der Spiegel konnte man aus einer winzigen Kammer das Treiben im Separee betrachten, ohne bemerkt zu werden. Das Meisterstück eines bekannten Prager Künstlers. Hinter dem Spiegel stand ein Sessel, von dem aus ihm kein Detail entging. Als Voyeur war es ihm möglich, sich von den Paaren auf der anderen Seite in Ruhe stimulieren zu lassen.

Mit geröteten Wangen stand Dana mitten im Raum und ließ den Blick schweifen. Langsam zog sie sich aus. Valerij betrachtete sie dabei. Als sie nackt vor ihm stand, kehrte das Begehren zurück. Sein Blick heftete sich auf das rotgoldene Dreieck zwischen ihren Schenkeln. Sie war eine Frau, bei der ein Mann nur an eines denken konnte. Nein, an zwei Dinge, verbesserte er sich und seine Mundwinkel zuckten. Er verlangte auch nach ihrem Blut, das unter der warmen Haut durch ihre Adern rauschte.

Ihr Lächeln wirkte unsicher und erstarrte, als sie die Kirchenbank neben sich betrachtete. Fast ehrfürchtig strich sie mit der Hand über das Holz, das viele Einkerbungen trug. Sie begutachtete das Möbelstück von allen Seiten. Valerij hörte ihr wildes Herzklopfen, als schlüge jemand neben ihm die Trommel. Lange, schwarze Wimpern warfen Schatten auf ihre geröteten Wangen. Ihre grünen Augen leuchteten. Sie zitterte und senkte den Blick.

„Durchlaucht, was erwartet Ihr von mir?", flüsterte sie.

Er legte seinen Finger unter ihr Kinn und zwang sie, ihn anzusehen.

„Wie möchtet Ihr mich haben? Soll ich mich auf das Bett legen? Oder wollt Ihr mich an diese Sünderbank fesseln?" Sie leckte sich über die Lippen und sah ihn erwartungsvoll an. Zu dieser demütigen Haltung war sie erzogen worden. Das Weib, das dem Mann untertan sein musste. Sie würde nie gegen seinen Willen aufbegehren. Die meisten Männer wünschten sich solch eine Frau im Bett. Aber die lebten ja auch nicht so lange wie ein Vampir. Nach fünfhundert Jahren war er es satt, dass die Frauen sich ihm sofort bereitwillig hingaben.

Sie strich mit den Händen über ihre Brüste, bis zu den Hüften und drehte sich im Kreis. Alles perfekt. Viel zu perfekt. Eine Frau, die kein Geheimnis barg und leicht durchschaubar war. Lag nicht gerade der Reiz darin, wenn sie etwas vor ihm verbarg?

Plänkeleien weckten seinen Jagdinstinkt, der ihn zu einem Raubtier machte, das Blut und körperliche Erfüllung forderte, dem das Spiel mit der Beute Spaß bereitete. Ein Gefühl, so mächtig, dass es alle anderen verdrängte und er nur noch von dem einzigen Wunsch beseelt war, das Objekt seiner Begierde zu besitzen. Aber nichts dergleichen stellte sich hier ein. Diesen Rausch hatte er nur bei wenigen Frauen erlebt, als er noch ein junger

Vampir gewesen war. Aber alles in ihm schrie nach dem Körper einer Frau. Und Dana war hier, bereit, ihm alles zu geben.

„Dreh dich um", befahl er.

„Ich tue alles für Euch, mein Fürst, nur für eine Nacht mit Euch", antwortete sie und folgte seiner Aufforderung. Sie plapperte zu viel.

Als er seine Hände auf ihre Schultern legte, zuckte sie leicht zusammen und eine Gänsehaut breitete sich in ihrem Nacken aus.

„Eure Hände sind so kalt", flüsterte sie.

„Entspann dich", flüsterte er ihr ins Ohr.

Sanft massierte er ihre Schultern und entlockte ihr ein wohliges Stöhnen. Sie legte ihren Hinterkopf gegen seine Brust und genoss mit geschlossenen Augen die Massage.

Währenddessen betrachtete er wieder ihre Spiegelbilder.

Das braune, kurz geschnittene Haar hing ihm wirr in die Stirn. Seine Oberlippe wölbte sich durch seine wachsenden Fänge nach vorn, als er den Duft ihres Blutes inhalierte. Sie gaben ein attraktives Paar ab, wie Venus und Mars. Sie war vielleicht zwanzig, höchstens zweiundzwanzig Jahre alt.

Trotz seiner fünfhundert Jahre sah er kaum älter aus als sie. Allein durch den Genuss frischen Blutes alterte er nicht. Als gebürtiger Vampir bedurfte es nur hin und wieder eines Schluckes, im Gegensatz zu den verwandelten Artgenossen, die täglich vom Lebenssaft trinken mussten, um ihr Aussehen zu erhalten. Doch durch seine Abstinenz war die Gier heute auch in ihm übermächtig. Blut! Das Wort echote in seinem Schädel. Ja, er musste Blut trinken.

Die Rothaarige stöhnte wieder auf, als seine Hände zu ihren Brüsten wanderten und sie umfassten. Mit den Daumen rieb er über ihre harten Brustwarzen. Als er sie zwirbelte und leicht zwickte, entfuhr ihr ein spitzer Schrei, bevor sich ihre Schneidezähne vor Erregung in die Unterlippe gruben.

Er lächelte. Frauen schmolzen unter seinen Händen wie Butter. Unzählige waren von seinen Lippen liebkost worden, vom Gesicht bis zur feuchten Spalte, in denen der Puls der Lust pochte.

„Stimmt es, dass Euch mehr Frauen zu Füßen liegen als Casanova? Waren es viele?", fragte sie leise.

„Vielleicht", raunte er ihr ins Ohr. „Ein Kavalier spricht nicht über seine Amouren."

Sie kicherte.

Seine Hände glitten über ihre Arme, während er sich zu ihr hinabbeugte und jeden Zentimeter ihrer Halsbeuge küsste. Der Speichel lief ihm im Mund zusammen und sein Magen ballte sich zu einem Stein. Er musste sich zusammenreißen, um nicht gleich seine Zähne in ihrem Hals zu versenken und von ihrem Blut zu trinken, das so herrlich duftete.

Ein Liebesspiel war mit einem delikaten Essen vergleichbar. Wenn man jeden einzelnen Bissen genießen wollte, durfte man ihn nicht gierig hinunterschlingen. Das Sahnehäubchen war ein Schluck ihres Blutes.

Sie stöhnte leise und drängte sich enger an ihn. Mit ihrem Hintern strich sie in kreisenden Bewegungen über seine Erektion.

Auch er schloss die Augen und gab sich ganz ihren Bewegungen hin, die sein Blut erhitzten. Das Reiben ihres Gesäßes an seinen Lenden ließ ihn die Zähne zusammenpressen. Er spürte, wie sein Hodensack sich hart zusammenballte und seine Eichelspitze feucht wurde. Aber er wusste aus Erfahrung, diese Erregung würde sich wie bei ihren Vorgängerinnen viel zu schnell verflüchtigen.

Sie ergriff seine Hände und presste sie wieder auf ihre nackten Brüste. Je härter er knetete und ihre Knospen zupfte, desto wilder stöhnte sie.

„Ja, ist das gut", stieß sie hervor.

Valerij knetete ihre samtigen Brüste, schob sie zusammen, um sich kurz darauf wieder ihrer roten, geschwollenen Knospen zu widmen. Sie zuckte und lehnte sich gegen ihn, während ihre Arme hinabhingen.

Ihre Haut besaß eine seltene Weichheit, die nur wenigen Frauen eigen war. Wenn er mit seinen Fingerspitzen darüber fuhr, ging ein Prickeln auf ihn über, das sich in seinem gesamten Körper ausbreitete und heiß in seinen Phallus fuhr. Doch es war nicht das, was er ersehnte. Er träumte von wilder, purer Lust, die ihn wie ein Blitz durchzuckte und Stürme in seinem Inneren toben ließ. Von einer Frau, voller Leidenschaft und Temperament. Wie die Frau aus seiner Vision. Stattdessen hing Dana in seinen Armen wie eine willenlose Puppe.

„Ja, ja, ja", stieß sie hervor, stöhnte und seufzte im Wechsel.

„Zeig mir, wie sehr du mich begehrst", zischte er ihr ins Ohr.

„Das tue ich doch. Ich liefere mich Euch vollkommen aus. Ihr versteht es meisterhaft, eine Frau zu verführen", flüsterte sie.

Ich liefere mich Euch aus. Ihr dürft alles mit mir machen. Das waren genau die Worte, die er schon zig Mal vernommen hatte und nicht mehr hören wollte. Seine Erregung ebbte schlagartig ab. Er küsste sie auf ihr Haar. Rote Flecken der Erregung prangten an ihrem Hals und ihre Wangen glühten wie im Fieber.

Die Tür öffnete sich und Petre streckte den Kopf herein. Dana war so in ihrer Erregung gefangen, dass sie sein Eintreten nicht mitbekam.

Petres Miene war ernst, was Valerij besorgt zur Kenntnis nahm. Dana hing voller Hingabe in seinen Armen. Wenn er sie zurückstieße, riskierte er womöglich, einen seiner treuesten Vasallen zu verlieren. Ein gefundenes Fressen für die Werwölfe, die nur darauf lauerten, seine Macht schwinden zu sehen. Mit einer Hand winkte er Petre herbei, damit er sich um Dana kümmerte. Petres Augen leuchteten auf.

„Ich werde dir jetzt die Augen verbinden, bevor ich unser Spiel fortsetze", sagte Valerij zu Dana, die ergeben nickte.

Aus seiner Hosentasche zog er ein schwarzes Seidentuch und knotete es um ihren Kopf. Schon stand Petre hinter ihr und fing sie auf, als Valerij sie losließ. Er schlich sich aus dem Raum und wurde im Flur von einem seiner Diener empfangen, der einen wichtigen Kurier ankündigte. Valerij folgte ihm in den kleinen Salon, in dem der Kurier aus Prag auf ihn wartete.

Verdammt, wenn er doch nur nicht so durstig wäre. Aber er wollte sich zuerst anhören, welche Botschaft ihm der Kurier überbrachte.

Kurz, nachdem der Kurier das Schloss verlassen hatte, entfaltete Valerij den Briefbogen. Der Brief stammte aus Prag.

Als er die steile Handschrift erkannte, runzelte er die Stirn. Drazice! Er hatte diesen ehemaligen Günstling Boskovics nie ausstehen können. Ein Opportunist und Intrigant, dessen Verschlagenheit unübertroffen war. Was wollte dieser Bastard von ihm? Seit ihrer letzten Begegnung im Prager Stadtpalais des Grafen waren über zwanzig Jahren vergangen. Seitdem hatte er von dem Baron nichts mehr gehört. Zum Glück. Auf einen weiteren Intriganten konnte er weiß Gott verzichten, vor allem jetzt, wo ihm diese verdammten Werwölfe in den Rücken gefallen waren und versuchten, seine Lehnsleute in den Karpaten auf ihre Seite zu ziehen. Ein Vampir als Regent glich einem Frevel. Es widerstrebte den Werwölfen, das jahrtausendealte Gesetz der Karpaten, das einen aus dem Clan der cel Bâtrân zum Anführer bestimmte, zu akzeptieren. Andererseits würde er sich die Schattendämonen zum Gegner machen, wenn er Drazice abwies.

Der Baron bat um Asyl und bot ihm als Gegenleistung den berüchtigten Blutdiamanten an, einen Edelstein, in dem ein Blutstropfen Liliths eingeschlossen war. Das Erbe einer Dcera. Schon viele Vampire, auch Boskovic, hatten versucht, ihn an sich zu bringen und waren gescheitert. Wie hätte das Drazice gelingen sollen? Valerij misstraute diesem Prahlhans. Bestimmt handelte es sich um eine Fälschung. Um an den Stein zu gelangen, musste man die Dcera töten. Und das erschien unmöglich.

Wenn Drazice glaubte, ihn hinters Licht führen zu können, irrte er sich. Wütend knüllte Valerij den Brief zusammen und schleuderte ihn fort. Er würde den Baron zum Teufel jagen, wenn er die Karpaten beträte.

Er hatte die Gerüchte um Drazice vernommen. Es hieß, sein Bündnis mit den Schattendämonen wäre zerbrochen. Entsprach das der Wahrheit? Valerij nahm sich vor, den Gerüchten nachzugehen. Er würde Petre schicken, Drazice auszukundschaften. Sein Blutdurst meldete sich zurück. Valerij beschloss, zum Separee zurückzukehren.

6.

Valerij betrat den Voyeurraum hinter dem Separee, um Petres Liebeskünste mit der Rothaarigen in Augenschein zu nehmen. Er ließ sich in den Sessel sinken und schlug die Beine übereinander. Hatten sich Petres Künste weitergebildet oder stellte er sich immer noch wie ein Bauer an? Gespannt widmete er sich dem Schauspiel, das er durch den Spiegel betrachten konnte.

Deutlich erkannte er den fiebrigen Glanz in Petres Augen, als der hinter der Rothaarigen stand. Petre besaß eine knabenhafte Gestalt, die sich von seinem kräftigen, aber durchaus wohlgeformten Körper unterschied. Die Rothaarige schien den Unterschied nicht zu bemerken, so sehr war sie in ihrer Erregung gefangen.

Valerij hatte Petre oft genug eingebläut, sich mit keinem Laut zu verraten. Es war nicht das erste Mal, dass sein Getreuer an seiner Stelle dem Vergnügen frönte. Aber Valerijs Ansehen und Ruf standen auf dem Spiel.

Der Vampir schob die Rothaarige nach vorn auf die Kirchenbank zu und drückte ihre Schultern hinunter, damit sie sich mit den Händen an der Lehne abstützen konnte. Geschickt schlang er die befestigten Lederschlaufen um ihre Handgelenke und fixierte sie in dieser Position. Für eine bequemere Haltung spreizte sie ihre Beine. Ihre Brustwarzen berührten die hölzerne Lehne. Eine ganze Weile verharrte Petre, ohne sie zu berühren. Sie wurde unruhig. Ah! Petre hatte ihn also oft genug beobachtet, um nun zu erproben, wie viel Lust es ihm bereitete. Wenn er dabei nur nicht so zittern würde.

„Was ist? Warum macht Ihr nicht weiter?" Die Rothaarige klang unsicher.

Los, Petre, zeige ihr, wer ihr Gebieter ist. Valerij rieb sich die Hände. Das Liebesspiel versprach, famos zu werden.

Anstelle einer Antwort rieb Petre sich die Hände und holte aus. Seine flache Hand klatschte auf ihr nacktes Hinterteil. Valerij spürte, wie sein Phallus vor Erregung zuckte. Er selbst hätte nicht vortrefflicher dieses Hinterteil behandeln können, das nach Züchtigung schrie.

Ihrem weit aufgerissenen Mund entfuhr ein überraschter Schrei. Als ihre Miene sich gleich darauf verklärte, erkannte Valerij, dass es sie erregte, was Petre tat. Hoffentlich erkannte sein Vasall das auch. Ihre Wangen röteten sich. Sie schwang ihr Becken hin und her, als suche ihr Hinterteil die schlagende Hand.

Ein weiteres Mal sauste Petres Hand hinab und schlug auf die andere Pohälfte. Die Innenseiten ihrer Schenkel glänzten. Der Duft ihrer wollüstigen Feuchte erregte Petre so sehr, dass sich seine Nasenflügel blähten und er schnaubte. Seine Fangzähne schoben sich immer weiter aus dem Mund.

Auch Valerij sog genussvoll den köstlichen Duft ein und bereute in diesem Moment, sich des Vergnügens beraubt zu haben. Sein Phallus drückte immer fester gegen seinen Hosenbund, als wollte er ihn sprengen.

Wieder und wieder schlug Petre sie, bis ihr Hintern ganz rot war. Mit jedem Hieb verzerrte sich seine Miene, dass Valerij wusste, wie dicht er vor seinem Höhepunkt stand. Noch darfst du nicht in sie dringen. Du musst sie quälen, bis sie darum bettelt, genommen zu werden. Am liebsten wäre Valerij aufgesprungen, um es ihm zu sagen. Stattdessen rieb er über die Beule in seiner Hose.

Petres Hände streichelten ihr malträtiertes Hinterteil, auf dem sich seine Finger abzeichneten. Ihre Haut glühte von den Hieben. Er leckte sich über die Lippen, beugte sich vor und fuhr mit der Zunge ihre Wirbelsäule herauf und wieder hinab. Dabei beobachtete er im Spiegel jede ihrer Reaktionen. Die Augen geschlossen haltend, bog sie ihren Rücken durch und presste die Lippen fest zusammen.

„Sündiges Weib", raunte Petre und fingerte an seinem Hosenbund.

„Ja", stöhnte sie und riss wie wild an ihren ledernen Fesseln.

Mit seinen spinnenartigen Fingern fuhr Petre durch die Poritze der Rothaarigen abwärts, bis er ihre Mitte fand. Ruckartig versenkte er seinen Mittelfinger in ihr. Wieder schrie sie auf, erst vor Überraschung, dann vor Erregung, als der Finger in sie eintauchte, herausgezogen wurde, um gleich darauf erneut tief in sie zu stoßen.

Ja, so machte er es recht. Petre hatte dazugelernt. Valerij lächelte anerkennend.

Ein Zittern durchlief Petres Körper, er konnte sich kaum noch beherrschen. Seine Adern glichen unter der Haut pulsierenden Kordeln. Die angespannte Miene verriet, wie viel Mühe es ihn kostete, seine Gier im Zaum zu halten. Geschickt knöpfte er mit der anderen Hand seine Hose auf. Für seinen schmächtigen Körper besaß er ein mächtiges Glied, das sich jetzt aus dem Hosenschlitz emporreckte. Das Blut, das hineinschoss, bewegte seinen Phallus leicht vor und zurück. Ein feuchter Film hatte sich auf der Eichel gebildet.

Valerij ballte die Faust. Du darfst noch nicht, verdammter Narr. Noch einen Schritt musst du es hinauszögern.

Als hätte Petre Valerijs Gedanken gelesen, kniete sich der Vampir zwischen die gespreizten Beine der Frau und leckte ihren Liebessaft von den Schenkeln, anstatt in seiner Gier kraftvoll in sie einzudringen. Stück für Stück arbeitete er sich an ihr hoch, bis er ihre Perle erreichte und sie mit seinen Lippen einsaugte.

Valerij selbst glaubte sie zu schmecken, so köstlich, wie sie duftete. Er schloss die Augen und fasste in den Bund seiner Hose. Nur mit Mühe unterdrückte er ein Stöhnen, als er über seine Eichel rieb, was seine Anwesenheit verraten hätte. Als das Stöhnen nebenan lauter wurde, öffnete er wieder die Augen. Er wollte das Geschehen um keinen Preis versäumen.

Ihre Fingernägel gruben sich ins Holz der Kirchenbank. Sie sog scharf die Luft ein und wog ihre Schultern hin und her, um ihre harten Knospen über das Holz zu schaben. Keuchend reckte sie sich ihm entgegen, während er immer schneller über ihre empfindlichste Stelle züngelte. Valerij bemerkte zu seinem Entsetzen, dass Petres Fänge sich fast in ihr feuchtes Fleisch hineingebohrt hätten, um den Geschmack durch ihr Blut zu versüßen. Aber zu so etwas ließen Vampire sich nur im Rausch hinreißen. Und Valerijs Ruhm, ein guter Liebhaber zu sein, stand jetzt mehr auf dem Spiel, als wenn Petres Maske fiele. Schlagartig verflog seine Erregung, und er hockte im Sessel wie ein Raubtier auf dem Sprung. Wenn Petre es auch nur wagen würde, er würde ihm eigenhändig das Herz aus der Brust reißen. Valerij knurrte leise, für ein menschliches Ohr kaum wahrnehmbar, aber laut genug für Petre, dessen Augen sich sofort öffneten. Er hatte die Warnung also verstanden.

Der Duft der Frau intensivierte sich, und Valerij wusste, dass sie kurz vor ihrem Höhepunkt stand. Wild riss sie an den ledernen Fesseln und flehte Petre an, sie endlich zu nehmen.

„Ja, oh, Valerij, lösche mich."

Petre kniete sich hinter sie, umfasste ihre Hüften und zog sie ebenfalls auf die Knie hinab. Begleitet von einem tiefen Grunzen drang er ungestüm in sie ein. Er biss die Zähne zusammen und umklammerte ihre Schultern, während sein Becken in immer schneller werdendem Rhythmus gegen das ihre schlug.

Erleichtert sank Valerij in den Sessel zurück.

Bereits nach wenigen Stößen blitzten Petres mächtige Fangzähne gefährlich im Kerzenschein. Er schob ihr langes Haar nach vorn, um sich ungehindert ihrem Hals zu nähern. Während er sie voller Ekstase ritt, näherten sich seine Fänge ihrer Halsbeuge, bis er sie darin versenkte. Valerij wusste, dass Petre sich im Blutrausch nicht mehr beherrschen konnte, was ihn unberechenbar werden ließ.

Das Verlangen, von ihrem Blut zu trinken, vernebelte sein Hirn. Petre bestand nur noch aus Hunger und Gier. Dana zerrte umso mehr an ihren Lederfesseln und wand sich, aber seine kräftigen Kiefer pressten sich wie Ankerhaken in ihr zartes Fleisch und fixierten sie in dieser Position. Mit jedem Zug und jedem Beckenstoß wuchs seine Ekstase. Angespannt beobachtete Valerij, wie weit sein Vasall seinen Blutrausch zu kontrollieren vermochte. Wie immer verlangte Valerij, wenn er Petre eine seiner Gespielinnen gestattete, selbst von ihrem Blut zu trinken. Beim letzten Mal hatte Petre sich nicht beherrschen können, sodass Valerij einschreiten musste, dafür aber kein Blut zu trinken bekam, weil es das Leben der Frau gekostet hätte.

Der Duft ihres Blutes weckte nun auch in ihm den Durst, und er leckte sich über die Lippen. „Wehe dir, Petre, wenn du dich nicht beherrschen kannst", flüsterte er.

Die vollen Brüste Danas wippten bei jedem Beckenstoß empor. Als der Höhepunkt nahte, krampfte ihr schweißnasser Körper, und sie schrie ihre Erlösung hinaus, bevor sie erschlaffte und gegen Petres unbehaarte Brust sank. Ihre Fingerkuppen bluteten und lösten sich nur langsam von der Banklehne. Er hob sie auf seine Arme und legte sie aufs Bett. Blut floss noch immer aus ihrer Ader, das er mit den Fingern herausdrückte und in einem Glas für Valerij auffing. Das Glas hielt er mit einem triumphierenden Lächeln dem Spiegel entgegen.

Was für ein gelehriger Schüler.

Petre legte die Rothaarige aufs Bett und ging. Ekstase und Blutverlust forderten ihren Tribut. Sie war so erschöpft, dass sie nicht einmal die Augen öffnete.

Dann war es still. Valerij öffnete den Spiegel und trat ins Separee. Die weißen Glieder ausgebreitet, schlummerte sie in den Kissen mit einem verträumten Lächeln auf den Lippen. Ihr Brustkorb hob und senkte sich gleichmäßig. Nur ihre Wangen leuchteten unter der schwarzen Augenbinde feuerrot von der eben erlebten Ekstase. An ihrer linken Halsseite erkannte er die Bissspuren Petres. Ein feines, rotes Rinnsal floss an ihrem Hals hinab bis zu ihrer Brust. Der Geruch des frischen Blutes war verlockend. Auf dem kleinen Tisch neben dem Bett stand das Glas, das zur Hälfte mit Blut gefüllt war. Danas Blut. Ihr Duft hing noch in seiner Nase und ließ seinen Magen rebellieren. Schon setzte er das Glas mit zitternden Fingern an die Lippen. Das Blut gerann bereits. Er stürzte den flüssigen Teil hinunter und leckte den geronnenen Rest auf.

Zufrieden begab er sich auf den Weg zu seinen Gemächern.

7.

Vorsichtig rieb Oana nach dem Säubern die schmerzenden Bisswunden an ihrem Hals mit der Paste ein, die sie der alten Zigeunervettel abgekauft hatte. Die Salbe kühlte und linderte den Schmerz, so wie die Alte es versprochen hatte.

Ihr letzter Freier war in seiner Gier wie ein wildes Tier über sie hergestürzt und hatte sich in ihrem Hals verbissen. Großer Gott, sie hatte viel zu spät bemerkt, dass er zu den Tagwandlern gehörte. Sie hätte sich ihm verweigert.

Für diesen Fauxpas könnte sie sich ohrfeigen. Weil du gierig auf das Geld gewesen bist, hörte sie eine innere Stimme. Verdammt, sie war auf jeden Heller angewiesen. Da nahm sie, was sie kriegen konnte, auch einen sterblichen Kerl. Tagwandler waren Sterbliche, in die ein Schattendämon gedrungen war, was man nicht auf den ersten Blick erkennen konnte. Sie waren leicht reizbar, und ihr Blut besaß eine dunkelrote, fast schwarze Farbe. Der Dämon beherrschte sein Opfer und zerstörte in kürzester Zeit den sterblichen Körper. Wie eine Made, die sich durch Fleisch bohrte. Tagwandler waren bedauernswerte Kreaturen, denen nur eine kurze Lebenszeit vergönnt war.

Sie konnte von Glück sagen, dass der Dämon nicht in sie gedrungen war. Erst als sie mit einem Silbermesser seinen Arm ritzte, ließ er von ihr ab. Ein menschlicher Körper fühlte Schmerzen. Voller Wut schlug er ihr ins Gesicht. Ihre linke Gesichtshälfte brannte noch immer von dem Hieb.

Sie beugte sich weiter über das Wasser und betrachtete ihr Spiegelbild. Rot prangten die Abdrücke seiner Hand auf ihrer geschwollenen Wange. Sie tauchte ihre Hände ins Wasser und kühlte ihr Gesicht. Die hereinbrechende Dämmerung hatte sie überrascht. Sie musste sich beeilen, denn die Dunkelheit gehörte nicht nur den Vampiren, sondern auch den Werwölfen. Sie stand unter dem besonderen Schutz des Barons, aber die Werwölfe scherten sich einen Dreck darum. Leider gab es so manchen Vampir, der mit diesem Wolfspack kooperierte. Das Moldau-Ufer war ein geheimer Treffpunkt der dunklen Geschöpfe, von dem aus sie ihre Jagd auf Beute begannen.

Rasch glättete sie ihre Röcke, die sie vorhin für ihren Freier hochgerafft hatte, und lief zum Lager zurück. Auf halber Strecke wähnte sie einen Schatten hinter sich und warf ängstlich einen Blick über die Schulter zurück. Am Horizont erlosch der letzte rote Sonnenstreifen, um der Dunkelheit Platz zu schaffen.

Im Lager brannte bereits das Feuer. Dort fühlte sie sich sicher. Wie Dreschflegel hämmerten ihre Füße dumpf über den moosigen Waldboden.

Plötzlich huschte etwas an ihr vorbei. Wieder waren es Schatten, die wie dunkle Wolken auf das Lager zuflogen. Die Kälte, die sie begleitete, ließ alles, woran sie vorüberzogen, zu Eis erstarren. Unfreiwillig war sie Zeugin blutiger Rituale geworden, die Schattendämonen mit einem Körper vereinten, damals im Palaiskeller des Grafen Boskovic. Die Erinnerung ließ sie erschaudern.

Auch ihre kleine Schwester, die sich mit dem Grafen eingelassen hatte, war ihnen geopfert worden. Furcht kroch eisig ihren Rücken herauf, ihre Beine drohten, wegzuknicken. Zitternd verbarg sie sich hinter einem der dicken Baumstämme und beobachtete die Schatten. Eine schwarze Kutsche näherte sich. Sie erstarrte, denn sie gehörte ihrem Herrn.

Die Schatten umkreisten die Kutsche und zwangen sie zum Anhalten. Die

Pferde bäumten sich kurz auf, bevor sie in der Bewegung erstarrten. Die weißen Atemwolken vor ihren Nüstern verebbten. Über Rücken, Mähne und Schweif zog sich eine Schicht Raureif. Die glasigen Augen schienen sie anzustarren. Auch der Kutscher, der gerade seine Peitsche schwang, erstarrte zu Eis.

Mit einer Hand schlug sie ein Kreuz und bat im Geist die Heilige Jungfrau um Schutz. Sie drückte sich noch fester an den Baumstamm und presste ihre Faust vor den Mund, um das Zähneklappern zu unterdrücken.

Die Kutschentür öffnete sich. Im fahlen Licht der Beleuchtung erkannte sie das blonde Haar ihres Herrn. Mit bedächtigen, aber festen Schritten, bewegte er sich auf die Schatten zu, die vor ihm wie eine Mauer schwebten.

Die Augen ihres Schutzherrn strahlten in der Dunkelheit wie Aquamarine, obwohl sie eine dunkle Farbe besaßen. Schon einmal hatte sie sich über diesen seltsamen Farbenwechsel gewundert, der faszinierend und zugleich beängstigend erschien. Jetzt fürchtete sie sich davor.

Die Baumrinde presste sich schmerzvoll in ihren Rücken, denn keiner durfte ihre Gegenwart bemerken. Ihr Herr würde sie in seinem Zorn so lange auspeitschen lassen, bis Blut aus ihrer Haut quoll, und er sich daran laben konnte. Deutlich konnte sie erkennen, wie die Schatten sich wie Gewitterwolken verdichteten und drohend vor ihrem Herrn schwebten.

„Wo ist der Tribut?" Die kratzige Stimme des Schattendämons klang fordernd.

Ihr Herr hob die Hände und lächelte.

„Keine Sorge, ihr sollt ihn bekommen. Bald." Hörte sie da ein leichtes Zittern in der Stimme ihres Patrons? Fürchtete auch er sich vor diesen Wesen? Der mächtige Vampir, in dessen Gewalt sich ganz Prag befand? Unmöglich. Er war stark und unbesiegbar, unsterblich, gerissen … Und doch waren die ersten Zweifel gesät, als sie seine Unsicherheit spürte.

Würden die Schatten ihn vernichten, bedeutete es auch ihr Ende. Ohne seinen Schutz würde sie zum Spielball der Geschöpfe der Finsternis werden, die alle nur ihren Körper und ihr Blut besitzen wollten.

„Wann?"

Wie ein tiefes Donnergrollen hallten die Worte des Schattens durch den Wald.

„In … in der Nacht des blauen Mondes", antwortete ihr Gönner hastig.

„Wage es nicht, uns zu betrügen. Oder unser Bruder wird dich verlassen."

Plötzlich wölbte sich der Brustkorb ihres Herrn nach vorn, sprengte seine Weste, zerriss das Hemd und legte seine unbehaarte Brust frei. Unter seiner Haut zeichnete sich eine ballgroße Wölbung ab, die mehr und mehr die Form eines Kopfes annahm. Auch er besaß einen Schattendämon! Die Erkenntnis machte sie fassungslos. Gott, wie konnte ihr so etwas die ganze Zeit entgangen sein? Der Dämon in seinem Inneren versuchte, nach außen zu dringen.

Mit schmerzverzerrtem Gesicht sank ihr Patron auf die Knie. Er brüllte wie ein Tier und presste seine Hände auf die Beule in seinem Brustkorb.

„Jetzt spürst du, was es bedeutet, keinen Tribut zu zahlen."

„Ja", kam es gepresst aus seiner Kehle, bevor er stöhnend auf den Boden kippte und sich krümmte. Am liebsten wäre sie an seine Seite geeilt, um ihm beiseitezustehen, aber sie vermochte nichts gegen diese mächtigen Wesen auszurichten. Vielmehr musste sie um ihr Leben fürchten, wenn die Dämonen sie entdeckten. Sie zitterte am ganzen Leib und presste ihre Faust noch fester auf den Mund, um nicht vor Entsetzen zu schreien. Tränen schossen ihr in die Augen und liefen ihre Wangen hinab.

Das Stöhnen endete unerwartet. Der Körper ihres Gönners entspannte sich. Mühsam rappelte er sich auf. Das blaue Feuer in seinen Augen war erloschen.

„Hast du den Orden endlich vernichtet, wie es dir aufgetragen wurde?"

„Ja."

„Gut. Und jetzt gib uns den Blutdiamanten." Einer der Schatten reckte sich ihm entgegen.

„Ich … ich habe ihn nicht mehr."

Kaum, dass er die Worte ausgesprochen hatte, sackte er wieder zusammen und schrie auf.

„Wo ist er?" Die Frage echote wie Donnergrollen durch den Wald.

Ihr Herr versuchte, zu sprechen, aber nur ein Krächzen drang aus seinem Mund.

„Wo ist er?" Das Echo der tiefen Stimme brachte ihren Brustkorb zum Vibrieren.

„Ich habe ihn dem Karpatenfürsten gegeben. Dort ist er sicher." Schwankend stand er auf.

„Cel Bâtrân! Wir kehren in der Nacht des blauen Mondes zurück. Dann wirst du uns das Opfer und den Blutdiamanten übergeben."

„Aber …" Ohne seinem Einwand Aufmerksamkeit zu schenken, verschwanden die Schattendämonen so plötzlich, wie sie gekommen waren.

Der Kutscher fiel vom Kutschbock und die Pferde brachen vor der Deichsel zusammen.

Ihr Gönner raffte fluchend das zerfetzte Hemd vor seiner Brust zusammen. Er zog die Oberlippe hoch und fauchte. Dann drehte er sich um die eigene Achse und schwang sich mit einem Kreischen in die Luft.

Oanas Brustkorb hob und senkte sich in schnellem Rhythmus. Sie ließ ihre Hand wieder sinken und wischte sich die Tränen aus dem Gesicht. Noch immer vor Angst gelähmt, lehnte sie den Kopf an den Stamm und schloss die Augen. Ihr Herz schlug wie eine Trommel, dass sie glaubte, die Schatten könnten es hören und zurückkehren. Angst war ein gewohntes Gefühl, das sie ihr Leben lang begleitet, aber durch ihren Herrn verloren hatte. Bei ihm fühlte sie sich sicher, bis zum heutigen Tag, der das Bild ins Wanken gebracht hatte. Ihren Gönner derart hilflos zu sehen, machte sie fassungslos und ließ die längst vergessene Angst zurückkehren.

Was bedeutete das Gerede über den Tag des Blauen Mondes und den Tribut? Hatten sie etwa den Orden der Dceras gemeint, als sie von Vernichtung gesprochen hatten? Sei es drum, dass sie die Vampirjägerinnen verraten hatte, ihre einzige Sorge galt ihm.

Ein Rascheln im Gebüsch hinter ihr ließ sie zusammenfahren. Die Schatten! Sie raffte ihre Röcke und rannte los, vorbei an dem toten Kutscher und den toten Pferden. Sie hatte unzählige Tote in ihrem Leben gesehen, doch jedes Mal grauste es sie von Neuem. Nur nicht hinsehen, einfach nur vorbei. Sie rannte über den Waldboden, sprang über Baumwurzeln und Steine, ohne den Blick auf die vor ihr liegende Rauchsäule zu verlieren, die vom Feuer der Zigeuner stammte. Überall raschelte es und sie wähnte hinter jedem Baum einen Schatten. Die Angst klammerte sich in ihrem Nacken fest und schnürte ihre Kehle zu.

Endlich erreichte sie völlig außer Atem den Waldrand. Als ihr Blick auf die vertrauten Zigeunerwagen auf der Lichtung fiel, hätte sie vor Freude jauchzen können. Sie wagte nicht, sich noch einmal umzudrehen, sondern hastete auf das Lager zu.

Keuchend erreichte sie ihren Wagen und kletterte die drei Stufen der Metallstiege empor. Sie riss den Vorhang beiseite und prallte zurück, als ihr Patron unerwartet vor ihr stand. Seine wütende Miene verhieß nichts Gutes. Hatte er ihre Anwesenheit vorhin bei seiner Begegnung mit den Schatten bemerkt?

„Wo bist du gewesen, Hure?", herrschte er sie an und musterte sie vom Scheitel bis zu den bloßen Füßen, die vor Schmutz strotzten. Sie wischte ihre schweißnassen Hände am Rock ab und fuhr durch ihr zerzaustes Haar. Ehe sie antworten konnte, packte er grob ihr Handgelenk.

„Ich habe gefragt, wo du gewesen bist. Antworte." Sie kannte seinen Zorn, hatte gesehen, mit welcher Grausamkeit er zu Gericht zog. Mit Vorliebe riss er seinen Gegnern die Kehle aus dem Hals oder das Herz, das er genüsslich verspeiste. Aber noch nie hatte sich sein Zorn gegen sie gerichtet. Sie fürchtete sich vor seiner Strafe. Seine Finger bohrten sich schmerzhaft in ihren Arm, und sie schrie auf.

„Am Fluss. Ich war am Fluss", antwortete sie heiser. Als seine Nägel den Ärmel durchdrangen und ihre Haut aufrissen, presste sie die Kiefer zusammen, um nicht loszuschreien und die anderen im Lager auf ihren Zwist aufmerksam zu machen. Blut floss warm an ihrem Unterarm hinab. Ein befriedigtes Lächeln kräuselte seine Lippen. Er schob den Ärmel hoch, führte ihren Arm an seinen Mund und leckte mit der Zunge das Blut ab. Zitternd ließ sie ihn gewähren. Selbst diese einfache Berührung versetzte ihre Sinne erneut in Aufruhr. Die feuchte Spur, die seine Zunge hinterließ, war eiskalt. Der Genuss ihres Blutes schien ihn ein wenig besänftigt zu haben, denn seine Miene wirkte entspannter.

„Soso, am Fluss. Ein Freier?" Als sie nicht sofort antwortete, drückte er wieder fester zu, dass das Blut herausquoll. Sie stöhnte auf und nickte. Seine Miene verzerrte sich. Abrupt stieß er sie von sich, dass sie ins Taumeln geriet, rückwärts zu Boden fiel und gegen den Hocker schlug.

„Du lügst. Du hast mir nachspioniert. Ich habe dich im Wald gewittert." Drohend zogen sich seine Augenbrauen zusammen. Die Spitzen seiner Fänge lugten über seine Unterlippe.

„Ich lüge nicht. Da war ein Freier, unten am Fluss. Danach bin ich durch den Wald. Ich wusste doch nicht, dass du da bist. Ich schwöre." Sie hob die Hände und kreuzte ihre Finger.

Mühsam rappelte sie sich auf, doch er drückte sie an den Schultern zurück auf den Boden.

Breitbeinig stellte er sich vor sie und stemmte die Hände in die Hüften.

„Was wolltest du wirklich am Fluss?"

„Das sagte ich doch schon. Der Freier …"

„Schweig! Dein Wagen ist hier. Gib zu, du hast meine Kutsche gesehen und wolltest das Gespräch belauschen, um vielleicht einen Vorteil daraus zu ziehen."

„Das würde ich niemals tun."

Er winkte ab und drehte sich um. Wie konnte er nur so etwas von ihr denken? Jahrelang hatte sie ihm Loyalität bewiesen. Sie wollte ihn an seiner Jacke festhalten, erwischte aber nur die Tasche, die mit einem Ratschen zerriss. Etwas Schweres in einem Ledersäckchen polterte auf den Boden vor ihre Füße. Sie hob es auf.

Als er es bemerkte, wollte er ihr das Säckchen aus der Hand reißen, aber sie war schneller und lugte hinein. Ein feuerroter, funkelnder Edelstein befand sich darin.

„So etwas Schönes habe ich noch nie gesehen", sagte sie voller Ehrfurcht und wollte den Edelstein herausnehmen. Da riss er ihr das Säckchen aus der Hand und stopfte es in seine Hosentasche.

„Du … du hast sie angelogen." Sie zeigte mit dem Finger auf die Beule in seiner Hosentasche.

„Wenn du den Schattendämonen oder irgendjemandem verrätst, dass ich den Blutdiamanten besitze, dann gnade dir Gott."

„Willst du mich dann umbringen? Wie all die anderen?"

Kaum hatte sie die Fragen gestellt, bereute sie die, denn im selben Augenblick holte er aus und schlug ihr ins Gesicht. Er reagierte so unbeherrscht, wenn man ihn reizte. Sie hätte es besser wissen müssen. Oana erinnerte sich an den Moment, als sie ihm gestanden hatte, sich einem Werwolf hingegeben zu haben. Fast hätte er sie damals erwürgt. Er war so außer sich gewesen, dass sie geglaubt hatte, ihr Leben wäre beendet. Unerwartet hatte er von ihr abgelassen. Sie war seine Hure. Es war sein gutes Recht, sie zu bestrafen, wenn sie nicht gehorchte.

Auf ihrer Lippe schmeckte sie Blut und leckte es ab.

„Ich habe dich längst durchschaut. Du bist nur auf deinen Vorteil bedacht. Ich warne dich. Kein Wort, sonst zerreiße ich deinen Körper in Stücke und werfe sie in die Moldau."

Er spuckte auf den Boden und musterte sie voller Abscheu.

„Ich werde dich nicht verraten", versicherte sie.

„Ach, ja? Wer gibt mir die Garantie? Ihr Huren seid doch alle gleich. Ihr wisst einen Patron nicht zu schätzen. Vergiss nicht, dass ich dich aus der Gosse geholt habe. Ohne mich wärst zu krepiert." Er fletschte seine Fänge und fauchte.

„Das habe und werde ich nie vergessen. Glaub mir, ich bin deine treueste Hure", flüsterte sie. In seiner Miene spiegelten sich die widersprüchlichsten Gefühle wider. Es verlangte ihn, sie zu quälen. Gleichzeitig erkannte sie das Begehren in seinem Blick. Die Begegnung mit den Schattendämonen und vor allem, dass sie ihn dabei beobachtet hatte, brachte ihn auf. Er hasste es, Schwäche zu zeigen. Sein Eifer, die Vampire und Dämonen zu beherrschen, war von Boskovic ausgebremst worden. Immer hatte ihr Patron sich danach gesehnt, den Platz des mächtigen Grafen einzunehmen. Erst nach Boskovics Vernichtung lenkte er die Geschicke Prags.

Traurig starrte sie auf seine breite Brust, die nur spärlich vom zerfetzten Hemd bedeckt wurde. Sein Körper war vollkommen. Wie mochte er als Mensch gewesen sein? Jede Faser ihres Körpers sehnte sich nach ihm.

„Ich beweise dir meine Loyalität. Bediene dich meines Körpers. Mein Blut gehört dir. Trinke es bis zum letzten Herzschlag."

Sie streckte ihren Busen heraus und strich mit ihren Fingern über die Brustwarzen, die sich unter dem Stoff abzeichneten.

Er verfolgte ihre Bewegung und bedachte sie mit einem verheißungsvollen Blick.

Langsam öffnete sie die Bänder an ihrem Ausschnitt. Seine Arme schnellten vor und mit einem Ruck zerriss er ihr Kleid, bis sie nackt und zitternd vor ihm stand. Sein Blick trübte sich, was sie befriedigte, denn es zeigte ihr, dass er sie trotz allem begehrte.

„Dreh dich um", befahl er. Ihre eben noch empfundene Angst wich der Lust. Sie war ihm mit Haut und Haar verfallen, begehrte seinen Körper mehr als alles andere und konnte nie genug von ihm bekommen.

Er band ihre Hände hinter dem Rücken mit einem ihrer Haarbänder zusammen, die achtlos obenauf in einer Kiste lagen. Das Gleiche tat er mit ihren Beinen, sodass sie keinen Schritt vorsetzen konnte. Ihm wehrlos ausgeliefert zu sein, erregte sie. Was hatte er mit ihr vor? Würde er sie mit einem Stock züchtigen? Aber dann könnte sie keinen Gulden mehr verdienen, wenn ihre Freier die grünen und blauen Flecken auf ihrem Körper entdeckten. Sie verdiente gut. Zu ihrer Kundschaft gehörten die einflussreichsten Vampire entlang der Moldau. Meistens Adlige, die irgendwann verwandelt worden waren.

„Knie nieder." Sie folgte seinem Befehl. Sein kalter Atem streifte ihren Nacken und ließ sie erschauern. Alles in ihr lechzte nach ihm, nach seiner Berührung.

Er ging um sie herum und stellte sie vor sich hin.

„Du bist eine Hure. Meine Hure. Ich kann mit dir tun und lassen, wie es mir beliebt. Befriedige meine Lust." Seine Stimme klang rau vor Erregung.

Ihre Augen folgten seinen Händen, die den Hosenbund aufknöpften und seinen Phallus herausholten. Sie lächelte und beugte sich vor. Ihre ausgestreckte Zunge glitt seinen Schaft hinauf bis zur Wurzel, umspielte die feuchte Eichelspitze, um wieder hinab zu seinem Hodensack zu gleiten. Sie sah kurz zu ihm auf. Mit geschlossenen Augen stöhnte er leise. Aber auch sie überrollte eine Welle der Erregung, die sich als Hitze in ihrem Schoß entlud.

„Lass dieses Vorspiel. Du bist nicht meine Gespielin, sondern meine Hure. Ich will, dass du es mir gleich besorgst."

Sie zuckte wie unter einem Peitschenhieb bei seinen Worten zusammen. Die Erkenntnis, dass er immer betonte, sie sei seine Hure, schmerzte. Aber was hatte sie denn erwartet? Es entsprach ihrem Verhältnis.

Dennoch glaubte sie manchmal, dass er mehr für sie empfand, als er zugeben wollte.

Sie stülpte ihre Lippen über seinen kalten, aber samtigen Phallus und saugte. Wie gern hätte sie in diesem Moment sein Gesicht betrachtet, das jedes Mal einen verklärten Ausdruck annahm, wenn der Höhepunkt nahte.

Noch viel lieber hätte sie ihn mit den Händen berührt, ihn in sich aufgenommen, um ihren Hunger zu stillen. Sie züngelte über seine Eichel, bevor sie sein Glied tiefer in ihren Mund nahm. Während sie ihn langsam wieder entließ, kratzten ihre Zähne über die empfindliche Haut. Das mochte er besonders. Von ihren Freiern ließ sie sich erklären, welche Praktiken sie bevorzugten. Die meisten entschieden sich für eine sanfte, massierende Technik. Bei ihm wusste sie, dass eine gewisse Derbheit ihn erst richtig geil machte. Eng umspannten ihre Lippen seinen Phallus und bog ihn, indem sie den Kopf in verschiedene Richtungen drehte. Er umfasste ihren Kopf mit seinen Händen und forderte sie auf, das Tempo ihrer Bewegungen zu erhöhen. Sie spürte durch die Bewegungen einen kalten Lufthauch über ihre erigierten Brustwarzen streifen, was ein Ziehen in ihrem Unterleib bewirkte.

Weil es sie mit der Zeit anstrengte, in dieser Position den Kopf zu kreisen, hielt sie zwischendurch inne, um wieder abwechselnd an seiner Männlichkeit zu lutschen und zu saugen. Sein Glied pulsierte in ihrem Mund. Sein tiefes Stöhnen orientierte sich an ihrem Rhythmus.

Heute bedurfte es nur eines geringen Zeitraumes, bis er sich mit einem kehligen Laut in ihrem Mund ergoss.

Während er seine Befriedigung erlangte, brannte das Feuer ungestillten Verlangens weiter in ihr. Das war die Strafe, mit der er sie bedachte. Sie spürte den klopfenden Puls in ihrer Mitte und presste die Pobacken zusammen. Aber nichts half gegen die Sehnsucht nach Erlösung, die er ihr nicht gönnte.

8.

Das Leben zog in raschen Bildersequenzen an Daniela vorbei. Es war vorbei. Sie stand auf der Schwelle zum Tod. Ihr Geist verließ den Körper und schwebte empor zu dem hellen Licht, das sie wärmte. Mit einem Mal überkam sie ein Gefühl der Gleichgültigkeit. Alles, was ihr zuvor teuer und lieb gewesen war, verlor schlagartig die Bedeutung.

Gleich würde sie mit ihren geliebten Eltern und ihrer Schwester vereint sein, die sie schmerzlich vermisste. Sie tauchte in das Licht und sah ihre Mutter entgegenkommen. Liebevoll strich sie Daniela übers Haar, so wie damals, wenn sie als Kind zu Bett gebracht worden war. Es war so schön, die Mutter wiederzusehen und das tiefe Gefühl von Geborgenheit zu spüren. Ruckartig wechselte das Bild, und Daniela sah sich lachend auf den Schultern ihres Vaters sitzen. Gemeinsam erkundeten sie die Geheimnisse der Nacht. Ihre Hände hielten sich an seinem schwarzen, dichten Haar fest. Plötzlich saß sie auf dem Rücken eines schwarzen Wolfes und ritt mit ihm durch den nächtlichen Wald.

Ein Kind schrie voller Verzweiflung in der Ferne. Ihr Herz raste. Die Stimme gehörte Katja, ihrer Schwester, und sie befand sich in Gefahr. Der Wolf rannte in die Richtung, aus der der Schrei gekommen war. Daniela krallte sich in sein Fell. Als sie bei Katja eintrafen, packten sie Vampire und flogen mit ihr davon. Daniela schrie, wollte zu ihr laufen und ihr helfen, aber die Bilder lösten sich auf und verschwanden in der Dunkelheit, die auch sie einhüllte. Die Arme des Todes.

„Nein!", schrie sie und streckte ihre Arme aus, als könnte sie die Bilder zurückholen. Doch ihr Schrei verpuffte in dem schwarzen Nichts. Jede Vision wollte sie festhalten, das Einzige, was ihr von den geliebten

Menschen geblieben war. Aber die Finsternis kannte keine Gnade. Welchen Sinn besaß ihr Leben noch ohne die Menschen, die sie liebte? Alles in ihr verlangte nach dem erlösenden Tod, und sie ließ sich treiben im Meer der Unendlichkeit.

Jemand griff ihr unter die Achseln und zog sie empor. Daniela fühlte sich zu schwach, um Widerstand zu leisten. Ihre Glieder gehorchten nicht und in ihrem Kopf herrschte eine dumpfe Leere. Stück für Stück wurde sie rückwärtsgezogen, bis ihr Gesicht im Schlamm lag. Irgendetwas drückte sich in ihren Brustkorb und presste ihre Lungen zusammen. Sie drohte, zu ersticken, hustete und würgte einen Schwall Wasser hinaus. Zurück blieb ein saurer Geschmack im Mund, Sand knirschte zwischen ihren Zähnen.

Ihr war entsetzlich kalt. Sie zitterte so stark, dass ihre Kiefer laut aufeinanderschlugen, hart wie die eines Nussknackers. Warum reichte ihr keiner eine Decke? Oder war sie tot? Jemand zeigte Erbarmen und wickelte ein Tuch um ihren Körper. Schmale Hände rubbelten ihre kalte, feuchte Haut sanft trocken. Langsam floss das Blut wieder durch ihren Körper und wärmte sie. Das Leben kehrte zurück.

„Hör doch auf, das ist vergebene Liebesmüh. Die ist eh so gut wie tot. Lass sie liegen", hörte sie eine fremde Frau reden. Der abfällige Unterton brachte Daniela gegen die Besitzerin auf. Mühsam versuchte sie, ihre Lider anzuheben, aber die schienen vor Kälte erstarrt zu sein.

„Wir können sie doch hier nicht liegen lassen." Die andere weibliche Stimme klang entschieden freundlicher. Eine der beiden hielt ihre warme Hand vor Danielas Mund. „Sie atmet noch gleichmäßig, aber schwach."

Dann tätschelte die gleiche sanfte Hand ihre Wange.

„Wir nehmen sie mit. Komm, pack mit an."

„Du bist wohl von allen guten Geistern verlassen! Ohne mich. Wie sollen wir das Radu erklären?"

Die Freundliche seufzte. „Mir wird schon was einfallen. Das arme Ding lass ich hier nicht liegen. Sie ist ganz durchgefroren. Packst du nun an, Oana, oder soll ich mich allein abbuckeln? Ich hab dich damals auch aus der Moldau gezogen."

„Schon gut." Sie murmelte etwas Unverständliches vor sich hin. Aber es hörte sich nicht gerade freundlich an.

„Hier, fass an."

Daniela wurde hochgehoben und fortgetragen. Bereits nach kurzer Zeit keuchten die beiden Frauen und mussten ihre Last mehrmals absetzen.

„Ich kann nicht mehr. Heilige Madonna, die ist schwer wie ein Mehlsack. Die bringt uns bestimmt nur Ärger. Das rieche ich", japste Oana.

„Was redest du da? Hast wohl zu viel der alten Vettel zugehört, wenn sie den Sterblichen die Zukunft aus den Karten liest."

„Siehst du dieses Mal auf der Brust? In der steckt der Leibhaftige."

„Nicht jede, die ein Mal trägt, steht mit der Höllenbrut im Bunde. Du besitzt auch eins."

„Vielleicht stecke ich ja auch mit denen unter einer Decke?" Die Unfreundliche kicherte und die andere stimmte ein.

„Was ist, wenn sie zu dem kriegerischen Weiberpack gehört?" Daniela hörte deutlich den gehässigen Tonfall aus der Stimme.

„Ach, iwo, die ist keine Vampirjägerin. Da hätte ich sie doch im Lager gesehen."

„Und wenn sie doch eine ist?"

„Dein Herr sagte doch, er hätte sie alle umgebracht. Zweifelst du seine Worte etwa an?"

Oana schwieg, aber Daniela glaubte ein leises Zähneknirschen zu hören, und der Griff unter ihren Achseln wurde derber. Sie musste endlich sehen, mit wem sie es zu tun hatte. Es dauerte eine Weile, bis es ihr gelang, die schweren Lider zu heben. Die Frauen schleppten sie wie totes Wild, ihr Hintern baumelte nur knapp über dem Boden. Die Trageposition wurde unbequem und verursachte in ihren steif gefrorenen Armen Krämpfe. Unter halb geöffneten Lidern betrachtete Daniela das Gesicht der Frau, die ihre Füße umfasste. Sie erkannte in ihr eine der Zigeunerinnen aus dem Lager. Tiefe Falten hatten sich in ihre Stirn gegraben und rahmten ihren Mund ein, als hätte jemand sie mit einem Messer eingeritzt. Spuren eines Lebens, das es nicht gut mit ihr gemeint hatte. Trotzdem war sie mit dem schmalen Gesicht, den hohen Wangenknochen und den schräg geschnittenen Augen attraktiv. Die Zigeunerin erinnerte sie an jemanden, aber ihr fiel nicht ein, an wen. Schwarzes, lockiges Haar quoll unter einem grellroten Kopftuch hervor, wie es viele ihrer Sippe trugen. Als sich ihre Blicke begegneten, lächelte sie. Es war ein warmes, offenes Lächeln, das Daniela sofort Vertrauen zu ihr fassen ließ.

„Oana, sie ist aus der Ohnmacht aufgewacht", sagte die Frau aufgeregt und blieb stehen.

Vorsichtig legten sie Daniela auf den weichen Waldboden und beugten sich über sie. Die andere, deren Stimme so unfreundlich geklungen hatte, besaß ein klassisch schönes Gesicht mit ebenmäßigen Zügen und einem sinnlich vollen Mund. Sie war um einiges jünger als die schwarzhaarige Zigeunerin und erinnerte Daniela an ein Bildnis der Gräfin Elisabeth, das ihre Mutter ihr einst gezeigt hatte. Mandelaugen sahen hochmütig auf Daniela herab. Kastanienbraunes Haar hing als Zopf über der Schulter und um ihren Schwanenhals war ein Tuch geknotet. Deutlich roch Daniela das verkrustete Blut darunter, das sie zu verbergen suchte.

Die bleiche Haut der Frauen bestätigte den Verdacht, sie könnten Bluthuren sein. Kein Wunder, dass sie nicht viel von den Dceras hielten, die ihre vampirischen Freier vernichteten.

„Kannst du uns verstehen?", wandte sich die Zigeunerin an Daniela.

Daniela wollte ihr antworten, aber ihre Stimme versagte und heraus kam nur ein heiseres Krächzen, das in einem Hustenanfall endete. Danach zitterte sie schlimmer als vorher.

„Du Armes, hast viel mitgemacht. Deine Haare sind klitschnass. Hier, nimm noch mein Tuch." Sie nahm ihr Kopftuch ab und wickelte es um Danielas nasses Haar, als ein leichter Wind aufkam.

Daniela lächelte sie dankbar an. Die Fürsorge tat ihr wohl.

„Wir bringen dich jetzt zu unserem Lager, wo wir dich aus den nassen Sachen schälen."

„Wenn wir dort sind, keinen Mucks, Herzchen. Hast du kapiert?" Die andere spitzte ihre Lippen und funkelte sie feindselig an. Die Freundliche legte ihre Hand auf Danielas Schulter und tat, als hätte sie die Worte der anderen überhört.

„Wir müssen dich verstecken. Du bist keine von uns, oder?", fragte sie, während ihr Blick über Danielas durchnässte Lederbekleidung glitt, die nach dem Bad in der Moldau aufgequollen war.

Eine von ihnen? Sie war doch keine Hure! Wussten die denn nicht, dass nur Dceras sich in Leder und Hosen kleideten? Daniela öffnete den Mund, um zu antworten, doch die andere kam ihr zuvor.

„Bist du eine Bluthure oder nicht? Antworte gefälligst", zischte sie. Daniela schüttelte den Kopf.

„Hab ich mir gleich gedacht. Ileana, die können wir nicht mitnehmen. Wir besorgen ihr frische Kleidung und dann soll sie selbst zusehen, wie sie sich durchschlägt."

„Auf gar keinen Fall", widersprach Ileana. „Sie könnte Vampiren oder Werwölfen zum Opfer fallen. Wir nehmen sie mit und verstecken sie, bis es ihr besser geht."

„Wovon soll sie leben? Wir können sie nicht auch noch durchfüttern."

„Ich habe ein wenig Geld." Danielas Stimme klang kratzig. Das Geld war im Futter ihrer Jacke eingenäht. Sie verschwieg den beiden, dass es sich um eine beträchtliche Summe handelte.

Oana betrachtete sie skeptisch.

„Hast wohl geklaut?"

„Nein. Ich habe es mir redlich verdient. Bei einem Bäcker." Daniela bemühte sich, den Blicken der Huren standzuhalten. Hoffentlich kauften die beiden ihr das ab.

„Siehst du, das wäre doch geklärt", erwiderte Ileana sichtlich erleichtert und nickte der anderen Hure zu, deren Blick misstrauisch blieb.

„Wie ist dein Name?", fragte Ileana.

Wenn sie jetzt ihren Namen preisgab, scheiterte ihr Plan sicherlich schneller als gehofft. Drazice kannte ihren Namen.

„Mirela." Daniela schluckte und forschte in ihren Mienen.

„Gut, Mirela, wir nehmen dich mit ins Lager. Aber wenn wir dort sind, gibst du uns das Geld."

Daniela unterdrückte einen Seufzer der Erleichterung über Ileanas Worte.

„Danke", sagte sie leise.

„Und wie stellst du dir das vor? Wenn Anton und sein Gefolge heute Nacht zurückkehren, werden sie sie wittern." Oana lief rot an und gestikulierte wild in ihrer Erregung.

Beim Erwähnen dieses Namens horchte Daniela sofort auf. Sprachen die etwa von dieser Teufelsbrut Drazice? Sie konnten nur ihn meinen, denn oft genug hatten ihre Gefährtinnen ihn beobachtet, wie er das Zigeunerlager aufsuchte, um sich mit den Huren zu vergnügen. Das Schicksal musste sie hierhergeführt haben. Vielleicht bekäme sie schon bald die Gelegenheit, ihre Gefährtinnen zu rächen und den Blutdiamanten zurückzuholen. Mit dem größten Vergnügen würde sie dann dem verhassten Vampir den Pflock ins Herz rammen.

Drazice hatte also behauptet, alle Dceras vernichtet zu haben. Anscheinend glaubte er, sie wäre in der Moldau ertrunken. Das verschaffte ihr einen Vorteil, wenn auch nur einen geringen. Lange konnte sie seinen vampirischen Sinnen nicht entgehen. Doch wenn sie etwas über seine Pläne in Erfahrung bringen wollte, musste sie die Huren ausfragen. Da Drazice seinen Prager Clan im Zaum halten und ihren Blutdiamanten loswerden musste, wären seine Hurenbesuche sicherlich nicht allzu oft, sodass Zeit bliebe. Jedenfalls hoffte sie das.

In jedem Jahr mit Beginn des Sommers zog der Zigeunertreck entlang der Moldau und weiter in die Karpaten. Die düstere, ungastliche Bergregion bot den Vampiren eine geeignete Zuflucht. Wenn Drazice den Edelstein veräußern oder verstecken wollte, dann dort. Auf dem Weg dorthin musste sie sich geschickt anstellen, um den Bluthuren Geheimnisse zu entlocken. Doch dazu galt es erst einmal die Huren zu überzeugen, sie auf ihre Reise mitzunehmen.

„Bitte, ich kann nicht mehr in meine Heimat zurück. Nehmt mich mit auf eure Reise." Daniela sah die beiden flehend an.

„Aha, also hat sie doch was verbrochen. Wir wollen keinen zusätzlichen Ärger!" Oana sah sie warnend an und warf Ileana einen vielsagenden Blick zu. Daniela suchte fieberhaft nach einer Erklärung.

„Nein, nein, ich habe nichts verbrochen. Wirklich. Ich sollte mit einem Mann verheiratet werden, zwar reich, aber steinalt und von der Pest gezeichnet. Ich floh mit einem Boot auf der Moldau, das dann gekentert ist." Etwas Besseres war ihr nicht eingefallen. Und wenn die nach seinem Namen fragten? Huren kannten die meisten Kerle weit und breit. Sie verstrickte sich immer tiefer in ein Gespinst aus Lügen.

Oanas Brauen zogen sich zusammen. Sie hob an, etwas zu erwidern, als ihr Ileana zuvorkam.

„Mirela, du darfst uns begleiten, wenn du dich nützlich machst."

Daniela sah sie fragend an.

„Wasser holen, Waschen …" Daniela seufzte erleichtert. Sie hatte schon befürchtet, sie müsse Hurendienste leisten.

„Gut, mache ich."

„Pah, und die Vampire? Hast du die vergessen?" Oanas wohlgeformte Lippen bildeten einen Strich.

„Wir reiben sie mit Ziegendung ein."

Daniela starrte die beiden mit offenem Mund an. Was für ein genialer Vorschlag. Nie und nimmer würde sie das geschehen lassen. Allein bei dem Gedanken drehte sich ihr der Magen um.

„Ja, nicht schlecht. Aber ihr glänzendes, langes Haar könnte sie verraten." Oana grinste frech, während sie Daniela betrachtete.

„Wir kürzen es und übergießen es mit Bockpisse", schlug sie vor.

Daniela hob abwehrend die Hände. „Nein!" Ihre Stimme überschlug sich und klang wie Rabengekrächze.

Die beiden Huren lachten lauthals. „Ist nur für nachts. Morgens kannst du es wieder abwaschen", erklärte Ileana und kicherte weiter.

Plötzlich wurde Oana ernst, zog Ileana beiseite und flüsterte mit ihr. In diesem Moment beglückwünschte Daniela sich zu ihrem vampirischen Gehör.

„Ich kenne deinen Blick nur zu genau. Du hast doch nicht wirklich vor, dieses Frauenzimmer mitzunehmen?"

„Sie bleibt so lange bei uns, bis es ihr besser geht. Vielleicht findet sie ja Gefallen an unseren Diensten. Wir könnten ein Zubrot gebrauchen." Ileana kicherte. Daniela zuckte bei den Worten zusammen. Alles würde sie tun, aber nicht das.

„Willst du die zu einer von uns machen? Die taugt nicht dazu." Oanas Augen weiteten sich vor Empörung.

„Sie ist hübsch genug. Und wenn es ihr gefällt …"

Oana schnaubte wütend.

„Das geht mir entschieden zu weit."

„Fürchtest du etwa, dass dein Herr an ihr Gefallen finden könnte?" Ileana klopfte der anderen auf den Arm, die nach Luft schnappte wie ein Karpfen.

„Denk an die Arbeit, die sie uns abnehmen könnte. Dann hätten wir endlich mehr Zeit. Und ihr Geld brauchen wir auch. Ich habe da einen Plan …" Ileana lächelte verschwörerisch.

Oana ballte die Hände zu Fäusten, als wollte sie die andere schlagen. Stattdessen knurrte sie wütend, kehrte zu Daniela zurück und zeigte mit dem Finger auf sie.

„Die muss laufen, sonst verbiege ich mir noch das Kreuz."

Ileana gab seufzend nach und fragte Daniela, ob sie sich in der Lage fühlte, zu gehen.

„Wird schon gehen." In ihrem Kopf drehte sich zwar alles, aber auf diese unbequeme Trageposition konnte sie durchaus verzichten. Daniela war froh, dass sie in Ileana eine Verbündete gefunden hatte.

Mithilfe der Huren gelang es ihr, sich aufzurappeln. Ihre Beine waren steif, ebenso wie das Leder, das zu trocknen begann und bei jedem Schritt knarzte. Auf die Schultern der beiden gestützt, ging es Schritt für Schritt voran. Im reinsten Schneckentempo. Wenn ihr doch nur nicht so kalt und schwindlig wäre. Ihr Magen knurrte laut. Nichts sehnte sie mehr herbei, als ihren Körper zu wärmen, und etwas zu essen.

Die Wagen der Zigeuner bildeten einen Kreis, in dessen Mitte das Feuer loderte. Bunte Bänder schmückten die Eingänge und hingen von Schnüren herab, die sich zwischen den Wagen spannten. Ein Hund saß im Gras und nagte an einem Knochen. Es war das Zigeunerlager, aus dem sie den Jungen gerettet hatte. Da drüben stand der Baum, in dessen Astgabel sie gehockt und das Treiben im Lager beobachtet hatte. Damals hatte sie Ileana und Oana nicht gesehen. Was mochte aus dem Jungen geworden sein? War er Drazice entkommen?

Danielas Gedanken wurden in andere Bahnen gelenkt, als ein verführerischer Duft vom Feuer herüberwehte. Sofort rebellierte ihr Magen wieder. Die Gier war übermächtig. Erging es den Vampiren ähnlich, wenn sie Blut witterten?

Hinter einem der Wagen, auf dem verblichene, kyrillische Buchstaben prangten, hielten sie an. Daniela sackte erschöpft auf den Boden und zog die Decke enger um sich. Sie fror noch immer entsetzlich. Die nasse Kleidung klebte an ihrem Körper und durchnässte auch die Decke.

„Bleib hier. Ich sehe drinnen nach, ob die Luft rein ist."

Schon war Ileana im Wagen verschwunden. Vor Erschöpfung fielen Daniela immer wieder die Augen zu und sie kippte zur Seite.

Feste Schritte näherten sich. Sie riss die Augen auf und erkannte unter dem Wagen schwarze, hochglanzpolierte Männerstiefel, die nach Lederöl rochen, begleitet vom faulen Geruch eines Vampirs. Er lief auf und ab, als suche er etwas. Dann hielt er kurz inne. Daniela wagte nicht, zu atmen. Der würde nicht einen Moment zögern, ihr das Blut auszusaugen. Oana drängte sich an sie.

„Ich schneide dir die Kehle durch, wenn du schreist", zischte sie Daniela ins Ohr. Etwas Kaltes drückte sich gegen Danielas Hals. Eine Messerklinge. Diese Oana war ja ein Herzchen. Um es gegen den Vampir aufzunehmen, fühlte Daniela sich noch nicht kräftig genug, aber allemal, um der Hure das Messer aus der Hand zu schlagen und sie niederzustrecken. Weil sie den

Vampir aber nicht auf sich aufmerksam machen wollte, bremste sie sich aus. Zu ihrer Erleichterung entfernte der sich wieder.

„Schon gut." Daniela schob das Messer von ihrem Hals.

„Braves Mädchen. Bleib ja still liegen. Ich sehe nur nach, wo die gute Ileana bleibt." Die Hure tätschelte Danielas Wange und steckte das Messer in die Lederscheide, die unter ihren Röcken verborgen war. Auf Zehenspitzen schlich sie einmal um den Wagen, bevor sie ihn betrat.

Kaum war sie drinnen verschwunden, kehrte der Vampir zurück. Daniela legte sich bäuchlings auf die Erde und verharrte bewegungslos. Hatte er sie womöglich bereits gewittert? Sie konnte nur hoffen, dass der Windschatten, in dem sie sich gerade befand, genügend Schutz bot. Sie hörte Oana, wie sie den Vampir begrüßte.

„Hallo Petre, gelüstet es dich nach einem warmen Schoß?" Sie kicherte.

Diesen Namen hatte Daniela noch nie gehört, also konnte er keiner von Drazices Gefolge sein. Auch sein Geruch war nicht so stark wie der der Prager Vampire.

„Ich kann es kaum erwarten, dass du mich umfängst."

Die Hure lotste ihn unter dem Vorwand fort, der Wagen wäre schon von einem anderen Pärchen belegt.

Daniela sah zwischen den Speichen hindurch, um den Vampir zu betrachten. Er war von schmaler Gestalt, sein Aussehen nicht älter als das eines Jünglings. In seiner Miene lag etwas, dass sie frösteln ließ. Sein Blick war kalt und durchdringend und seinen Mund umgab ein zynischer Zug.

Immer wenn sie einen dieser Blutsauger witterte, juckte es sie, nach der Waffe zu greifen. Es war das Blut der Dceras, das nach Vergeltung dürstete.

Oana und der Vampir verschwanden zwischen den Zigeunern, die sich in der Mitte des Lagers versammelt hatten. Über dem Feuer hing der gusseiserne Topf, aus dem es dampfte. Jeder wartete darauf, dass die Alte mit den riesigen goldenen Ohrreifen die Suppe aus dem Topf mit einer Kelle in ihre Schalen schaufelte. Bei dem würzigen Duft nach Brühe und Fleisch lief Daniela das Wasser im Mund zusammen. Sie wusste nicht mehr, wann sie zuletzt gegessen hatte. Jedenfalls lag es verdammt lange zurück.

Sie war froh, als Ileana neben sie trat und ihren Arm umfasste.

„Komm schnell mit in den Wagen. Im Lager sind Vampire, denen du besser nicht begegnen solltest", flüsterte sie Daniela zu und legte deren Arm um ihren Nacken, um sie hochzuziehen.

Danielas Glieder waren noch immer steif, aber es gelang ihr irgendwie, auf allen vieren die Stufen zum Wagen hinaufzuklettern, während die Hure sie von hinten schob.

Im Wagen war es sehr eng. Wenn Daniela ihre Arme ausbreitete, könnte sie die Wände mit den Fingerspitzen berühren. Eine Ölfunzel in der Ecke spendete diffuses Licht. Außer ein paar Holztruhen, einem Hocker und einem Lager, das aus Decken und mit Stroh gefüllten Kissen bestand, gab es hier nichts. An einer der Wände hing ein großer Spiegel. Daniela sackte auf dem Lager zusammen. Sie sehnte sich nach Schlaf. Erneut fielen ihr die Augen zu.

„Nicht einschlafen, Mirela. Erst musst du die nassen Sachen ausziehen, sonst kriegst du noch Fieber. Hier sind ein paar Wolldecken, mit denen du dich zudecken kannst, bis wir was für dich gefunden haben." Ileana legte einen Stapel Decken neben ihr ab, bevor sie ihr half, sich der nassen Kleidung zu entledigen. Anschließend lag Daniela auf dem Bauch, damit Ileana ihren Rücken mit einem Leinentuch abtrocknen konnte. Es war ihr unangenehm, sich der Fremden nackt zu zeigen. Nur ihre Schwäche ließ es zu, dass sie sich den Blicken der Hure aussetzte. Ileana rollte das Tuch ein und strich in langen Zügen über ihre eiskalte Haut. Als sie den Hintern damit massierte, hielt Daniela die Luft an. So hatte sie noch keine Frau berührt. Aber es fühlte sich gut an und ließ sie die Scheu allmählich vergessen.

„Du hast einen begehrenswerten Körper. Jeder Mann würde sich die Finger danach lecken, dich zu berühren. Dreh dich um, damit ich dich vorne auch warm und trocken reiben kann." Ileana zog an ihrer Schulter. Daniela wehrte die Hand der Hure ab.

„Bist wohl noch jungfräulich?" Ileana grinste. Mit dieser Frage vermittelte sie Daniela das Gefühl, sich dafür schämen zu müssen.

„Vielleicht." Daniela wollte ihr intimstes Geheimnis nicht preisgeben.

„Also doch. Das erklärt natürlich vieles. Zier dich nicht, dreh dich um."
Seufzend folgte Daniela der Aufforderung.

Ileana massierte sanft Danielas Schenkel. Sie spürte, wie durch die Massage der Hure das Blut wieder durch ihre kalten Glieder floss und Wärme ihren Körper durchströmte. Ileana verstand es, eine belebende Massage auszuführen. Es entspannte nicht nur, sondern löste ein Prickeln in ihrem Schoß aus, das ihren Puls beschleunigte. Sie schämte sich dieses lustvollen Gefühls, vor allem, weil es eine Frau war, die es weckte. War es so zwischen Malvina und Hana gewesen?

Als die Hure sich mit der Rolle ihrem Venushügel näherte, stoppte Daniela sie mit ihren Händen.

„Schon gut. Aber irgendwann wirst du die Massage dort auch sehr genießen. Es ist wichtig, dass eine Frau ihren Körper genau kennt, bevor sie sich einem Mann hingibt. Ich habe es auch von einer Frau gelernt und es anderen Weibsbildern gelehrt. Du bist nicht die Erste, der ich zeige, worauf es ankommt."

Kein beruhigender Gedanke. Daniela dachte an ihre sündigen Träume von dem Unbekannten, dem sie sich hingab und Hitze schoss in ihre Wangen. Sie musste sich einfach nur vorstellen, dass er es wäre und nicht Ileana. Das half tatsächlich.

Die Hure lachte leise und wanderte mit der Rolle den Bauch hinauf. Daniela schloss die Augen und gab sich dem wohligen Gefühl hin. Mit jedem Strich kehrte das Leben in ihren Leib zurück. Ileana legte die Rolle vertikal zwischen ihre Brüste. Daniela schämte sich, dass ihre Brustwarzen sich bei der Berührung versteiften. Das hatte auch Ileana bemerkt, denn sie begann, über die empfindlichen Spitzen zu rollen. In Danielas Schoß pochte es heftiger. Weil sie sich schämte, zwang sie sich, stillzuliegen. Sie spannte ihre Gesäßbacken an, um die stärker werdenden lustvollen Empfindungen vor Ileana zu verbergen.

Unerwartet beendete Ileana die Massage. Daniela öffnete irritiert die Augen und sah zu ihr auf.

„Was ist?", fragte sie und zitterte, weil sie wieder fröstelte.

„Ach, nichts", antwortete Ileana.

„Das glaube ich dir nicht. Also?"

„Dieses Mal …" Ileana deutete auf das kleine Feuermal in Form eines Tropfens, das sich knapp über dem Brustansatz befand.

„Ist nur ein rotes Muttermal." Daniela erinnerte sich, dass ihre Mutter immer mit dem Finger liebevoll darüber gestrichen war, weil es die Form des Blutdiamanten besaß. Kannte die Hure etwa den Edelstein?

„Ist nur ein Muttermal in ungewöhnlicher Form und Farbe, mehr nicht", versicherte Daniela. Verdammte Lügen. Sie hasste Lügen. Doch diesmal waren sie Mittel zum Zweck, um Drazice zu stellen.

„Hm, hm. Ich habe es schon mal bei jemandem gesehen. Es ist selten, deshalb fällt es auf."

Daniela kannte niemanden, der es außer ihr besaß. Dann fiel ihr ein, dass ihre Mutter eine Narbe in der gleichen Form besaß, als das Juwel sich in ihre Haut gebrannt hatte.

„War es eine Frau, bei der du es gesehen hast?", fragte sie und forschte in der Miene der Hure nach einer Regung.

Täuschte sie sich oder wurde Ileanas Blick wachsamer?

„Das weiß ich nicht mehr. Ist schon zu lange her." Die Hure senkte den Blick, was Daniela noch misstrauischer werden ließ. Verdammt! Hatte sie sich etwa damit verraten?

„Du erinnerst dich ganz genau. Mach mir nichts vor. Also, bei wem hast du es gesehen?"

Ileana sah wieder auf. „Ich kann mich wirklich nicht erinnern." Es schien, als hätte sich ein Vorhang über ihre Augen geschoben, der die Wahrheit verschleierte. Ihr Blick war ausdruckslos wie der einer Puppe. Daniela spürte, dass Ileana sie anlog. Doch weshalb? Hatte sie ihre Mutter gekannt? Warum schwieg sie dann? Um sie zu schützen? Oder besaß noch jemand dieses Mal, von dem sie nichts wusste?

Ein kaum spürbarer Ruck durchfuhr Ileanas Körper, der jedoch Danielas sensiblen Sinnen nicht entging.

„Bist du wirklich vor einem Mann geflohen?"

Daniela zögerte mit der Antwort, weil sie nicht wusste, ob sie Ileana vertrauen konnte. Unter dem Aspekt, die Hure könnte sich verplappern, entschied sie, die Wahrheit zu verschweigen.

„Ja." Wenn man einen Vampir auch als solchen bezeichnen konnte, dachte sie.

Ileanas Miene drückte Zweifel aus. Daniela mochte selbst kaum glauben, was sie da erzählt hatte.

„In der Nacht?" Ertappt! Sie hatte Ileanas Scharfsinn unterschätzt, die genau wusste, dass sich in der Nacht kein Prager auf die Straße wagte.

Daniela nickte.

„Ich konnte mich erst in der Dunkelheit fortstehlen. Meine Tante wacht über mich mit Argusaugen."

„Du scheinst mir recht waghalsig zu sein. Niemand traut sich in der Nacht hinaus."

Verflixt, sie hatte recht. Sie hätte ihre Worte besser auswählen sollen, aber nun war es zu spät.

„Ich war in Panik und habe nicht drüber nachgedacht. Wie ich schon sagte, bin ich mit einem Boot geflohen. Die Strömung hat mich mitgerissen. Sie war so stark, dass mein Boot kenterte. Ich stürzte ins eiskalte Wasser und verlor das Bewusstsein."

Ileanas Miene blieb ausdruckslos, sodass Daniela nicht einzuschätzen vermochte, ob sie ihr glaubte. Sie befürchtete, sich durch weitere Fragen Ileanas immer tiefer in die Lügen zu verstricken. Gebannt wartete sie auf die Antwort der Hure.

„Wenn du ein Boot besteigst, musst du eine gute Schwimmerin sein. Ich hasse das Wasser. Wäre schon mal fast ersoffen." Ileana zwinkerte ihr zu.

„Hast du nur eine Tante?" Daniela nickte. „Meine Eltern starben, als ich noch ganz klein war." Wenigstens war das nicht gelogen.

„Armes Ding."

Daniela gähnte. Die Müdigkeit kehrte wieder zurück.

„Ich weiß nicht, wohin ich soll. Zu meiner Tante kann ich nicht mehr zurückkehren. Sie würde mich eh verstoßen." Dass sie nicht zurückkehren konnte, entsprach der Wahrheit, denn Carlottas Haus und auch der Unterschlupf in den Katakomben waren zerstört. Das Schloss ihres Vaters befand sich seit Jahren im Besitz eines Vampirs.

„Na, gut. Aber wenn unsere Freier kommen, musst du dich verstecken. Daniela nickte. Sie nahm alles dafür in Kauf, wenn sie sich an die Fersen Drazices haften könnte.

Sie ließ sich zurück auf die Decken fallen und schloss die Augen. Ileana wickelte sie in die unzähligen Decken wie in einen Kokon. Daniela kuschelte sich hinein und schloss die Augen.

„Schlaf und komme zu Kräften. Morgen wird es dir besser gehen", hörte sie die Hure murmeln, bevor sie einschlief.

9.

Daniela starrte voll Entsetzen auf das Knäuel, das zu ihren Füßen lag. Eine graue Hose, ein Hemd in gleicher Farbe, Stiefel, Jacke und daneben ein schäbiger Filzhut.

„Jeder wird sie darin für einen Kerl halten." Oana zog eine spöttische Miene.

„So erkennt sie wenigstens keiner." Ileana zwinkerte Daniela zu.

„Und was zieh ich drunter?" Es behagte Daniela nicht, die Kleidung ohne Unterwäsche zu tragen. Der raue Wollstoff kratzte bestimmt auf der Haut.

Ileana drehte sich um und zog aus einer der Holztruhen ein Paar Leinen-unterhosen, die von Motten durchlöchert waren.

„Du glaubst doch nicht, dass ich die Sachen anziehe?", protestierte Daniela.

„Sei nicht so undankbar und zieh sie an. Oder willst du, dass die Vampire und Radu sich über dich hermachen?", mischte sich Oana ein.

Widerwillig ergriff Daniela die Unterhose, die an einigen Stellen bereits vergilbt war. Die Decke, die sie um ihren Körper gewickelt hatte, erschwerte das Überstreifen der Hose. Aber eine Scheu hielt sie davor ab, sich nackt vor Oana zu zeigen. Außerdem könnte die Hure Drazice von ihrem Muttermal verraten.

Die Hosenbeine reichten bis übers Knie. Der Stoff war rau und rieb auf ihrer vom Eiswasser empfindlichen Haut. Lieber wollte sie auf Unterwäsche verzichten.

„Das kratzt."

„Stell dich nicht so an. Wenn erst die haarigen Kerle zwischen deinen Schenkeln liegen, darfst du dich auch nicht beschweren." Oana lachte gehässig.

Als wenn ich auch eine Hure wäre, hätte Daniela fast gegiftet. Sie schluckte die patzige Antwort hinunter, denn sie befürchtete, Oana könnte Ileana überzeugen, sie nicht auf die Reise mitzunehmen.

Schließlich schlüpfte sie in Hose und Hemd, die ebenfalls zu groß waren, sodass sie einen Strick um die Taille schnüren musste. Überall zwickte und juckte es, als würde ein Haufen Flöhe über ihren Körper krabbeln.

Daniela betrachtete sich im Spiegel und erschrak. Dieses Ding in dem Spiegel konnte unmöglich sie sein.

„Ich sehe ja aus wie eine Vogelscheuche."

In Oanas Augen blitzte es zufrieden auf. Anscheinend befürchtete die Hure tatsächlich, sie könnte zur Konkurrentin werden.

„Die Bauern könnten dich glatt aufs Feld stellen und kein Rabe würde sich über ihre Ernte hermachen", frotzelte Ileana und prustete vor Lachen.

„Du musst noch den Hut tragen. Hier." Oana streckte Daniela den ramponierten Filzhut entgegen.

Daniela war stolz auf ihr blauschwarzes Haar und gar nicht erpicht, es unter diesen Hut zu zwängen. Aber wenn sie nicht erkannt werden wollte, musste sie wohl oder übel nachgeben. Sie fasste ihre Haare mit den Händen zusammen, zwirbelte sie zu einer Kordel und wickelte sie um den Kopf, damit Oana ihr den Hut überstülpen konnte. Der Hut roch muffig und nach Mäusekot. Ihr dickes Haar passte zwar darunter, aber der Hutrand drückte. Wie sollte sie damit Tag und Nacht herumlaufen? Sie würde Kopfschmerzen bekommen. Daran würde sie sich nie gewöhnen. Aber sie musste zugeben, dass sie sich selbst fremd erschien. Daniela schnitt ihrem Spiegelbild eine Grimasse.

„Mit der knabenhaften Figur gehst du als mein Neffe durch. Hoffentlich verplappert Roman sich nicht." Ileanas Blick glitt prüfend über sie.

Roman? Daniela stutzte. War es vielleicht *der* Roman, den sie vor den Vampiren gerettet hatte?

„Wer ist Roman?", fragte Daniela beiläufig und begegnete Oanas Blick. Wenn es wirklich dieser Roman wäre, konnte sie nur hoffen, dass er sie bei den beiden Huren nicht auffliegen ließ oder anderswo ungewollt verplauderte.

„Roman ist mein Sohn", antwortete Ileana und zupfte an Danielas Kleidung, als wäre es eine elegante Robe und heute ihr Debütantinnenball. Dann konnte es sich nur um den Jungen handeln, den sie vor den Vampiren gerettet hatte. Na, bravo. Kinder seines Alters verrieten sich schnell.

„Du wirst ihn bald kennenlernen. Er ist mit Radu, unserem Anführer, und ein paar anderen nach Prag gefahren, um Geld durch Straßenmusik zu verdienen. Mein Junge ist nämlich sehr begabt."

Oana zog spöttisch eine Braue hoch.

„Er sollte nicht so viel auf seiner Fidel spielen, wo er doch das Geld viel leichter verdienen könnte", mischte Oana sich ein.

Sofort wusste sie, was die Hure meinte. Die Vorliebe einiger Vampire galt Jungen wie Roman. Sie wünschte sich nichts sehnlicher, als alle Vampire in die Hölle zu verbannen.

Aber in deinen Adern und denen deines Vaters fließt auch vampirisches Blut, hörte sie eine Stimme in ihrem Inneren. Was hätte sie alles dafür getan, dieses dunkle Erbe abzustreifen. Manchmal glaubte sie, die Vampire vernichten zu müssen, weil sie selbst ein Teil der dunklen Seite in sich trug. Als könnte sie dieses Erbe verleugnen. Es hatte lange Zeit gebraucht, bis sie ihre Fähigkeiten als einen Teil ihrer selbst akzeptiert hatte. Oft genug hatte sie sich ihrer Fangzähne geschämt, wenn sie sich durch innere Erregung aus den Kiefern schoben. Wie furchtbar musste es erst sein, dem Blutdurst verfallen zu sein?

Danielas Kopf fuhr ruckte herum, als Ileana Oana anschrie. „Verfluchte Bluthure! Scher dich um deinen eigenen Dreck und wage es nicht noch einmal, so über meinen Jungen zu reden." Ileana hob die Hand, als wolle sie die andere schlagen. Aber dann hielt sie inne. Nur ihre geblähten Nasenflügel verrieten den bebenden Zorn.

Oana lehnte sich mit verschränkten Armen und einem Grinsen auf den Lippen gegen die Wagenwand.

„Du könntest durch ihn viel verdienen. Genügend von meinen Freiern wären einem Knaben nicht abgeneigt. Schließlich braucht ihr das Geld. Roman könnte vielleicht eine Schule besuchen."

Was Oana da vorschlug, war ungeheuerlich. Ileana reagierte prompt.

„Sei still oder ich vergesse mich", zischte sie und baute sich drohend vor der anderen auf.

Zu Danielas Erstaunen verhielt Oana sich defensiv. „Schon gut, hab es nur gut gemeint, wo das Geld knapp ist. Ich halte es trotzdem für eine Sünde, den hübschen Körper des Jungen nicht zu nutzen. Aber er ist dein Sohn ..."

„Zum Glück. Wage nicht, ihn an die Vampire zu verschachern, sonst bringe ich dich um."

Die Entschlossenheit in Ileanas Miene ließ keinen Zweifel offen, dass sie es ernst mit der Drohung meinte. Der warme Glanz ihrer grauen Augen verwandelte sich in kalten Stahl. Oana schwieg, drehte sich um und verließ mit grimmiger Miene den Wagen.

Als sie gegangen war, atmete Ileana erleichtert aus.

„Man kann ihr nicht trauen. Hüte dich vor ihr."

„Das habe ich auch schon bemerkt. Wie kommt es, dass ihr zusammen reist?"

Daniela schätzte Oana als gefährlich und skrupellos ein. Kein Wunder, wenn sie sich nur mit Drazice und seinen Vasallen abgab, diesem zwielichtigen Pack.

„Hat sich so ergeben. Sie hat für Radu ein paar Male die Schenkel breitgemacht und ihn überredet, sie als Bluthure mitreisen zu lassen. Sie hat mich mitgenommen, als sie erfahren hat, dass ich ein Kind versorgen muss. Schön ist sie ja. Kerle und Vampire können einem gefügigen Weib nicht widerstehen."

„Und gibt sie sich eurem Anführer immer noch hin?", bohrte Daniela weiter.

Ileana schüttelte den Kopf. „Nein, sie ist eine Bluthure. Ihr Herr ist ein Vampir. Also darf sie sich nur Vampiren hingeben."

Ileana hantierte wieder an einer der Holztruhen und zog eine tönerne Dose hervor.

„Hast du auch einen *Vampirherrn*? So nennt ihr es doch, oder?"

„Nein, nicht mehr."

„Was ist geschehen?" Jetzt war Danielas Neugier geweckt.

„Er wurde vor langer Zeit von einer Dcera vernichtet. Zuerst habe ich sie dafür gehasst, bis ich begriff, wie befreit ich mich ohne ihn fühlte. Er hat mich wie seine Sklavin behandelt. Ich gebe mich immer noch Vampiren hin. Sie sind gefährlicher, aber zahlen besser, vor allem für mein Blut."

„Warum suchst du dir keine andere Arbeit in Prag?" Daniela wusste nicht, ob sie Ileana für ihren Mut bewundern oder voller Abscheu betrachten sollte. Sie selbst hätte ein Hurenleben nie ertragen.

„Soll ich vielleicht wie du bei einem Bäcker anfangen, wo ich in der Frühe aufstehen muss? Nie und nimmer. Mir gefällt das, was ich mache. Ich kann ja nicht mal schreiben und lesen."

Daniela bemerkte, dass dieses Geständnis, eine Analphabetin zu sein, Ileana unangenehm war. Aber sie wusste auch, dass es das Schicksal vieler Huren war.

Ileana hob den Deckel des Töpfchens an und hielt ihre Nase darüber. Die Paste stank bestialisch. Daniela rümpfte die Nase und schüttelte sich.

Die Hure tauchte ihre Finger in die braune Paste und bestrich Danielas Hals.

„Was soll das? Das stinkt wie die Hölle!"

„Wenn ich dich nicht einreibe, wird dich jeder Vampir kilometerweit riechen. Der Gestank hält sie dir vom Leib." Schon folgte ein weiterer Klacks Paste, diesmal im Gesicht.

Daniela drehte sich der Magen um. Sie würgte.

„Was zum Teufel ist das für ein Zeug?", japste sie und hielt sich die Nase zu.

„Das halte ich nicht aus."

„Eine Mischung aus Fledermausdung, Kuhmilch und Knochenöl. Es stinkt, aber es hilft. Kein Vampir wird dir zu nahe kommen."

„Ich will mir ja nicht mal selbst nahe sein. Wenn ich im Lager herumlaufe, schlage ich alle in die Flucht. Ich stinke wie … wie … ach, egal. Es ist einfach nur widerlich." Der Geruch löste ein Schwindelgefühl aus.

„Du wirst dich mit der Zeit daran gewöhnen. Ich musste es auch mal." Ileana klopfte ihr lachend auf die Schulter.

„Oder willst du, dass ein Vampir sich an dir vergeht?"

Eher würde sie den in die Hölle schicken. Doch das würde die anderen seines Clans, vor allem Drazice, auf den Plan rufen.

Nachdem Ileana auch Danielas Hände mit der Paste bestrichen hatte, legte sie sich aufs Lager.

„Ich muss ein wenig ausruhen. Bald bricht die Dunkelheit herein, die Vampire werden uns für ihr Vergnügen aufsuchen. Leg dich auch ein wenig aufs Ohr. Heute Nacht kannst du gewiss nicht im Wagen schlafen."

Ileana gähnte herzhaft, streckte sich auf den Decken aus, bevor sie sich wie ein Igel zusammenrollte und einschlief. Daniela war überhaupt nicht müde. Schließlich hatte sie weit über den Mittag hinaus geschlafen. Von Unternehmungsgeist und Neugier gepackt, lugte sie vorsichtig durch den Vorhang nach draußen. Außer der alten Vettel, die am Feuer saß und in der Nachmittagssonne ein Nickerchen hielt, war niemand zu sehen. Sie schlüpfte hinaus und sah sich um. Der Turm des Veitsdoms und der Hradzin waren nicht mehr zu sehen.

In der Nacht, als sie geschlafen hatte, war der Zigeunertreck weitergefahren. Daniela kletterte die Stiege hinab, überquerte die Lichtung und lief in den Wald. Umgeben von Bäumen und Grün fühlte sie sich wohl. Mit den übergroßen Stiefeln stolperte sie oft. Ein Specht hämmerte irgendwo gegen einen Baum. Eine himmlische Ruhe umgab sie. Nach einer Weile erreichte sie eine Quelle, deren Wasser einen Weiher speiste.

Beim Anblick des klaren Wassers geriet sie in Versuchung, die stinkende Paste abzuwaschen. Doch wenn Ileana recht behielt, konnte sie sich mit ihrer Hilfe ungehindert den Vampiren nähern, um sie zu belauschen. Sie setzte sich auf den moosigen Boden und blickte auf die Wasseroberfläche, auf der sich das Geäst der Bäume spiegelte. Direkt neben ihr erkannte sie die Fußspuren eines Tieres. Es waren Pfoten, überdimensional große, die ihren Abdruck im weichen Boden hinterlassen hatten. Daniela kannte jede Fußspur. Etwas, das Malvina ihr beigebracht hatte, um Feinde zu erkennen. Wolfsspuren, aber keine gewöhnlichen und auch nicht die eines Vampirs, der die Fähigkeit besaß, sich in einen zu verwandeln. Ein Büschel dunkelgraues, herausgerissenes Fell lag daneben. Daniela hob es auf und schnupperte. Es roch fast noch strenger als die Paste.

Sie war noch nie einem Werwolf begegnet. Ihr Wissen über diese Geschöpfe der Nacht war spärlich und resultierte aus den Erzählungen der anderen Dceras. Nur Malvina war in der Nähe von Carlottas Haus damals einem Werwolf begegnet.

Dort, wo Vampire herrschten, zogen sich die Werwölfe zurück. Nur über die Karpaten erzählten sich die Leute absonderliche Geschichten. Dort sollten sich die Werwölfe einem Vampir untergeordnet haben. Dieser Vampir schien noch mächtiger zu sein als Boskovic, weil es ihm gelungen war, die Werwölfe zu unterwerfen.

„Hallo!" Daniela sprang auf, als sich eilige Schritte näherten. Es war Ileana, die völlig außer Atem durch den Wald lief. Suchte sie etwa Daniela?

„Ich bin hier!"

„Dem Herrn sei Dank. Ich habe dich schon die ganze Zeit gesucht. Wir müssen sofort aufbrechen." Tadel schwang in der Stimme der Hure mit, obwohl ihr Blick milde war.

„Was ist denn los?"

„Ist hier zu gefährlich." Ileana umfasste Danielas Arm und zog sie mit sich.

„Dann verrate mir doch, was so gefährlich sein soll."

Seufzend blieb die Hure stehen und wandte sich ihr zu. „Werwölfe. Diese ganze Gegend hier ist verseucht. Sie haben sich aus den Karpaten hierher zurückgezogen. Weiß der Teufel, warum. Früher war es hier immer sicher."

Der Griff um Danielas Arm wurde fester. „Nun komm schon, wir können hier keine Wurzeln schlagen. Die Dämmerung bricht herein."

„Ich dachte, dieser Karpatenfürst hält die Werwölfe alle in Schach?"

Ileana zuckte mit den Achseln und eilte vorwärts.

„Hilft diese Paste nicht gegen Werwölfe?"

Ileana schüttelte den Kopf. „Nein, ist bei denen wirkungslos."

Die Wangen der Hure waren durch das Laufen feuerrot. Sie keuchte bereits nach wenigen Schritten. Endlich erreichten sie das Lager, in dem bereits Aufbruchsstimmung herrschte. Die Zigeuner verstauten ihre wenigen Habseligkeiten eilig in den Wagen, spannten ihre Pferde an und schwangen sich auf die Kutschböcke. Ileanas Wagen war der Letzte, der das Lager verließ. Oana wartete bereits drinnen und bedachte Daniela mit einem geringschätzigen Blick. In der Ecke des Wagens kauerte noch eine Gestalt. Roman. Er hatte es also wirklich geschafft. Danielas Herz machte vor Freude einen Satz. Gleichzeitig dämpfte es ihren Jubel, denn sie befürchtete, der Junge könnte sie verraten.

Sie setzte sich neben Ileana und sah zu ihm voller Anspannung hinüber. Der Körper wirkte ausgemergelt. Dunkle Schatten lagen unter seinen Augen, die stumpf auf sie blickten. Was war nach seiner Flucht von der Karlsbrücke geschehen? Würde er sie in dieser Aufmachung wiedererkennen? Seine Miene blieb undurchdringlich.

„Roman, wir haben noch einen Mitreisenden, deinen Vetter Mitica. Erinnerst du dich an ihn? Wahrscheinlich nicht. Ist viel zu lange her." Ileana lachte auf. Danielas Ohren hörten die Unsicherheit darin. Roman schüttelte den Kopf und machte keine Anstalten, sie zu begrüßen. Hinter seiner gerunzelten Stirn schien es fieberhaft zu arbeiten.

„Komm her und begrüße Mitica. Schließlich werden wir eine Zeit lang miteinander auskommen müssen."

Roman zeigte sich wenig begeistert, denn er machte keine Anstalten, sie zu begrüßen, sondern kroch stattdessen tiefer in die Ecke. In seinem Blick lag Furcht.

„Der Junge meint es nicht böse. Hat Schlimmes erlebt."

„Schon gut." Daniela versuchte, ihrer Stimme einen tieferen, männlicheren Klang zu verleihen. In Romans Augen blitzte es plötzlich auf. Er lächelte sie an, woraus Daniela schloss, dass er sie doch erkannt hatte. Jetzt erhob er sich und kroch auf sie zu.

„Ahoi. Wie hast du es geschafft ..."

Daniela kniff die Lippen zusammen und schüttelte ihren Kopf, um ihn daran zu hindern, weiterzusprechen. Hoffentlich verstand er es. Aber sie wusste um sein helles Köpfchen. Roman begriff tatsächlich, denn er stoppte.

„Nicht er, ich habe es geschafft, deinen Vetter zu holen", antwortete Ileana. Daniela war froh, dass der Hure der Blickkontakt nicht aufgefallen war. Nur Oanas Miene drückte Zweifel aus.

„Was palavert ihr so lange rum, Dirnenpack. Sputet euch." Ein Zigeuner hielt den Vorhang in seiner Hand und schaute herein. Breite Schultern endeten in schwarz behaarten Keulenarmen. Sein Schnurrbart wirkte ungepflegt, ebenso seine gelben Zähne, als er lächelte. Der blitzende Goldzahn fiel besonders auf. Sein Lächeln erlosch schlagartig, als sein Blick auf Daniela fiel.

„Habe ich euch nicht gesagt, keine ungebetenen Gäste! Wer ist das?"

Er nickte in Danielas Richtung. Ileana hob beschwichtigend die Hände.

„Radu, du kannst uns nicht vorschreiben, wer mit uns zieht. Der Wagen gehört uns. Es ist Mitica, mein Neffe. Seine Mutter ist sehr krank. Er wird uns eine Weile begleiten", sagte Ileana in einem Tonfall, der keine Widerworte duldete.

„Wenn ihr mit uns ziehen wollt, habe ich wohl ein Wörtchen mitzureden." Radu schnaubte verächtlich. Sein prüfender Blick glitt über Daniela. Dann rümpfte er die Nase.

Daniela hatte gleich vermutet, dass es sich bei dem grobschlächtigen Kerl um den Anführer der Zigeuner handelte.

„Nun weißt du es ja, Radu", mischte sich Oana ein.

Er knurrte. „Dass der Junge sich auch wäscht. Der stinkt wie ein Bock. Und ihr beeilt euch lieber. Wir warten nicht."

Mit diesen Worten zog er sich zurück.

„Ja, ja!", rief Ileana ihm hinterher und rollte mit den Augen.

Daniela hörte ein Schnalzen, das die Pferde in Bewegung setzte.

„Diese Feuertaufe hat sie bestanden."

„Den einfältigen Radu vermagst du vielleicht zu täuschen, aber ...", stichelte Oana.

„Überlass das nur mir. Hauptsache, du tratschst nicht wie ein Waschweib."

Oana schien kurz davor, zu explodieren, aber sie schwieg. Nur Daniela warf sie giftige Blicke zu.

Der Wagen ruckelte über die Wiese.

„Und was sollen wir in den nächsten Tagen essen, wenn uns kein Freier besucht?", herrschte Oana Ileana an.

„Ich sagte doch, ich habe ein wenig Geld", antwortete Daniela anstelle der Hure.

„Na, gut. Und wage es nicht, abzuhauen. Wir finden dich." Hass flammte in Oanas Augen auf. Daniela fragte sich in diesem Moment, ob es wirklich eine gute Entscheidung gewesen war, die Huren zu begleiten.

10.

Drei Tage ratterten die Wagen über holprige Straßen. Drei Nächte, in denen keine Freier die Huren aufsuchten. Das abstinente Leben der beiden machte sie reizbar, obwohl sie sich bemühten, nach außen hin gelassen zu wirken. Daniela bemerkte, wie sie sich mit banalen Tätigkeiten abzulenken versuchten. Stundenlang bürstete Oana ihr Haar, dass Daniela schon glaubte, irgendwann fiele es ihr aus. Dabei schimpfte die Hure über die Werwölfe, die sie um Geld und Vergnügen brachten.

Erst am Abend des vierten Tages entspannte sich die Atmosphäre, als Radu mit einem Augenzwinkern Vampirbesuch ankündigte. Eifrig setzten die Huren ihre Schönheitsprozeduren fort. Sie schnatterten vor Aufregung wie Gänse, während sie ihre Schuhe auf Hochglanz polierten, die Röcke glätteten und die Haare frisierten. Daniela konnte nicht leugnen, dass die beiden Frauen mit Wangenrot und Lippenpaste für jedes männliche Wesen, sei es Mann oder Vampir, begehrenswert erschienen. Sie musste sogar ein weiteres Mal hinsehen, um Oana und Ileana zu erkennen. Beide wickelten sich einen Schal um den Hals, um die Bissnarben zu verdecken. Daniela erfasste das leichte Pochen ihrer Herzen als Vibration. Sie fieberten ihren Freiern entgegen.

„Na, endlich! Diese Warterei hat mich ganz verrückt gemacht." Ileana zupfte an einer widerspenstigen Strähne und steckte sie hinters Ohr. Ihr Hintern rutschte unruhig auf dem Hocker hin und her.

„Heute Abend musst du aus dem Wagen verschwinden", forderte Oana und steckte sich einen goldenen Kamm in ihr kastanienbraunes Haar.

„Und du, Roman, spielst am Feuer auf deiner Geige." Ileanas Tonfall klang streng. Daniela sah zu dem Jungen hinüber, der in einer Ecke des Wagens mit angezogenen Knien saß. Seine Mundwinkel zogen sich abwärts, woraus Daniela schloss, dass ihm die Anweisung seiner Mutter missfiel. Trotzdem fügte er sich und nickte.

Daniela fieberte dem Erscheinen der Vampire mindestens ebenso entgegen wie die Huren. Würde Drazice den Huren auch seine Aufwartung machen?

Gestern hatte sie Radu beim Kartenspiel ein Messer abluchsen können. Nur weil er sie für einen Jungen hielt, gab er es ihr. So fühlte sie sich wenigstens den Blutsaugern gegenüber gewachsen.

Von Malvina hatte sie gelernt, wie man eine Klinge schleifen musste, um sie so scharf zu machen, dass sie einen Schal in der Luft zerteilen konnte. Gerade richtig, um das tote Herz eines Vampirs herauszuschneiden. Drazice! Hoffentlich würde sie bald Genugtuung erfahren.

Als die Dunkelheit hereinbrach, hörte man aus der Ferne ein Surren in der Luft, das die Ankunft der Vampire ankündigte. Seit dem Bündnis mit den Schattendämonen zogen die meisten Vampire es vor, durch die Luft zu fliegen. Würde Drazice sich unter ihnen befinden? Daniela zitterte vor Aufregung und umfasste das Messer, das im Gürtel unter der weiten Jacke steckte. Ileana hatte sie noch einmal gründlich mit der Paste bestrichen.

Roman schnappte sich wortlos seine Geige und kletterte aus dem Wagen. Daniela sah ihm hinterher, wie er zum Feuer rannte, bevor auch sie sich erhob.

Oana rückte mit den Händen ihren Busen im Mieder zurecht.

„Soll ich meine Nippel rausblicken lassen?", wendete sie sich Ileana zu und lachte provokant. Sie zerrte den Rand ihres Oberteils weiter hinunter, bis ihre dunkelroten Brustwarzen zu sehen waren. Dann drehte sie sich im Kreis, hob die Röcke und zeigte ihren nackten Unterleib. Ihre Haut war schneeweiß und glatt, die Schenkel wohlgeformt. Als sie sich umdrehte, konnte Daniela einen Blick auf ihren Venushügel werfen, der rasiert war. Sie stellte sich breitbeinig hin, ein Bein auf dem Hocker, dass ihre Spalte aufklaffte.

„Ich muss mich schon ein wenig vorbereiten", sagte sie mit verklärtem Blick und strich mit den Fingern über ihre feucht schimmernde Mitte. Daniela verharrte auf der Stelle. Mit angehaltenem Atem wartete sie darauf, was folgen würde. Sie hatte zwar bei sich selbst Hand angelegt, denn schließlich besaß sie keinen Liebhaber, aber eine andere Frau zu beobachten, wie sie sich streichelte, löste ein Prickeln aus. Auch Ileana schaute mit verschränkten Armen und einem Lächeln zu.

Danielas Kehle war auf einmal wie ausgetrocknet. Sie spürte ihr Blut heiß durch den Körper fließen. Mit der Zunge leckte sie sich über die trockenen Lippen, ohne den Blick von der Hure abzuwenden, die sich an ihrer empfindlichsten Stelle streichelte. Oanas Lider waren halb geschlossen, die Wangen noch eine Spur roter als sonst. Zeigefinger und Daumen glitten an ihren Schamlippen entlang und zwickten hinein. Sie stöhnte leise auf und legte den Kopf in den Nacken.

Daniela sah zu Ileana hinüber, deren Augen glänzten. Sie genoss das erregende Schauspiel.

Gemischte Gefühle beherrschten Daniela, eine Spur aus Scham und Neugier, bei denen sich das Prickeln intensivierte und allmählich über ihren
ganzen Körper ausbreitete. Ihr wurde heiß und in ihrem Schoß pochte es.
Sie wollte wegsehen, aber stattdessen folgte ihr Blick jeder Bewegung
Oanas.

Die Finger der Hure massierten nun wilder, wühlten gierig in ihren Falten,
bis sie in ihren Schoß eindrangen. Daniela zuckte zusammen, als hätte man
ihr die Finger in den Unterleib geschoben. Sie glaubte, die Bewegung in sich
zu spüren. Steif stand sie da und starrte nach vorn.

Oanas Becken wölbte sich nach vorn, während sie die Finger in ihrem
Inneren bewegte. Ihre Lider flatterten und sie stöhnte rhythmisch aus ihrem
halb geöffneten Mund. Zusätzlich massierte sie mit dem Handballen ihren
Venushügel und die winzige Perle, auf die Daniela zwischen ihren Schamlippen einen Blick erhascht hatte.

Daniela spürte, wie sich ihre Brustwarzen verhärteten und am rauen Stoff
rieben. Jeder Muskel ihres Körpers spannte sich an. Das Kribbeln wanderte
ihren Körper hinab bis in ihren Schoß. Sie hätte nie gedacht, dass es sie
erregen würde, einer Frau beim Ausleben ihrer Wollust zuzusehen.

Oana sog geräuschvoll die Luft zwischen den Zähnen ein. Ihre Schenkel
zitterten leicht.

Da drehte Ileana sich um und nahm aus einer Porzellanschale am Boden
ein Pistill, eine Art Stößel, mit dem man Pflanzen zerreiben konnte, um sie
für eine Paste zu nutzen. Daniela hielt den Atem an, als sie Oana das Pistill
reichte. Es war etwa so lang wie eine Hand und am unteren Ende besaß es
eine Verdickung, die angeraut war, um ein besseres Verreiben zu ermöglichen. Daniela war zwar noch mit keinem Mann intim gewesen, aber sie
wusste um deren anatomische Beschaffenheit. Und dieses Pistill glich dem
männlichen Phallus in Größe und Form. Wie hypnotisiert beobachtete sie,
wie die Hure ihn einführte und langsam, begleitet von einem schmatzenden
Geräusch herauszog, um ihn gleich wieder einzutauchen. Oana keuchte und
stöhnte mit jedem Mal, wenn das Pistill in sie glitt. Daniela schämte sich
ihrer Erregung, die stetig anschwoll und nach Befriedigung schrie. Das Blut
rauschte in ihren Ohren und ihre Brustwarzen fühlten sich an, als würden
tausend kleine Nadeln in ihnen stecken.

Mit aller Kraft wirbelte sie herum und stürmte aus dem Wagen. Das Gelächter Ileanas folgte ihr.

„Welch jungfräuliches Gebaren!"

Daniela hielt sich die Ohren zu und rannte zwischen den Wagen hindurch,
bis sie atemlos hinter einem zum Stehen kam. Sie schämte sich ihrer lustvollen Empfindungen von eben. Wie würde es sein, wenn sie anstelle ihrer
Finger einen prallen Phallus zwischen ihren Schamlippen fühlte? In ihrem

Schoß pochte es noch immer, als würde das Blut in Etappen an dieser Stelle durch die Gefäße gepumpt werden.

Die Geruchsmischung aus Verwesung und schwerem Parfüm drang in ihre Nase. Vampire! Sie waren hier. Jetzt hörte sie auch ihre Schritte, die leichter als die Sterblicher waren.

„Der Wagen der Huren ist dort drüben, Petre."

„Ach, immer nur Weiber. Schmalbrüstige Burschen sind mehr nach meinem Geschmack. Ihr Blut besitzt eine herbe Note, die ich bevorzuge." Die Stimme des Vampirs klang nicht älter als zwanzig. Daniela hatte sie noch nie gehört. Am liebsten hätte sie einen Blick auf ihn geworfen, aber im Schein des Feuers wäre ihre Silhouette zu erkennen gewesen.

„Als Mensch liebte ich die Schokolade mit dem etwas bitteren Geschmack. Inzwischen bin ich auf süße Sahne umgeschwenkt." Der andere mit der rauen Stimme kicherte.

„Jedem sein Plaisir, mein lieber Ciprian." Er seufzte. „Aber ich befürchte, auch heute muss ich mich mit einem der Weiber zufriedengeben, deren Blut bereits schal schmeckt."

„Ich kann Drazice nicht verstehen, dass er sich hier immer nur mit dieser Bluthure abgibt, wo er mich doch in Prag zu einer seiner Orgien mitnahm, an der blutjunge Weiber teilnahmen. Bereitwillig öffneten sie ihren Schoß und ließen uns so lange von ihrem Blut trinken, bis ihr Puls erlosch. Wenn das mein Herr wüsste …" Unterdrücktes Gelächter erfolgte.

„Mir scheint, du missachtest oft den Befehl unseres Fürsten." Die Stimme Petres klang tadelnd.

Ciprian kicherte. „Und wenn schon. Ich sehe nicht ein, dass ich auf Dinge verzichten soll, die mir lieb und teuer sind, nur weil es unserem Herrn nicht gefällt. Also nehme ich mir heimlich, was ich begehre."

„Wenn es nur die Wollust wäre … Ich frage mich vielmehr, was du mit den Werwölfen zu schaffen hast. Seitdem ich dich neulich in Bukarest so vertraut mit ihnen gesehen habe, mache ich mir so meine Gedanken."

„Keine Sorge. Nur Geschäfte. Drazice weiß, wo es am Einträglichsten ist, und ich habe mich ihm angeschlossen. Diese Gelegenheit lasse ich mir nicht entgehen. Wenn du möchtest, könnte ich dir vielleicht auch … gewisse Vorteile verschaffen."

Daniela spürte wieder den Zorn auf den Baron, der überall seine Finger im Spiel hatte und alles und jeden zu manipulieren versuchte. Als Vorteile bezeichnete der Vampir seine Machenschaften. Sie würde ihre Hand dafür ins Feuer legen, dass es um Menschen- oder Bluthandel ging.

„Nein, ich verzichte. Aber ich halte es für sehr gewagt, den Karpatenfürsten zu hintergehen. Er vernichtet dich, wenn er davon erfährt."

„Er wird es nicht erfahren und wenn, dann ist es bereits längst zu spät." Daniela kroch eine Gänsehaut den Rücken hoch. Dieser Vampir war genauso verschlagen wie Drazice.

Die beiden Vampire blieben abrupt stehen. „Was habt ihr vor? Das ist Verrat!", warf Petre seinem Kumpan vor.

„Heute diene ich dem einen Herrn, aber wenn einer kommt, der viel mächtiger ist, schließe ich mich dem an. Hast du denn immer noch nicht begriffen, dass die Ära cel Bâtrâns bald beendet ist? Prinz Razvan wird der neue Herrscher über die Karpaten sein." Plötzlich hörte sich die Stimme Ciprians recht eifrig an. Daniela wurde übel bei dem Gedanken, die Vampire könnten sich mit den Werwölfen gegen Sterbliche verbünden.

„Razvan? Niemals. Ich würde mich an deiner Stelle …"

„Pst, sei still. Irgendjemand belauscht uns." Sofort schwiegen beide.

Danielas Herz schlug schneller. Hatten die Vampire etwa ihr Versteck entdeckt?

Trotz ihrer Angst hoffte sie auf die Fortsetzung des Gesprächs, um mehr über den Aufenthalt des Barons zu erfahren. Für einen winzigen Hinweis würde sie einen Luftsprung vollführen.

Die Vampire verharrten noch immer auf der Stelle. Allerdings palaverten sie jetzt über irgendwelche rauschenden Orgien in Bukarest. Von Drazice berichteten sie zu ihrer Enttäuschung nichts mehr.

„Wenn ich nur an die Honigblonde aus Bukarest denke, juckt es in meinem Schwert. Lass uns lieber Ausschau nach den Huren halten, Petre. Mich plagen Lust und Durst nach köstlichem Blut."

„Du hast Glück, dass Drazice nicht mit von der Partie ist, sonst müssten wir auf die Braunhaarige verzichten." Endlich. Sie hätte fast geseufzt.

Allein das Erwähnen des verhassten Vampirs ließ ihre Hand um das Messer zucken.

„Die Schöne mit den vollen Brüsten und den breiten Hüften? Wieso?"

„Weil er ihr Gebieter ist."

Sie hielt den Atem an. Nun kommt schon, erzählt mir, wo euer Anführer sich aufhält.

„Hm. Hm. Dann sollten wir die Gunst der Stunde nutzen. Der Druck in meinen Lenden wächst."

„Also machen wir uns auf. Danach wäre ein kleiner Abstecher nach Prag nicht schlecht. Du glaubst nicht, wie sehr ich Jiris Bälle vermisse. Sie waren immer so … anregend." Er lachte, und der andere stimmte ein.

„Am besten waren die Blutbäder. Ich konnte nicht genug bekommen …"
Als die Stimmen sich entfernten, lugte Daniela um die Ecke. Die Vampire schritten einträchtig nebeneinander zum Wagen der Huren. Die Zigeuner sahen den beiden argwöhnisch hinterher. Plötzlich nahm Daniela eine Bewegung wahr und erschrak. Roman erschien zwischen zwei Wagen, die Geige unter dem Arm geklemmt. Unbekümmert warf er einen Fichtenzapfen in die Höhe und schlenkerte mit dem Geigenbogen. Er schien die Vampire

nicht bemerkt zu haben. Was trieb der Bursche sich überhaupt hier herum? Er sollte doch bei der alten Vettel sein. Wenn ihn die Vampire witterten, schwebte er in Gefahr.

Roman trat den Zapfen fort, der in hohem Bogen durch die Luft flog. Die Vampire stoppten und drehten sich um.

„War da nicht eben was?", fragte Ciprian seinen Begleiter, während sein Blick hin und her flog. Der hielt seine Nase in den Wind und schnupperte. Dann zuckte er mit den Schultern.

„Der Verzicht auf Blut kann Halluzinationen wecken. Oder hast du etwa ein Rauschmittel genossen?"

„Natürlich nicht. Aber ich habe einen unbändigen Blutdurst …"

Bevor Roman zwischen den Wagen hervortrat und in das Blickfeld der beiden Vampire geriet, befand sie sich schon hinter ihm, presste die Hand auf seinen Mund und zerrte ihn in den Schatten des Wagens zurück.

Die Vampire marschierten bereits weiter auf den Wagen der Huren zu.

Roman wehrte sich gegen die Umklammerung, in dem er die Ellbogen in Danielas Magengrube drückte.

„Du närrischer Bengel", zischte sie ihn an. „Bist du verrückt geworden? Du hattest verdammtes Glück, dass die dich nicht gewittert haben."

„Wegen dir wäre fast meine Geige zerbrochen. Diese beiden Blutsauger tun mir nichts. Ich kenne sie. Die kommen oft hierher." Er stieß sie mit der Geige von sich.

Da rettete sie ihn vor den Vampiren und erntete einen Vorwurf? „Ach, ja? Da wäre ich mir nicht so sicher. Wie undankbar." Die Widerspenstigkeit des Jungen ärgerte sie.

„Die wollen nur zu den Huren. Die haben mir noch nie was getan. Die sind nicht von Drazices Clan."

„Vertrau mir, dass ich diese verdammten Blutsauger besser kenne als du. Die sind alle gleich, blutrünstig und unberechenbar. Es ist ihnen egal, bei wem, wo und wie sie an ihr Ziel gelangen. Hast du kapiert? Man bekommt sein Leben nicht zweimal geschenkt. Du kannst von Glück sagen, dass du dem Baron entkommen bist."

Sie packte Roman am Kragen und zog ihn dicht an sich heran.

„Ja, ja", gab er nach.

Langsam ließ sie ihn los.

„Ich bringe dich jetzt zu der alten Zigeunerin zurück. Dort wirst du so lange bleiben, bis die Vampire verschwunden sind. Jeder Fluchtversuch ist zwecklos. Meine Nase und meine Ohren sind besser als deine, Bürschchen."

Roman protestierte leise und machte sich steif, als sie ihn zum Wagen der alten Zigeunerin dirigierte.

„Lass mich los oder ich verrate allen, dass du eine Dcera bist", stieß er hervor und versuchte, wegzulaufen. Aber Daniela packte seinen Arm.

„Das wagst du nicht. Wenn das herauskommt, seit ihr hier nicht mehr sicher. Wenn dir dein und das Leben deiner Mutter lieb ist, halt gefälligst den Mund."

Roman runzelte die Stirn, und schien nachzudenken.

„Ich gebe mich geschlagen." Er hob die Hände mit einem Seufzen. Daniela schob ihn in den Wagen und wandte sich an die alte Frau, die mit einer Schale in der Hand auf dem Boden kauerte.

„Kann er bei dir bleiben, bis die Vampire verschwunden sind?", fragte sie die Alte mit dem zerknitterten, griesgrämigen Gesicht. Wortlos winkte sie den Jungen hinein und schlürfte ihre Suppe.

Daniela lief zum Wagen der Huren zurück und lauschte. Drinnen waren lautes Stöhnen und Gekeuche zu hören. Ein Klatschen folgte, als würde jemand geschlagen.

Sollten das die beiden einzigen Vampire sein, die das Lager aufsuchten?

„Habt ihr irgendwelche Viecher im Lager?", hörte sie plötzlich diesen Petre fragen. Das Gestöhne brach ab.

„Was fragst du das?" Oana klang ungehalten.

„Weil es hier so fürchterlich stinkt. Wie nach … nach Pisse." Ein abfälliger, undefinierbarer Laut folgte.

Daniela unterdrückte mühsam ein Kichern. Also hatte Ileana doch nicht zu viel versprochen, was die Wirkung der Paste betraf.

Sie wartete nicht mehr auf die Antwort der Hure, sondern streifte um die Wagen herum. Vielleicht könnte sie den Vampiren folgen und träfe auf Drazice?

Wenn sie doch nur nicht so müde wäre. Die letzten Nächte hatte sie wegen der Huren schlecht geschlafen. Ständig hatten die ihr Schicksal beklagt, das ihnen die Werwölfe bescherten.

Auch Roman hatte sich auf dem Lager gewälzt. Er schrie im Schlaf, weil ihn Albträume quälten. Ileana wog ihn in ihren Armen und redete beruhigend auf ihn ein.

Das Gestöhne hatte längst aufgehört, aber die Vampire befanden sich noch immer im Wagen. Die plötzlich Stille war unheimlich. Was trieben sie nur?

Sie wagte sich weiter vor und lugte durch einen Spalt im Vorhang. Die Huren lagen nackt auf den Decken am Boden, die beiden Vampire, ebenfalls nackt, beugten sich über sie. Das laute Schmatzen verriet Daniela, dass sie vom Blut der Huren tranken. Angewidert wandte sie sich ab. Nicht für alles in der Welt hätte sie sich diesen Bestien hingegeben. Sie hockte sich unter den Wagen, lehnte sich an das Rad und schlummerte ein.

Als sie erwachte, war es noch immer dunkel. Sie krabbelte unter dem Wagen hervor und sah hinein. Die Huren waren jetzt allein und schliefen, eng aneinandergekuschelt, tief und fest. Ihre Hälse waren blutverkrustet.

Daniela ärgerte sich, dass sie eingeschlafen war und das Fortgehen der Vampire nicht bemerkt hatte. Aber jetzt war es zu spät. Sie konnte nur hoffen, dass sich ihr bald eine neue Gelegenheit bieten würde.

Die Zigeuner schliefen in Decken eingerollt um das Feuer.

Da der Gestank der Paste Kopfschmerzen bereitete, beschloss sie, sich zu waschen. Irgendwo in der Nähe des Lagers befand sich ein Tümpel, aus dem die Zigeuner Wasser schöpften. Die Vorstellung von klarem, kaltem Wasser war so verlockend, dass sie losrannte.

Sie brauchte nicht lange zu suchen, bis sie einen kleinen Weiher fand. Weiden begrenzten sein Ufer, deren Ranken ins Wasser hingen. Sie tauchte ihre Hände ins kühle Nass und benetzte ihr Gesicht. Das war so erfrischend. Dann rupfte sie Gräser ab, wickelte sie zu einem Strunk, tunkte sie ins Wasser und rieb die Paste ab. Seife wäre ihr zwar lieber gewesen, aber es wuchs keine weit und breit. Daniela lächelte vor sich hin.

Es musste herrlich sein, das Wasser am ganzen Körper zu spüren. Könnte sie es wagen, sich auszukleiden und in den Weiher zu steigen? Sollten die Blutsauger sie doch entdecken, war sie durch das Messer wehrhaft. Und sie fühlte sich auch genügend gestärkt. Außerdem mieden Vampire das Wasser.

In Windeseile entkleidete sie sich, legte die Sachen am Ufer ab und hüpfte ins Wasser. Nur das Messer ließ sie an ihrem Schenkel verschnürt. Das Wasser war angenehm kühl und klar. Langsam tauchte sie bis zu den Schultern hinein und schwamm ein paar Züge am Ufer entlang. Um die Teppiche der Wasserlinsen machte sie einen großen Bogen. Nackt geschwommen war sie noch nie. Aber es fühlte sich so sündig an wie in ihrem Traum. Nur fehlte der Beobachter. Daniela drehte sich auf den Rücken und ließ sich treiben. Als sie mit den Armen ruderte, spritzte das Wasser über ihre Brustwarzen, was ein wohliges Kitzeln auslöste. Das Wasser schwappte bei jeder Bewegung gegen Gesäß und Schamlippen. Ileanas Massage hatte bewirkt, dass sie sich ihren lustvollen Empfindungen ungezwungener stellte. Sie schloss die Augen und gab sich ganz dieser sanften Wassermassage hin. Nach jedem Zug rückwärts drang Wasser in ihre Mitte und reizte die empfindliche Haut ihrer Schamlippen.

Sie paddelte schneller, dass ihre Brüste wippten. Von einer Woge der Erregung gepackt, schwamm sie hin und her, drehte sich, spreizte ihre Beine und zog sie wieder zusammen, um das bewegte Wasser intensiver an ihrer pulsierenden Mitte zu fühlen.

Wie von selbst bewegte sich ihr Becken auf und ab. Das Pochen in ihrem Schoß schwoll an, dass sie geräuschvoll einatmete. Das war noch schöner als in ihrem Traum. Wie wäre es, wenn ein Mann sie an ihren gereizten Stellen berührte, in sie eindrang, wie das Pistill in Oanas Scheide?

Ihre Hand rieb über die Perle. Sie stöhnte auf und wölbte den Rücken empor. Die kühle Brise, die über ihre nassen Brustwarzen strich, ließ sie erschauern. Alles in ihr schrie nach Erfüllung.

Dann versenkte sie einen Finger und zog ihn heraus, um ihn gleich wieder in ihren heißen Unterleib zu tauchen. Daniela stöhnte rhythmisch und spürte den Höhepunkt nahen, der sie mit einer ungekannten Intensität überrollte, dass sie am ganzen Körper zitterte. Wohlig streckte sie sich aus und ließ sich auf der Oberfläche treiben, bis Wasser in ihr Gesicht spritzte und in ihre Nase drang. Prustend richtete sich auf und strich das nasse Haar aus dem Gesicht. Sie sah sich um, aber außer den Ringen auf der Wasseroberfläche war nichts zu erkennen. Bestimmt waren Fische aus dem Wasser gesprungen auf der Jagd nach Insekten, die über das Wasser glitten. Ihre Haut wellte sich vom langen Bad.

Es war Zeit, ins Lager zurückzukehren. Sie richtete sich auf und hielt in der Bewegung inne, als sie ein Knacken im Unterholz am anderen Ufer hörte. Der bissige Geruch, den sie jetzt witterte, erinnerte sie an den alten Zigeunerköter. Doch der war im Lager angebunden. Als Vampirjägerin verriet ihr Spürsinn, dass diese Kreatur viel gefährlicher war als der Hund. Ein Werwolf! Sie zog das Messer und sprang ans Ufer. Ihre Fangzähne schoben sich aus dem Kiefer, als sie fauchte. Wie lange mochte er sie schon beobachtet haben?

Gelbe Augen blitzten in der Dunkelheit auf. Ihre Finger schlossen sich fest um das Messer, während ihr Herz wie wild raste. Gegen Vampire hatte sie oft gekämpft, aber noch nie gegen einen Werwolf. Jede Faser ihres Körpers war bis in den kleinsten Zeh angespannt. Sie hielt den Atem an und wartete auf einen Angriff, als im selben Moment ein Schatten in das Gebüsch sprang. Zweige knackten, gefolgt von einem tiefen Knurren und Fauchen. Dann verstummte beides. Sie lauschte eine Weile, aber als sich nichts regte, schnappte sie in Windeseile ihre Kleidung und raste davon. Immer wieder warf sie einen Blick über die Schulter zurück, ob ihr jemand folgte. Erst als sie sich sicher fühlte, stoppte sie und erkannte die Lichtung, auf der sich das Zigeunerlager befand. Da wurde ihr bewusst, dass sie fast in ihrer Panik nackt dorthin gelaufen wäre und sich verraten hätte. Wie konnte sie nur derart kopflos handeln. Wütend streifte sie die Kleidung über und stopfte ihr Haar unter den Hut.

Der erste rote Streifen zog sich am Horizont entlang und kündigte den Sonnenaufgang an.

11.

Dieser einfältige, lüsterne Petre hatte nur an sein Vergnügen gedacht, anstatt nach Drazice zu suchen. Er hätte es besser wissen müssen. Valerij schäumte vor Wut und donnerte mit der Faust auf den Tisch, dass der Wein aus dem Kelch schwappte und sich über den Brief des Barons ergoss. Petre stand mit hängenden Schultern vor ihm und presste seinen Hut zwischen den Händen.

„Anstatt nur deine Fleischeslust zu stillen, solltest du herausfinden, was Drazice vorhat. Aber nein, es war dir lieber, dich zwischen die Schenkel der Huren zu betten als meinem Befehl zu folgen!", tobte Valerij und funkelte sein Gegenüber zornig an. Petre zuckte bei dem ungewohnten Zornesausbruch zusammen. Zerknirscht schwieg er.

„Nun? Was hast du zu deiner Verteidigung zu sagen?" Valerij hätte Petre am liebsten zur Strafe der Sonne ausgesetzt, aber noch brauchte er ihn als Spitzel. Aber leiden sollte er für seinen Frevel. Valerij bedachte sein Gegenüber mit einem vernichtenden Blick.

„Verzeiht, Durchlaucht, aber es …" Wie immer bei einer Auseinandersetzung, zeigte Petre sich unterwürfig und vermied die vertraute Anrede.

„Schweig! Du wirst es wieder gutmachen, hast du verstanden?"

Petre sah auf und lächelte, als hoffe er, Valerij würde ihm vergeben. Doch diesmal irrte der sich gewaltig. Oft genug hatte der Fürst seinen Eskapaden nachgegeben. Jetzt war Schluss, und zwar endgültig. Und er wusste auch schon, wie er den Vampir bestrafen konnte, ohne ihn den sengenden Sonnenstrahlen auszusetzen. Valerij lächelte, als er um den Tisch herumging und sich vor dem viel kleineren Petre aufbaute. Das Lächeln auf Petres Lippen erlosch schlagartig, als sein Blick dem seinen begegnete.

„Mein Herr, was darf ich für Euch tun? Schickt mich nach Prag und ich reise dorthin. Oder nach St. Petersburg. Alles, was Ihr fordert. Ich werde es erfüllen und Euch nicht enttäuschen", sagte er und deutete eine Verbeugung an.

Das könnte dir so passen, in Prag weiteren Vergnügungen nachzugehen. Valerijs Augen verengten sich, als er sich zu Petre hinabbeugte.

„Schön zu hören, dass du dich deiner Pflicht als mein Untertan besinnst, nachdem du das so schmählich vergessen hast." Valerij fauchte tief und drohend. Sein Einschüchterungsversuch wirkte bei Petre, der sogleich nach hinten zurückwich.

„Ich werde es wieder gutmachen, gleichgültig, welchen Auftrag Ihr mir erteilt. Das verspreche ich Euch bei meiner Seele."

Da war er wieder, der demütige Petre. Doch Valerij las aus seinem Blick Angst und Unsicherheit. Und das war auch gut so. Der Vampir musste ihn fürchten, wie alle Untertanen, sonst verloren sie den Respekt.

„Nun gut, ich nehme dich also beim Wort."

Valerij verschränkte seine Hände hinter dem Rücken und wippte auf den Zehenspitzen. Petre verfolgte gebannt jede seiner Bewegungen.

„Das Bündnis mit den Werwölfen ist für die Karpaten sehr wichtig. So fixiert es der Vertrag, den ich vor Hunderten von Jahren mit den Werwölfen geschlossen habe. Prinz Razvan bietet uns seine Schwester Sorana für eine Nacht als Gespielin an ..."

Petre riss abwehrend die Hände hoch und starrte den Fürsten voll Entsetzen an.

„Nein, Durchlaucht, das könnt Ihr nicht von mir verlangen, mich mit einer stinkenden und tobenden Werwölfin einzulassen. Dieser Geruch ... da vergeht einem doch jegliche Lust."

„Und ob ich das kann, mein Lieber." Er packte Petre am Kragen und zog ihn dicht an sich.

Es bereitete Valerij Vergnügen, dem Vampir eine Lektion zu erteilen, die schon lange vonnöten war. Er hatte sich immer viel zu großmütig gezeigt, anstatt mit Strenge durchzugreifen.

Wenn Petre sich schon in der körperlichen Liebe austoben wollte, weshalb dann nicht mit einer Werwölfin? Es war nicht nur der Raubtiergeruch, der einen Vampir abstieß. Petre hasste diese Geschöpfe. Vor langer Zeit hatte sich der Vampir schon einmal mit einer Werwölfin eingelassen, die ihm im Liebesrausch den Finger abgebissen hatte. Und das bei diesem eitlen Pfau. Valerij war sich der Unberechenbarkeit diese Kreaturen durchaus bewusst. Man musste ständig auf der Hut sein. Zum Glück wuchsen Vampiren die verlorenen Glieder wieder nach. Valerij konnte sich ein Grinsen nicht verkneifen, als er sich vorstellte, die Werwölfin könnte das beste Stück Petres mit einem Biss abtrennen. Der Arme würde sich vor Schmach eine Weile in den Bergen verkriechen, bis er wieder vollends hergestellt war. Überall in den Karpaten würde man hinter vorgehaltener Hand über ihn tuscheln. Das hatte er verdient.

„Morgen reist du nach Bukarest, um dich mit Prinz Razvan zu treffen und Sorana deine Liebeskünste zu zeigen. Du tust es für deinen Fürsten. Wage ja nicht, dich erneut meiner Order zu widersetzen. Meine Augen und Ohren sind überall gegenwärtig. Diesmal lasse ich keine Gnade walten."

Petre zuckte zusammen. Valerij spürte, dass er etwas entgegnen wollte, es sich aber verkniff. Na, also, warum denn nicht gleich so.

„Ich hoffe, du kehrst mit Neuigkeiten zurück. Und nun brich auf, wenn du meine Geduld nicht strapazieren willst."

Mit diesen Worten entließ Valerij Petre, der sich unzählige Male verbeugte und schließlich mit versteinerter Miene aus dem Salon eilte.

Bereits einen Tag nach Petres Abreise, ersuchte Anton Drazice Valerij um eine Privataudienz. Wenn man vom Teufel sprach, war er nicht weit, dachte er und empfing den Baron, jedoch voller Widerwillen. Anton Drazice betrat den Salon mit dem mannshohen Kamin, in dem ein Feuer flackerte, und verbeugte sich vor Valerij. Er taxierte ihn und hob mokant eine Augenbraue. Dieses tändelnde Gehabe des Barons hatte er noch nie ausstehen können. Zudem war seine Kleidung mit dem Rüschenhemd unter der glänzenden Jacke geckenhaft und entsprach nicht dem herrschenden Modegeschmack.

Valerij saß in einem Sessel und nickte dem Baron gönnerhaft zu. Er hasste Drazice, seitdem er ihm zum ersten Mal in Prag auf einem der Bälle Boskovics begegnet war. Deutlich erinnerte er sich an den Abend, an dem er ihn mit der Gräfin Lobkovic in einem Salon im Stadtpalais des Grafen heimlich beobachtet und belauscht hatte, als sie im Blut badeten und sich miteinander vergnügten. Irrtümlich war er in den Raum gelangt, als er seine damalige Gespielin suchte. Er hatte das Kichern für ihres gehalten und sich hinter dem Paravent verborgen, um sie beim Baden zu beobachten. Doch als er einen Blick durch den Schlitz im Peddigrohr warf, waren es anstatt des Mädchens Drazice und Elisabeth. Valerijs dämonische Fähigkeiten erlaubten ihm, die Sinne verwandelter Vampire zu irritieren, damit sie seine Anwesenheit nicht bemerkten. Deshalb war es ihm möglich, unbehelligt ihr Gespräch zu belauschen. Damals schmiedeten die beiden ein Komplott gegen Jiri Graf Boskovic, den sie als Führer des Prager Vampirclans stürzen wollten. Dabei war Gräfin Elisabeth die Geliebte des mächtigen Vampirs. Für einen Moment hatte Valerij überlegt, Boskovic von dem Komplott zu erzählen, aber die Streitigkeiten zwischen ihnen hatten ihn anders entscheiden lassen. Auch Boskovic war ein Kind Liliths und glaubte, seinen Anspruch als Anführer aller Vampire damit zu legitimieren. Nur, weil er älter als Valerij war. Sein Machthunger kannte keine Grenzen. Er begehrte Transsilvanien, Moldawien und mehr.

Doch bevor er seine Herrschaft mithilfe der Schattendämonen ausdehnen konnte, wurde er von einer Dcera vernichtet. Genauso wie die Gräfin. Nur Drazice gelang es, aus Prag zu fliehen. Jetzt stand der Vampir mit dreistem Lächeln vor ihm.

Als Drazice zögerte, bedeutete er ihm mit einer Geste, näher zu treten, obwohl er ihn am liebsten nach draußen katapultiert hätte. Es war seine Neugier, die das verhinderte.

„Mein Fürst", flötete Drazice, „ich danke Euch für die Großzügigkeit, mich zu empfangen."

Das Dienern des Barons mochte vielleicht die Damenwelt beeindrucken, aber nicht ihn. Valerij ließ sich nicht von dem aufgesetzten Lächeln, bei dem nicht ein Muskel zuckte, täuschen. Wie damals beim Grafen von Boskovic. Wie oft hatte Drazice dem Grafen seine Loyalität versichert, um ihn im nächsten Augenblick mit seiner Geliebten zu hintergehen.

Der wollte doch nicht schon wieder um Asyl bitten.

„Sparen Sie sich die Floskeln, Baron, sagen Sie mir lieber, welchem Anlass ich Ihren Besuch zu verdanken habe."

Die Luft in dem überdimensionalen Salon schien Valerij mit einem Mal zu dick.

„Durchlaucht, ich wollte Euch bitten, mir zu gestatten, eine Weile an Eurem Hof zu verweilen ...“

Genau das Ansinnen hatte er befürchtet. Erst waren es Jahre, jetzt hieß es nur eine Weile. Lächerlich. Der Baron war wie eine lästige Schmeißfliege. Kaum hatte man ihn des Hauses verwiesen, stand er im nächsten Augenblick wieder vor der Tür. Der bettelte um einen Tritt.

„Eine Weile? Wie lange dauert die?“, unterbrach Valerij unwirsch.

„Nun, eine Weile eben, wenn es mir erlaubt ist.“ Wieder folgte eine Verbeugung des Barons.

Es musste einen triftigen Grund geben, der Drazice bewog, ihn um Aufenthalt zu bitten. Aber was mochte es sein? Düstere Geschäfte?

Eigentlich sollte er froh sein, denn in Prag war für die Vampire Ruhe eingekehrt, seitdem der Orden der Dceras vernichtet worden war. Zum Glück hatte keine dieser Vampirjägerinnen überlebt. Jetzt stand nur noch Drazice seinen Plänen im Weg, Prag zu erobern.

Das Gerücht, Drazices Bündnis mit den Schattendämonen wäre zerbrochen, erschien immer plausibler. Valerij suchte vergeblich in der Iris des Vampirs nach dem blauen Dämonenfeuer. Wenn er Drazice Zuflucht gewährte, könnte ein Konflikt mit den Schattendämonen daraus resultieren, was äußerst riskant war. Schließlich galt es, die rebellierenden Werwölfe im Zaum zu halten.

„Sind Sie auf der Flucht, Drazice?“ Valerij forschte in der Miene des Barons.

Doch der verstand es, eine gleichmütige Miene aufzusetzen.

Nur ein leichtes Zucken der Mundwinkel verriet Valerij, ins Schwarze getroffen zu haben.

„Mitnichten, Durchlaucht. Aber nach fünfzig Jahren sehne ich mich nach Abwechslung. Die Prager sind durch diese Vampirjägerinnen immer misstrauischer geworden. Sie folgen kaum einer Einladung.“

„Aber Sie haben doch diese Dceras bravourös vernichtet. Prag befindet sich wieder in der Hand Ihres Clans. Sie können treiben, wonach es Sie gelüstet.“

Drazice grinste triumphierend, aber in seinen Augen lag eine Spur Wachsamkeit, die Valerij nicht entging.

„Es ehrt mich, dieses aus Eurem Mund zu hören, mein lieber Fürst.“

Die zurückliegenden Jahrtausende hatten Valerij Misstrauen gelehrt, das ihn besonders bei Schmeicheleien vorsichtig werden ließ.

„Sie gehören als Clanoberhaupt nach Prag zurück, Baron.“

Drazice räusperte sich.

„Aber Durchlaucht, meinen Aufenthalt bei Euch würde ich selbstverständlich angemessen entlohnen."

Er fingerte an seiner Hosentasche und zog einen Lederbeutel hervor, den er Valerij entgegenhielt.

Fragend blickte Valerij auf das ramponierte Ledersäckchen in Drazices Hand. Der Baron schnürte das Bändchen auf und zog das Leder auseinander, sodass er einen Blick hineinwerfen konnte.

„Durchlaucht, es gehört Euch. Nehmt. Meine Bezahlung."

Valerij misstraute diesem Baron mehr als den Werwölfen. „Zeigen Sie es schon her, Drazice."

„Wenn Ihr mit Verlaub einen Blick hineinwerft, werdet Ihr verstehen, weshalb ich Euch den Inhalt nicht selbst präsentieren kann."

Valerij zögerte einen Moment. Drazice würde nie das Schloss verlassen können, wenn ihm etwas zustieße.

Neugierig lugte er in die Öffnung und erstarrte. Seit er als Vampir auf diese Welt gekommen war, hatte er nach diesem Edelstein gesucht, ihn aber nie gefunden. Nun lag er vor ihm. Der rote Stein pulsierte und versprühte ein Feuer, das seinesgleichen suchte. Der Blutdiamant! In ihm war das Blut seiner Mutter Lilith eingeschlossen, das sie in der Wüste Nod im Kampf gegen den Erzengel Michael vergossen hatte.

Vorsichtig streckte er seine Hand nach dem Diamanten aus und nahm ihn aus dem Ledersäckchen, um ihn zu betrachten. Nur einem gebürtigen Vampir war es möglich, den Stein in den Händen zu halten. Für alle anderen war er ein Bote der Hölle, der seinen Besitzer vernichtete.

Als der Stein in seiner Handfläche lag, und er die Finger darum schloss, drängten sich ihm Bilder auf. Er sah seine Mutter, die dem Erzengel im Kampf gegenüberstand. Das Schwert des Erzengels traf Lilith am Arm. Blut spritzte in hohem Bogen aus der tief klaffenden Wunde, das Michael in seiner Hand auffing. Dieser Augenblick genügte Lilith, ihm zu entkommen. Michael, der vor den Augen Gottes versagt hatte, weinte. Eine Träne tropfte auf seine Hand, die sich mit dem Blutstropfen vermischte und versteinerte. Plötzlich schien es Valerij, als würde er von einem Strudel mitgerissen werden, der ihn durch die Zeit katapultierte. Immer wieder tauchten unbekannte Frauengesichter vor ihm auf. Die Letzte von ihnen besaß strahlend blaue Augen, die ihn an klare Bergseen erinnerten.

Genauso schnell, wie die Bilder aufgetaucht waren, verschwanden sie wieder. Alle diese Frauen trugen das gleiche Blut in sich wie er.

Valerij schüttelte den Kopf, um die Benommenheit zu vertreiben. Als sein Blick Drazices begegnete, erkannte er Boshaftigkeit. Der Baron musste die Reaktion auf den Stein gekannt haben. Dessen war er sicher.

„Ich sehe Euch an, dass Ihr den Stein gern behalten wollt, Durchlaucht. Selbstverständlich gehört er Euch, wenn Ihr mir erlaubt, mich an Eurem Hof zu bewegen", säuselte Drazice und legte mit einer theatralischen Geste eine Hand auf die Brust, in der früher einmal ein sterbliches Herz geschlagen hatte. Valerij steckte den Blutdiamanten in das Säckchen zurück und band es zu.

Dieser Widerling wagte es tatsächlich, ihn zu erpressen. Nur seine Besonnenheit bewahrte ihn davor, sich auf den Vampir zu stürzen. Stattdessen packte er den Baron am Revers und sah drohend auf ihn hinab. Ein tiefes Knurren drang aus Valerijs Kehle, bei dem sich Drazices Augen weiteten. Dieser Vampir war eine erbärmliche, feige Ratte.

„Hat man Ihnen nicht erzählt, dass ein cel Bâtrân sich nicht erpressen lässt? Ich warne Sie, Drazice. Dieser Stein trägt das Blut meiner Mutter in sich. Es ist mein Recht, ihn einzufordern. Sie können ihn mir nicht vorenthalten. Haben Sie mich verstanden? Und jetzt verlassen Sie auf der Stelle mein Reich und kehren nie wieder zurück, oder ich vergesse mich." Valerijs Stimme hallte durch den Salon wie ein Donnergrollen.

Wütend stieß er den Vampir zurück, dass dieser rückwärts durch die Luft wirbelte, mit dem Hinterteil auf den Boden krachte und über den Marmorboden schlitterte. Anton Drazices Gesicht verzerrte sich zu einer Fratze. Dann stürzte er sich mit einem durchdringenden Brüllen auf Valerij. Er hatte den Angriff vorausgeahnt und wich blitzschnell aus. Das stachelte Drazices Zorn nur noch mehr an. Er wagte eine weitere Attacke und versuchte, ihm das Ledersäckchen aus der Hand zu reißen. Wieder war Valerij schneller, holte aus und schmetterte seine Faust in Drazices Rücken. Dieser knallte mit voller Wucht gegen die Wand, die an der Stelle des Aufpralls bröckelte.

Der Baron rappelte sich langsam auf. Sofort war Valerij an seiner Seite, umschloss mit beiden Händen seine Kehle und drückte zu. Aus Drazices Augen sprühte Hass. Wäre der Schattendämon in seinem Körper aktiv gewesen, hätte Valerij nicht so leichtes Spiel mit ihm gehabt. Er traute diesem überheblichen Vampir zu, dass er versucht hatte, die Dämonen zu betrügen und die sich deshalb von ihm zurückgezogen hatten.

Sicherlich befürchtete er jetzt, ein anderer Vampir könnte ihm seine Position als Clanführer in Prag streitig machen. Weil er ein Feigling war, floh er. Valerij konnte nicht verleugnen, eine gewisse Genugtuung zu fühlen, als er Drazice wie eine hilflose, wächserne Puppe umfangen hielt.

„Ich könnte Ihnen für diesen ungeheuerlichen Vorschlag mit Leichtigkeit den Kopf abreißen, Baron. Lassen Sie sich nie mehr in den Karpaten sehen oder Sie werden es bereuen. Und jetzt verschwinden Sie! Sofort!", schrie Valerij ihn an und ließ den Baron los. Der richtete seine Kleidung, bevor er mit grimmiger Miene zur Tür stolzierte.

Die Klinke in der Hand drehte er sich noch einmal um. „Das werdet Ihr noch bereuen, Durchlaucht. Auch, wenn Ihr den Blutdiamanten in Eurem Besitz habt, wird das nicht für lange währen. Wir sehen uns wieder", presste

Drazice hervor und hob die geballte Faust, bevor er aus Valerijs Blickfeld verschwand.

„Verdammt! Ich bereue, ihm nicht sofort den Kopf abgerissen zu haben." Valerij ergriff sein Weinglas und schmetterte es gegen einen der vielen Spiegel. Es folgte ein Knall und unzählige Glassplitter wirbelten durch die Luft.

Valerijs Zorn war noch immer nicht verraucht. Er ärgerte sich mehr über sich selbst als den Baron. Ruhelos wanderte er auf und ab. Wie konnte er diesen verschlagenen Vampir ziehen lassen. Satan persönlich musste ihn zu dieser Entscheidung bewogen haben.

Doch wie er den Baron einschätzte, suchte der Ablenkung bei den Bluthuren, die erst gestern die Grenze nach Rumänien passiert hatten. Diese Weiber waren genauso lästig wie Drazice. Jedes Jahr bereisten sie die Karpaten und brachten Unruhe in die Reihen der Vampire. Wenn es um Wollust und Blut ging, vergaßen seine Gefolgsleute oftmals ihre Vorsicht. Die Huren verstanden es, den Einfältigen unter ihnen Geheimnisse zu entlocken. Nicht selten kam es vor, dass die Huren sich eines Vampirrauschmittels bedienten, um die Redseligkeit seiner Gefährten zu fördern. Es war an der Zeit, diese Weiber zu vertreiben.

Seine Wut steigerte sich, als er von einem seiner Höflinge erfuhr, dass auch Petre und Ciprian aufgebrochen waren, um sich mit den Bluthuren zu vergnügen.

Wenig später galoppierte Valerij mit seinem Pferd den Pass entlang durch die südlichen Karpaten. Auf den Bergen lag noch Schnee, der sich von den in der Dunkelheit schwarzen Felsen abhob. Der Wind wehte ihm eiskalt ins Gesicht und trug den würzigen Duft von Tannennadeln und feuchtem Moos mit sich. Er liebte es, sich auf dem Rücken eines Lebewesens zu bewegen und sein Reich mit allen Sinnen zu erleben, was ihm sonst entging.

Er witterte das Vieh, das die Bergbauern auf die Almen getrieben hatten, und war einem Schluck frischen Blutes nicht abgeneigt, als seine Aufmerksamkeit auf eine graue Rauchsäule gelenkt wurde.

Am Fuß der Berge erstreckte sich das Waldgebiet, in dem die Zigeuner ihr Lager errichteten. Es musste der Rauch ihres Lagerfeuers sein, den er über den Baumwipfeln in der Dunkelheit erkannte.

Er zügelte sein Pferd und sprang ab. Die klopfenden Hufe auf dem steinigen Boden hätten sein Herannahen verraten. Diesmal zog Valerij es vor, zum Lager zu laufen.

Bevor er seinen Plan in die Tat umsetzte, stieg ihm ein anderer Duft in die Nase. Blut mit einer besonderen Geruchsnote. Er konnte sich nicht erinnern, im Laufe seiner jahrtausendealten Existenz etwas Köstlicheres inhaliert zu haben. Wie Wein besaß auch Blut ein Bouquet, manchmal herb und manchmal betörend süß. Je länger er den Duft einatmete, desto mehr berauschte er ihn. Für einen einzigen Tropfen dieses Lebenssaftes täte er alles. Er musste wissen, in wessen Adern es floss.

Langsam folgte er dem Geruch, der intensiver wurde, als er sich einen Weg durch das dichte Gestrüpp des Waldes bahnte. Schließlich erreichte er eine kleine Lichtung und überquerte sie. Er konnte es kaum erwarten, diesem Quell zu begegnen, der all seine Sinne in Aufruhr versetzte.

Wasser plätscherte nicht weit entfernt, verborgen zwischen Büschen und Bäumen. Wie ein Raubtier pirschte er sich Schritt für Schritt weiter. Jeder Muskel seines Körpers spannte sich an. Durch das Laub schimmerte im Mondschein silbrig eine Wasseroberfläche. Ein kleiner Weiher. Valerij schlich sich heran und verbarg sich hinter dem mächtigen Stamm einer Buche. Mondlicht spiegelte sich auf der Oberfläche und zerfloss in silbrigen Ringen. Valerij starrte auf die nackte Kehrseite einer Frau. Ihr Rücken war ein wenig muskulös, was für ein Weib recht ungewöhnlich war, und endete in zwei runden Pobacken, von denen Wasser perlte. Sie hob die Hände über ihren Kopf und löste das Haarband. Pechschwarzes Haar ergoss sich über ihren Rücken und bedeckte ihren Hintern. Sie schüttelte ihr Haar aus, dass die feinen Tropfen auf die Wasseroberfläche platschten. Diese Bewegung war geschmeidig und sinnlich zugleich und bewirkte ein Ziehen in seinen Lenden. Ihre Statur glich der Statue einer Göttin, jede Kontur wie gemeißelt und formvollendet bis ins Detail. Aber es war nicht das Abbild Aphrodites mit üppig weiblichen Rundungen, sondern das von Artemis, der Jagdgöttin, grazil und kraftvoll wie eine Katze. Das konnte nur die Frau aus seiner Vision sein. Sein Herz schlug vor Freude schneller. Sie verströmte einen betörenden Duft, der seinen Phallus steif werden ließ. Ein lustvolles Prickeln überzog seinen Körper. Die Gier, ihr nah zu sein, ihren Körper zu schmecken und von ihrem Blut zu kosten wurde so übermächtig, dass er alle Vorsicht vergessen und sich gleich auf sie stürzen wollte. Er schloss die Augen, es zählte nur noch dieser Duft, der ihn in Ekstase versetzte und von dem er nicht genug bekommen konnte.

Als er die Augen wieder öffnete, hatte sie sich umgedreht. Im einfallenden Mondlicht konnte er ihr Profil erkennen. Genau so hatte er es in seiner Vision gesehen, die hohen Wangenknochen, lange, schwarze Wimpern und sinnlich volle Lippen. Kinn und Nase waren ein wenig spitz geraten, was ihr Aussehen nicht schmälerte, aber Eigensinn und Entschlossenheit verrieten. Dieses Weib wäre nicht leicht zu erobern, davon war er überzeugt. Allein bei der Vorstellung, er läge zwischen ihren Schenkeln, ihre Fingernägel grüben sich in der Erregung in seinen Rücken und sie riefe in höchster Lust seinen Namen, ließ ihn fast explodieren. Sein steifes Glied wollte sich bereits durch den wollenen Stoff seiner Hose bohren.

Langsam senkte sie die Arme bis zu ihrer Brust. Mit den Händen fuhr sie über ihre seidig schimmernde Haut, über ihre Brüste bis zur Taille, um die Wasserperlen abzustreifen. Er schalt sich für den Wunsch ein Wassertropfen auf ihrem Körper zu sein, der sie berühren durfte.

Mit einem leisen Stöhnen legte sie den Kopf in den Nacken. Valerij hätte sie am liebsten sofort genommen. Sie wähnte sich unbeobachtet und würde mit Sicherheit die Flucht ergreifen, wenn er aus dem Gebüsch stürmte, und wenn er sie einholte, würde sie sich ihm mit aller Kraft widersetzen. Genau das war es, was er an diesem Gedanken so faszinierend fand. Es brach das Jagdfieber aus, das er lange nicht mehr verspürt hatte. Er musste sie haben, gleichgültig um welchen Preis. Sie sollte ihm gehören, sich ihm in der Liebe unterwerfen. Ob sie noch Jungfrau war?

Valerij leckte sich über die Lippen, öffnete seinen Hosenbund und umfasste seinen steifen Phallus. Während er sich an jeder ihrer geschmeidigen Bewegungen ergötzte, massierte er seinen harten Schaft, dessen Spitze bereits feucht war. Mit aller Kraft bemühte er sich, nicht laut zu stöhnen, um nicht auf sich aufmerksam zu machen und den Zauber des Moments zu zerstören. Jetzt gehörte sie ihm allein. Kein anderer durfte sie besitzen, das schwor er sich. Sie war dazu geschaffen, seine Gefährtin zu sein. Wie heiß und feucht wäre es in ihr? Valerij rieb in immer schneller werdendem Rhythmus sein Glied, massierte es, bis das Blut in seinen Ohren rauschte und sein Gehirn vom Lusttaumel vernebelt wurde. Immer, wenn sie sich bewegte, wehte ihr Duft herüber und versetzte ihn in einen Zustand, von dem er nie geglaubt hätte, ihn erfahren zu dürfen. Sein Hirn verabschiedete sich, und er gab sich ganz seiner Wollust hin.

Sie bückte sich, spreizte ihre Beine und tauchte ihre Arme ins Wasser, um ihre Brust zu benetzen. In dieser Position war es ihm möglich, einen Blick auf ihre Spalte zu werfen. Ihr Duft glich einem Aphrodisiakum und war noch intensiver als der ihres Blutes. Es verriet ihm, dass auch sie erregt war. Seine Zunge fuhr über seine Lippen, als könnte er von ihr kosten. Ein Gemisch von metallischem Blutgeschmack und einer schweren, unbeschreiblichen Süße, die ihn an Rosenöl erinnerte, erfüllte seinen Mund. Nie glaubte er, etwas Köstlicheres zu schmecken als das. Der Druck in seinen Lenden ließ seinen Hodensack kontrahieren. Das Blut in seinen Adern brannte wie Feuer. Er presste die Kiefer fest aufeinander, um nicht seinen Höhepunkt hinauszuschreien, als sein zuckendes Glied das Sperma ausstieß. Lächelnd lehnte er sich mit dem Rücken an den Baumstamm und beobachtete, wie sie wie ein Kind ausgelassen im Wasser planschte.

Wenn eine Frau ihn bereits durch ihren Anblick und ihren Duft zum Wahnsinn treiben konnte, dann sie. Wie wäre es dann beim Austausch von Zärtlichkeiten?

In der Zwischenzeit trieb sie auf dem Rücken liegend durchs Wasser. Ihre kleinen Knospen reckten sich wie winzige Berggipfel aus dem kühlen Nass.

Valerij schloss die Knöpfe seiner Hose über dem erschlafften Phallus. Nicht einen Moment vermochte er sich von ihrem Anblick zu lösen. Wer mochte sie sein? Weshalb begegnete er ihr hier in einem abgelegenen Waldstück? Gehörte sie zu den Zigeunerinnen oder gar zu den Bluthuren?

Alles erschien ihm in diesem Moment gleichgültig, wenn er sie nur besitzen konnte. Als Herr der Karpaten stand ihm dieses Recht des Besitzes zu.

Er überlegte, sich ihr zu zeigen und doch hielt ihn etwas davon ab.

Sie drehte sich tändelnd und summend im Kreis, plätscherte mit dem Wasser und lachte leise. Dieser Anblick amüsierte ihn und sprach von einer Unbekümmertheit, die den meisten Weibern verloren gegangen war.

Dann sah er zum ersten Mal ihre Augen. Sie waren saphirblau und leuchteten in der Dunkelheit. Ihre Klarheit erinnerte ihn an Bergseen. Der Blick strahlte Neugier und gleichzeitig Scheu aus, wie es wilden Tieren eigen war. Zusammen ergab es eine Mixtur, deren Faszination er sich nicht entziehen konnte. Ihre Schönheit war herb und kriegerisch und mit keiner anderen Frau vergleichbar. Als wäre Artemis erneut geboren worden. Alles in seinem Inneren zog sich vor ungestillter Begierde zusammen. Sie wird mein sein oder … sterben.

Ein leises Knacken im Unterholz ließ ihn herumfahren. Auch sie schien es gehört zu haben, denn ihr Kopf ruckte hoch. Etwas platschte ins Wasser und ließ sie zu ihrer Kleidung eilen, die am Ufer des Weihers lag.

Ein schwarzer Körper schob sich langsam durch das Gebüsch auf der anderen Seite des Weihers. Gelbe Augen glotzten gierig zu der Frau. Valerij verfluchte sich, weil er die Gefahr nicht gleich erkannt hatte, sondern seine Sinne von Lust getrübt gewesen waren. Ein Werwolf näherte sich, duckte sich und setzte zum Sprung an.

Valerij befürchtete, der Werwolf könnte ihren schönen Körper zerfetzen. Niemals würde er zulassen, dass sie Opfer einer dieser Kreaturen wurde. Mit einem Satz sprang Valerij auf die andere Uferseite des Weihers und stellte sich dem Werwolf entgegen. Seine Oberlippe zitterte, als die Fangzähne darunter wuchsen, bis sie Respekt einflößend aus seinem Mund ragten. Valerij knurrte und ließ den Werwolf nicht aus den Augen. Er wagte nicht einmal, zu blinzeln. Der Werwolf fletschte seine Hauer, von denen der Geifer tropfte. Jeder Muskel spannte sich unter dem grauen Fell, aber er verharrte. Aus seinen blutunterlaufenen Augen sprühte Mordgier. Eine Weile standen sie sich bewegungslos gegenüber. Würde der Werwolf das Bündnis brechen und ihn angreifen? Wusste er, wen er vor sich hatte? Nur durch einen einzigen Biss war es Valerij möglich, den Werwolf zu töten, denn gebürtige Vampire besaßen mehr Fähigkeiten als die anderen ihrer Art. Tödliches Gift wartete in seinem Kiefer, das durch einen Biss über seine Fangzähne in das Blut des Opfers gelangte und sich in Sekundenschnelle im

Körper ausbreitete. Die Opfer wanden sich unter Schmerzen und schrien, bis das Gift zu ihrem Herzen vordrang und es zu schlagen aufhörte. Gelangte das Gift in den Körper eines verwandelten Vampirs, vertrocknete er und zerfiel zu Staub.

Der Werwolf sprang auf Valerij zu, stoppte jedoch wenige Schritte entfernt, als wollte er ihn mit dieser Drohgebärde beeindrucken. Er wusste also nicht, mit wem er es zu tun hatte.

„Worauf wartest du noch? Hier ist keiner außer uns, der den Bruch des Bündnisses bezeugen könnte. Na, los." Du wirst den Vertragsbruch mit deinem Leben bezahlen, Werwolf. Valerij winkte den Gegner heran. Das Knurren des Wolfes wurde lauter, und mit einem gewaltigen Satz stürzte er sich auf Valerij. Doch der war schneller und wich aus. Der Werwolf überschätzte seine Fähigkeiten und schien nicht sehr geübt im Kampf gegen einen Vampir. Stattdessen packte Valerij den verdutzten Werwolf im Genick und schlug seine Fangzähne in den Hals der Bestie. Sein Gegner jaulte auf und versuchte, sich aus dem Griff zu befreien. Bereits nach einem kurzen Moment erlahmte seine Gegenwehr und das dunkelgraue Fell blich aus, als hätte man die Farbe herausgewaschen. Seine Glieder erschlafften und baumelten hinab wie die einer Stoffpuppe. Nach einer Weile ließ Valerij von ihm ab. Röchelnd und mit Schaum vor dem Maul lag der Angreifer zu seinen Füßen.

Langsam verwandelte er sich in einen Menschen zurück.

„Wer ... bist ... du?", stammelte er, während der Speichel aus seinem Mund floss.

„Valerij, Fürst cel Bâtrân, dein Herr und Gebieter."

Der Mund des Verwandelten verzog sich zu einem freudlosen Grinsen.

Seine Haut war bleicher als die eines Vampirs, das Weiß in seinen Augen verschwand.

Mit einem Seufzer atmete er zum letzten Mal aus. Valerij blickte auf den nackten Mann hinab. Er hatte nur selten getötet und es war ihm nie leicht gefallen, auch jetzt nicht. Doch die Gesetze der Dunkelheit kannten keine Gnade, für keines ihrer Geschöpfe. Das Rudel würde ihn finden und durch die Todesursache wissen, wem er sich entgegengestellt hatte. Das würde sie das Fürchten lehren. Keiner durfte es wagen, den Gebieter herauszufordern.

Als Valerij sich umdrehte, um nach der Schwarzhaarigen Ausschau zu halten, war sie verschwunden. Aber ihr Duft schwebte noch immer in der Luft wie schweres Parfüm. Er musste ihm nur folgen, wenn er sie finden wollte. Er lächelte, als er den Weg zum Zigeunerlager einschlug.

12.

Ihre Spur führte ihn bis ins Zigeunerlager, wo sie in einem der Wagen verschwand. Valerij musste an sich halten, um ihr nicht weiter zu folgen. Das Blut in seinem Körper brannte vor Verlangen. Er würde zurückkehren, das war gewiss, und sie entführen. Noch einen Tag sollte sie sich in Sicherheit wähnen, bevor er sie mit sich nahm. Wenn sie sich in seiner Gewalt befände, würde er sie zu seiner Geliebten machen. Noch einmal sog er tief ihren Duft ein, bevor er sich auf den Weg zurück zur Törzburg, dem Stammsitz der cel Bâtrâns, begab.

Über das lustvolle Erlebnis am Weiher hatte er jedoch vergessen, nach Petre zu suchen. Da die Sonne bereits am Horizont aufging, würde der Vampir vermutlich bereits in seinen unterirdischen Gemächern ruhen. Valerij nahm sich vor, ihn bei Einbruch der Dunkelheit zur Rede zu stellen.

Einen Wimpernschlag später schwang er sich auf sein Pferd und galoppierte die Burgstraße hinauf.

Als wenn er nicht genug Probleme hätte! Jetzt saßen ihm womöglich wegen Drazice auch die Schattendämonen im Nacken. Schuld daran trug Graf Boskovic, der aus Machtgier vor langer Zeit einen Pakt mit den Dämonen geschlossen hatte. Dieser Bastard! Durch dieses Bündnis waren Satans Kinder in diese Welt wie ein Schwarm schwarzer Krähen eingedrungen.

Valerijs Gedanken bewegten sich in der Vergangenheit. Im Laufe der Zeit hatten sich nicht nur die Landschaft und die Menschen verändert, sondern auch er selbst. Auch er besaß Kerben, die niemand sehen konnte, aber die tiefer in seine Seele gedrungen waren, als er zugeben wollte und ihn für den Rest seines Daseins prägten.

Er schüttelte den Kopf, als könnte er die Erinnerungen daraus vertreiben.

Das Hufgetrappel und das Schnauben des Pferdes hallten über den Burghof. Eine Handvoll Sterblicher, die in seinen Diensten standen, eilten ihm entgegen. Valerij sprang vom Pferd und warf dem Stallburschen die Zügel zu, bevor er die ausladende Steintreppe zum Eingangsportal hinaufeilte.

Mit weit ausholenden Schritten durchquerte er die Eingangshalle, an deren Wänden die Gemälde seiner Vorfahren hingen, denen er nur selten einen Blick schenkte. Wieder drehten sich seine Gedanken um die schwarzhaarige Schönheit. Liliths Prophezeiung schien sich wieder zu bewahrheiten. Was würde weiter geschehen? Nie hatte er so darauf gebrannt, in die Zukunft blicken zu können.

„Aurika!", brüllte er voller Ungeduld durch die Halle und erhielt zu seinem Verdruss keine Antwort. Dabei musste sie ihn gehört haben, denn sie verließ nie die Burg, und ihr Gehör glich dem einer Fledermaus. Er duldete es nicht, wenn sein Rufen ignoriert wurde.

„Wo steckst du, Hexe?" Valerij knurrte wütend. Dann würde er sie eben in ihren Räumen aufsuchen, ob es ihr passte oder nicht. Sollte sie doch zetern. Es war ihm gleichgültig, ob er sie vielleicht in ihrer Trance störte oder bei irgendwelcher Zubereitung von Hexenelixieren. Er brauchte ihre Dienste. Jetzt. Schnaubend stampfte Valerij durch die Halle. Irgendwo klappte eine Tür und schlurfende Schritte näherten sich.

Aurika kam auf ihn zu. Ihr Anblick erschütterte ihn jedes Mal aufs Neue. Was war nur aus der einstigen Schönheit geworden? Das weit fallende, schlichte Gewand konnte ihren Buckel nicht verbergen. Wirr hing das schlohweiße Haar um ihr faltiges Gesicht. Valerij wusste nicht, wie alt sie war, keiner wusste es. Jedenfalls hatte sie schon im Mittelalter seinem Vetter Mircea die Zukunft vorausgesagt. Damals hatte jeder ihre Schönheit gepriesen, bis sie Opfer eines Schattendämons geworden war, der die Hexe in eine mürrische, hässliche Alte verwandelte. Als hätte er sie wie eine Frucht ausgelutscht und die Hülle in der Sonne trocknen lassen. Aus Mitleid hatte Valerij sie bei sich aufgenommen. Der äußerliche Wandel hatte sie verbittert. Die einst begehrte Frau ertrug es nicht, wegen ihrer Hässlichkeit zurückgewiesen zu werden. Manchmal duldete Valerij ihre Launen nicht, wenn sie keifend durch die Räume tobte. Dann verbannte er sie ins Kellergewölbe.

Sie hätte selbst ihre Seele an Satan verkauft, wenn sie dadurch ihre Schönheit zurückgewinnen könnte. Valerij schenkte ihr einen besonderen Spiegel, der ihr Antlitz aus der Vergangenheit zeigte. Er hoffte, sie damit zu besänftigen. Stundenlang schaute sie selbstverliebt hinein. Valerij bemerkte, dass sie ihn auch heute wieder bei sich trug. Sie umklammerte den Stiel, als könnte sie damit die Vergangenheit festhalten. Der trostlose Ausdruck in ihrem Blick berührte ihn. Oft hatte er sich gefragt, wie es ihm an ihrer Stelle ergangen wäre. Er hätte diese Hässlichkeit nicht ertragen können und seine Mutter darum gebeten, ihn zu vernichten. Aber Aurika arrangierte sich mit ihrem Leben. Vielleicht hoffte sie auf ein Wunder, dass alles wieder so wie früher wäre? Sie sprach nicht darüber und er fragte sie nicht danach.

„Aurika, hast du mich nicht gehört?", fragte er ein wenig milder und baute sich vor der zierlichen Gestalt auf.

Sie verbeugte sich demütig vor ihm, bevor sie zu ihm aufsah. Ihre grünen Augen verengten sich und verliehen ihr durch die senkrecht stehenden Pupillen das Aussehen einer Schlange. Er erkannte das Feuer der Leidenschaft, das noch immer in ihr brannte. Sie begehrte ihn als Liebhaber, aber ihre Hässlichkeit stieß ihn ab. Vielleicht hätte er sie damals zur Geliebten genommen, als sie noch schön gewesen war.

Wie mochte es sein, nicht mehr begehrt zu sein? Von allen verachtet und ausgestoßen zu werden? Diese Gedanken stimmten ihn nachdenklich. Aber Mitgefühl durfte man als Herrscher über die Karpaten nicht zeigen, es machte ihn zu angreifbar.

„Ich bitte Euch um Verzeihung, mein Fürst. Mein gebrechlicher Körper folgt nur schwer Eurem Befehl."

„Du musst für mich das Orakel befragen. Sofort."

Erstaunt hob sie ihre Augenbrauen, wagte aber nicht, nach dem Grund zu fragen.

„So soll es sein. Folgt mir."

Ihre sanfte, aber feste Stimme konnte ihn nicht darüber hinwegtäuschen, dass die Neugier in ihr brodelte. Es war das unruhige Flackern in ihrem Blick, das sie verriet, als sie ihn flüchtig betrachtete.

Valerij folgte ihr durch eine schwere Holztür mit Eisenbeschlag, hinter der sich eine Treppe nach unten ins Burggewölbe befand. Dort lebte Aurika, die wie verwandelte Vampire die Sonne mied und die Dunkelheit bevorzugte.

Feuchte Kühle schlug ihnen entgegen, begleitet von einem modrigen Geruch. Er war schon lange nicht mehr hier unten gewesen, weil er lieber das unendliche Leben in vollen Zügen genoss, als sich in diesem dunklen Loch zu vergraben.

Aurika ächzte, als sie die Treppe hinabstieg, während ihre vor Schwäche zitternden Hände das Seil umklammerten, das als Halt diente. Als sie auf einer Stufe strauchelte, fing er sie mit dem Arm ab.

Am Fuße der Treppe öffnete sie eine weitere Tür, die knarrend aufschwang und den Blick auf einen quadratischen Raum freigab, dessen Steinwände von Fackeln rußgeschwärzt waren. Inmitten des Raumes flackerte ein Feuer in einem mit Holz gefüllten und zweckentfremdeten Pestkorb. Valerij lief jedes Mal ein Schauder den Rücken hinunter, wenn er den Korb sah. Er hatte Pestkranke im Laufe seines Daseins gesehen. Sie sahen nicht nur abstoßend aus, auch ihr Blut roch ekelerregend. Aurika umgab sich gern mit Dingen, die an tragische Ereignisse erinnerten. Vielleicht weil ihr Leben selbst dramatisch verlaufen war. Kerzen in Eisenhaltern auf dem Tisch spendeten Licht und warfen tanzende Schatten an die Wände. Aurika sprach mit diesen Schatten, als wären sie gute Freunde. Von den Schritten aufgescheucht, huschten Ratten quiekend über den Boden und verschwanden hinter einem Gitter in der Wand. Die Hexe fütterte sie regelmäßig und sprach mit ihnen wie zu Kindern.

Aurika ging zielstrebig auf den wuchtigen Tisch in der Mitte des Raumes zu und hob ein schwarzes Tuch hoch, unter dem ein verspiegeltes Kistchen zum Vorschein kam.

Valerij stand neben ihr und trommelte mit den Fingern auf der Tischkante.

„Nun öffne schon", forderte er. Es dauerte ihm alles viel zu lange.

Aurika zog lächelnd einen Schlüssel aus ihrem Kragen, der an einer Kette hing, und fingerte ihn ins Schloss. Sie drehte ihn herum, aber er klemmte. Bei einem zweiten Versuch brach er ab. Als Valerij fluchte, sah Aurika zu ihm auf. Ihre Augen glänzten. Die Hexe hielt ihn bewusst hin. Vielleicht hatte sie sogar den Schlüssel bewusst abgebrochen. Valerij fauchte sie wütend an. Er war es leid, Aurika stetig an ihren Gehorsam zu erinnern.

„Oh, wie ungeschickt von mir. Verzeih mir." Obwohl sie eine reumütige Miene zog, lag Triumph in ihrem Blick. Valerij war viel zu ungeduldig, um sie erneut zurechtzuweisen.

„Rede nicht, öffne sie endlich." Sollte sie sich doch ihrer Zauberkräfte bedienen, um es zu öffnen, wenn es auf diese Weise nicht klappte.

Aurika hob eine Hand und ließ sie über der Kiste schweben, während sie etwas Unverständliches murmelte. Mit einem Klacken fiel das Schloss nach einer Weile auf den Tisch.

Valerij wollte das Kistchen hastig an sich reißen, als die Hexe ihm zuvorkam. Immer wieder erstaunte ihn, wie schnell sie sein konnte, wenn sie wollte. Nachdem sie einen Zauberspruch gemurmelt hatte, hob sie den Deckel an und zog die Orakelknochen einzeln heraus. Sorgsam legte sie diese vor sich auf den Tisch.

Valerijs Ungeduld stieg ins Unermessliche. Er fieberte darauf, was ihm die Knochen über die Zukunft verraten würden.

Fragend ruhte Aurikas Blick auf ihm. „Nun? Welche Frage stellt mein Herr?" Ihre langen Fingernägel fuhren zitternd über die Knochen, die ungeordnet vor ihnen lagen.

„Wenn das Weib, das ich begehre, die Prophezeite ist, was wird geschehen?" Valerijs Stimme klang heiser. Die Anspannung in seinem Inneren wuchs. Was würde das Orakel preisgeben? Trogen ihn seine Gefühle oder entsprach alles der Vorhersehung?

Aurika schloss die Augen und sog scharf die Luft ein. Ihre Hände bewegten sich in Kreisen über den Knöchelchen, während ein leises Summen aus ihrem Mund drang.

Eine lange Weile schwebten ihre Hände in der Luft, aber nichts regte sich. Antwortete das Orakel, verschoben sich die Knochen, und die Hexe las aus ihrer Konstellation die Zukunft. Er bohrte seine Fingernägel in die Handflächen und starrte auf die Knochen. Manchmal versagte das Orakel. Weshalb das so war, behielt Aurika für sich. Valerij glaubte eher, dass die Hexe selbst insgeheim verzweifelt nach einer Erklärung suchte, sie aber nicht fand.

„Warum rührt sich nichts?", fragte er und sah zu Aurika, die noch immer mit geschlossenen Augen imaginäre Kreise mit den Händen zog. Sie antwortete nur mit einem „Pst."

Valerij wollte sich abwenden, als die Knöchelchen sich plötzlich langsam bewegten, erst einer, dann nach und nach alle. Mit einem Ruck wirbelten sie schließlich wie ein kleiner Wirbelsturm über die Tischplatte. Die Hexe seufzte und hob ihre Hände, bis sich die Knochen auftürmten. Stimmen flüsterten und verrieten Valerij, dass die Geister endlich Kontakt zu ihr aufnahmen.

Plötzlich schrie Aurika auf, breitete die Arme aus und riss die Augen weit auf. Im selben Moment purzelten die Knöchelchen auf den Tisch und blieben reglos liegen. Das kam Valerij wie ein alberner Spuk vor. Manchmal trieb die Hexe ihre Späße mit ihm. Das machte ihn wütend.

„Rede, was hast du gesehen und gehört?" Seine Hand schnellte vor und packte sie am Kragen. Mit einem Ruck zerrte er sie heran.

Aurika schluchzte trocken auf und schloss wieder ihre Augen. Valerij erkannte, dass die Hexe sich in einem Trancezustand befand, in dem sie nichts um sich herum wahrnahm. Er ließ von ihr ab.

Sie presste ihre Hände gegen den Mund und schlotterte am ganzen Körper, als würde sie von Fieber geschüttelt.

„Niemals hierherbringen. Das Mal ... Gefahr ... Rebellion ...", spuckte sie die zusammenhanglosen Wortbrocken heraus. Sie warf den Kopf in den Nacken und drehte ihn hin und her. Ihre Lider flatterten, und ihre Miene verzog sich zu einer Fratze als plagten sie Schmerzen.

„Ein dunkles Erbe ... Vernichtung ... sie vernichtet alles ...", stammelte Aurika weiter.

„Ist sie nun die Prophezeite oder nicht?" Die Hexe war wie von Sinnen und Schweiß perlte von ihrer Stirn, während sie wie wild mit den Armen in der Luft ruderte. Aber er musste es wissen! Seit unendlich langer Zeit und voller Ungeduld wartete er auf den Moment dieser einen Begegnung. Umso enttäuschter war er, als die Hexe nur dieses Gestammel herausbrachte. Es machte ihn schier verrückt.

„Verfluchtes Weib! Du sprichst in Rätseln. Sag mir endlich, welche Bilder in deinem Kopf sind!", schrie er sie an und schüttelte sie. Da schlug sie die Augen auf und sah ihn an. Nein, sie sah ihn nicht an, sondern durch ihn hindurch, als bestünde er aus Glas.

„Nie hierherbringen ... Gefahr ..." Valerij hatte Aurika schon oft in Trance erlebt, aber nie war sie derart unzugänglich gewesen. Er spürte, dass er nicht nachgeben durfte, wollte er mehr aus ihr herausbringen. Geduld gehörte nicht zu seinen Stärken, im Gegenteil forderte er von seinen Gefolgsleuten die sofortige Erfüllung seiner Wünsche.

Bei ihrem starren Blick wurde ihm jedoch klar, dass er abwarten musste, bis sich das Durcheinander in ihrem Kopf gelichtet hatte und sie dazu in der Lage war, über die Weissagung zu sprechen. Aber er wollte nicht mehr geduldig sein.

Weil sie dich bereits jetzt um den Verstand bringt, dieses blauäugige Weib.

Valerij umfasste Aurikas Schultern und drückte die schwankende Hexe gegen den Tisch. Ihr Zittern endete und auch ihr Atem beruhigte sich allmählich. In ihre Augen kehrte der Ausdruck der gewohnten Normalität zurück.

„Und?", fragte er und forschte in ihrer Miene, damit ihm keine Regung entging.

Es bedurfte einer Weile, bis die Hexe sich gefasst hatte. Dann nickte sie.

„Ja, sie ist die Prophezeite, die Unglück bringen wird. Töte sie, mein Fürst. Töte sie."

„Bist du von Sinnen? Sie ist die, die das Schicksal mir bestimmt hat! Das Weib, das ich am meisten begehre. Weshalb sollte ich sie töten?" Sein Protest wurde mit einem gehässigen Lachen beantwortet.

„Mir scheint, dass du Liliths Worte vergessen hast. Sie hat dich vor ihr gewarnt. Wenn du deine Finger ins Feuer hältst, wirst du dich verbrennen."

Nein, er hatte es nicht vergessen. Doch als er dieses Abbild einer Göttin gesehen hatte, spürte er tief in seinem Inneren, dass sie sein Schicksal für die Ewigkeit bestimmen würde. Er fürchtete sich nicht vor der Gefahr, fürchtete sich vor nichts. „Du bist bereits von ihr besessen!" Funken sprühten aus den giftgrünen Augen der Hexe.

Aurika hatte recht, aber er vermochte nichts gegen die Macht dieser Begierde auszurichten. Er würde nicht eher ruhen, bis er dieses Weib ganz und gar besaß. Ein cel Bâtrân nahm sich, wonach es ihn verlangte, und man verwehrte ihm keinen Wunsch. Die Hexe gönnte keinem anderen, die pure Sinnlichkeit zu erfahren.

„Und wenn schon? Hast du bereits das Gefühl vergessen, wenn die Lust ins Unermessliche steigt und nach Erfüllung schreit?"

Aurika zuckte zusammen, als hätte er sie geschlagen. Erkannte er da Verzweiflung in ihrem Blick? Sofort bereute er seine Worte, aber seine Geduld war arg strapaziert. Er hätte das Weib am Weiher sofort mitnehmen sollen, anstatt sich jetzt vor Verlangen nach ihr zu verzehren.

In Aurikas Augen schimmerte es feucht. Also hatte der Dämon nicht all ihre Gefühle völlig ausgelöscht.

Ganz in Gedanken versunken, hatte Valerij nicht bemerkt, wie die Hexe gegangen war. Er spürte, dass sie ihm etwas Wichtiges verschwiegen hatte, und ärgerte sich, sie nicht mit Gewalt gezwungen zu haben, ihm alles zu erzählen, was sie gesehen hatte.

Er blickte auf die Knöchel hinab, die noch immer auf dem Tisch lagen. Plötzlich verschwamm das Bild vor seinen Augen, die Knöchelchen lösten sich auf und formten das Gesicht des begehrten Weibes.

Valerij schüttelte den Kopf, um das Bild aus seinem Kopf zu vertreiben. Hastig wandte er sich ab und verließ das Gewölbe. Heute Nacht würde er das Zigeunerlager besuchen, um sie wiederzusehen. Als wenn er sich vergewissern müsse, dass ihre magische Anziehungskraft nicht seiner Einbildung entsprang.

Bis zum Einbruch der Dämmerung wanderte Valerij ruhelos auf und ab.

Tausend Fragen fluteten seinen Kopf. Wer war sie? Weshalb fand er sie erst jetzt? Würde sie das gleiche Verlangen empfinden?

13.

Daniela war froh, dass sie niemandem auf dem Weg in den Wagen begegnete. Der Verfolger hatte zu ihrer Erleichterung vor einiger Zeit aufgegeben. Erleichtert krabbelte sie die Stiege zum Wagen hinauf. Ileana und Roman schliefen eng aneinandergekuschelt auf den Decken. Nur Oana fehlte. Sicherlich war sie dort eingeschlafen, wo sie ihren vampirischen Freier befriedigt hatte. Oder war ihr etwas zugestoßen? Nein, das konnte sie sich bei der Bluthure nicht vorstellen. Irgendwie passte es auch nicht zu der selbstbewussten und lebenserfahrenen Oana.

Ach, was kümmerte sie diese biestige Bluthure. Sie war es nicht wert, einen Gedanken an sie zu verschwenden. Daniela gähnte, zog den Hut vom Kopf und legte sich neben die beiden Schlafenden. Sofort fielen ihr die Augen zu, aber sie konnte nicht einschlafen.

Obwohl sie todmüde war, fand sie keine Ruhe, sondern dachte immerzu an das Erlebnis am Weiher. Es erinnerte sie an ihre sündigen Träume, denn sie hatte die ganze Zeit über gespürt, bei ihrem Bad beobachtet zu werden. Was war nur in sie gefahren? Nie war sie so offenherzig und waghalsig zugleich gewesen. Ihre Tarnung schwebte in Gefahr, genauso wie ihr Leben. Sie ärgerte sich, dass sie sich ihren Gefühlen hingegeben hatte. Es hätte Drazice sein können, der sie beobachtete.

Hatten Malvina und die anderen Dceras ihr nicht oft genug eingetrichtert, immer und überall ein offenes Auge zu haben? Niemals allein und unbewaffnet die Nacht zu durchstreifen? Stattdessen hatte sie alles vergessen und sich einem großen Risiko ausgesetzt, und das nur, um ihrer Lust nachzugehen.

Die quälenden Gedanken wollten kein Ende nehmen, aber irgendwann fiel Daniela doch in einen tiefen Schlaf. Und mit ihm kehrte der Traum zurück. Dieses Mal saß sie nicht nackt auf moosigem Waldboden, sondern schwamm im Wasser.

Auf dem Rücken liegend trieb sie auf der Wasseroberfläche. Deutlich spürte sie, wie das Wasser ihre Schamlippen umspülte. Mit kräftigen Zügen schwamm sie weiter. Das Wasser streichelte sanft über ihre Haut und ließ sie wohlig stöhnen. Irgendwo da drüben zwischen den Bäumen stand er und beobachtete sie. Auch er war nackt. Sein Glied stand in die Höhe. Ihr Körper spannte sich in sehnsuchtsvoller Erwartung an, er möge zu ihr ins Wasser steigen. Sie wollte ihre Augen öffnen, als sie ein Platschen hörte.

Jemand war ins Wasser gesprungen und schwamm auf sie zu. Ruhig blieb sie liegen, während ihr Herz vor Erregung bis zum Hals schlug. Kräftige Hände packten sie an den Fußknöcheln und spreizten ihre Beine. Wieder versuchte sie, die Augen zu öffnen, um in sein Gesicht zu sehen, aber die waren wie zugenäht. Doch die Tatsache, sich ihm blind auszuliefern, erregte sie mehr als alles andere.

Sie schrie leise auf und ruderte mit den Armen, weil sie nicht mit dem Kopf untertauchen wollte. Schnell und geschickt fuhren seine Hände unter ihr Gesäß und hielten sie fest. Jetzt hob er ihr Becken leicht an, sodass es aus dem Wasser tauchte.

Sanft knabberten seine Zähne an ihrer empfindlichen Haut rund um den Venushügel.

Heiß schoss ihr Blut durch die Adern und trieb eine Gänsehaut über ihren Körper. Mit jedem Biss durchzuckte es sie wie ein Blitz und sie drängte sich ihm fordernd entgegen. Wie sollte sie diese Zärtlichkeit aushalten, wenn sie ihn nicht auch berühren, nicht einmal ansehen konnte? Unermüdlich spielte er mit ihrem Körper, saugte ihre Schamlippen in seinen Mund und leckte mit der Zunge über ihre geschwollene Perle, dass ihr Hören und Sehen verging. Aber sie wollte nicht nur von seinem Mund verwöhnt werden, sondern ihn endlich in sich spüren. Es musste herrlich sein, seinen Schaft in sich aufzunehmen und zu umspannen. Daniela drückte ihren Rücken weiter durch, als sein Zungenspiel immer intensiver wurde, und sie kurz davorstand, ihren Höhepunkt zu erleben.

„Aufstehen!" Jemand zerrte derb an ihrem Arm. Niemand durfte diesen Moment zerstören. Sie wollte, dass der Fremde weiter mit ihr spielte. Ein schmerzhafter Kniff ließ sie auffahren.

„Au!" Daniela schrie auf und holte mit dem Arm aus. Ihre Hand klatschte auf nackte Haut.

„Bist du verrückt geworden?", brüllte ihr eine weibliche Stimme ins Ohr und brachte sie so zur Besinnung.

Das sinnliche Gefühl verflog schlagartig. Enttäuscht und verärgert betrachtete Daniela den Störenfried.

Oana kniete neben ihr auf der Decke und sah zornig auf sie herab. Die Hure trug nur einen Unterrock und rieb sich ihren bloßen Oberarm. Ihr Haar hing zerzaust um ihren Kopf.

„Steh endlich auf. Du bist hier nicht zum Faulenzen. Draußen wartet genug Arbeit", forderte die Hure. Daniela sah sie benommen an, bis Oana die Augen rollte.

„Anstatt Wasser zu holen und den Wagen aufzuräumen, hast du den ganzen Tag verschlafen", schnaubte die Hure wütend.

„Ihr hättet mich doch wecken können", verteidigte sich Daniela. Der rüde Tonfall missfiel ihr.

„Los, jetzt, die Dämmerung bricht schon rein. Heute Nacht erwarten wir viele Freier."

Langsam rappelte Daniela sich auf. „Viele Freier?"

„Ja, mein Freier von gestern hat noch mehr Schergen des Karpatenfürsten eingeladen. Da müssen wir uns sputen. Die Ansprüche dieser Vampire sind hoch. Wir müssen uns besonders herausputzen."

Eifrig zog und zupfte die Bluthure an der Decke, von der Daniela sich gerade erhoben hatte, als wäre es eine Zierdecke in einem hochherrschaftlichen Himmelbett.

„Und du musst mit dem Balg verschwinden. In die Berge", fuhr Oana fort und nickte nach draußen, wo Roman vor dem Wagen stand. Seine Mutter war nicht zu sehen.

„In die Berge? Wieso denn das? Wir können doch zu der alten Vettel gehen", protestierte Daniela, die neugierig auf die Vampire geworden war. Vielleicht begleitete Drazice die Blutsauger.

„Nein, hier könnt ihr nicht bleiben. Radu wird euch zu einer Berghütte führen."

„Ich gehe nicht dorthin. Überall lauern Werwölfe."

Oana grinste abfällig. „Ah, du hast wohl Angst?"

„Ich habe keine Angst. Weiß Ileana davon?" Daniela fühlte sich auf keinen Fall so selbstsicher, wie sie Oana vorgab.

„Natürlich. Roman hat ihr erzählt, dass die Vampire ihm nachgestellt haben. Sie will nicht, dass er sich ihnen hingibt. Deshalb muss er heute Nacht fort. Und du auch." Dieses Lächeln der Hure hätte Daniela fast provoziert, ihr eine gepfefferte Antwort zu geben oder sogar mehr. Nur mit Mühe hielt sie sich zurück. Dass Daniela ihre Haltung vergaß, war genau das, was Oana bewirken wollte.

Die Hände in die Hüften gestemmt, umkreiste die Hure Daniela, taxierte ihren Körper vom Kopf bis zu den Fußspitzen und schnüffelte wie ein Hund.

„Wieso stinkst du nicht mehr?" Vorwurf schwang in der Stimme der Hure mit. Sie wollte Daniela aus dem Lager haben, weil sie anscheinend Konkurrenz befürchtete. Eher würde Daniela sterben, als sich einem Vampir hinzugeben.

Reiß dich zusammen, Daniela, versuch, gelassen zu antworten.

„Ich konnte diesen widerlichen Gestank nicht mehr ertragen und habe ihn abgerieben." Auf keinen Fall durfte sie der Hure von ihrem nächtlichen Ausflug erzählen. Oder war sie es gar gewesen, die sie am Weiher beobachtet hatte?

„Abgerieben? Soso. Dann schmier das Zeug wieder drauf. Na, mach schon. Oder willst du dich vielleicht doch einem von denen hingeben?"

Die Hure sah sie lauernd an.

Anstelle einer Antwort wandte Daniela ihr den Rücken zu. Wenn sie aus dem Lager verschwinden sollte, weshalb sollte sie sich dann einschmieren? Doch dann überlegte sie, dass es ihr vielleicht gelingen könnte, zurückzukehren, um die Vampire auszuspionieren, und in dem Fall benötigte sie die Paste. Sie drehte sich zu der Kiste um, in der Ileana die Creme aufbewahrte.

„Du weißt nicht, was dir entgeht." Mit diesen Worten verließ die Hure den Wagen und Daniela atmete erleichtert auf.

Während sie sich mit der Paste bestrich, betrat Ileana den Wagen.

„Du und Roman müsst in die Berge verschwinden. Es werden viele Vampire im Lager eintreffen, um sich mit uns zu vergnügen. Da seid ihr nicht sicher."

„Und in den Bergen zu Werwolffutter werden? Denkst du nicht an deinen Sohn?"

Danielas Worte trafen Ileana, denn sie las die Furcht aus ihrem Blick.

„Doch, aber Roman erzählte mir, du könntest ihn beschützen. Ich weiß, dass du ihn damals gerettet hast, als die Vampire ihm nachgestellt haben."

Daniela hob fragend die Brauen. Wusste auch Oana davon? Sie wollte etwas entgegen, als Ileana ihr zuvorkam.

„Keine Sorge, dein Geheimnis ist bei mir in guten Händen. Doch weder die Vampire noch Oana sollten davon erfahren. Deshalb habe ich mich schweren Herzens entschieden, euch zur Berghütte führen zu lassen."

Ileanas Worte beruhigten sie. Aber konnte sie der Hure wirklich vertrauen? Doch dann sagte sie sich, dass Ileana immer gut zu ihr gewesen war und sie schon längst in die Hände der Vampire hätte spielen können.

„Gut, ich werde mit Roman zur Hütte gehen, auch wenn es mir lieber gewesen wäre, du hättest uns am Tage, wenn es ungefährlicher im Wald ist, zur Hütte geschickt."

Mit dem raschen Hereinbrechen der Dunkelheit holte Radu Daniela und Roman ab. Daniela konnte bereits den fauligen Geruch der Vampire wittern, der ihnen voraneilte. Wenn Roman sich in der Berghütte in Sicherheit befände, würde sie zum Zigeunerlager zurückkehren.

Radu stapfte mit einer brennenden Fackel voraus. Ein Blick in Romans Miene verriet Daniela, dass auch er nicht gerade begeistert war, zur Berghütte zu laufen. Er ergriff ihre Hand. Radu drehte sich um und drückte Daniela eine zweite Fackel in die Hand.

„Is besser, wegen der Werwölfe", meinte er und steckte sie an.

Als wenn Feuer diese Geschöpfe abhalten konnte. Aber Daniela verkniff sich eine Bemerkung. Zum Glück steckte das Silbermesser in der Scheide an ihrem Schenkel. Doch mit einer Armbrust hätte sie sich weitaus sicherer gefühlt.

Schweigend liefen sie den steilen Anstieg empor, der von Nadelbäumen gesäumt war. Daniela entgingen nicht die roten Augen, die sie zwischen den Bäumen verfolgten. Auch Roman schien sie bemerkt zu haben, denn er drückte ihre Hand fester.

„Sie sind uns bereits auf den Fersen", flüsterte Daniela zu Radu.

„Ich hab nichts gesehen. Und ich habe ein Näschen dafür. Macht lieber, dass ihr weiterkommt." Radu bedeutete ihnen mit einer ungeduldigen Geste, ihm zu folgen, und erhöhte das Tempo.

Dieser ignorante Bastard. Besaß er vielleicht den Auftrag Oanas, sie und Roman in den Tod zu führen? Zuzutrauen wäre es ihr, und Radu war bestechlich.

„Halt dich dicht bei mir", raunte Daniela dem Jungen zu. Er nickte.

Es erinnerte sie wieder an die Szene in Prag, wo sie über die Karlsbrücke vor den Vampiren geflohen waren.

Danielas feinem Gehör entging nicht das Knacken der Zweige. Sie wirbelte herum und stellte sich schützend vor Roman.

„Wollt ihr wohl weiterkommen?" Radu zerrte sie grob am Arm.

„Wie weit ist es noch bis zur Hütte?", fragte Daniela.

„Etwa eine halbe Stunde Fußmarsch, wenn wir uns ranhalten", antwortete Radu ungehalten und zog sie weiter. Sein alkoholgeschwängerter Atem schlug ihr entgegen.

Aus dem Augenwinkel beobachtete Daniela, wie sich ein dunkler Körper durch das Unterholz schob und sich duckte.

Sie stoppte und zückte das Messer.

„Was ist?", fragte Roman ängstlich.

Bevor Daniela antworten konnte, versperrte ihnen ein Wolf den Weg, viel größer als ein Bär. Erschrocken schrie sie auf und wich zurück. Er fletschte die Zähne. Von seinen Fängen tropfte Geifer. Es waren riesige Fangzähne, die Bilder hervorriefen, die sie mit aller Macht zu verdrängen versuchte. Jetzt die Nerven behalten und überlegen, so wie sie es in jedem Kampf getan hatte. Wenn nur nicht ihr Magen rebellieren würde. Seine gelben Augen starrten sie an, als wollte er sie hypnotisieren. Daniela hielt den Atem an. Sie hörte ihr Herz laut im Kopf pochen. Was würde der Zigeuner unternehmen, um sie zu beschützen? Sie sah zu Radu hinüber. Der schien mehr Angst zu haben als sie selbst. Er starrte den Werwolf voll Entsetzen an, bevor er herumwirbelte und den Anstieg hinunterraste, ohne sich um seine Begleiter zu kümmern. Das war der Gipfel an Feigheit, nicht einmal um den Jungen kümmerte er sich! Jetzt waren sie und Roman auf sich allein gestellt. Sie hatte noch nie gegen einen Werwolf gekämpft, was sie verunsicherte. Wenn sie doch nur ihren Gegner einschätzen könnte.

„Bleib hier, du feiger Bastard!", schrie sie Radu hinterher. Am liebsten wäre sie ihm nachgesetzt und hätte ihn mit dem Messer niedergestreckt. Sie hätte vor Wut platzen können und schnaubte. Zitternd presste Roman sich an sie. Der schmächtige Kinderkörper bebte und war eiskalt. Sie fühlte seine Angst, die sich wie ein Schleier über sie legte. Der arme Junge! Sie würde ihn beschützen, schwor sie sich, gleichgültig, was es kostete. Daniela klemmte das Messer zwischen ihre Zähne. Jedes Tier ließ sich mit Feuer fernhalten. Auch ein Werwolf? Sie wusste es nicht, aber sie würde es darauf ankommen lassen. In der einen Hand hielt sie die brennende Fackel und versuchte, den Wolf damit auf Abstand zu halten, während ihre andere Hand Romans umfasste.

Wie befürchtet, zeigte der Werwolf sich von dem Feuer wenig beeindruckt. Blutunterlaufene Augen starrten sie feindselig an.

„Hast du auch schon mal gegen nen Werwolf gekämpft?", flüsterte Roman ängstlich.

Zum Glück blieb ihr durch das Messer im Mund eine Antwort erspart, denn sie wollte den Jungen nicht noch mehr ängstigen, indem sie ihre mangelnde Erfahrung zugab. Der Werwolf machte einen Satz auf sie zu, aber Daniela gelang es, sich mit Roman geschwind zur Seite zu bewegen. Mit gefletschten Zähnen knurrte die Bestie Daniela an.

Wieder sprang der Werwolf nach vorn, und dieses Mal erwischte er Daniela mit seinen ausgefahrenen Krallen am Arm und zerfetzte den Ärmel. Sie schrie auf und ließ die Fackel fallen, die sofort erlosch. Die Wunden brannten wie Feuer. Daniela presste ihre Hand auf die schmerzende Stelle und spürte, wie das warme Blut zwischen ihren Fingern herausquoll. Roman jammerte. Daniela verbiss sich den Schmerz und hielt ihm den Mund zu, damit sie sich besser auf ihre anderen Sinne konzentrieren konnte. Es blieb ihr nicht viel Zeit zum Handeln. Wenn sie überhaupt eine Chance gegen die Bestie besitzen wollte, musste sie ihn mit einem Angriff überraschen. Sie stöhnte auf. Leichter gesagt als getan. In ihrem Hirn überschlugen sich die Gedanken. Jede erdenkliche Möglichkeit spielte sie im Geist durch, doch nichts war aussichtsreich, im Gegenteil, alles sprach gegen sie. Eine weitere Attacke konnte ihren Tod bedeuten. Daniela verfluchte im Stillen ihre Lage. Da schoss ihr eine kühne Idee in den Sinn. Von unten würde sie gegen die Bestie nichts ausrichten können, dazu war sie ihr kräftemäßig überlegen. Aber gelänge es ihr, dem Werwolf auf den Rücken zu springen ... Entschlossen umklammerte sie das Messer fester. Ihr Herz klopfte zum Zerspringen. Sie verbot sich, über ein Missglücken ihres Vorhabens nachzudenken. Das hätte sie nur entmutigt.

„Spring auf meinen Rücken, Roman", stieß sie zwischen ihren zusammengepressten Zähnen hervor. Hoffentlich gehorchte er. Die Angst um den Jungen lag wie ein Stein in ihrer Brust. Nur wenn sie dicht zusammenblieben, könnte sie ihn beschützen. Als er ohne zu zögern ihre Aufforderung befolgte, atmete sie erleichtert auf. Dieser Schritt war getan, aber jetzt folgte der schwierigste Teil ihrer Aufgabe. Schweiß brach ihr aus allen

Poren von der ungewohnten Anstrengung, denn immer wieder musste sie dem Werwolf ausweichen, wenn er nach vorn sprang. Das zusätzliche Gewicht erleichterte ihr das nicht gerade. Als Roman sich in Panik an ihrem verletzten Arm festklammerte, wurde ihr für einen Moment vor Schmerzen schwindlig. Daniela stöhnte laut und gewann zum Glück ihr Gleichgewicht zurück. Reiß dich zusammen, das ist nicht deine erste Wunde, ermahnte sie sich. Wenn du jetzt Schwäche zeigst, ist uns der Tod gewiss. Daniela war durch Roman nicht wendig genug und ermüdete schneller. Sie hatte sich überschätzt. Verdammt, sie musste einfach schneller sein. Einen Moment lang dachte sie über eine Flucht nach, doch dann verwarf sie den Gedanken. Der Werwolf würde sie und den Jungen rasch einholen, vor allem kannte er sich in dieser Gegend besser aus.

Wie sollte sie dieses Untier nur bezwingen? Ihr Herz hämmerte wie wild in der Brust. Blut rann unaufhörlich ihren Arm hinab. Die Wunde würde sich zwar schließen, aber nicht schnell genug für den Kampf mit diesem unbekannten Gegner. Eine weitere Attacke des Werwolfs folgte. Knapp konnten Daniela und Roman ihm durch einen Satz entrinnen. Der Werwolf würde nicht aufgeben, bis er sie in seinen Klauen hielt und in der Luft zerriss, dessen war sich Daniela bewusst. Bei der Vorstellung, bei vollem Bewusstsein zerfleischt zu werden, zitterte sie. Ihre Knie gaben für einen Augenblick nach, dass sie mit dem Jungen schwankte.

„Ganz ruhig, ich schaff das schon", flüsterte sie, nicht nur, um Roman zu beruhigen, sondern auch sich selbst. Ihre Muskeln wurden hart, und es kostete sie große Mühe, aufrecht zu stehen. Du darfst vor Roman auf keinen Fall Schwäche zeigen, befahl sie sich. Fast hätte sie freudlos aufgelacht. Tränen der Verzweiflung brannten in ihren Augen, die sie mit aller Macht zurückhielt. Sie fürchtete mehr um Romans Leben als um das ihre und könnte es sich nie verzeihen, zu versagen und die Schuld am Tod des Kindes zu tragen. Schon zweimal hatte sie ihn vor dem Tod bewahrt und auch jetzt würde sie alles daran setzen, seinen Tod zu verhindern, selbst wenn sie sich selbst opfern musste. Daniela flehte Michael im Geist um seinen Beistand an.

Die Kreise des Werwolfs wurden enger. Daniela schluckte hart. Seine Pranken holten immer wieder aus, aber ihr gelang es, auszuweichen. Lange würde sie jedoch diesen Angriffen kräftemäßig nichts entgegensetzen zu haben. Sie musste den Werwolf endlich töten, wenn sie überleben wollten. Nur dort, wo seine Pranken nicht nach ihr langen konnten, wäre es ihr möglich, ungestört das Silbermesser in seinen Leib zu rammen.

„Egal, was gleich kommt, halt dich fest", sagte sie zu Roman und nahm Anlauf. Mit Schwung sprang sie gegen die Bestie und krallte sich im Fell fest. Irgendwie musste es ihr gelingen, auf seinen Rücken zu klettern, denn nur von oben wäre er verletzbar. Leider erleichterte ihr das schnelle Drehen des Werwolfs nicht, nach oben zu klettern. Durch seine Wendungen wurden sie durch die Luft geschleudert. Daniela schrie auf und befürchtete, mit ihren feuchten Händen abzurutschen. Auf keinen Fall durfte sie ihre Finger öffnen. Eisern klammerte sie sich weiter in das Fell des Untiers. Romans Finger drückten sich schmerzhaft in ihren Hals. Er schluchzte und seine Tränen nässten ihr Haar. Bei jeder Drehung des Werwolfs schien es ihren verletzten Arm zu zerreißen. Ihre Wunde brannte noch schlimmer. „Halte durch, halte durch", murmelte sie. Tatsächlich gelang es ihr trotz des Schmerzes, sich weiter an dem Werwolf festzuhalten.

Plötzlich hielt die Bestie inne und spitzte die Ohren. Ein tiefes Knurren drang aus seiner Kehle. Daniela hörte ein seltsames Surren, das sich ihnen schnell näherte. Was zur Hölle war das? Vampire? Erstarrte der Werwolf wegen ihnen? Sie lauschte, aber außer ihrem keuchenden Atem, war nichts mehr zu hören. Knurrend lief die Bestie geradeaus und stoppte abrupt. Fast wäre Daniela durch das plötzliche Anhalten mitsamt dem Jungen hinuntergefallen, wenn Roman nicht geistesgegenwärtig seine Hand ins Fell gekrallt hätte. Das war die Gelegenheit, sich die Unaufmerksamkeit des Untiers zunutze zu machen und ihm auf den Rücken zu klettern. Sie lächelte, denn diese Aussicht beflügelte sie. Mit einem Bein holte sie so viel Schwung, dass sie fast auf der anderen Seite wieder hinuntergerutscht wäre. Rechtzeitig warf sie sich nach vorn. Sie spürte die Schulterblätter des Wolfes unter sich. Oben angekommen bedeutete sie Roman, loszulassen und sich festzuhalten.

Der Werwolf bäumte sich auf und sprang hoch, um sie abzuschütteln. Aber Daniela und Roman ließen nicht los. Daniela schob ihren Oberkörper mit dem Messer in der Hand nach vorn an den Werwolfkopf heran. Das Untier kreiselte und buckelte und stank noch schlimmer als sie selbst. Mit mächtigen Luftsprüngen versuchte er, sie von seinem Rücken zu werfen. Der beißende Geruch ließ Übelkeit in ihr aufsteigen.

Lass dich davon nicht verwirren, sondern töte ihn. Tu es für den Jungen.

Sie holte mit aller Kraft aus und stach das Messer ins Auge der Bestie. Der Werwolf stand brüllend auf seinen Hinterbeinen. Roman und Daniela krachten unsanft auf den harten Boden. Der Junge schrie und weinte. Aber er rappelte sich auf und rannte zu Daniela. Sie rollte sich hastig über die verletzte Schulter, um den wild um sich schlagenden Pranken des Werwolfs zu entgehen.

Die Bestie versuchte verzweifelt, das Messer aus seinem Auge zu ziehen. Aber das Gift des Silbers wirkte schnell und fällte den Werwolf. Er kippte seitwärts, genau auf Daniela und Roman zu. Sie mussten sich retten, um nicht unter seinem massigen Körper begraben zu werden.

Mit einem dumpfen Geräusch knallte der mächtige Leib des Werwolfs auf den steinigen Boden. Seine Glieder zuckten, während er Blut und Galle spuckte. Ein letztes Zittern durchlief ihn, bis er reglos liegen blieb.

Vorsichtig näherte sich Daniela der Bestie.

„Ist er tot?", flüsterte Roman.

„Bleib besser, wo du bist, ich sehe nach."

Der Brustkorb des Werwolfs hob und senkte sich im ungleichmäßigen Rhythmus, begleitet von einem tiefen Stöhnen, das nach wenigen Atemzügen in einem letzten Röcheln endete. Der Körper sackte in sich zusammen, als hätte jemand ihn angestochen. Luft entwich mit einem Pfeifton, der Daniela durch Mark und Bein ging.

Fasziniert und gleichzeitig erschüttert beobachtete Daniela die Rückwandlung des Werwolfes in einen Menschen. Das Fell schob sich in die darunterliegende rosa Haut zurück. Die Muskelpakete schrumpften auf menschliche Größe. An den Läufen zogen sich die Krallen ein. Zum Schluss verformte sich das Gesicht, bis es die Züge eines Mannes angenommen hatte. Nie hatte sie Derartiges gesehen.

Jetzt lag ein nackter Mann zu ihren Füßen, drahtig gebaut, aber nicht so voluminös wie zuvor als Werwolf. Er wirkte überhaupt nicht gefährlich, sondern eher zerbrechlich. Der Tod war wie ein Fluch, der das Leben einer Dcera stets begleitete. Das Schlimme daran war, dass es ihr von Mal zu Mal schwerer fiel, zu töten. Sie blickte auf ihre blutigen Hände hinab und fröstelte. Würde sie denn nie Ruhe finden?

Roman war hinter sie getreten und lehnte sich atemlos an sie. Sie roch die Angst in seinem Schweiß und hörte sein Herz in der Brust schlagen. Um seinetwillen mussten sie so schnell wie möglich an einen sicheren Ort. Hier konnten sie nicht verweilen, denn sie wusste, dass Werwölfe im Rudel lebten und nur selten als Einzelgänger herumstreunten. Die anderen würden sie suchen, um den Tod ihres Clanmitglieds zu rächen. Der Weg zur Berghütte war bestimmt weiter als zum Zigeunerlager, wo die Vampire sicher bereits eingetroffen waren. Die Blutsauger waren nicht zu unterschätzen, aber sie begab sich bei ihnen auf gewohntes Terrain, was ihr mehr Sicherheit vermittelte. Sie beugte sich über den Werwolf, dessen Körper schrumpfte, und zog mit einem Ruck das Messer aus ihm heraus. Sie wischte die Klinge an ihrer Kleidung ab und schob die Waffe zurück in die Scheide unter ihrer Kleidung. Mit Tränen in den Augen schlug sie in der Luft ein Kreuz über ihm.

„Möge Gott sich deiner dunklen Seele erbarmen." Sie wischte sich eine Träne aus dem Augenwinkel. Mit jedem Mord starb auch ein Teil von ihr.

„Komm, wir laufen zurück ins Lager." Sie griff nach Roman und zog ihn mit sich. Seine Hand fühlte sich feucht und zittrig in ihrer an.

Die viel zu weite Hose rutschte ständig, und behinderte Daniela beim Laufen. Sie fluchte leise vor sich hin, jedes Mal, wenn sie auf den Saum trat und stolperte. Also raffte sie die Hose mit der Hand vor dem Bauch zusammen. Wenn sie vor dem Werwolf hätte fliehen müssen, dann nackt.

Als sie die Wagen der Zigeuner um das Lagerfeuer erkannte, seufzte sie erleichtert. Aber sie musste den Jungen zurückhalten, der zum Zelt der alten Zigeunerin stürzen wollte.

„Verdammt. Die Vampire sind bereits da. Wir müssen uns hier eine Weile verbergen, bevor wir zum Zelt hinüberlaufen können."

„Ach, die sind doch nur bei den Huren und werden uns nicht beachten. Sieh mal, da hinten ist Radu." Roman streckte den Arm aus und deutete auf den grobschlächtigen Zigeuner, der breitbeinig am Feuer stand, als wäre nichts gewesen. Daniela ballte die Hände zu Fäusten. Dem würde sie noch eine Lektion erteilen. Radu hatte sie tatsächlich dem Werwolf überlassen, um seine eigene Haut zu retten. In ihrer Wut schoben sich die Reißzähne aus ihrem Oberkiefer, und sie fauchte. Ehe sie Roman zurückhalten konnte, rannte er über die Waldwiese auf das Zelt der alten Zigeunerin zu.

„Verfluchter, unvernünftiger Bengel. Wenn ich dich erwische, versohle ich dir den Hintern", schimpfte Daniela, bevor sie sich mithilfe ihrer vampirischen Schnelligkeit hinter einen der Wagen bewegte, den Roman gerade passierte. Sie streckte den Arm aus, um ihn zu packen, aber jemand anderes war schneller und schnappte den Jungen am Kragen. Ein Vampir. Sein Fäulnisgeruch erfüllte die Luft. Leider war es nicht die Note, die Drazice anhaftete. Vorsichtig lugte Daniela hinter dem Wagen vor. Als Erstes erkannte sie die hochglanzpolierten Stiefel von neulich wieder. Es war dieser Petre, der Roman mit einer Hand hochhielt, dass seine Füße eine Handbreit über dem Boden schwebten.

Roman zappelte wie ein Fisch an der Angel, was den Vampir amüsierte.

Danielas Hand tastete nach dem Messer.

„Was für ein hübsches Fischlein ist mir denn da ins Netz gegangen?" Petre lachte auf und schaukelte den Jungen hin und her.

„Lassen Sie mich runter. Was wollen Sie von mir?", rief Roman heiser.

Daniela spürte, wie die Wut auf den Vampir wieder in ihr hochstieg. Sie würde ihn erlegen, wenn er dem Jungen auch nur ein Haar krümmte.

„Was ich von dir will? Das verrate ich dir schon noch. Hm …" Der Vampir zog den Jungen näher an sich heran und schnupperte an seinem Kopf.

„Welch köstlicher Blutduft. Welch zarte Knabenhaut." Petre streichelte die Wange Romans, der versuchte, sich abzuwenden. Aber der Vampir umspannte seinen Nacken und zwang ihn, die Liebkosung über sich ergehen zu lassen.

„Bitte lassen Sie mich los. Wenn Sie Blut wollen, gehen Sie doch zu den Huren. Dort drüben." Roman zeigte mit dem Arm auf Ileanas und Oanas Wagen.

„Und wenn ich lieber deins will?" Petres Gesicht verzog sich zu einem breiten Grinsen. „Und mehr." Die Stimme des Vampirs klang tief und heiser. So war es immer, wenn sie der Duft des Blutes erregte. Was für widerliche Kreaturen. Die Absicht des Vampirs war eindeutig und schürte Danielas Hass. Petre würde von dem Kind nicht ein Tropfen Blut trinken, dafür würde sie sorgen. Am liebsten hätte sie sich auf ihn gestürzt, aber sie musste vorsichtig vorgehen, wenn sie die Aufmerksamkeit der anderen Vampire nicht erregen wollte. Sie witterte den Duft mindestens zwei anderer im Lager und noch einen sehr eigenen, intensiven Geruch, den sie nicht einordnen konnte. Es war nicht der übliche Fäulnisgeruch, sondern eine herbe, aber durchaus angenehme Note, wie sie es noch nie zuvor wahrgenommen hatte. Die Vampire hielten sich in den Wagen der Huren auf. Ihr blieb das leise Stöhnen und Keuchen nicht verborgen, was menschlichen Ohren jedoch entging.

Romans Augen füllten sich mit Tränen. Der Junge zitterte vor Furcht und starrte seinen Peiniger an, wie eine Maus, kurz bevor sie von der Katze verspeist wird.

„Hab keine Angst, Bürschlein. Es tut auch gar nicht weh." Wieder strich die Hand des Vampirs über das tränenfeuchte Gesicht des Jungen und schob eine Haarsträhne hinter sein Ohr. Lüstern betrachtete er den Jungen, bevor er ihn wieder auf dem Boden absetzte.

Roman verschränkte die Arme vor seiner Brust, als könnte er sich damit schützen. Alles, was Daniela in diesem Moment fühlte, war Abscheu. Ja, sie hasste die Vampire mit jeder Faser ihres Herzens. Sie glaubten, sich alles nehmen zu können, was ihnen gefiel, ohne Rücksicht auf ihre Opfer. Wenn sie doch alle endgültig und für immer ausrotten könnte, so wie Drazice es mit ihren Gefährtinnen getan hatte.

Ihre Hand mit dem Messer zuckte. Ihre Fangzähne ragten bereits über die Unterlippen hinaus.

„Zieh dich aus", befahl Petre dem Jungen. Roman schüttelte den Kopf und schluchzte. Dann versuchte er, sich umzudrehen, um dem Vampir zu entfliehen, doch der war schneller.

„Und bist du nicht willig, so …"

Den Satz beendete Petre nicht, denn Daniela sprang schützend vor Roman.

„Sich an Kindern zu vergreifen, ist leicht. Aber kannst du es auch mit einem Größeren aufnehmen?" Sie baute sich vor Petre auf und sah ihn drohend an.

Fast hätte sie über das verdutzte Gesicht ihres Gegenübers gelacht, der es anscheinend nicht gewohnt war, wenn ihm ein anderer Paroli bot.

Unzählige Male hatte sie Vampiren gegenübergestanden und ihren Blick erwidert, bevor sie ihnen der Garaus machte. Sie hatte nicht vor, es dieses Mal anders zu handhaben.

„Willst du dich etwa für den Kleinen anbieten?" Ein süffisantes Lächeln umspielte seine schmalen Lippen.

„Renn zum Zelt", presste Daniela hervor, ohne sich zu Roman umzu-wenden. Zum Glück verstand der Junge sofort, drehte sich um und rannte zum Zelt der Alten.

Petre musterte Daniela mit unverhohlenem Interesse. Sein Blick glitt über ihren Körper, dessen Konturen unter der viel zu weiten Kleidung nur zu erahnen waren. Anscheinend gefiel ihm, was er sah, obwohl er die Nase über ihren Körpergeruch rümpfte.

„Ah, noch ein Knabe. Nicht übel, wirklich nicht übel, ein ausgesprochen hübsches Gesicht. Schläfst du zwischen den Ziegenböcken? Du stinkst. Die Huren sollten dich waschen."

„Das geht dich gar nichts an."

„Ah, jetzt verstehe ich. Der Gestank soll uns fernhalten." Wieder grinste er breit. Er trat auf sie zu und versuchte, mit seinem bezwingenden Blick ihr Handeln und Denken zu beeinflussen. Der einfältige Vampir ahnte wie die anderen nicht, dass seine vampirischen Fähigkeiten an ihr verpufften. Stattdessen gelang es ihr, in seinen Geist einzudringen. Die Bilder, die sie auffing, erfüllten sie mit Entsetzen. Dieser Petre hatte zahllose Kinder auf dem Gewissen. Er hatte sie missbraucht und von ihrem Blut getrunken. Daniela konnte die Angst seiner Opfer körperlich spüren, wie sie sich in ihrer Verzweiflung gegen ihn vergeblich wehrten. Sie hörte ihre Ver-zweiflungsschreie und dann die Stille nach ihrem letzten Atemzug. Unter den Opfern war auch Anna gewesen, Hanas vermisste Tochter. An dem Tag, an dem sie verschwand, waren die Dceras auf Vampirjagd gegangen und hatten das Kind und eine Gefährtin zum Schutz zurückgelassen. Die Dceras hatten sie mit zerschmettertem Kopf aufgefunden. Deutlich sah sie die großen, dunklen Augen vor sich, die sich vor Furcht weiteten. Tränen rannen über das schmutzige Kindergesicht. Nein, nicht Anna! Das war mehr, als sie ertragen konnte.

Daniela erstarrte, um den Vampir glauben zu lassen, dass er seine Wirkung nicht verfehlte. Sie musste ihn nur genügend herankommen lassen, um ihm das Silbermesser, das sie unter der weiten Jacke verbarg, in sein totes Herz zu stechen. Es war ihr schlagartig gleichgültig, ob sie seine Brut damit im Lager aufscheuchte und enttarnt werden konnte, sie musste Annas Tod rächen und ihren Mörder vernichten.

Der Vampir trat näher an sie heran, aber nicht nah genug. Anscheinend hielt ihn der Gestank auf Distanz. Nun komm schon, nur noch einen Schritt und es ist vorbei.

Warum zögerte er? Diese Frage wurde beantwortet, als er auf sie zusprang und zu Boden riss. Durch den schnellen Angriff verlor sie das Messer. Er kniete sich auf ihre Oberschenkel und drückte sie mit einer Hand auf ihrer Kehle zu Boden. Mühsam rang sie nach Luft. Mit der anderen riss er die

Jacke auf, dass die Knöpfe durch die Gegend sprangen, und fingerte an der Knopfleiste ihres Hemdes.

Danielas Blick suchte das Messer. Es lag nicht weit von ihr entfernt. Hatte der Vampir es auch gesehen? Doch der schien mit dem Erkunden ihres Körpers beschäftigt zu sein. Das war ihre Gelegenheit.

Reiß dich zusammen und denk nicht an die schmierigen Finger dieses Blutsaugers.

Aber der Ekel in ihr schwappte immer wieder nach oben. Nur mit Mühe unterdrückte sie das stärker werdende Gefühl, um einen klaren Kopf zu bewahren, so wie es ihr auf der Jagd nach Vampiren immer gelungen war.

Langsam streckte sie ihren Arm weiter aus und ihre Hand tastete im Gras nach dem Messer. Ihre Fingerspitzen berührten die Klinge, aber es reichte nicht, um es zu greifen. Sie wagte einen kurzen Blick. Es fehlte nur ein Fingerbreit. Verdammt. Wie hatte sie sich nur von ihm übertölpeln lassen? Sie blickte zu Petre auf, der seine Hüften lasziv vor- und zurückbewegte.

Deutlich erkannte sie die Beule in seiner Hose. Er leckte sich über die Lippen, unter denen bereits zwei weiße Spitzen hervorlugten. Niemals würde er von ihrem Blut kosten. Wenn sie doch nur dieses Messer erreichen könnte. Es war zum Verzweifeln. Noch ein Stück mehr und noch ein Stück reckte sie den Arm. Wenn sie seine Hand von ihrer Kehle fortschieben könnte, gelänge ihr vielleicht, sich seitwärts unter ihm hinwegzurollen. Aber seine Hand drückte weiter eisern gegen ihren Kehlkopf.

Sie hielt den Atem an, als er ihren Hals streichelte. Das lüsterne Glitzern in seinen Augen weckte ihren Widerstand und verlieh ihr ungeahnte Kräfte. Sie stemmte ihre Arme mit aller Kraft gegen seinen Arm, der sie niederpresste. Seine andere Hand glitt zwischen ihren Brüsten hinab bis zu ihrem Hosenbund und legte sich auf die Stelle, an der er einen Phallus erwartete.

Im gleichen Moment stutzte er und ließ von ihr ab. Diese Chance nutzte Daniela, um ihn von sich zu stoßen. Sie drehte sich seitwärts, schnappte das Messer und stand mit einem Satz auf den Beinen.

„Ein Weib! Verfluchtes Zigeunerpack! Was soll das? Niemand wagt es, mich zu täuschen oder wird es bitter bereuen."

Petre stand ihr gegenüber, die Knie leicht gebeugt, zum Kampf bereit. Er fletschte seine Fangzähne und fauchte.

„Komm her, Weib, zier dich nicht." Mit einer Hand winkte er sie zu sich heran.

„Das könnte dir so passen."

Daniela katapultierte sich hinter ihn und sprang dem überraschten Vampir in den Rücken. Gleichzeitig rammte sie ihm im Sprung mit voller Wucht das Messer in den Leib. Ihr Stich war so präzise platziert, dass Petres Schrei auf den Lippen erstarb und er stöhnend auf die Knie sank. Er spuckte schwarzes Blut in hohem Bogen aus. Daniela trat einen Schritt beiseite. Der

Körper des Vampirs fiel vornüber. Sie war froh, dass er keinen Schatten-dämon in sich trug, sonst hätte sie ihm noch den Kopf abschlagen müssen, was mit einem Messer unmöglich gewesen wäre. Aus seiner Brustwunde schlugen kleine Flammen, die ihn von innen verbrannten. Silber zeigte also auch bei ihm seine Wirkung.

„Wer ... bist ... du?", flüsterte er.

„Jemand, der euch Vampire hasst und bis in alle Ewigkeit jagt." Daniela konnte nicht verleugnen, eine gewisse Genugtuung zu verspüren, als Petre allmählich vor ihren Füßen verbrannte. Mitleid konnte sie nicht empfinden. Das war die Strafe für seine Kindermorde. Die Vampire sollten für das be-zahlen, was Drazice und seinesgleichen ihr und den Menschen, die sie liebte, angetan hatte.

14.

Voller Ungeduld folgte Valerij seinen Gefährten ins Zigeunerlager. Während die anderen in den Kutschen fuhren, ritt er auf seinem Pferd in größerem Abstand hinterher. Er wollte von den Zigeunern nicht als Karpatenfürst erkannt werden.

Seine Gedanken drehten sich nur um die Frau mit den blauen Augen. In der vergangenen Nacht hatte er von ihr geträumt. In den Träumen hatte er sie verführt, sie mehrfach geliebt und nicht genug von ihr bekommen können. In seinen Lenden spürte er auch jetzt wieder das lustvolle Ziehen. Nur einen Tropfen ihres Blutes in seinem Mund schmecken, wäre wie Ambrosia.

Immer wenn er daran dachte, schwoll sein Phallus an. Seine Vorfreude auf ein Wiedersehen mit ihr ließ sein Herz in der Brust schneller schlagen. Den Luxus, ein schlagendes Herz zu besitzen, gab es nur bei geborenen Vampiren. Aber sein Herz unterschied sich von denen der Sterblichen. Es war schwarz und glich mehr einer Schlange mit pulsierendem Kopf. Lilith selbst hatte das Leben in ihn hineingehaucht und das Herz zum Schlagen gebracht. Und nur sie konnte ihm das Leben wieder nehmen. Jetzt schlug dieses Herz nur für die Fremde, die er noch heute Nacht besitzen würde.

Die Kutschen ratterten über den steinigen Gebirgspfad nach unten ins Tal, wo sich das Lager der Zigeuner befand. Valerij zügelte sein Pferd und trabte in gemächlichem Tempo hinter ihnen her. Tief nahm er jeden Duft in sich auf, auf der Suche nach ihrem. Aber alles, was er roch, waren Tannen und Harz, hier und da ein paar blühende Blumen, tierisches Blut und der Geruch Sterblicher. Das enttäuschte ihn. Gehörte sie vielleicht doch nicht zu den Zigeunern? Er würde überall nach ihr suchen und so lange nicht ruhen, bis er sie gefunden hatte.

Als er den Waldrand erreichte, der die Lichtung einsäumte, auf der die Zigeuner ihr Lager aufgeschlagen hatten, sprang er vom Pferd und ließ es weiden. Er zog den breitkrempigen Hut tiefer ins Gesicht und war froh, seine gediegene Kleidung gegen die seines Stallburschen eingetauscht zu haben, in der ihn niemand sofort erkennen würde.

Von Weitem erkannte er die Kutschen seiner Gefährten, die abseits hinter den Wagen standen. Lautes Gelächter drang aus einem der Wagen, der mit gelben Bändern verziert war, zu ihm herüber. Die Vampire vergnügten sich bereits mit den Huren.

Valerij streifte zwischen den Wagen umher. Immer wieder blieb er stehen, um jeden Geruch aufzunehmen, aber den ihren witterte er nicht. Noch würde er die Suche nach ihr nicht aufgeben, selbst wenn er dafür das gesamte Lager und jeden Wagen einzeln umkrempeln müsste. Plötzlich spürte er ihre Gegenwart, obwohl er ihren intensiven Geruch nicht wahrnahm.

Eine Gruppe von fünf Wagen stand etwas abseits von den anderen, mittendrin befand sich ein Zelt. Dort würde er sich zuerst umsehen. Kaum hatte er den ersten Wagen passiert, witterte er Petre. Ein Fauchen erklang. Und dann wehte ein seltsamer Geruch zu ihm herüber. Sollte sein Gefährte es auf das Blut eines Ziegenbocks abgesehen haben? Petre trank tierisches Blut nur, wenn ihm nichts anderes zur Verfügung stand. Außerdem klang das Fauchen eher nach Wollust als nach einer Drohung.

Ein Zigeunerjunge rannte in heller Aufregung zwischen den Wagen hervor, schnurstracks auf das Zelt zu. Irgendetwas stimmte nicht.

Valerij verlagerte seinen Standort hinter den ersten Wagen, um nach Petre zu sehen.

Der Vampir kniete auf einem anderen Jungen in schäbiger Kleidung, der mit dem Rücken auf dem Boden lag. Das war nichts Ungewöhnliches, denn Petre bevorzugte Knaben, aber er würde nie seine Lust an einem ausleben, der derart stank. Dieser Junge wirkte für einen Sterblichen recht wehrhaft. Valerij beobachtete, wie die Hand des Jungen nach einem Silbermesser tastete, das im Gras neben ihm lag. Petres hypnotische Fähigkeiten schienen versagt zu haben, sonst hätte der Bursche sich nicht bewegen können. Das seltsame anmutende Schauspiel weckte Valerijs Aufmerksamkeit. Der Junge unter Petre wandte den Kopf beiseite, um nach dem Messer zu sehen, sodass Valerij seine Augen erkennen konnte. Sie waren von einem strahlenden Blau. Das war kein Knabe, sondern die Fremde, nach der er gesucht hatte. Daran bestand kein Zweifel. Sie musste sich mit einer übel riechenden Salbe eingerieben und verkleidet haben, um von sich abzulenken. Wenn Petre ihr auch nur ein einziges Haar krümmte, würde er ihn in der Luft zerreißen. Valerij trat einen Schritt vor, bereit, sich einzumischen, als er gegenüber einen Schatten wahrnahm. Eine Sterbliche. Jetzt konnte er die Gestalt näher in Augenschein nehmen. Es war eine Frau, die sich, ebenso wie er, hinter einem der Wagen verbarg und den Kampf heimlich und mit großem Interesse beobachtete. Wer mochte sie sein? Und weshalb eilte sie dem Jungen nicht zu Hilfe? Ein zufriedenes Lächeln umspielte ihre Lippen.

Valerij unterdrückte ein Knurren, als Petres Hand über den Körper der begehrten Frau strich. Gleich würde er sich auf seinen Gefährten stürzen und sie ihm entreißen. Wenn er nur an ihren Körper mit den wohlgeformten Rundungen dachte und das seidige, schwarze Haar, das sie unter diesem ramponierten Hut verbarg, wuchs seine Begierde. Aber zuerst wollte er sehen, wie sie sich in dieser Lage schlug. Würde sie seine Erwartungen enttäuschen? Als Petre unerwartet in ihrem Schritt innehielt, rollte sie sich beiseite und ergriff das Messer. Sie sprang mit einer solchen Geschmeidigkeit und Schnelligkeit dem Vampir in den Rücken, dass es Valerij überraschte. Mit einem Knurren stieß sie ihm die Klinge tief in den Leib. Jede ihrer Bewegungen sah so anmutig und kraftvoll zugleich aus, dass er sie fasziniert anstarrte. Dieses Weib gebärdete sich tatsächlich wie eine Wildkatze, deren Wehrhaftigkeit nicht zu unterschätzen war. Es wäre schwer, sie zu zähmen. Die Gelegenheit war gekommen, sich zu nehmen, was er begehrte.

Ein Rascheln ließ ihn kurz aufhorchen.

Die heimliche Beobachterin gegenüber drehte sich um und rannte weiter ins Lager hinein. Valerij war überzeugt, dass sie die anderen Vampire alarmieren und ihnen von Petres Vernichtung berichten würde.

Er verspürte kein Bedauern über Petres Hinscheiden, denn dieser hatte in der letzten Zeit oft seinen Befehlen zuwidergehandelt. Von seiner Lust getrieben, war er unvorsichtig gewesen und hatte sich selbst zuzuschreiben, dass sein Dasein ausgelöscht worden war. Die ausschweifende Wollust und unkontrollierte Blutgier einiger Vampire beendete früh ihre Unsterblichkeit. Sterbliche verloren ihre Untugenden auch nicht als Vampir, im Gegenteil, ihre schlechten Charaktereigenschaften verstärkten sich. Petre war auch als Sterblicher ein Spieler und Trinker gewesen, der eine Vorliebe für Jungen besaß.

Atemlos und mit eisigem Blick sah die Siegerin auf Petre hinab, der zu ihren Füßen verbrannte. Sie hatte seinen Gefolgsmann umgebracht, dafür verdiente sie den Tod.

Valerij schritt leise auf sie zu. Aber sie hatte ihn gehört und wirbelte herum. Ihr Scharfsinn war beeindruckend, ihre Fähigkeiten im Kampf mehr als respektabel. Ihre blauen Augen musterten ihn feindselig. Valerij ließ sich nicht beirren und schritt lächelnd auf sie zu. Als er dicht vor ihr stand, roch er wieder ihren verführerischen Duft, der von dem Gestank überlagert wurde. Doch bevor er sie tötete, würde sie ihm im Bett gefällig sein.

Am liebsten hätte er sie gleich hier aus ihren Sachen geschält und sie voller Leidenschaft genommen. Aber das hätte sie gegen ihn aufgebracht, und er wollte, dass sie sich ihm in Ekstase hingab, bevor er sie tötete. Wenn er auch manches Weib am Anfang zwingen musste, sie gaben sich ihm letztendlich aus freien Stücken hin. Doch mit ihr versprach es, ein Kampf zu werden.

Sie wischte die Klinge an ihrer schäbigen Kleidung ab, ohne den Blick zu senken.

„Welch mutiger Knabe, der einen Vampir zur Strecke bringt."

Sie schwieg. Stolz sprach aus ihrem Blick und Entschlossenheit. Valerij hatte gesehen, mit welcher Leidenschaft sie getötet hatte. So würde sie sich auch der körperlichen Liebe hingeben und ihr Leben gegen ihn verteidigen. Er frohlockte innerlich.

Valerij umkreiste Daniela und verschlang sie mit seinen Blicken. Er konnte sich nicht sattsehen. Sofort spannte sich ihr Körper an. Welche Verschwendung, dass sie ihre reizvollen Rundungen unter der weiten Jacke verbarg. Mit ihrer schmalen Figur hätte sie tatsächlich als junger Mann durchgehen können. .

„Worauf warten Sie noch? Verraten Sie mich an die Blutsauger", sagte sie mit ungewöhnlicher rauchiger Stimme, die nicht verstellt klang.

Sie reckte selbstbewusst ihr Kinn in die Höhe. In ihren Augen, die Eisseen glichen, könnte er ertrinken. Ihre Lippen zitterten leicht und verrieten eine gewisse Unsicherheit.

„Das brauche ich nicht. Ich werde dich dafür töten", antwortete er und war erstaunt, wie gelassen seine Worte klangen.

Sofort wich sie zurück und zückte erneut das Messer. Hass sprühte aus ihren Augen.

„Versuchen Sie es nur." Sie schwenkte das Messer. Als wenn sie ihn damit beeindrucken könnte. Valerij lächelte. Sie wollte sich tatsächlich auf ihn stürzen. Ehe er sich versah, sprang sie auf ihn zu, bereit, ihm wie Petre das blutige Messer in den Leib zu rammen.

Aber er war schneller und packte ihren Arm. Langsam drehte er sie um und zog sie an sich heran. Sie versuchte, sich mit aller Kraft zu wehren, doch Valerij presste sie so fest an seinen Körper, dass er die weiche Rundung ihres Hinterns an seinem erigierten Phallus spürte. Mit einem Griff entwand er ihr das Messer.

„Wollen Sie mich, bevor sie mich töten, auch noch vergewaltigen?", presste sie hervor.

„Genau das hatte ich vor." Er spürte ihre Angst und das Zittern, was ihn noch mehr erregte.

„Worauf warten Sie noch?" Ihr Mut war nicht zu übertreffen. Er hätte sich mit Leichtigkeit alles nehmen können, ihren Körper, ihr Blut, aber ihr unerschütterlicher Mut beeindruckte ihn. Er schob sie von sich und drehte sie zu sich herum, um ihr in die Augen zu sehen.

„Erst töte ich dich und dann deine Zigeunerfreunde. Niemand kommt ungeschoren davon, wenn er einen meiner Gefährten in die Hölle befördert."

Sie schrak zusammen, ihre Augen weiteten sich vor Entsetzen.

„Die Zigeuner haben den Vampir nicht getötet. Sie sind unschuldig. Sie dürfen sie nicht umbringen." Jetzt stellte sie sich auch noch vor diese vermaledeiten Zigeuner. Er traute ihr durchaus zu, für sie zu kämpfen.

„Höre ich da etwa Mitleid heraus? Wie rührend. Es gäbe da vielleicht noch eine Möglichkeit, ihr erbärmliches Leben zu retten …"

„Und die wäre?", sprudelte aus ihr heraus. Sie sah erwartungsvoll zu ihm auf.

Sicherlich war sie sich in diesem Moment nicht bewusst, welchen Reiz sie auf ihn ausübte mit ihren feuchten, halb geöffneten Lippen. Wie leicht sie sich doch erpressen ließ. Und das für diese Zigeuner. Aber gut für ihn. Gefühle waren verräterisch und schwächten alle Geschöpfe.

„Wenn du dich für sie opferst."

„Dann töten Sie mich endlich und die Schuld ist abgegolten." Stolz lag in ihrem Blick, als sie ihr Kinn hob, trotz ihrer sichtbaren Angst.

„Das verschiebe ich auf später. Zuerst wirst du mir als Geliebte zu Diensten sein, wann immer es mich nach dir gelüstet", raunte er ihr ins Ohr und lachte leise. Er erkannte eine beginnende Gänsehaut an ihrem Hals, die er auf die Wirkung seiner Worte zurückführte.

„Niemals. Eher sterbe ich oder bringe Sie um", sagte sie bestimmt und trommelte mit den Fäusten gegen seine Brust. Valerij hielt ihre Hände fest. Ihr Widerstand entfachte eine Lust, wie es keine Frau getan hatte. Sie war kühn genug, sich ihm entgegenzustellen. Bewundernswert. Für einen Moment war Valerij versucht, seine Lippen auf ihre zu pressen, um die Süße ihres Mundes zu schmecken. Es fiel ihm schwer, seine Begierde zu kontrollieren. Als er sich ihrem Gesicht näherte, rümpfte er angewidert die Nase – sie benötigte dringend ein Bad.

Unter halb geöffneten Lidern sah sie ihn an und ahnte nicht, wie verführerisch dieser Anblick war. Valerij zog sich abrupt zurück. Dieses Weib verwirrte seinen Geist und erhitzte sein Blut. Er musste wieder Herr seiner Sinne werden.

„Du weißt nicht, wen du vor dir hast. Ich bin Valerij, Fürst cel Bâtrân, der Herrscher dieses Landes. Keiner widersetzt sich meinem Wunsch. Und *ich* bestimme, wann du stirbst."

Wieder zuckte sie zusammen, was Valerij zu seiner Zufriedenheit bemerkte. Es lag ihm fern, eine Frau einzuschüchtern, vielmehr wollte er in ihr das gleiche Begehren wecken, das ihn beherrschte. Aber das Mädchen forderte ihn mit ihrem Trotz und ihrer Beharrlichkeit geradezu heraus, sie zu provozieren.

Es störte ihn, dass sie ihr schwarzes Haar vor ihm verbarg. Überhaupt sah sie in dieser Verkleidung lächerlich aus. Er riss ihr den Hut vom Kopf und schleuderte ihn fort. Endlich fiel ihr weiches, duftendes Haar in sanften Wellen auf die Schultern hinab. Valerij strich es an einer Seite hinter ihr Ohr, um an ihrer Halsbeuge zu schnuppern. Er wollte ihren Duft tief einatmen, sich an ihm berauschen, um seine Lust aufs Neue anzufachen. Allein ihr süßer Geruch konnte ihn in Ekstase versetzen. Aber der Gestank der Salbe tötete fast seine Sinne. Deutlich erkannte er das Pochen ihres Pulses unter der zarten Haut. Sie stand starr da, die Lippen fest aufeinandergepresst und ertrug seine Berührung, obwohl ihre Haltung Widerwillen ausdrückte. Er suchte an ihrer Halsbeuge weiter und fand eine Stelle, an der ihr Schweiß die Paste abgespült hatte. Da war er wieder, dieser berauschende Duft.

Seine Zungenspitze fuhr sanft über diesen Punkt, umkreiste ihn, als wollte er ihn kennzeichnen, während eine Hand zu ihrer Brust wanderte und umfasste. Ihre Brüste waren rund und fest, genau so, wie er es sich vorgestellt hatte. Sein Daumen massierte sanft über ihre harte Brustwarze. Ihr Körper versteifte sich, und sie zitterte stärker, als er seine Erektion an ihr rieb.

„Warum zögert Ihr, mich zu töten, Fürst?", fragte sie heiser.

Sie zitterte nicht nur aus Furcht, das spürte er, sondern vor unterdrücktem Verlangen. Anscheinend war sie sich dessen nicht bewusst und wehrte sich mit aller Kraft gegen dieses Gefühl. Eine erfahrene Frau genoss die Liebkosungen und wurde gefügiger. Daraus schloss Valerij, dass sie noch nie von einem Mann berührt worden war.

Laute Stimmen schallten durch das Lager.

Abrupt ließ er von ihr ab, als sich seine Gefährten näherten.

„Ich töte dich, wann es mir passt. Du wirst meine Gefangene sein, so lange, bis ich genug von dir habe. Ich lasse mir doch nicht das Vergnügen entgehen, das du mir bereiten wirst."

Sie öffnete ihren Mund und schrie. Er presste seine Hand auf ihren Mund, umschlang ihren Körper und verließ schnell und lautlos mit ihr das Lager.

Nur einen Wimpernschlag später standen sie neben seinem Pferd. Doch wenn er geglaubt hatte, sie würde sich willig in ihr Los fügen, wurde er eines Besseren belehrt. Als er sie aufs Pferd heben wollte, wand sie sich aus seiner Umarmung und wollte fliehen. Im letzten Moment hielt er sie zurück.

„Tu das nie wieder, denn wenn dich meine Gefährten in die Hände bekommen, werden sie dich nicht so pfleglich behandeln wie ich." Er fingerte zwei Lederriemen aus seinen Taschen.

„Alles ist besser, wenn ich nur nicht mit Euch gehen muss", begehrte sie auf und wehrte sich gegen seinen Griff. Er hatte alle Hände voll zu tun, sie in Schach zu halten, denn immer wieder überraschte es ihn, wie geschickt sie aus der Schlinge schlüpfte. Sie schrie auf, als er derber zupackte. Sie hatte es nicht anders gewollt. Er wickelte die Riemen so fest wie möglich um ihre Handgelenke.

„Verdammte Närrin! Unter meinem Schutz wird es kein Vampir oder Werwolf wagen, dich auch nur zu berühren."

Sie runzelte ihre Stirn, als würde sie überlegen.

„Damit du dich schon einmal an deine Gefangenschaft gewöhnen kannst."

Sie warf ihm einen vernichtenden Blick zu und schnaubte. Ihr Temperament gefiel Valerij. Es war so erfrischend anders.

Sie zerrte an den Fesseln. Aber diese gaben nicht einen Deut nach.

„Gib auf, es hat keinen Zweck. Das Leder schneidet sich nur tiefer in dein Fleisch, bis das Blut herausquillt. Oder willst du mich verführen, davon zu kosten?" Leise lachte er auf. Er konnte nicht verleugnen, dass es ihm Spaß bereitete, sie zu demütigen, aber nur ein wenig, um sie gefügiger zu machen, bis sie sich seinem Willen unterwarf.

Valerij band auch ihre Fußknöchel stramm aneinander, sodass sie ihre Beine nicht bewegen konnte. Schließlich hob er das verschnürte Paket hoch und warf sie quer über den Sattel.

„Diese unkomfortable Lage soll dich daran erinnern, dass ich keine leeren Worte spreche", erklärte er ihr, zog ihren Kopf an den Haaren empor und blickte in ihre blauen Augen, die ihn mit einer Mischung aus Abscheu und Verzweiflung ansahen. Sie war stark und gleichzeitig begehrenswert, was ihn faszinierte. Valerij fragte sich, wie lange er ihre Gegenwart ertragen würde, bevor er sie verstieß oder tötete. Weshalb verspürte er dabei ein gewisses Bedauern? „Du bist von ihr besessen", klangen Aurikas Worte in seinem Kopf.

Er schwang sich in den Sattel hinter die Frau und drückte seine Hacken in die Flanken des Pferdes, das sofort in einen weichen Galopp fiel.

15.

Daniela biss mit aller Kraft die Zähne zusammen. Es gab nicht eine Stelle an ihrem Körper, die nicht von diesem elenden Ritt schmerzte. Doch viel schlimmer empfand sie die Demütigung des Karpatenfürsten, wie cel Bâtrân genannt wurde. Zur Hölle mit ihm und den Vampiren. Wenn sie nur wieder Waffen besäße, könnte sie sich gegen ihn zur Wehr setzen und sein Herz aus dem Körper reißen.

Die verfluchte Paste hatte bei ihm keinerlei Wirkung gezeigt. Sie fühlte sich so hilflos. Die Fesseln schnitten sich bei jeder kleinsten Bewegung tief in ihre Haut. Es brannte wie Feuer. Nie würde sie ihm das Vergnügen gönnen, weiter an den Riemen zu zerren, bis sie blutete. Ihr stülpte sich bei dem

Gedanken der Magen um, er könnte von ihrem Blut trinken.

Dein Vater Dominik hat auch Blut getrunken, meldete sich die hämische Stimme in ihrem Inneren zurück. Die Stimme war nicht totzukriegen und meldete sich immer, wenn sie sie nicht gebrauchen konnte.

Alles, was sie vom Karpatenfürsten in ihrer Lage erkennen konnte, waren seine muskulösen Unterschenkel, die in halbhohen Lederstiefeln steckten und gegen den Pferdeleib drückten.

Er war auch ein Vampir, wenn auch mächtiger als alle, die sie kennengelernt hatte, selbst mächtiger als Drazice. Aber auch er musste eine Schwachstelle besitzen. Bis du die gefunden hast, hat er dich längst in sein Bett gezerrt, meldete sich die gehässige Stimme zurück.

Verschwinde aus meinem Kopf!

Niemals würde sie ohne Gegenwehr seine Annäherungen ertragen, obwohl sie sich insgeheim eingestehen musste, dass es ihr durchaus nicht unangenehm gewesen war, seinen harten Schaft an ihrem Hintern zu spüren. Im Gegenteil, es prickelte überall auf ihrer Haut und ihr Schoß fühlte sich ganz heiß an. Es war wie in ihren Träumen. Verräterischer Körper! Dieser Vampir war wie all die anderen seiner Art, blutgierig, verschlagen, skrupellos und geil. Aber auch attraktiv, männlich, stark ... Weitere Gedanken verbot sie sich. Wie konnte man einen Vampir anziehend finden?

Ob er die Zigeuner wirklich verschonte? Dann hätte sich diese ganze Tortur des Rittes wenigstens gelohnt. Dennoch blieben die Zweifel zurück, die Angst um Roman und Ileana in ihr aufsteigen ließ. Die beiden waren gut zu ihr gewesen. Sie mochte den Jungen, obwohl sie durch ihn in diese Lage geraten war. Er erinnerte sie an ihre Schuld, die sie für alle Zeit mit sich herumtrug.

Endlich ritt cel Bâtrân in den gepflasterten Vorhof einer Burg ein und stoppte das Pferd. Der Innenhof war von Fackeln ausgeleuchtet. Daniela sah zur Spitze des Rundturmes auf, die sich in den Nachthimmel bohrte. Es war still und friedlich hier. Die Fenster waren dunkel, nur im Stall brannte Licht. Schwungvoll sprang der Fürst vom Pferd und rief voller Ungeduld nach dem Stallburschen. Wenig später trat gähnend ein junger Mann von kräftiger Statur aus dem Stall. Stroh klebte in seinem Haar.

Daniela hoffte, der Fürst würde sie vom Sattel heben. Aber der dachte überhaupt nicht daran, sondern überließ sie dem Stallburschen, dem er die Zügel zuwarf.

„Das Pferd muss saufen und fressen."

Der Stallbursche nickte und gähnte wieder.

„Ich wecke Aurika. Die hier", der Fürst tippte mit dem Finger auf Danielas Hintern, „muss ein Bad nehmen." Er zwinkerte dem Burschen zu und grinste. „Lass sie im Stall, bis ich zurückkomme. Und binde das Weib auf keinen Fall los. Sie schneidet dir sonst die Gurgel durch, ehe du Atem holst."

Daniela hob den Kopf und sah wütend zu cel Bâtrân hinüber. Sie hätte dem Burschen nie etwas getan. Aber die Worte des Vampirs zeigten Wirkung, denn der junge Mann sah sie voll Entsetzen an, bevor er seinem Herrn zunickte.

„Ihr wollt mich doch nicht wirklich so lange wie einen Sack auf dem Pferd hängen lassen?", fuhr sie ihn an. Der Fürst legte den Kopf schief und grinste frech. Sie würde ihm das Herz herausreißen, es im Feuer verbrennen, seinen Kopf abhacken und in der Sonne rösten. Daniela tobte vor Wut. Sie fluchte und zappelte auf dem Pferd hin und her, bis das Tier unruhig tänzelte.

„Das werdet Ihr noch bereuen!", stieß sie hervor und spuckte ihm vor die Füße.

Seine Miene wurde schlagartig ernst.

„Genug! Weibern ist das Reden nur erlaubt, wenn ich es gestatte. Ich werde einen Knebel in deinen Mund stecken", antwortete er ruhig, aber bestimmt.

„Gut, erstickt mich. Dann habe ich es hinter mir." Wenn sie nur eine Armbrust oder ein Kurzschwert besessen hätte, wäre sie ihm ein ebenbürtiger Gegner gewesen und müsste sich nicht noch dazu vor diesem Burschen demütigen lassen.

Valerij cel Bâtrâns Blick ruhte nachdenklich auf ihr.

„Das könnte dir so passen."

Irgendwann käme ihre Zeit und dann würde sie ihm alles doppelt und dreifach heimzahlen, schwor sie sich.

Der Stallbursche blickte verängstigt erst zu Daniela und dann zum Fürsten.

„Worauf wartest du noch?", herrschte ihn der Fürst an und zeigte seine Fangzähne, die seinem Gegenüber genügend Respekt einflößten, den Befehl seines Herrn sofort zu befolgen.

Kaum setzte sich das Pferd in Bewegung, verschwand der Fürst im Inneren der Burg. Daniela war zum Heulen zumute, ihr Körper fühlte sich zerschlagen an, als hätte sie jemand windelweich geprügelt. Tapfer kämpfte sie gegen die aufsteigenden Tränen an. Niemals zeigte sie Schwäche, schon gar nicht vor einem Vampir oder dem jungen Kerl.

Der Stallbursche führte das Pferd in den Stall. Der Geruch von Heu und Pferdeleibern erfüllte die Luft. Es war ein vertrauter Duft, der sie erneut schmerzlich an ihre Eltern erinnerte. Pferde gehörten zu ihrem Leben. Auch die Dceras bedienten sich oft eines der Tiere, wenn sie Vampire verfolgten. Daniela hatte als Kind das Reiten von ihrem Vater gelernt, ebenso wie ihre jüngere Schwester. Lange waren sie durch die Wälder geritten, bis zu jenem verhängnisvollen Tag. Zu tief saß der Schmerz, der immer wieder wie eine Woge hochschlug und sie in die Finsternis mitriss.

„Was schleppst du denn da mitten in der Nacht an?", tönte hinter ihr eine tiefe Stimme.

Kräftige Hände hoben Daniela vom Pferd, die einem untersetzten Mann gehörten, der nach verbranntem Horn roch. Es musste der Hufschmied sein. Daniela konnte mit den Fesseln kaum stehen, weshalb der Schmied sie gegen einen Pfosten lehnte.

„Was ist mit ihr?", wandte er sich mit rauer Stimme an den Stallburschen und hob seine buschigen Brauen.

„Sie soll zur Hexe gebracht werden und ein Bad nehmen, hat der Herr befohlen."

Der Schmied wollte sie hochheben, aber der Bursche kam ihm zuvor.

„Nicht! Der Herr wird sie holen."

Weder der Schmied noch der Junge zählten zu den hellen Köpfen. Vielleicht könnte sie beide überzeugen, sie loszuschneiden. Sie musste ihre Gedanken beeinflussen, was bei geistig Schwachen eher gelang als bei anderen. Der Versuch war es wert.

Sie sah dem Schmied tief in die Augen und es gelang ihr, seine Gedanken aufzufangen. Na, also. Was sie las, war Mitleid. Sie gab ihrer Stimme einen verzweifelten Klang und sah flehend zu ihm auf.

„Ich bitte Sie, nehmen Sie mir die Fesseln ab. Meine Haut blutet schon." Sein Mitleid verstärkte sich, als er auf ihre Füße und Hände herabsah. Aber würde der einfältig aussehende Schmied sich dem Befehl des Fürsten widersetzen?

Bitte lass es ihn tun, flehte sie in ihrem Inneren. Sobald er die Fesseln aufgeschnitten hätte, wäre sie schneller verschwunden, als er sich vorstellen konnte. Hinter der kantigen Männerstirn arbeitete es. Selbst seine Miene war wie ein offenes Buch, aus dem jeder die Zweifel lesen könnte. Daniela hielt noch immer den Blick des Mannes gefangen. ‚Lass mich gehen‘, diese Worte schickte sie an seinen schwachen Geist. Von Malvina wusste Daniela, wie es sich anfühlte, wenn sie sich ihrer mentalen Kräfte bediente. Die Gefährtin hatte es als vibrierende Wellen beschrieben, die sich um den Kopf legten und allmählich durch Haut und Knochen drangen. Bilder, die eben noch den Geist durchzogen, änderten sich, ohne dass man es spürte, bis sie Danielas entsprachen. Malvina hatte damals erklärt, dass sie nicht zwischen ihren und den Gedanken Danielas hatte unterscheiden können, als wären es die eigenen gewesen.

Es zuckte um den Mund des Schmiedes. Ihre Worte hatten sein Innerstes erreicht.

‚Hab Erbarmen mit mir. Der Fürst hat mich gegen meinen Willen hierher verschleppt. Ich werde dich reichlich belohnen.‘ Allmählich zeigten ihre Worte Wirkung, denn der Schmied griff mit entschlossener Miene nach dem Hufmesser, das neben ihm auf dem Amboss lag.

Das mit der Belohnung war gelogen, denn ihr restliches Geld befand sich in Ileanas Wagen. Es war nicht gerade viel, denn Oana hatte immer wieder von ihr einen Anteil gefordert. Nur weil sie die beiden Huren weiter begleiten wollte, hatte sie nachgegeben.

„Aber der Herr hat gesagt, wenn wir ihr die Fesseln durchschneiden, bringt sie uns um", meldete der Bursche sich zu Wort.

„Das glaubst du doch nicht wirklich? Weshalb sollte ich euch etwas antun? Ich bin eine schwache Frau. Der Fürst braucht nicht zu erfahren, dass ihr es gewesen seid. Ich werde mich erst aus den Fesseln schälen, wenn ich in der Burg bin. Versprochen."

Ängstlich erwiderte der junge Mann ihren Blick und sah zum Schmied hinüber. Die Zweifel, die sie gesät hatte, entfalteten ihre ersten Triebe. Daniela schluchzte auf.

„Ich bitte euch."

Jeden Moment konnte der Karpatenfürst zurückkehren, und die beiden zögerten noch immer. Daniela schaffte es tatsächlich, eine Träne herauszudrücken. Der Hufschmied brummte etwas Unverständliches, bevor er dem Stallburschen das Hufmesser reichte und ihm mit einer Geste bedeutete, die Fesseln aufzuschneiden.

„Ich danke euch." Daniela triumphierte. Gleich würde sie dem Vampir entfliehen.

Langsam bückte sich der junge Mann, um die Fußfesseln aufzuschneiden, doch es dauerte Daniela viel zu lange. Feste Schritte näherten sich.

Fürst Valerijs Präsenz schien den Stall auszufüllen, sein Zorn noch mehr. Breitbeinig, die Hände in die Hüften gestemmt, stand er da.

„Was zum Teufel soll das? Ihr Einfaltspinsel. Habe ich nicht verboten, ihre Fesseln zu lösen?", dröhnte die Stimme des Fürsten durch die Stallung, tief und verzerrt, wie die der Dämonen. Die Pferde trappelten unruhig auf dem steinernen Boden und wieherten. Mit weit ausholenden Schritten näherte sich der Fürst dem Stallburschen, packte ihn am Kragen und hob ihn hoch.

„Du nichtsnutziger Bursche. Ich reiße dir die Kehle dafür raus."

Der junge Mann zitterte und versuchte, sich mit wenigen Worten zu verteidigen, während der Schmied schweigend und mit gesenktem Haupt neben Daniela stand.

„Bitte, lasst ihn los. Er kann nichts dafür. Ich war …"

Der Karpatenfürst wandte sich Daniela zu. In seinen Augen lag blanke Wut und noch etwas, was sie mit Bewunderung beschreiben würde.

„Verdammte Schlange. Anders habe ich mir das auch nicht gedacht. Trotzdem, die beiden haben meinen Befehl missachtet." Der Fürst zog den Stallburschen dicht an sich heran und öffnete seinen Mund, aus dem die spitzen Eckzähne herausragten. Fürst Valerij würde tatsächlich den Burschen vor ihren Augen töten!

„Nein, bitte nicht. Tötet mich, aber verschont ihn!", rief Daniela. Daniela traute ihren Augen kaum, denn der Fürst hielt wider Erwarten inne. Vampire zeigten bei Sterblichen keine Gnade. Aber hatte er sie nicht ebenfalls im Zigeunerlager verschont? Wenn auch nur so lange, bis er sie genügend gedemütigt und geschändet hatte.

Mit grimmiger Miene setzte der Fürst den Burschen ab und fauchte sie an. Dass cel Bâtrân ihrer Bitte nachgab, verwirrte Daniela. Wie viel mochte er eben mitbekommen haben? Wusste er etwa, dass sie die Gedanken des Schmieds beeinflusst hatte? Er würde sie bestrafen. Daniela lief es abwechselnd heiß und kalt den Rücken hinunter. Stockschläge waren ein gängiges Erziehungsmittel. Auch für einen Vampir? Oder würde er sie ausbluten lassen? Die Furcht vor seiner Strafe ließ ihr Herz rasen und die Hände feucht werden. Sie forschte in seiner Miene nach einem Hinweis, der verriet, was er dachte, aber sie blieb ausdruckslos. Anstelle einer Antwort packte der Fürst Daniela und hob sie so hoch, dass sie bäuchlings auf seiner Schulter lag, bevor er sie über den Burghof trug.

Sie zappelte, aber Valerij cel Bâtrân beeindruckte das nicht.

„Was habt Ihr vor?"

Der Fürst antwortete nicht. Daniela öffnete ihren Mund, aus dem ihre kleinen, spitzen Zähne ragten, ein Relikt ihres vampirischen Erbes. Entschlossen biss sie den Karpatenfürsten in den Rücken. Der zuckte zusammen. Blut quoll aus der Wunde und tränkte das weiße Hemd, das er trug. Er zog sie von der Schulter und stellte sie wie eine Puppe vor sich hin.

„Tu das nie wieder", sagte er und hob drohend seinen Zeigefinger."

Danielas Lippen kräuselten sich zu einem Lächeln.

„Ich sagte doch, Ihr werdet es noch bereuen. Ich werde Euch niemals zu Willen sein. Darauf könnt Ihr Gift nehmen."

Ohne zu antworten, zog er ein Tuch aus seiner Tasche, knüllte es zusammen und steckte ihr den Knebel in den Mund. Daniela wollte protestieren, aber heraus kam nur ein dumpfer Laut und sie würgte.

„So, jetzt herrscht endlich Ruhe."

Dann hob er sie auf. Doch dieses Mal trug er sie unter dem Arm. Seine Finger bohrten sich schmerzhaft in ihre Seite. Was hatte er mit ihr vor? Daniela schluckte hart. Angst kroch in ihr hoch.

16.

Dieses hinterlistige Biest hatte es tatsächlich geschafft, Mitleid bei dem Burschen und dem Schmied zu erwecken. Wie war ihr das bloß gelungen? Sie war gerissener, als er dachte, aber nicht gerissen genug, um ihn hinters

Licht zu führen. Jeden anderen seiner Gefolgsleute hätte er mit der Knute gezüchtigt. Aber wenn er an Danielas zarte Haut dachte, kamen ihm ganz andere Gedanken in den Sinn. Jeden Zentimeter ihres Körpers würde er mit Küssen bedecken, ihren Duft inhalieren wie ein Rauschmittel, bis ihm schwindlig würde vor Lust. Es würde keinen Fleck an ihr geben, den er nicht bereits voller Genuss erkundet hatte. Er schloss die Augen und stellte sich vor, wie Daniela sich unter seinen Händen anfühlen mochte. Warm und seidig, aber straff. Im Geist sah er sich mit den Fingerkuppen sanft über jede Wölbung ihres verführerischen Körpers streichen, als male er ihre Konturen wie ein Künstler nach. Allein bei dieser Vorstellung spürte er, wie sein Phallus augenblicklich reagierte.

Sie so nah an seinem Körper zu fühlen, weckte erneut heftige Begierde. Reglos hing sie in seinem Arm, ihr Atem war flach. Die Wärme ihres Körpers durchdrang seine Kleidung und hinterließ auf der Haut ein angenehmes und zugleich erregendes Kribbeln. Er konnte es kaum erwarten, sie nackt zu fühlen.

Doch erst einmal musste sie ein Bad nehmen, dieser Gestank war kaum zum Aushalten.

Valerij trug sie die breite Marmortreppe nach oben in einen seiner Räume. Er schnippte mit den Fingern und oben auf der Treppe erschien ein Diener in roter Livree mit schwarzem Streifen, den Wappenfarben der cel Bâtrâns. Schwarz stand für den Tod und rot für das Blut.

„Schnell, lass ein Bad im Zuber ein", befahl Valerij und vollführte eine Handbewegung, die den Diener nach einem knappen Nicken, sofort davoneilen ließ. Im gleichen Moment kehrte Leben in die Frau zurück, und sie zappelte erneut.

„Danach erhältst du deine Strafe", sagte er und drehte sie zu sich um. Sie riss die Augen auf und wehrte sich umso mehr.

Valerij lachte. Mit diesem Weib würde es nicht so schnell langweilig werden. Er wollte sie mehr als alles andere, und er würde sie bekommen. Niemals würde er seinen Verstand wegen eines Weibes verlieren. Wie immer teilte er das Bett mit seiner jeweiligen Gespielin, bis er ihrer überdrüssig wurde.

Und wenn sie wirklich die Prophezeite war? Vieles sprach dafür, dennoch blieben Zweifel bestehen. Die Zeit würde ihm eine Antwort geben. Jetzt zählte nur die Befriedigung seiner Begierden. Und er dachte nicht daran, lange zu warten.

Der Raum, in den Valerij sie schleppte, war eine Halle, in dem seine Vorfahren einst Gelage abgehalten hatten. Sie besaß einen mannshohen Kamin, in dem ein Feuer flackerte, davor stand ein hölzerner Zuber. Ein Mädchen mit braunen Zöpfen knickste artig, bevor sie eilig einen Eimer heißes Wasser hineintrug. Der Anblick einer fremden Frau in seinen Armen dürfte für sie nicht ungewöhnlich sein, denn er brachte alle seine Gespielinnen hierher.

„Diona, das dauert mir zu lange. Einer der Burschen soll dir beim Wasserschleppen helfen. Geschwind! Dann hole die Hexe." Er deutete auf die Gefangene. „Kümmere dich um sie." Wieder knickste das Mädchen und eilte mit dem leeren Eimer aus dem Raum.

Valerij warf die Fremde auf das breite Bett, das vor einem aufwendig gestickten Gobelinteppich mit Jagdmotiven stand. Ihre zusammengebundenen Hände hob er über ihren Kopf und drückte sie in die Kissen. Ein erstickter Schrei folgte, ihre Augen richteten sich anklagend auf ihn. Sie hatte es nicht anders verdient. Die Jacke war verrutscht, sodass er ihre Brustwarzen erkennen konnte, die sich unter dem Hemdstoff abzeichneten. Ihr Brustkorb hob und senkte sich im schnellen Rhythmus im Einklang mit ihrem Herzschlag. Wie mochte es sich anfühlen, ihre Knospen zwischen seine Lippen zu saugen? Nur zu deutlich war die Erinnerung an die dunkelroten Spitzen in seinem Gedächtnis verhaftet geblieben, von denen das Wasser im Mondschein geperlt war. Schon schwoll seine Männlichkeit erneut an. Nur mit Mühe hielt er sich zurück, ihr nicht die Kleider vom Leibe zu reißen, um ihre Haut an der seinen zu fühlen. Er legte sich auf sie und stützte sich rechts und links von ihrem Kopf mit den Ellbogen ab. Dann senkte er seinen Kopf, sodass ihn nur noch ein Fingerbreit von ihrem Gesicht trennte. Deutlich spürte er ihren weichen Busen an seiner Brust, hörte ihren Herzschlag und das Blut durch ihre Adern fließen. Jeder Muskel in ihr spannte sich in Abwehr an und drückte sich hart wie ein Brett gegen seinen Körper. Zum Teufel, wie er sich nach diesem Weib verzehrte, dass ihn sogar der unangenehme Geruch nicht abhielt.

„Ich kann dich nehmen, jetzt, gleichgültig, wann und wie oft ich will, denn du gehörst von jetzt an mir", raunte er und knurrte.

Er versuchte, den Gestank, der sie einhüllte, zu ignorieren.

Alles, was er aus ihrem Blick las, waren Ablehnung und Ekel, und das versetzte ihm einen Stich. Sie drehte den Kopf beiseite. Ihr schweres Haar sank auf das Kissen, wodurch ihr zarter Hals zum Vorschein kam. Ihre Haut war weiß und bildete einen reizvollen Kontrast zum schwarzen Haar und den schwarzen Wimpern. Sie schloss ihre Augen. Valerij richtete sich auf und zog den Knebel aus ihrem Mund. Sie hustete und leckte sich über die trockenen Lippen. Allein diese Geste steigerte seine Erektion, die sich jetzt gegen ihren Bauch presste. Mit den Fingern umfasste er ihr Kinn und drehte ihr Gesicht zu sich. Diesen feucht schimmernden Lippen konnte er einfach nicht widerstehen. Er musste wissen, wie sie schmeckte. Sanft legte sich sein Mund auf den ihren. Sofort kniff sie die Lippen zusammen und versuchte, sich seinem Griff zu entziehen, was ihr jedoch nicht gelang.

„Wildkatze, ich werde dir noch Gehorsam beibringen", flüsterte er an ihrem Mund. Seine Zungenspitze fuhr langsam über ihre Lippen und verharrte einen Moment bei jedem Mundwinkel. Er schmeckte Süße, die nach mehr verlangte. Beharrlich leckte er mit seiner Zunge und knabberte mit den Lippen an ihrem Mund. Irgendwann würde sie seinem Werben nachgeben. Ihr Puls wurde bereits schneller. Über seinen gesamten Körper breitete sich ein Kribbeln aus, das bis in seine Zehenspitzen reichte und ein Ziehen in seinen Lenden bewirkte, das mit jeder Bewegung intensiver wurde. Doch noch immer presste sie die Lippen aufeinander.

Valerij hatte gesehen, wie sie im Wasser ihren Körper gestreichelt hatte, vor allem ihre Brüste, die wie spitze Berge aus dem Wasser geragt hatten. Seine Hand legte sich auf eine Brust und sein Daumen strich über die Knospe. Ein Ruck fuhr durch ihren Leib, was ihm verriet, dass sie die Berührung nicht so kalt ließ, wie sie es ihn gerne glauben lassen würde.

Nach wenigen Strichen verhärtete sich die Knospe und ihr Atem ging schneller. Da wurde auch ihr Mund nachgiebiger, was Valerij ermöglichte, seine Zunge zwischen ihre Lippen zu schieben, um das Innere ihres Mundes zu erkunden. Die süße Feuchte steigerte seine Erregung. Seine Zunge glitt über ihr Zahnfleisch, strich über die Innenseiten ihrer Wangen, bis sie ihre fand. Als sich ihre Spitzen trafen, stöhnte er leise in ihren Mund. Aus ihrem zaghaften Entgegenkommen schloss er, dass sie noch nie so von einem Mann geküsst worden war. Die Vorstellung, er könnte der Erste sein, der die Leidenschaft und Lust in ihr erweckte, ließ ihn frohlocken. Immer wieder trafen sich ihre Zungenspitzen, erst langsam, dann in einem schnelleren Rhythmus. Valerij umfasste ihr Gesicht mit seinen Händen und konzentrierte sich nur noch auf das Züngeln mit ihr, das immer kühner wurde.

Allmählich entspannte sich ihr Körper unter seinem, wurde anschmiegsam und weich, was ihn in einen Lustrausch versetzte. Er saugte ihre Lippen ein, um kurz darauf das Zungenspiel fortzusetzen. Mit einem Bein versuchte er, ihre Schenkel zu spreizen, bis sie zusammenzuckte und ihm wieder einfiel, dass er sie gefesselt hatte. Aber er würde sie nicht losbinden, nicht heute, sie musste erst ihre Lektion lernen. Seine Hände lösten sich von ihrem Gesicht und wanderten unter das viel zu weite Hemd zu ihren Brüsten. Sie waren glatt und weich, wie er es sich ausgemalt hatte. Zuerst zwirbelte er ihre Knospen zwischen seinen Fingern und erstickte ihren Schrei mit einem langen Kuss, bis ihr Widerstand allmählich schmolz. Dann knetete er die weichen Hügel, während er seine Lenden an ihrem Unterleib rieb. Umgehend verspannte sie sich erneut und drückte ihr Becken in die Höhe, aber als er seinen Kopf unter das Hemd steckte und seine Lippen eine Brustwarze umfingen und daran saugten, entspannte sich ihr Bauch wieder. Der Stoff behinderte ihn, denn er wollte ihr Gesicht dabei beobachten. Mit einem Ruck zerriss er das Hemd und widmete sich der anderen Brust. Als er zu ihr aufsah, versteifte sie sich erneut und kniff den Mund zusammen. Immer stärker saugte er an ihrer Brustwarze, doch dieses Mal gab sie nicht nach.

„Zeig mir deinen Gehorsam." Eigentlich sollte seine Stimme sanft klingen. Aber in diesem Moment war er wütend auf sie, weil es ihn Mühe kostete, sich zurückzuhalten, während sie ihn durch ihr Wehren weiter stimulierte. Verdammtes Luder!

Wütend richtete er sich auf und öffnete ihre Hose, die er derb über ihre Hüften herabzerrte. Sie zog ihre Knie an und versuchte, ihn mit einem Stoß abzuwehren. Nie hatte eine Frau es je gewagt, ihn fortzustoßen, im Gegenteil, sie hatten um jede Zärtlichkeit gebettelt. Sie gebärdete sich wie ein bockiges Füllen. Während sie ihre Knie gegen seine Brust stemmte, versuchte sie, mit ihren zusammengebundenen Füßen gegen seine Männlichkeit zu treten.

Seine Finger in ihre Arme bohrend, drückte er mit einem Knurren ihre Beine nieder und ließ sich mit einem Fauchen auf sie fallen, dass seine Gefangene laut aufschrie. Sie versuchte, ihn durch eine Körperdrehung abzuschütteln, aber Valerijs Überlegenheit ließ ihre Abwehr verpuffen.

„Du kannst kämpfen, wie du willst, es hat keinen Zweck. Ich nehme mir immer, was ich begehre. Du kannst es sanft haben oder mit Gewalt. Die Entscheidung liegt bei dir."

Für einen kurzen Augenblick las er Furcht in ihrem Blick. Doch dieser Eindruck verflüchtigte sich schnell, als er die Kälte darin erkannte.

Plötzlich erschlafften ihre Glieder. Na, also, weshalb denn nicht gleich kapitulieren?

Valerij lächelte sie triumphierend an, bevor er sich zu ihr hinabbeugte und ihren Mund mit einem Kuss verschloss. Zwar öffnete sie ihm ihre Lippen, aber ihre Zunge versagte sie ihm. Teilnahmslos ließ sie den Kuss über sich ergehen. So wollte er sie auch nicht, sondern das Weib von vorhin, das seinen Kuss voller Leidenschaft erwiderte.

Noch einmal umschlossen seine Lippen ihre Brustwarzen, um daran zu saugen, aber bald kam es ihm vor, sich an einer leblosen Puppe zu vergnügen, was jede Erregung auslöschte. Als er aufsah, stahl sich eine Träne aus ihrem Augenwinkel und lief über ihre Schläfen ins Haar. Ein heulendes Weib in den Armen zu halten, tötete jede Lust. Er spürte, wie sein Phallus erschlaffte, ausgelöst durch die Wut und Enttäuschung, die gleichermaßen aufstiegen. Jede seiner Liebhaberinnen war in seinen Armen weich wie Butter geworden und hatte ihn im Liebesrausch immer wieder angefleht, sie endlich zu nehmen. Aber so etwas war ihm noch nie geschehen. Dieses Weib war eine unbedeutende Sterbliche, die es wagte, sich zu widersetzen? Fand sie ihn vielleicht nicht attraktiv genug? Es gab Tausende, die von ihm hingerissen waren und sich nichts sehnlicher wünschten, als seine Bettgefährtin zu werden. Er würde keinen kostbaren Moment an sie verschwenden, sondern sich anderswo vergnügen. Wütend kniff Valerij die Lippen zusammen. Mit grimmiger Miene erhob er sich, zog schweigend ihre Hose wieder hoch und das zerrissene Hemd über ihre bloßen Brüste. Als Herrscher über die Karpaten besaß er das Recht, über Leben, Tod und Unsterblichkeit zu entscheiden. Niemand durfte ihm dieses verweigern. Jede Frau, die er begehrte, gehörte ihm. Ihn hatten keine Gewissensbisse geplagt, als er damals einer Geliebten die Kehle herausgerissen hatte. Ohne ihr einen Blick zu gönnen, schritt er schweigend zur Tür.

17.

Als die Tür hinter dem Karpatenfürsten zufiel, zitterte Daniela.

Er hatte sie gedemütigt wie Drazice. Alles wäre besser gewesen, jeder körperliche Schmerz, als seine Zärtlichkeit. Obwohl sie ihn mit jeder Faser ihres Körpers hasste und ihn verteufelte, war ihr Körper durch seine Liebkosungen entflammt. Sie musste gestehen, diesen Kuss, der sie anfänglich völlig überrumpelt und gegen den sie sich mit aller Macht gewehrt hatte, genossen zu haben. Der Abdruck seiner Lippen auf ihren brannte noch mit einer Intensität, wie sie es sich nur in ihren Träumen vorgestellt hatte.

Dieser Fürst passte nicht in das Bild, das sie von Vampiren besaß. Zwar war er ebenso finster wie sie, besaß aber eine Widersprüchlichkeit, die sie irritierte. Hart und unerbittlich, aber im nächsten Moment verführerisch sanft, dass sie unter seinen Liebkosungen verging. Was war nur mit ihr los?

Sie durfte sich auf keinen Fall verwirren lassen. Eine Dcera, die unter den Händen eines Vampirs wie Butter schmolz. Das gab es nicht und durfte es nicht geben. War es ihrer Mutter ebenso ergangen? Nein, das, was ihre Eltern verbunden hatte, war tiefe Liebe gewesen, die der Finsternis trotzte. Fühlte sie sich von ihm angezogen, weil ihnen beiden vampirisches Blut durch die Adern floss?

Hätte der Fürst sie an ihrer intimsten Stelle berührt, hätte sie sich ihm hingegeben. Daniela schämte sich, dass sie seinem fordernden Mund nachgegeben hatte. Ein einziger Kuss konnte ihr doch nicht den Kopf verdrehen? Sie sollte sich lieber auf das Wesentliche konzentrieren und das Intermezzo vergessen. Nur wenn ihr die Flucht von der Burg gelänge, könnte sie ihre Suche nach Drazice fortsetzen, doch noch hatte sie keine Lösung parat, wie sie diesen cel Bâtrân außer Gefecht setzen konnte.

Die Tür öffnete sich und Diona trat ein, begleitet von einer Buckligen in schwarzem Kapuzenkleid. Ihre Kleidung mutete seltsam an und erinnerte Daniela an Mönchskutten. Aus der Kapuzenhöhle musterten sie feindselig grüne Augen. Daniela witterte keinen Fäulnisgeruch an ihr, also gehörte sie nicht zu den Vampiren. Aber der Karpatenfürst besaß ebenfalls keinen Fäulnisgeruch, obwohl er ein Vampir war. Voll angespannter Erwartung sah Daniela ihr entgegen, bis die Grünäugige vor ihr stehen blieb. Ihr Gang war schleppend, dennoch voller Würde. In ihren Augen lag Mordgier, wie Daniela es oft im Kampf bei den Vampiren gesehen hatte. Würde sie sich gleich auf sie stürzen? Doch sie stand einfach nur da und blickte auf sie herab, bevor sie einen Flakon aus ihrem weiten Ärmel hervorholte. Mit einem leisen Geräusch entfernte sie den Korken und setzte sich zu Daniela aufs Bett.

„Was ist das?", fragte Daniela und kniff die Lippen zusammen. Sie versuchte, von ihr wegzurücken, was durch die Fesseln jedoch kaum möglich war. Nie würde sie sich das einflößen lassen. Wider Erwarten goss die Bucklige den Inhalt des Flakons ins dampfende Badewasser und legte ihre eiskalte Hand an Danielas Stirn. Dabei murmelte sie etwas Unverständliches. Die grünen Augen der Alten schienen Feuer zu sprühen. Ihr Gesicht begann, zu verschwimmen. Daniela spürte, wie Wärme ihre Glieder durchflutete und erschlaffen ließ. Die Bucklige musste magische Kräfte besitzen, um ihre vampirischen Sinne lahmlegen zu können, schoss es ihr in den Kopf, bevor sie eine Gleichgültigkeit erfasste, die jegliche Gegenwehr erstickte.

„Bereite sie für unseren Herrn vor", sagte sie zu Diona gewandt, die wortlos nickte.

Die Dienerin wollte Danielas Fesseln mit einem Messer auftrennen, aber die Bucklige hielt sie zurück.

„Warte." Sie beugte sich über Daniela und zog das zerfetzte Hemd vom Hals. Daniela wollte sie abwehren, aber ihre Muskeln gehorchten nicht. Die dürren Hände der Alten legten sich auf ihr Mal. Es schien, als schlitze ein spitzzackiges Messer ihren Leib auf. Daniela schrie auf. Als die Bucklige ihre Hand zurückzog, war Daniela zwar von dem Schmerz befreit, fühlte sich aber wie ausgelaugt, als hätte die Alte ihre Kraft ausgesaugt. Matt sank ihr Kopf in die Kissen zurück. Eine bleierne Schwere legte sich über ihre Glieder. Alles um sie herum fühlte sich mit einem Mal leicht an, als gäbe es keine Furcht und keine Trauer. Die blutigen Bilder ihrer Erinnerung erschienen nur wie Albträume.

Nichts in der Miene der Alten verriet etwas von ihren Gedanken. Ihre faltigen Lippen spitzten sich und ihre Augen funkelten wie Edelsteine.

„Du kannst ihr jetzt die Fesseln durchtrennen. Sieh zu, dass du ihre Haut nicht ritzt. Das mag der Herr nicht." Vorsichtig durchschnitt Diona zuerst Danielas Fußfesseln, bevor sie die der Arme trennte. Die Bucklige sah ihr zu, als wollte sie kontrollieren, dass Danielas Haut keinen Schaden nahm.

Die Tür öffnete sich erneut und eine stämmige Frau in den besten Jahren trat ein. Zusammen mit Diona entkleidete sie Daniela und hob sie ins warme Wasser. Benommen ließ sie alles mit sich geschehen. Nur in ihrem Kopf drängten sich unzählige Fragen auf.

Wie oft mochten die beiden Frauen das mit den Gespielinnen ihres Herrn getan haben? Weshalb hatte die Alte ihrem Mal so viel Aufmerksamkeit geschenkt?

Das Wasser war angenehm warm und erinnerte sie wieder an ihr Erlebnis am Weiher.

„Bereite sie vor. Der Fürst darf nicht enttäuscht werden." Mit diesen Worten wandte sich die Bucklige um und bedeutete der Stämmigen mit einer Geste, ihr zu folgen. Das klang in Danielas Ohren, als wollte man sie wie Vieh für einen Markt herausputzen, um einen guten Preis zu erzielen. Ihr Kopf sank nach hinten gegen den hochgezogenen Rand des Zubers. Danielas Hemmung, sich vor Fremden nackt zu zeigen, war wie weggeblasen. Alles erschien gleichgültig und bedeutungslos. Die Demütigungen des Fürsten rückten unendlich weit fort. Alles, was zählte, war dieser Augenblick, in dem sie sich leicht wie nie fühlte.

Diona stopfte ein Handtuch in Danielas Nacken, um es ihr so angenehm wie möglich zu machen. Das Mädchen tauchte die Bürste ins Wasser und rieb über ein Seifenstück, das herrlich nach Rosenöl duftete. Daniela betrachtete die schlanken Hände der Dienerin, die im Gegensatz zu den Dienstboten, die sie kennengelernt hatte, gepflegt und glatt waren, ohne Schwielen und Rötungen von harter Arbeit, was sehr ungewöhnlich war. Mit der Bürste und einem zusätzlichen Schwamm schrubbte Diona sanft, aber mit leichtem Druck, die Paste von Danielas Armen. Die Bürstenmassage entspannte Daniela so sehr, dass sie wohlig seufzte. Diona besaß ein besonderes Geschick darin, die Waschprozedur angenehm zu gestalten. Nachdem sie die Bürste weggelegt hatte, nahm sie sich des Schwammes an, tauchte ihn ins Wasser und wischte in kreisenden Bewegungen über Danielas Haut. Zuerst vom Halsansatz zu den Schultern, dann wanderte der Schwamm zwischen ihre Brüste und tiefer zum Bauch. Immer wieder zog sie den Schwamm über Danielas Brustwarzen, die sich augenblicklich verhärteten und von der gesteigerten Durchblutung dunkelrosa färbten. Es prickelte bei der sanften Berührung in ihrem Schoß. Daniela schämte sich ihrer Erregung und wollte protestieren.

„Genießt es. Je weicher und entspannter Ihr seid, umso mehr wird der Herr Euch begehren", sagte Diona mit leiser und warmer Stimme.

Das alles diente nur dazu, sie für das Beisammensein mit dem Fürsten vorzubereiten und einzustimmen.

Eine Bewegung des Vorhangs neben der Tür ließ sie leicht zusammenzucken. Hinter dem schweren Samtstoff, der zur Hälfte zur Seite geschoben war, verbarg sich ein weiterer Raum, und das Kerzenlicht darin erhellte ihn nur spärlich. Der blanke Messingbeschlag einer Truhe reflektierte das Licht. Daniela erschrak, als sie unter dem roten Samtvorhang die Spitzen staubiger Reitstiefel erkannte. Sie ahnte, wer sich dahinter befand und ihr Bad beobachtete. Als er mit einem breiten Grinsen hervortrat und sich mit verschränkten Armen an die Wand lehnte, pochte ihr Herz schneller, und ihr Körper spannte sich an. Am liebsten wäre sie aus der Wanne gesprungen und fortgerannt, aber ihre Muskeln versagten.

Bei der Aussicht, er könnte herüberkommen und sich zu ihr in der Wanne herabbeugen, um den leidenschaftlichen Kuss von vorhin zu wiederholen, wurde Daniela ganz heiß. Was war nur mit ihr los? Ihre Furcht schien, seitdem sie ins Wasser gestiegen war, wie weggeblasen und wandelte sich in Begierde. Lag das an den Hexenkünsten der Buckligen oder an seiner Anwesenheit? Oder beides zusammen? Sollte die Essenz vorhin, die ins Badewasser gekippt worden war, sie für den Fürsten gefügig machen? Seine Anwesenheit erregte sie nur noch mehr, das konnte sie nicht verleugnen. Alles erinnerte sie an ihre lustvollen Träume. Nie hatte sie das Gesicht des Mannes darin gesehen. Waren es vielleicht nicht nur Wunschträume, sondern so etwas wie Vorahnungen gewesen? Bei diesem Gedanken erschauerte sie. Als sie seine Hände betrachtete, erinnerte sie sich nur zu gut, wie sanft und zärtlich sie gewesen waren. Im gleichen Atemzug fragte sie sich, wie sich seine nackte Haut auf der ihren anfühlen würde? Im Gegensatz zu den anderen Vampiren war er warm wie ein Sterblicher, was ihr die Liebkosungen erleichtert hatte.

Als der Schwamm tiefer zu ihrem Venushügel wanderte und ihn leicht massierte, versteifte sich Daniela. Er sollte nicht erkennen, wie sehr diese Berührung Lust in ihr entfachte. Aber Diona schaffte es, mit jedem Strich die Anspannung zu lösen. Hitze schoss in ihren Schoß und ergoss sich in ihre Schamlippen, was sich noch verstärkte, als die Dienerin das Wasser mit der anderen Hand dagegen spülte. Wasser wirkte magisch und zugleich lustvoll auf sie, wovon sie nicht genug bekommen konnte. Langsam spreizte sie ihre Beine, so gut es in dem Zuber möglich war und ließ es geschehen, dass Diona mit ihren sanften Zauberhänden den Schwamm über ihre Scham rieb. Daniela hielt die Luft an. Sie spannte ihre Pobacken an, um nicht zu stöhnen.

„Euch hat dort noch kein Mann berührt, nicht wahr?", flüsterte die Dienerin, während sie quälend langsam Danielas Spalte betupfte und den Schwamm daran ausdrückte.

„Nein", stieß Daniela atemlos hervor und drängte ihr Becken dem Schwamm entgegen. Auf ihrem Körper schienen tausend Flammen zu tanzen.

„Das wird den Herrn erfreuen." Dionas Stimme klang unerwartet nüchtern.

Plötzlich zog sie ihre Hand aus dem Wasser. Daniela war enttäuscht und schlug die Augen auf. Fragend blickte sie zu der Dienerin.

„Ihre Haut wird noch ganz schrumpelig. Ich mag das nicht", vernahm sie die Stimme Fürst Valerijs.

Der Fürst, der Fürst, überall schien er präsent zu sein oder seine Augen zu haben.

„Ich werde Mademoiselle jetzt abtrocknen und einsalben, mein Herr", wandte sich Diona an den Fürsten, bevor sie sich wieder Daniela widmete: „Kommt, ich helfe Euch, aufzustehen." Diona umfasste Danielas Arm, um sie hochzuziehen.

Die Benommenheit wich allmählich. Daniela wusste nicht, ob es an der Gegenwart des Fürsten lag, der ihre Sinne sensibilisiert hatte oder an Dionas einfühlsamen Händen. Jedenfalls fühlte sie sich mit einem Mal hellwach. Doch sie wollte beide weiterhin an ihre Schwäche glauben lassen.

Schwankend stand sie auf und glitt schlaff ins Wasser zurück. Da griff Diona ihr unter die Achseln, um sie hochzuziehen. Daniela machte sich schwer, indem sie kraftlose Muskeln vorspielte. Auf Dionas Stirn standen Schweißperlen von der Anstrengung. Wenn Tränen seine Lust vergehen ließen, würde es eine betäubte Geliebte auch bewirken. Jedenfalls hoffte sie das, denn dann würde er sie in der Nacht nicht in sein Bett befehlen.

Würde der Fürst der Dienerin zu Hilfe eilen? Bei der Vorstellung bekam sie eine Gänsehaut. Daniela sah zu Valerji hinüber, aber er machte keine Anstalten.

„Ruf die Mamsell", befahl der Fürst, als Daniela gespielt kraftlos ins Wasser zurücksank.

„Nein, nein, ich schaff das", wehrte Daniela ab.

Sie umklammerte den Rand des Zubers und zog sich unter angeblich großer Mühe hoch, bis sie auf wackeligen Beinen stand, während das Wasser von ihrem Körper tropfte.

Schnell umspannte Diona ihren Oberarm, um einen Sturz zu verhindern. Es war ihr geglückt, die Dienerin und hoffentlich auch den Fürsten zu täuschen. Wenn alle an ihre Schwäche glaubten, wären sie unvorsichtiger, und sie konnte fliehen.

Diona hüllte sie in ein Handtuch ein und rieb sie behutsam trocken, während sie stets darauf bedacht war, Daniela einen Halt zu bieten.

Daniela war froh, dass sie mit dem Rücken zum Fürsten stand.

Beim Abtrocknen berührte Diona Danielas Brüste nicht, deren erigierte Spitzen sich im Handtuch abzeichneten. Daniela nahm erneut die Hilfe der Dienerin in Anspruch, als sie aus dem Zuber stieg und sich auf das Bett legte. Dabei achtete sie sorgsam darauf, ihre Beine nicht zu spreizen.

Sie beobachtete, wie das Mädchen zur Kommode hinüberlief und eine Schublade aufzog, der sie ein mit Goldrand verziertes Porzellantöpfchen entnahm. Dann wandte sie sich um und kehrte zurück.

Als sie vor Daniela stand und den Deckel des Töpfchens anhob, schwebte ein betörender Duft durch das Zimmer, ein Blütenduft, noch süßer als der von Rosen.

„Unser Herr, der Fürst, besitzt die erlesensten Düfte. Manche Essenzen stammen aus fernen Ländern, dem Orient oder Asien, Düfte, die die Lust steigern", erklärte Diona verträumt.

Daniela sog gierig das Odeur ein. Danach fühlte sie sich plötzlich so leicht, als könnte auch der Duft verzaubern.

„Ist der Duft nicht betörend?"

„Ja", hauchte Daniela.

Diona tunkte ihre Finger hinein und tupfte die Paste auf Danielas Wangen, Mund und Nase, bevor sie die verrieb.

„Bitte dreht Euch um", bat Diona.

Die Salbe fühlte sich auf Danielas Rücken kühl an und löste nach dem warmen Bad eine Gänsehaut aus. Mit dem Handballen massierte die Dienerin die Paste ein, strich die Wirbelsäule hinab und widmete sich den Pobacken. Nachdem sie fertig war, tippte sie Daniela auf die Schulter.

„Ich zeige Euch jetzt, wie das Einreiben zum Genuss wird und die Vorfreude auf den Herrn noch weiter steigert."

Daniela wollte ihr gerade erklären, dass sie keinen Wert darauf lege, als ihr Blick erneut auf den Fürsten fiel.

Sie kniff die Augen zusammen und versuchte, sich vorzustellen, dass es nur ein Traum sei. Nein, es war schöner, erregender als in einem Traum.

Diona führte Danielas Hand zum Salbentöpfchen, tauchte sie ein und zeigte ihr, wie sie die Paste auf Hals und Armen verteilen sollte.

„Es entfacht die Lust. Wir lernen unseren Körper besser kennen, welche Stellen besonders empfindsam auf Berührungen reagieren."

Dionas Stimme war genauso weich wie die Salbe. Die Luft schien zu dick zum Atmen. Daniela tupfte die Paste in kleinen Punkten zwischen ihre Brüste.

„Ich lasse Euch jetzt allein. Diese Taubheit wird bald weichen. Wenn Ihr mich braucht, ruft nach mir." Diona verließ den Raum.

Daniela hatte dieses Gefühl in ihren Träumen unzählige Male mit Wonnen durchlebt. Sie spürte einen Lustschauer nach dem anderen, der ihren Körper hinabglitt und mit jedem Mal das Brennen in ihrem Schoß verstärkte. Mit zwei Fingern verteilte sie die Salbe auf ihren Brüsten, ließ aber bewusst die Spitzen aus. Daniela spreizte die Beine und legte sich auf das Bett zurück, sodass der Fürst ihre feuchte Spalte begutachten konnte. Die steigende Erregung ließ sie kühner werden. Nachdem sie die Salbe von ihren Fingern verstrichen hatte, begann sie, ihre Brüste zu kneten. Sie wollte seine Lust anfachen. Er sollte sie begehren, aber nie bekommen, weil sie dann schon geflohen war.

Deutlich hatte sie gemerkt, wie das intensive Zungenspiel sein Verlangen angestachelt hatte. Trotz allem durfte sie nie vergessen, was und wer er war und vor allem, dass er sie töten wollte. Das hier war nur ein Lustspiel, mehr nicht.

Du belügst dich selbst, begehrte die mahnende Stimme in ihr auf. Du willst, dass er sich nach dir verzehrt, weil du ihn genauso begehrst wie er dich. Es ist das Vampirblut, das sich vereinen will.

Das, was sie tat, war so sinnlich, dass sie es ausleben musste, weil ihr Körper danach verlangte. Ihre Begierde verdrängte den letzten Funken Verstand. Mit kreisenden Bewegungen massierte sie sich immer tiefer, warf sie einen flüchtigen Blick in Valerjis Richtung, um sich zu vergewissern, dass er sie weiter beobachtete. Diona hatte recht, es war aufregend, auf diese Weise seinen Körper zu erleben. Daniela schloss die Augen und stellte sich vor, seine Hände würden über sie gleiten. Sie wand sich auf dem Bett, als ihre Erregung anschwoll, zitterte und seufzte. Hörte sie etwa sein Stöhnen oder war es ein Trugbild ihrer Wünsche? Ihre Finger erreichten ihre Mitte, aus der Feuchtigkeit an ihren Schenkeln hinablief und das Kissen benetzte. Mit den Nägeln fuhr sie über die empfindliche Innenseite ihrer Schamlippen und sog geräuschvoll die Luft ein. Wie herrlich wäre es, das Wechselspiel seiner Lippen und Zähnen dort zu spüren? Daniela erschauerte. Sie bewegte ihr Becken langsam auf und ab. Durch einen Spalt zwischen ihren Lidern sah sie zu Valerji. Nichts weckte ihre Lust mehr, als von ihm beobachtet zu werden. Doch der Fürst war verschwunden. Sie hatte ihn nicht weggehen hören und war enttäuscht. Doch ihre Erregung war schon so weit fortgeschritten und forderte Erlösung. Mit geschlossenen Augen ergab sie sich ihrer Lust. Ihre Finger schoben sich in ihre Scheide und strichen über ihre Klitoris. Sie war bereits so erregt, dass sie ihren Höhepunkt heftig, aber viel zu schnell erlebte. Atemlos sank sie tief in die Kissen. Daniela schloss ihre Augen.

Plötzlich sah sie Malvinas Gesicht vor sich, so deutlich, als stünde sie vor ihr. Ihr anklagender Blick richtete sich auf sie.

„Hast du vergessen, dass du eine Dcera bist und dafür geboren wurdest, Vampire zu töten? Er will dich verführen, um sich an deiner Lust und deinem Blut zu berauschen. Es ist die Verbindung eures Blutes, das dich schwächt. Töte ihn, bevor es zu spät ist und du sein Opfer wirst. Töte ihn, töte ihn …" Der anklagende Tonfall zerriss endgültig den Nebel in ihrem Kopf.

Schlagartig verflog das wollüstige Ziehen in ihrem Körper, als sie sich der Bedeutung der Worte bewusst wurde.

Beim Heiligen Michael, wie konnte sie nur ihre heilige Pflicht als Vampirjägerin vergessen und sich hinreißen lassen, die Lust eines Vampirs zu wecken? Daniela setzte sich ruckartig auf, das Mal auf ihrer Brust brannte wie Feuer.

Als sie noch einmal zum Vorhang hinübersah, glaubte sie an eine Illusion. Nichts deutete darauf hin, dass er sie beobachtet hatte. Einesteils war sie froh, rechtzeitig zur Vernunft gekommen zu sein, andererseits quälte sie das ungestillte Verlangen.

Niemand befand sich in der Nähe. Es wäre also eine günstige Gelegenheit, zu fliehen. Doch nackt? Sie sprang vom Bett und rannte zur Kommode, zog die Schubladen auf, während sie sich immer wieder umblickte, denn sie rechnete damit, dass der Karpatenfürst oder Diona jeden Moment das Zimmer betreten konnte, um sie an der Flucht zu hindern. Aber nichts regte sich. Danielas Herz klopfte vor Aufregung schneller, bis sie ein weißes Nachthemd aus einer der Schubladen zog. In der Nacht würde sie damit auffallen, aber dann könnte sie es ausziehen und nackt durch die Wälder fliehen. Wenn sie das Zigeunerlager erreichte, würde Ileana ihr bestimmt helfen.

Hastig streifte sie es über. Einen Augenblick verharrte sie und lauschte, bevor sie auf Zehenspitzen zur Tür lief. Langsam drückte sie die Klinke hinunter, öffnete die Tür und spähte hinaus. Wo befand sich der Fürst? Lauerte er ihr irgendwo auf, um sich auf sie zu stürzen? Dieser cel Bâtrân war keiner, mit dem sie leichtes Spiel haben könnte, und schon gar nicht unbewaffnet. Rechts von ihr musste sich der Raum befinden, von dem aus er sie beobachtet hatte.

Danielas feinem Gehör entging nichts, nicht einmal ein Mäusehusten. Aber es war still wie in einem Grab. Wie passend. Daniela rollte mit den Augen.

Sie befand sich auf einer Burg. Jede besaß eine Waffenkammer. Aber auch auf einer Vampirburg? Hatte sie nicht vorhin Rüstungen und Waffen in der Halle gesehen? Sie versetzte sich zur Brüstung einer Treppe, die geschwungen nach unten führte. An der Wand hingen tatsächlich Schilde und Schwerter. Eine Armbrust wäre ihr lieber gewesen, aber der Umgang mit dem Schwert fiel ihr ebenso leicht. Irgendwo fiel eine Tür knarrend ins Schloss. Daniela hielt den Atem an und horchte. Hatte der Karpatenfürst sie bemerkt und trieb ein Versteckspiel mit ihr? Viele Vampire liebten es, mit ihren Opfern ihre Spielchen zu treiben, bevor sie zuschnappten. Und der Fürst gehörte bestimmt zur gleichen Sorte. Nein, viel schlimmer. Sie wirbelte zu der Wand mit den Waffen, ergriff ein Schwert und stand nur einen Atemzug später im anderen Flügel der Burg. Die Waffe in der Hand fühlte sich gut und vertraut an.

Noch immer kein Fürst weit und breit. Dass er nicht wie ein Vampir roch, irritierte sie und machte sie gleichzeitig nervös.

Daniela verzichtete darauf, zu laufen, um Geräusche zu vermeiden und bediente sich ihrer vampirischen Kraft, sich schnell und lautlos an einen anderen Ort zu bewegen. Von Weitem erkannte sie das breite Eingangsportal. Sie musste nur durch dieses Portal und die Burg verlassen. Dann wäre sie frei, um Drazice in die Hölle zu schicken.

Manchmal gelang es ihr, mit Drazices Augen zu sehen, als stecke sie in seinem Körper. Für einen flüchtigen Moment spürte Daniela deutlich die Nähe des Barons. Die Aussicht, ihn bald zu finden und zu vernichten, beflügelte sie. Nur wenige Schritte trennten sie noch vom Ausgang.

18.

Anton war mit der Kutsche nach Bukarest gereist, denn der Schattendämon, der noch immer in ihm weilte, begann seine Kräfte abzusaugen, sodass ihm jede andere Fortbewegung schwerfiel. Sein Bündnis mit den Dämonen war zerbrochen, als er den geforderten Tribut in der Nacht des Blauen Mondes nicht geleistet hatte. Das auserkorene Opfer war eine Zigeunerhure gewesen, die sich damals in seiner Obhut befand. Zu seinem Ärger hatte sie sich in einer Nacht, als er einer Orgie beiwohnte, mit einem Werwolf eingelassen und es mit dem Leben bezahlt. Anton hatte den Dämonen seine Bluthure Oana vorgeschlagen. Ein lästiges Weib. Ihre Haut wurde immer bleicher und ihr Blut schmeckte schal. Aber diesen Ersatz akzeptierten die Dämonen nicht. Sie suchten sich ihre Opfer selbst aus. Welche Kriterien die Auswahl bestimmten, war Anton unbekannt. Aber das war ihm gleichgültig. Hauptsache, der Dämon in ihm gab ihm die Kraft, die er brauchte, um seinen Status als Herrscher über Prag zu festigen. Irgendwann würde ihm das nicht mehr ausreichen, denn sein größter Wunsch war es, alle Vampire zu beherrschen.

Nur jetzt hatte sich zu seinem Verdruss das Blatt gewendet, denn der Dämon ernährte sich von ihm. Verfluchte Hure. Er hätte sie festketten sollen.

Mit jedem Erwachen aus der Starre wurde seine Haut brüchiger und seine Kräfte schwanden. Das könnte einem cel Bâtrân nicht geschehen, denn Anton war durch das Blut eines Vampirs verwandelt worden, während der Karpatenfürst zu den Kindern Liliths gehörte.

Während Anton durch die Straßen Bukarests schlenderte, schwelte der Hass auf cel Bâtrân in ihm. Der Fürst hatte ihn hinausgeworfen wie einen räudigen Hund. Niemand setzte Anton Drazice vor die Tür. Dafür würde der Karpatenfürst büßen.

Zunächst musste Anton untertauchen, um den vielen Augen cel Bâtrâns zu entgehen. Bukarest erwies sich als geeignet, denn die Stadt gehörte den Werwölfen. Den Gegnern cel Bâtrâns gewährten sie gerne Unterschlupf.

Glich Prag in seiner Lasterhaftigkeit und Verderbtheit Babel, dann war Bukarest dem biblischen Sodom und Gomorrha gleichzusetzen. Es besaß mehr Freudenhäuser, als im restlichen Rumänien zu finden waren. Allerlei zwielichtiges Gesindel trieb sich in den Straßen herum, das Ausbluten und Schlachten Sterblicher gehörte zur Tagesordnung. Drazice lächelte diabolisch. Hätte er damals gelebt, wäre er sicher ein häufiger Besucher dieser Städte gewesen.

Anders als in Prag lebten in Bukarest Vampire und Werwölfe auf engstem Raum zusammen. Eine gefährliche Mischung, die, ausgelöst durch eine Provokation, wie Zündholz brannte. Dieses Mal besaß dieser Umstand gewisse Vorteile.

Willst du jemanden besiegen, verbünde dich mit seinen Feinden. Ein weiser Spruch, der ihn beflügelte.

Das Bordell, das er betrat, lag in der Stadtmitte und war seit Jahrhunderten ein etabliertes Haus, das für die große Auswahl an Huren bekannt war. Vampire und Werwölfe suchten hier ihr Vergnügen. Die Gewalt über die Stadt oblag allein den Werwölfen. Zum Glück führten sie die Freudenhäuser für Vampire weiter.

Der Karpatenfürst hatte bislang nur wenige Male Bukarest besucht. Grund dafür war der ewig während Hass, der zwischen ihm und den Werwölfen herrschte. Cel Bâtrân zog es vor, auf seiner imposanten Törzburg zu residieren, die sich seit dem Mittelalter in seinem Besitz befand, lange, bevor Anton als Mensch geboren worden war. Ebenso lange beanspruchten auch die Werwölfe dieses Gemäuer als das ihre. Doch immer wieder war es cel Bâtrân gelungen, die Burg erfolgreich gegen die Gegner zu verteidigen, bis ein Pakt den Waffenstillstand besiegelte. Als der Karpatenfürst den Werwölfen die Herrschaft über Bukarest zugestand, flaute der Zwist ab. Betraten die Werwölfe jedoch das Gebiet der Karpaten, mussten sie sich ihm bedingungslos unterwerfen. So stand es im Vertrag, der mit dem Blut Prinz Razvans besiegelt worden war.

Anton erinnerte sich gut daran, dass auch Jiri von Boskovic damals ein Feind des rumänischen Vampiradels gewesen war. Der Graf war ein illegitimer Sprössling des Vampiradels gewesen und von ihm verstoßen worden. Seine Mutter hatte ihn in die Obhut der Schattendämonen gegeben.

Im Gegensatz zu Boskovic gehörten die cel Bâtrâns nicht zu den Verdammten der Nacht, denn es war ihnen möglich, auch am Tag unbeschadet ins Freie zu gehen.

Anton wollte Prinz Razvan heute einen Besuch abstatten, um sich mit ihm gegen den Karpatenfürsten zu verbünden. Die Gefahr, in die er sich begab, durfte er auf keinen Fall unterschätzen, denn die körperliche Kraft der Werwölfe überwog die der Vampire bei Weitem. Letztere hingegen glichen dieses allein durch ihre Schnelligkeit und ihre mentalen Fähigkeiten aus.

Werwölfe wurden ausschließlich von niederen Instinkten geleitet. Im Grunde missfiel es Anton, auf das Wohlwollen dieser Kreaturen angewiesen zu sein, aber eine andere Lösung gab es nicht. Sein Clan war durch die Dceras minimiert worden und besaß gegen cel Bâtrân kaum eine Chance.

Er wusste, dass der Rudelführer stets in diesem Bordell seinen Lastern, dem Glücksspiel und der Wollust nachging. Es kam nicht selten vor, dass der Prinz eine Sterbliche nach dem Liebesakt im folgenden Blutrausch zerfetzte und das Fleisch von ihren Knochen nagte. Diese Fleischgier der Werwölfe stieß Anton ab. Er hatte gehört, dass nicht die Huren dafür geopfert wurden, sondern aus den Karpaten verschleppte Bauernmädchen.

Rotes, gedämpftes Licht empfing Anton, als er das Freudenhaus betrat. Eine Brünette mit üppigem Dekolleté, das aus einer grünen Korsage herausquoll, saß hinter einem Tresen und musterte ihn.

„Lusträume für Vampire im obersten Stock, Blutbäder im Kellergewölbe", ratterte sie mit rauer Stimme herunter.

Anton blieb vor ihr stehen und verbeugte sich leicht.

„Vielen Dank, aber ich bin nicht als Freier hier, sondern möchte Prinz Razvan meine Aufwartung machen. Er weilt doch noch hier?" Sein Blick schweifte durch den Raum mit den dicken Samtvorhängen vor den Fenstern, bis er wieder zu der Brünetten zurückkehrte.

„Der Prinz empfängt niemanden", antwortete sie barsch. Sie spitzte ihren Mund, auf dessen Oberlippe ein Damenbart prangte.

„Also ist er hier." Die Brünette hatte sich ungewollt verplappert.

„Was wollen Sie von ihm?"

Anton beugte sich tief zu ihr hinunter. Der beißende Raubtiergeruch eines Werwolfs stieg ihm in die Nase und weckte Ekel.

„Das möchte ich ihm schon lieber selbst sagen", antwortete er mit sanfter Stimme und lächelte die Werwölfin an.

„Prinz Razvan ist bereits gegangen." Sie sah an Anton vorbei zur Tür und spulte ihren Text herunter, als zwei Vampire eintraten.

Anton wusste, dass sie ihn anlog, denn sein Informant gehörte zu einer verlässlichen Quelle. Seine Hand schnellte vor und umspannte ihre Kehle. Mit dem Daumen drückte er gegen ihren Kehlkopf. Sie riss ihre gelben Augen weit auf und fletschte ihre Zähne. Ein tiefes, drohendes Knurren drang aus ihrer Kehle. Deutlich erkannte Anton die riesigen Fangzähne der Werwölfin, die seine bei Weitem in der Größe übertrafen. Doch längst schon spürte er wieder die Kraft des Dämons in sich, die das blaue Feuer in seinen Augen flackern ließ. Darüber war er sehr erleichtert, denn er hatte bereits befürchtet, der könne ihn wieder im Stich lassen.

Das Dämonenfeuer verfehlte seine Wirkung nicht. Das Knurren erstarb schlagartig.

„Ich bin Anton Baron Drazice, der Gebieter Prags, und ich möchte mit

Prinz Razvan sprechen. Sofort." Antons Stimme klang Oktaven tiefer und verzerrt und beeindruckte nicht nur die Werwölfin hinter dem Tresen, sondern auch die beiden jungen Vampire, die mit eingezogenem Kopf an ihm vorbei zur Treppe eilten. Der Geist der Werwölfin war leicht zu beeinflussen. Er starrte sie an, bis er in ihre Gedanken eingedrungen war. Sie war nicht so abgeklärt, wie sie es ihm weismachen wollte, sondern fürchtete sich vor ihm, oder vielmehr vor dem Dämon in seinem Inneren und das war gut so. Die Lippen der Werwölfin öffneten sich. Ein Röcheln drang aus ihrer Kehle. Es wäre ein Leichtes, sie zu töten. Schon spürte er ihre schwindenden Kräfte. Aber er konnte es sich nicht noch mit den Werwölfen verscherzen. Sein Griff um ihren Hals öffnete sich. Die Werwölfin griff sich an die Kehle und rieb die Stelle, an der sich noch eben Antons Daumen gepresst hatte und auf der ein roter Fleck prangte. Anton legte seine Hand auf ihre heiße Stirn und löschte die Erinnerung an dieses kleine Zwischenspiel aus. Die Angst wich aus ihrem Blick.

„Nun? Ist es möglich mit Prinz Razvan zu sprechen?", fragte er freundlich. Seine Stimme klang wieder normal. Es dauerte einen Moment, bis die Werwölfin antwortete.

„Unser Herr befindet sich im Blauen Salon. Ich werde Sie zu ihm führen", lallte sie und erhob sich vom Stuhl.

Weshalb nicht gleich so? Dieses einfältige Wolfspack. Die hatten es noch immer nicht gelernt, den mentalen Kräften von Vampiren zu widerstehen.

Wenn das Gespräch mit dem Prinzen ebenso zufriedenstellend verliefe, wäre der erste Schritt seines Planes verwirklicht.

Genauso üppig wie ihr Dekolleté war auch ihr schwingender Hintern, den Anton auf dem Weg zum Salon ausgiebig betrachtete. Zu schade, dass sie anscheinend nur für den Empfang zuständig war, denn es reizte ihn sehr, ihre drallen Brüste zu kneten oder seinen Schaft in ihren Hintern zu schieben. Natürlich nur, wenn sie keine pelzige Bestie wäre.

Die Brünette führte ihn einen langen, spärlich beleuchteten Korridor entlang, von dem zu beiden Seiten Türen abgingen, hinter denen Gelächter und eindeutige Geräusche zu ihnen drangen. Der Geruch frischen Blutes, der in der Luft hing, erregte ihn und ließ seinen Phallus anschwellen. Vielleicht würde er nach einer erfolgreichen Unterredung mit dem Prinzen den Huren im oberen Stockwerk noch einen kurzen Besuch abstatten. Die Aussicht, seine Lust und seinen Blutdurst zu stillen, ließ ihn beschwingter weitergehen.

Eine massive Holztür beendete den Gang. Die Werwölfin klopfte kurz an und öffnete die Tür einen Spaltbreit. Anton hörte rhythmisches Stöhnen. Bissiger Raubtiergeruch schlug ihm entgegen, noch bissiger, als von der Werwölfin, die ihn hierhergeführt hatte. Am liebsten hätte er auf dem Absatz kehrtgemacht.

„Verzeihung, Hoheit, aber ein Baron möchte Sie unbedingt sprechen."

„Was für ein Baron?" Die tiefe Stimme klang wie Donnergrollen.

„Baron ... Baron ...?" Hilfe suchend wandte sie sich zu Anton um. „Wie war noch Ihr Name?" Anton verdrehte die Augen. So viel Dummheit war ihm in seinem hundertjährigen Dasein nie begegnet.

„Baron Drazice." Er hätte sie doch erwürgen sollen.

„Baron Drazice", meldete sie weiter.

„Aus Prag", raunte Anton ihr ergänzend ins Ohr.

„Aus Prag."

„*Der* Drazice aus Prag? Er soll hereinkommen."

Die Tür schwang auf und Anton trat ein. Gleich darauf klackte hinter ihm das Schloss, die Brünette war gegangen.

Auf einem Tisch in der Mitte lag bäuchlings ein blutjunges, nacktes Ding, dessen Unterleib über der Tischkante hing. Ihre Hände krallten sich um die Platte. Der verschleierte Blick ihrer Augen verriet ihre Ekstase, denn zwischen ihren gespreizten Schenkeln stand ein Werwolf, der sein mächtiges Glied mit gleichmäßigen Schüben in ihr versenkte. Sein Brustkorb war breit und muskulös. Durch seine Erregung spross das Fell bereits an einigen Stellen aus der Haut. Seine Kiefer wölbten sich nach vorn und formten sich zu einer Wolfsschnauze. Schaum tropfte auf den nackten Rücken des Mädchens.

Sollte das der Prinz sein? Antons Blick schweifte durch den Raum. Zwei Hünen, deren gelbe Augen im Halbdunkeln wie Bernstein leuchteten, versperrten ihm den Weg.

„Halt!" Einer streckte den Arm vor und drückte gegen seine Brust.

Werwölfe waren unberechenbar, aggressiv und angriffslustig, und diese beiden Exemplare nicht minder. Plötzlich war er nicht mehr so sicher, mit der Hilfe des Dämons rechnen zu können, denn er spürte bereits, wie seine Kräfte erneut schwanden. Wenn er die Werwölfe jetzt provozierte, würden sie ihn angreifen und die Gelegenheit, mit Prinz Razvan zu reden, zerstören.

„Ist einer von Ihnen Prinz Razvan?", fragte Anton betont freundlich und hoffte mit seiner Frage die Situation zu entschärfen. Es war ratsamer, sich unterwürfig zu zeigen als forsch voranzugehen. Aber er hasste es, vor einem Werwolf zu Kreuz zu kriechen.

Irgendwo musste dieser Werwolfprinz doch stecken. Antons Blick flog durch den Raum, bis eine Gestalt hinter einem Vorhang hervortrat. Der Boden vibrierte unter seinen Schritten. Ein baumlanger Kerl mit Beinen, so dick wie Eichenstämme, kam auf ihn zu. Mit dem kantigen Gesicht und dem weizenblonden Haar erinnerte er an einen Wikinger. Drei Narben zogen sich quer über seine linke Gesichtshälfte, die von einer Pranke stammen mussten. Ohne Anton respektvoll zu begrüßen, wie es sich gehörte, lümmelte er sich auf einen brokatbezogenen Stuhl und beobachtete scheinbar interessiert das wollüstige Schauspiel.

Razvan war auch nicht besser als die anderen seiner Wolfsbrut. Er ließ ihn deutlich spüren, wie unerwünscht ein Vampir war. Nur mühsam unterdrückte Anton den Wunsch, ihn auf die Geflogenheiten der Begrüßung mit Nachdruck hinzuweisen, doch lieber biss er sich die Zunge ab. Der Prinz winkte ihn näher und griff von einem goldenen Tablett eine rohe Fleischkeule. Anton verzog angewidert seine Miene, denn Razvan knabberte voller Genuss am abgetrennten Oberarm eines Sterblichen. Das Blut roch bereits faulig, weshalb Anton Abstand bewahrte.

Als er der Aufforderung Razvans nicht Folge leistete, warf dieser die Keule wütend beiseite und wischte sich mit dem Handrücken die klebrig rote Flüssigkeit aus dem Gesicht. Anton ignorierte das zornige Funkeln in den Augen des Werwolfs und verbeugte sich stattdessen.

„Wenn ich mich Euch vorstellen darf? Ich bin Anton Baron Drazice, Oberhaupt des Prager Vampirclans. Gerne würde ich Euch um eine Unterredung bitten, Hoheit." Es fiel ihm außerordentlich schwer, diesen Werwolf derart ehrenvoll anzureden.

„Unter vier Augen", ergänzte er nach einem kurzen Blick auf das Pärchen, das ungestört weiter seine Lust auslebte.

Die gelben Augen des Werwolfs taxierten Anton voll Misstrauen.

„Weshalb sollte ich mich mit einem Vampir unterhalten?" Wie er das Wort Vampir betonte, klang so abfällig, dass Anton ihm am liebsten eine Lektion erteilt hätte.

„Weil ich den Karpatenfürsten genauso hasse wie Ihr und mich mit Euch gegen ihn verbünden will."

„Das ist Rebellion."

„Dessen bin ich mir bewusst."

Die buschigen Brauen des Werwolfs schossen in die Höhe. Hinter seiner hohen Stirn mit den wulstigen Brauen schien es fieberhaft zu arbeiten.

„Folgen Sie mir", befahl ihm Razvan. Der Prinz behandelte ihn weiter mit Geringschätzung und das machte ihn wütend. Seine Fangzähne vibrierten im Kiefer.

Razvan überging Antons säuerliche Miene und erhob sich vom Stuhl. Mit kraftvollen Schritten durchquerte er den Salon. Nie hätte Anton geglaubt, dass es so leicht sein würde, das Interesse des Werwolfs zu wecken. Oder tappte er etwa in eine Falle?

Trotz seiner Bedenken folgte er ihm. Er war froh, mit dem Prinzen den Salon verlassen zu können, um dem Anblick des Werwolfs zu entgehen, der das Mädchen blutig ritt.

Razvans Miene verriet nicht einen Deut über seine Gedanken. Anton bereute bereits, sich mit ihm einzulassen. Wenn es nicht diesen verdammten Blutdiamanten gäbe, der allein ihm den Hals retten konnte. Antons Sinne waren aufs Äußerste geschärft. Überall witterte er Gefahr. Immer wieder warf er einen Blick zurück über die Schulter in den finsteren Korridor, doch niemand folgte ihnen.

Der Prinz führte ihn in einen Raum, dessen Wände mit Leder dick gepolstert waren und jedes Geräusch verschluckten. In einer Ecke stand ein Spieltisch, wie Anton ihn aus Prag kannte. Das Kartenspiel war eine Leidenschaft, die noch aus seiner Zeit als Sterblicher resultierte. Es juckte in seinen Fingern, eine Spielrunde einzulegen. Doch jetzt war nicht der geeignete Zeitpunkt. Manche Neigungen legte man eben nicht ab, auch nicht als Vampir, dachte er.

In einer Ecke, nicht weit vom Spieltisch entfernt, standen zwei ausladende schwarze Ledersessel. Prinz Razvan bedeutete ihm mit einer Geste, Platz zu nehmen.

Im Geist ging Anton die Worte noch einmal durch, die er sich für dieses Gespräch zurechtgelegt hatte. Seine Existenz hing am seidenen Faden und wurde mit dieser Unterredung besiegelt.

„Ich habe viel von Ihnen gehört, Baron. Man erzählt sich, Sie hätten diese Vampirjägerinnen vernichtet?" Razvan lehnte sich lässig zurück und überschlug die Beine, bevor er nach einer Zigarrenkiste griff und sie Anton über den Tisch reichte.

Anton lehnte dankend ab, denn er mochte den Tabakgeruch nicht. Der unerwartete Plauderton des Werwolfs ließ ihn aufhorchen.

„Dass Ihr viel von mir gehört habt, ehrt mich. Es war an der Zeit, Prag zu säubern. Diese Weiber waren eine Plage."

Razvan zog die Zigarre unter seiner Nase lang, bohrte mit einem schmalen Stift ein Loch ins Ende und zündete sie mit einem Streichholz an. Seine kräftigen Lippen umschlossen die Zigarre.

„Und es hat tatsächlich keine überlebt?", fragte Razvan und blies den Rauch in Antons Richtung. Missbilligend rümpfte Anton die Nase. Der Blick des Werwolfs besaß etwas Lauerndes, was ihn unruhig im Sessel hin- und herrutschen ließ.

„Keine", antwortete Anton mit Stolz. Die Erinnerungen holten ihn ein. Deutlich sah er die Szene auf der Brücke vor sich, als er diesen Karolyí-Bastard gestellt hatte. Dann war sie in die Moldau gesprungen und ersoffen. Er hatte es selbst gesehen.

Daniela Karolyí war die Gefährlichste von allen Dceras gewesen, durch die sein Clan erhebliche Verluste erlitten hatte. Die Fähigkeiten einer Dcera und einer Vampirin vereinten sich in ihr. Sie war gerissen und kühn, als fürchtete sie sich vor nichts. Oft genug hatte er versucht, sie zu überzeugen, dass sie ihre Talente nur an der Seite von Vampiren entfalten könnte. Aber sie hatte ihn verhöhnt, denn sie war genauso überheblich und verbohrt wie ihr Vater.

Entgegen aller Vernunft hatte er dieses kämpferische Weib begehrt. Nie glaubte er, köstlicheres Blut gerochen zu haben als das ihre. Doch sie hätte sich eher umgebracht, als an seiner Seite zu liegen.

Ihr Tod war andererseits bedauerlich, denn den Dämonen wäre sie ein willkommenes Opfer gewesen. Nun war es zu spät. Die Fische nagten bereits das Fleisch von ihren Gebeinen.

„Das Gespräch langweilt mich, Baron. Sie haben mir noch immer nichts über Ihre Absichten erzählt. Ich lasse meine Huren nicht gerne warten und mich bei Vergnügungen stören. Also?"

Eine dicke Rauchwolke verbarg die Miene des Werwolfs, nur seine leuchtend gelben Augen durchdrangen sie.

Anton war überrascht, dass dieser raubeinige Werwolf ihn überhaupt empfangen hatte und sich jetzt höflich benahm. Es irritierte ihn mehr als er zugeben mochte. Bei der Brünetten hatte er leichtes Spiel gehabt, aber bei dem Prinzen versagten seine mentalen Fähigkeiten, als umgäbe seinen Kopf ein undurchdringlicher Eisenring.

Anton versuchte, sich seinen Unmut nicht anmerken zu lassen.

„Werwölfe sind nicht ungebildet und ungehobelt, wie Sie vielleicht angenommen haben, Baron!", dröhnte Razvans Stimme durch den Raum. Seine Nasenflügel blähten sich auf, als er wütend schnaubte.

Anton erstarrte angesichts des unerwarteten Zornesausbruchs Razvans. Verdammt, er hatte die Fähigkeiten des Werwolfs unterschätzt. Er musste seine Gedanken besser abschirmen.

„Verzeiht, Hoheit, aber ich bin nur Werwölfen begegnet, deren Manieren zu wünschen übrig ließen. Es scheint, dass das für Bukarest nicht zutrifft", versuchte er, sich zu erklären.

Der Prinz schnaubte noch immer. Sein Gesicht war rot angelaufen und seine Fingernägel verformten sich zu Krallen.

„Für die Beleidigung könnte ich Sie sofort in Stücke reißen und Ihre Teile meinem Rudel zum Fraß vorwerfen." Razvan beugte sich knurrend nach vorn und fletschte seine Zähne. Antons Selbstsicherheit kehrte zurück, als er spürte, wie sich die Energie des Schattendämons entfaltete und das Blut schneller durch seine Adern strömen ließ.

„Das würde ich Euch nicht raten, Hoheit, denn der Dämon in mir wird Euch vorher vernichten." Anton klang ruhig. Er sah, wie der Werwolf-körper vor Zorn bebte. Ein tiefes Grollen drang aus Razvans Kehle.

Anton spürte die geballte animalische Kraft, die ihm entgegenschwappte. Aber er blieb ruhig.

„Ihr hasst den Karpatenfürsten genauso wie ich. Er ist vermessen und sieht auf unseresgleichen herab. Seine Machtgier ist so groß, dass er auch Prag einnehmen will. Bukarest wird als Nächstes folgen."

Anton beobachtete, während er sprach, die Reaktion des Werwolfs, der seine Krallen in die Sessellehnen bohrte. Anton zog alle Register seiner

Überredungskunst.

„Wie lange wollt Ihr noch unter seinem Joch bleiben? Bald wird er ganz Bukarest kontrollieren, wenn ihm niemand Einhalt gebietet."

Der Zorn musste in dem Werwolf so lange geschürt werden, bis er nur noch von dem einen Wunsch beseelt war, den Fürsten zu vernichten.

„Niemals wird er über Bukarest herrschen!", rief er, begleitet von kehligen Lauten. Anton lehnte sich nach vorn und hielt den Blick des Werwolfs fest.

„Ihr vergesst seine Stärke. Er ist ein echtes Kind der Finsternis. Jetzt besitzt er den Blutdiamanten, der ihm mehr Macht verleiht, als Ihr Euch vorstellen könnt. Ihr glaubt doch nicht wirklich, ihn stoppen zu können?" Genug provoziert. Anton fühlte den Hass, der in seinem Gegenüber schwelte und nach Vergeltung rief.

Razvan sprang wutentbrannt vom Sessel auf.

„Er darf niemals gegen uns kämpfen. Haben Sie den Pakt vergessen, Drazice?", brüllte der Prinz.

„Nein, aber ich glaube, es geht hier nicht um diesen lächerlichen Pakt, sondern vielmehr darum, dass Ihr Euch vor ihm fürchtet."

„Ein Werwolf fürchtet sich vor nichts, merken Sie sich das!", donnerte Razvan los, die Zigarre in der Hand haltend. Die Krallen seiner anderen Hand schlitzten den Sessel an der Seite auf. Anton triumphierte, denn seine Provokation rief genau die Reaktion hervor, die er erhofft hatte. Sein Plan schien aufzugehen.

„Gemeinsam könnten wir cel Bâtrân vernichten. Durch ein Bündnis. Wir kämpfen und vernichten ihn. Danach würdet Ihr Euer Territorium in den Karpaten zurückgewinnen und ich das, was mir zusteht."

Prinz Razvans Stirn zog sich in Falten.

Natürlich dachte Anton nicht im Traum daran, einen offenen Kampf gegen den Fürsten zu führen. Das wäre zu riskant. Er würde ihn durch eine List den Schattendämonen oder Werwölfen ausliefern. Irgendeine Achillesferse musste auch der Fürst besitzen.

Razvan glotzte ihn aus blutunterlaufenen Augen an.

„Und was beanspruchen Sie?"

„Wir könnten teilen …", wagte Anton sich vor. Vielleicht ließe sich mehr als der Blutdiamant herausschlagen.

„Wir teilen nicht!", polterte der Werwolf los und blies den Rauch zu Anton. Er wedelte mit der Hand vor seinem Gesicht. Seine Hoffnung auf mehr sank in dem Moment, als er die wilde Entschlossenheit im Blick des Werwolfs erkannte. Er ruderte zurück, um sein Gegenüber zu besänftigen.

„Beruhigt Euch, Hoheit. Ich begehre nur ein einziges Teil aus dem Besitz des Karpatenfürsten. Alles andere gehört Euch."

Die Züge des Werwolfs entspannten sich.

„Und das wäre?", fragte Razvan und zog wieder an der Zigarre.

„Den Blutdiamanten."

Prinz Razvan lachte auf und winkte ab. „Wir legen keinen Wert darauf." Der Werwolf spuckte auf den Boden.

Bevor Anton etwas erwidern konnte, sprang der Werwolf unerwartet vor und packte ihn am Revers.

„Und wagen Sie nicht, mehr zu beanspruchen, sonst befördere ich Sie in die Hölle." Die tiefe Stimme Razvans brachte Antons Brustkorb zum Vibrieren.

Der stinkende Brodem des Werwolfs schlug ihm entgegen.

„Lasst mich sofort los", zischte Anton. „Ich bin genauso interessiert daran wie Ihr, den Fürsten zu vernichten. Ohne meine Hilfe werdet Ihr es nicht schaffen. Ich weiß, wie ein Vampir denkt und handelt. Ihr müsst mir schon vertrauen. In der Not schaffe ich es auch allein."

Und wenn er sich in die Törzburg schleichen musste, um den Blutdiamanten eigenhändig herauszuholen. Zu viel stand auf dem Spiel.

Anton sah den Prinzen herausfordernd an, bevor er dessen klobige Hände betrachtete, die sein Jackenrevers umklammerten.

„Es war ein Fehler, hierherzukommen. Und jetzt lasst mich endlich los, oder der Dämon in mir wird Euch zu Asche verbrennen", presste Anton hervor und konzentrierte sich auf das Wesen in seinem Inneren.

Wieder hatte er Glück. Er spürte, wie das Blut heiß durch seine Adern schoss und die Kraft des Dämons sich entfaltete.

Razvan zog sich widerwillig mit einem Knurren zurück, als er das Dämonenfeuer in Antons Augen erkannte.

„In zwei Nächten ist Vollmond. Eine günstige Gelegenheit für einen Angriff. Mein Clan und ich werden in die Törzburg eindringen."

„Wie wollen Sie das anstellen?" Der Zorn des Werwolfs verrauchte augenblicklich, als seine Neugier die Oberhand gewann. Nur mit Mühe unterdrückte Anton ein zufriedenes Lächeln.

„Das lasst meine Sorge sein. Wir werden Euch und Eurem Gefolge den Weg ebnen." Anton wusste zwar noch nicht, wie, aber wenn er sich erst einmal in der Burg befand, würde er wie immer eine Lösung finden. Er war ein Genie.

Allmählich musste er das Gespräch mit dem Prinzen beenden, denn der Dämon zog seine Kräfte zurück. Falls der Werwolf auch nur eine leiseste Vermutung hegte, könnte das Blatt sich wenden. Er setzte alles auf eine Karte.

„Wenn Sie mich hinters Licht führen wollen, Baron, sind Sie das nächste Vollmondfestmahl."

„Ihr habt das Ehrenwort eines Drazices." Mit einer theatralischen Geste hob Anton die Hand zu einem Schwur. „Beim Blute Kains." Vampire schworen nicht, aber es genügte, den Werwolf zu beeindrucken.

„Dann lassen Sie uns unser Bündnis mit einem exquisiten Schluck begießen."

Prinz Razvan erhob sich und ging zur Wand hinüber. Auf einen Fingerdruck hin öffnete sich diese. Hinter der Geheimtür lag das größte gekühlte Blutreservoir, das Anton je gesehen hatte. Ein kalter Luftzug schlug ihm entgegen. In einem deckenhohen Regal lagerten unzählige prall mit Blut gefüllte Schweinsblasen auf riesigen Eisblöcken. Anton lief allein bei dem Anblick das Wasser im Mund zusammen.

„Wie gefällt Ihnen meine erlesene Sammlung?", fragte Razvan und sah erwartungsvoll zu ihm herüber.

„Vortrefflich." Anton fieberte einem Schluck entgegen.

„Welche Sorte bevorzugen Sie?"

Anton musste nicht lange überlegen. „Jung und weiblich, mit dem entsprechenden Bouquet, wenn Ihr versteht."

„Hurenblut bewahre ich nicht auf. Das meiste hiervon stammt aus den Karpaten. Die Bauern dort sind arm …" Er lächelte breit. Anton verstand sofort. Viele Bauern wussten nicht, wie sie ihre Kinder ernähren sollten, und verkauften ihr Blut oder gar die Kinder an Vampire und Werwölfe.

Der Prinz zog zwei Beutel aus dem Regal. Den einen warf er Anton zu, den anderen legte er auf dem Tisch ab.

„Meine Fleischsammlung ist auch nicht zu verachten", fuhr er fort, schloss die Tür zum Blutlager und öffnete eine weitere Geheimtür. Anton gönnte dem Inhalt des nächsten Depots nur wenig Aufmerksamkeit, in dem sich abgetrennte Gliedmaßen befanden.

„Auch dieses ist vortrefflich, Hoheit." Aber nur für Werwölfe, fügte er in Gedanken hinzu und öffnete mit zittrigen Händen die Schweinsblase. Voller Gier stürzte er das Blut mit einem Zug hinunter. Allerdings besaß es einen herben, ungewohnten Nachgeschmack. Fragend hob Anton die Augenbrauen. Es verwunderte ihn, dass das Blut nicht geronnen war.

„Ein Alchimist hat einen Wirkstoff gefunden, der die Blutgerinnung hemmt. Er stammt übrigens aus Prag", erklärte ihm der Prinz.

Anton entschied, diesen Alchimisten aufzusuchen, sobald er seine Mission erfüllt hatte.

Razvan lud ihn ein, noch eine Weile im Freudenhaus zu verweilen. Aber Antons Blutdurst war fürs Erste gestillt und beim Anblick der abgetrennten Teile war ihm der Appetit auf alles gründlich vergangen.

„Hoheit, Ihr müsst verstehen, dass ich mich nun meinen eigenen Huren widmen muss. Ihr werdet in Kürze wieder von mir hören." Mit dieser Entschuldigung verließ er den Salon.

Als er den Korridor zum Ausgang entlangeilte, schallte der Todesschrei des Mädchens aus dem Blauen Salon. Dann herrschte bedrückende Stille. Vampire töten eleganter, dachte Anton und schüttelte den Kopf.

Wenig später schlenderte er pfeifend durch die Straßen Bukarests. Sobald er die Stadt verließ, würde er sich ins Zigeunerlager begeben, um Oanas Dienste in Anspruch zu nehmen.

19.

Daniela erstarrte, als sie einen kalten Luftzug hinter sich spürte. Ein Schauer rann ihren Rücken hinab. Sofort stellten sich die feinen Härchen in ihrem Nacken auf. Sie musste sich nicht umdrehen, um zu wissen, wer hinter ihr stand. Sein herb-männlicher Geruch hüllte sie ein. Mit dem Schwert in der Hand fühlte sie sich sicher. Ihre Finger schlossen sich, bereit für einen Angriff, fester um den Schwertknauf. Wenn sie irgendeine Chance gegen ihn besitzen wollte, musste sie ihn mit einer Attacke überraschen. Mit einem Satz sprang sie an ihm vorbei, um ihm das Schwert in den Rücken zu stoßen. Aber sie hatte seine Schnelligkeit unterschätzt. Noch während des Sprungs packte er sie derb am Arm, riss sie herum und versuchte, ihr das Schwert zu entreißen. Geschickt entwand sie sich seinem Griff und holte aus. Die Klinge streifte seine linke Wange. Blut quoll aus dem feinen Schnitt und lief über sein Gesicht. Drohend fauchte er sie an, bevor er das Blut mit der Hand abwischte.

„Wildkatze. Wenn du glaubst, das könnte mich von dir fernhalten, irrst du dich. Es wird mir eine Freude sein, dich zu zähmen." Er präsentierte ihr seine beeindruckenden Fangzähne.

Sie konnte sich einer gewissen Faszination nicht entziehen, als er auf sie zutrat. Jeder Schritt strotzte vor geballter Kraft und war trotzdem voller Geschmeidigkeit. Seine dunklen Augen ruhten auf ihr, während er versuchte, ihren Geist zu beeinflussen. Daniela wich zurück. Zum Glück war sie geübt darin, ihre Gedanken zu verbergen. Aber auch seine mentalen Fähigkeiten übertrafen die der anderen Vampire. Es kostete sie Mühe, ihn abzuwehren. Sie streckte das Schwert nach vorn.

„Bleibt mir vom Leib! Mein nächster Schlag wird Euch heftiger treffen", stieß sie atemlos hervor.

Seine Lippen verzogen sich zu einem spöttischen Lächeln.

„Auch das wird mich nicht abhalten. Du gehörst mir, es gibt kein Zurück."

„Das werden wir ja sehen." Sie hieb mit dem Schwert durch die Luft und hoffte, ihn mit ihrem Waffengeschick zu beeindrucken. Doch der Karpatenfürst zeigte sich völlig gelassen.

„Ein Schwert ist kein Spielzeug", sagte er mit gespieltem Ernst.

„Dass ich nicht spiele, müsstet Ihr gemerkt haben. Die Wunde in Eurem

Gesicht ist nur ein kleiner Vorgeschmack auf das, was folgen wird, wenn Ihr mir zu nahe tretet." Daniela zog eine Grimasse.

Er legte den Kopf zurück und lachte schallend.

„Das gefällt mir an dir, dein Mut und auch deine spitze Zunge. Die machen mich heiß. Ich freue mich auf unseren Zweikampf, den ich selbstverständlich gewinnen werde."

Dieser arrogante Vampir fühlte sich ja sehr sicher. Jeder war besiegbar, auch er. Daniela nahm allen Mut zusammen, sprang nach vorn und stieß das Schwert in seinen Arm. Der Fürst zuckte nur leicht. Verspürte er nicht den geringsten Schmerz oder hatte er sich so sehr unter Kontrolle?

Sofort durchtränkte das Blut sein weißes Hemd.

„Na, gefällt Euch das noch immer?" Seine hochmütige Art machte sie rasend und es ärgerte sie, nur seinen Arm verwundet zu haben. Ihre Hand umklammerte den Knauf noch fester. In seinem Blick lag etwas Lauerndes. Was mochte er vorhaben? So sehr sie sich auch auf ihr inneres Auge konzentrierte, es gelang ihr nicht, seine Reaktion vorauszuahnen. Das machte ihn noch gefährlicher als alle anderen Vampire. Breitbeinig und mit ernster Miene stand er vor ihr und suchte ihren Blick. Seine hochgewachsene Statur beeindruckte sie nicht nur, sondern erweckte Respekt.

„Du vergisst, dass ich unsterblich bin. Diese lächerlichen Verletzungen schmerzen kurz und sind in wenigen Augenblicken verheilt. Gib auf, du hast keine Chance gegen mich." Er streckte seine Arme aus in einer Weise, die auf den ersten Blick gönnerhaft, fast freundschaftlich wirkte. Aber Daniela ahnte, dass er etwas im Schilde führte, und trat einen Schritt zurück, um ihn auf Distanz zu halten.

„Halt, nicht einen Schritt näher! Dieses Mal werde ich nicht so gnädig sein und nur Euren Arm aufschlitzen."

Sein Mund kräuselte sich zu einem Lächeln. Er trat näher und wieder schwang sie das Schwert. Doch ehe Daniela reagieren konnte, hatte er die Klinge mit der Hand aus der Luft geschnappt. Ohne seiner blutenden Hand Aufmerksamkeit zu schenken, schleuderte er das Schwert fort. Daniela blieb wie gelähmt auf der Stelle stehen. Ihr Magen krampfte sich zusammen, denn in diesem Moment schwand ihre Hoffnung, ihm zu entkommen. Er war schneller als jeder andere Vampir, den sie kennengelernt hatte. Selbst mit einer Waffe in der Hand besaß sie keine Chance gegen ihn. Irgendwo hinter ihr fiel das Schwert klirrend auf den Boden. Die plötzliche Stille schnürte ihre Kehle zu. Ihr Brustkorb hob und senkte sich in schnellem Rhythmus. Sie versuchte, ihre Atmung zu kontrollieren, aber es gelang ihr nicht, weil sie zu angespannt war. Daniela erstarrte, als sie bemerkte, wie sein Blick ungeniert über ihren Körper glitt. Das Hemd verbarg nicht viel, sodass sie auch nackt hätte vor ihm stehen können.

„Und jetzt komm her. Das Spiel ist entschieden", forderte er rau. Sein begehrlicher Blick ließ ihre Knie weich werden.

„Niemals werde ich freiwillig zu Euch kommen. Und wenn Ihr mir Gewalt antun wollt, werdet Ihr Euer blaues Wunder erleben, denn ich werde es Euch nicht leicht machen." Mit Händen und Füßen würde sie sich zur Wehr setzen. Daniela versuchte, das Zittern ihrer Knie vor ihm zu verbergen, indem sie sie zusammenpresste. Aber sein breites Lächeln verriet, dass er es längst bemerkt hatte. „Ich freue mich schon auf das Wunder", antwortete er und grinste. Ihre Worte schienen ihn zu amüsieren, was ihren Widerwillen anstachelte. Dennoch konnte sie nicht verleugnen, dass sie sich trotz allem auf eine unerklärliche Weise angezogen fühlte. Lag es an seiner Attraktivität oder war es ihm möglich, Gefühle zu beeinflussen? Was wusste sie schon über ihn? Nur, dass er von Geburt an ein Vampir war. Sein Körper strahlte Wärme aus, und es haftete nicht der faulige Geruch Verwandelter an ihm. Verwirrte sie diese Tatsache, weil er körperlich Sterblichen glich? Er besaß nur den Schein menschlicher Züge, in seinem Inneren war er finsterer als die Nacht.

„Wartet nur ab", zischte sie und trat zurück.

Im gleichen Augenblick schnellte er vor und packte sie an den Schultern. Sofort versteifte sie sich und hob ihr Kinn. Sollte er sie doch quälen und Schmerz zufügen, sie würde sich nie ergeben. Schmerzhaft bohrten sich seine Finger durch das dünne Nachthemd in ihre Haut, aber sie widerstand dem Drang, aufzuschreien.

„Ich hasse Euch", zischte Daniela und spuckte ihm ins Gesicht. Als sich seine Miene verfinsterte, lächelte sie.

Der Fürst hob einen Arm und sie glaubte, er würde sie schlagen. Stattdessen wischte er sich die Spucke mit dem Ärmel fort. Er besaß schlanke, gepflegte Hände, die ebenso unglaublich sanft sein konnten wie grob. Dieses Mal musste sie mit einer Bestrafung rechnen. Der Fürst würde weiß Gott nicht zimperlich mit ihr umgehen nach dieser Auseinandersetzung. Daniela verspürte ein flaues Gefühl im Magen, wenn sie daran dachte, von ihm gezüchtigt zu werden. Es wäre erniedrigend.

Seine schwarzen Augen funkelten sie voller Zorn an, bevor er sie mit einem Ruck in seine Arme zog. Sie hatte mit einem Schlag oder einer noch härteren Bestrafung gerechnet, aber nicht mit einer Umarmung. Sie wusste, wie ihr Körper reagierte und dass sie sich dadurch auf gefährlichem Terrain befand. Eine sanfte Berührung oder ein Kuss könnte die Mauer ihres Widerstands einstürzen lassen. Das durfte nicht geschehen. Daniela versuchte, sich mit aller Kraft der Umarmung zu entziehen, doch sie musste nach mehreren Versuchen kapitulieren. Wenn sie ihm entkommen wollte, dann nur durch einen Trick, doch leider hatte sie keinen parat.

„Kleine Närrin, du hast doch nicht wirklich geglaubt, mir entfliehen zu können?" Seine melodische Stimme ging ihr unter die Haut und löste wieder dieses Kribbeln aus. Sie spürte seine Erektion, die sich gegen ihren Unterleib drückte, und musste sich insgeheim eingestehen, wie gut sich das anfühlte. Viel zu gut.

Zu ihrem Entsetzen entwickelte ihr Körper erneut ein Eigenleben. Schuld daran trug die pure Sinnlichkeit, die er ausstrahlte, trotz seines Zorns. Es schien, als könnten seine Augen bis auf den Grund ihrer Seele blicken.

Die Wärme seines Körpers ließ sie wieder fast vergessen, dass er ein Vampir war, noch dazu von der übelsten Sorte und mächtiger als alle, denen sie bislang begegnet war.

Auf seinen Mund kehrte dieses spöttische Lächeln zurück, das sie wütend machte. Doch dann wurde seine Miene ernst und sein Blick sanft. Mit voller Wucht kehrte die Erinnerung an seinen Kuss zurück, der sie aufgewühlt hatte. Er besaß gut geschwungene Lippen, die sich himmlisch weich auf ihren angefühlt hatten.

Bei seiner Ausstrahlung lagen ihm sicher die Frauen reihenweise zu Füßen. Was wollte er dann von ihr?

Wenn er auch nur etwas von ihrer Vergangenheit ahnte, wäre ihr der Tod gewiss. Daniela schluckte hart. Das konnte ihr gleichgültig sein. Sie hatte sich nie vor dem Tod gefürchtet, wo sie doch wusste, dass sie am anderen Ufer von ihren geliebten Eltern erwartet wurde.

Aber wer beschützte dann die Sterblichen vor den Vampiren? Schließlich war es die Pflicht der Dceras, die Herrschaft der blutsaugenden Geschöpfe zu brechen, zu denen auch Valerij cel Bâtrân zählte. Aber als sie an seinen Kuss dachte, empfand sie Bedauern. Noch nie war sie so geküsst worden wie von ihm.

Herrgott, was scherte sie sich um einen Vampir, selbst wenn er noch so gut küssen konnte? Befürchtest du etwa, er könnte dich vergessen, aber du ihn nicht? Die unbequeme, innere Stimme meldete sich zurück, die sie nicht hören wollte, schon gar nicht jetzt.

Ihr Atem beschleunigte sich ebenso wie ihr Puls, als sein warmer Atem ihre Kehle streifte. Ihre Brustwarzen wurden hart und zeichneten sich unter dem Nachthemd ab. Hoffentlich bemerkte er es nicht. Aber als sein Blick lüstern über ihren Busen glitt, wusste sie, dass es ihm nicht entgangen war.

Verdammt, warum konnte sie nicht diese verräterischen Zeichen unterdrücken? Das musste wie eine Einladung auf ihn wirken, was sie noch wütender machte.

„Ihr könnt mich hier nicht lange gefangen halten. Ich werde einen Weg finden, zu entfliehen. Und sei es, dass ich sterben muss." Sie reckte ihr Kinn vor.

„Du unterschätzt mich. So wie eben, meine Liebe."

„Nennt mich nicht so. Ich gehöre nicht zu Euren Liebschaften und werde es auch nie."

Die Vorstellung, ihm als Gefangene auf Gedeih und Verderb ausgeliefert zu sein, lenkte ihre Gedanken in eine gefährliche Richtung. Der Abdruck seiner Lippen hatte ein Brennen hinterlassen, das sie deutlich fühlte, als läge sein Mund noch auf ihrem. „Ob du willst oder nicht, ich bin dein Herr, dem du alle Wünsche zu erfüllen hast."

Seine Stimme klang tief wie ein Kontrabass. Goldene Punkte flimmerten auf seiner Iris. Daniela glaubte, unter seinem Blick zu verglühen. Unzählige Flammen tanzten auf ihrer Haut. Was war nur mit ihr los? Eben noch wollte sie vor ihm flüchten und jetzt war sie begierig darauf, noch einmal geküsst zu werden. Als hätte er ihre Gedanken erraten, senkte er den Kopf. Der Kuss war unerwartet grob und fordernd, als wollte er sie damit bestrafen. Daniela stemmte ihre Hände gegen seine Brust, um ihn fortzuschieben. Er küsste sie sanfter und erstickte jegliche Gegenwehr. Und ihr war klar, dass er genau das beabsichtigte und sie verführen wollte, bevor er sie tötete. Seine Zunge glitt erst über ihre Lippen, bevor sie sich dazwischenschob, um in ihrer Mundhöhle auf Entdeckungsreise zu gehen. Wenn sie jetzt nachgab, wüsste sie nicht, ob sie stark genug war, seinen Verführungskünsten auf Dauer zu widerstehen. Daniela erwiderte den Kuss nicht, sondern zwang sich, starr in seinen Armen zu liegen. Sie würde nicht nachgeben, auf keinen Fall. Aber sein Zungenspiel war so süß und verlockend, dass ihre Zunge bereits wenig später gierig nach der seinen suchte. Als sich ihre Spitzen trafen, wurde ihr heiß. Wie von selbst drängte sich ihr Körper immer enger an seinen.

Immer wilder tanzte seine Zunge mit ihrer. Zwischendurch leckte er über ihr Zahnfleisch und stöhnte in ihren Mund. Danielas Sinne spielten verrückt. Dieser Kuss wühlte sie noch mehr auf als der erste. Unerwartet zog er sich aus ihrem Mund zurück und flüsterte an ihren Lippen.

„Ich kenne noch nicht einmal deinen Namen."

Daniela schwieg. Fieberhaft überlegte sie, ob sie ihm ihren wirklichen Namen preisgeben durfte, und entschied sich schließlich dagegen.

„Verrat mir deinen Namen", flüsterte er drängend zwischen den Küssen.

„Mirela", antwortete sie, während ihr das Herz vor Aufregung bis zum Hals klopfte. Würde er die Lüge durchschauen? Sie konzentrierte sich auf das Gemälde hinter ihm, um sich mit ihren Gedanken nicht zu verraten.

„Mirela, du gehörst mir. Dein Blut berauscht mich", raunte er und knabberte an ihrem Ohrläppchen. Blut! Blut! Blut! Dieses Wort reichte aus, um ihren Widerstand aufleben zu lassen. Was zur Hölle tat sie hier? Sie war nahe dran, sich wie eine Liebestolle einem Vampir hinzugeben. Nicht einen Tropfen Blut würde er von ihr trinken. Wenn sie sich nicht mehr so willig auf seine Verführungskünste einließe, würde er vielleicht gelangweilt mit der Zeit von ihr ablassen. Welcher Liebhaber wünschte sich schon eine leblose Puppe in seinem Arm? Jedenfalls hoffte sie, dass auch er so empfand. Es war einen Versuch wert. Schlaff und mit geschlossenen Augen lehnte sie sich gegen seinen stützenden Arm. Als seine Zunge sich wieder ihrer näherte, hieß sie diese nicht willkommen. Immer wieder versuchte er, sie mit zarten Berührungen zum Tanz zu locken, aber Daniela blieb teilnahmslos. Wenn ihr das doch nicht so schwer fiele. Er küsste wie ein Gott. Küssten alle Vampire so? Unter halb geöffneten Lidern lugte sie zu ihm auf. Seine Augen waren geschlossen, aber seine schwarzen Augenbrauen zogen sich ärgerlich zusammen und auf seiner Stirn bildete sich eine steile Falte.

Aber noch gab er nicht auf. Mit sanftem Druck streichelte er ihren Rücken. Es war entspannend und anregend zugleich. Fast hätte sie wie ein Kätzchen geschnurrt. Daniela fiel es immer schwerer, seine Liebkosungen unbeantwortet und sich wie eine Puppe in seinen Armen hängen zu lassen. Deutlich spürte sie, wie sich sein Körper anspannte. Er schien wütend zu werden. Während ein Arm sie weiterhin umfangen hielt, tastete die andere Hand nach ihrer Brust. Als sie sich darauf legte, durchzuckte es sie wie ein Blitz, und in ihrem Schoß pochte es heftig. Das Blut rann heiß wie Feuer durch ihre Adern. Zur Hölle mit diesem Fürsten!

Wie lange würde sie sich noch zusammenreißen können? Sein Daumen strich über ihre Knospe. Ihr Körper schrie nach mehr - warum folgte er nicht ihrem Verstand, der ihr riet, diesem Treiben ein Ende zu setzen? Der Fürst nahm ihre Brustwarze zwischen seine Finger und zwickte sie leicht. Daniela hielt den Atem an, weil sie sonst aufgeschrien hätte. Zurück blieb ein leichtes Brennen, das das Kribbeln in ihrem Schoß verstärkte. Wie fühlte es sich erst an, wenn seine Zähne über die empfindlichen Spitzen rieben?

Nein, diese Vorstellung half ihr bestimmt nicht weiter, die Teilnahmslosigkeit zu bewahren. Sie ertappte sich immer wieder, wie ihr Leib sich wie von selbst an seinen presste. Dem musste sie vehement entgegenwirken. Sie spannte alle Muskeln an und machte sich steif.

Der Fürst ließ sich nicht beirren und knetete ihre Brust leicht. Irgendwann musste er doch den Spaß daran verlieren. Stattdessen wurde sein Kuss immer fordernder, und Danielas Mauer der Selbstbeherrschung bröckelte allmählich. Oh, nein. Riss sein Geduldsfaden denn nie? Gab er niemals auf?

Lange hielt sie das nicht mehr durch. Bald würde der Schutzwall zusammenbrechen und sie sich ihm hingeben. Soweit durfte es auf keinen Fall kommen.

Sein Knie schob sich zwischen ihre Schenkel. Das nicht auch noch. Daniela zwang sich mit aller Macht, ihren pulsierenden Schoß nicht an seinen Muskel zu pressen, um sich daran zu reiben. Dabei schrie schon alles in ihr nach Befriedigung.

Als hätte er ihre Gedanken erraten, bewegte er sein Bein an ihrer inzwischen feucht gewordenen Scham mit sanftem Druck hin- und her. Das war kaum zum Aushalten. Wellen der Lust überrollten sie mit solcher

Wucht, dass es ihr den Atem raubte. Am liebsten hätte sie ihm das Hemd zerrissen und ihre Hände auf seine heiße Brust gelegt. Aber das war nicht alles. Sie wollte ihn nackt spüren und seine Hände, seine Lippen und seine Zunge auf ihrer bloßen Haut. Wie mochte es sein, wenn er in sie eindrang? Sanft? Fordernd? Ihre Lage war zum Verzweifeln, und sie stand kurz davor, zu kapitulieren. Konnte man jemanden, den man abgrundtief hasste, gleichzeitig so begehren?

Er hob den Kopf, und sie hätte vor Erleichterung fast geseufzt. Doch als seine feuchten Lippen ihre Brustwarze umschlossen, biss sie die Zähne fest zusammen. Das Blut rauschte in ihren Ohren, und ihr wurde mit einem Mal schwindlig vor Lust. Irgendwie schaffte sie es dennoch, schlaff wie eine Puppe zu bleiben. Sie legte den Kopf in den Nacken und breitete die Arme aus wie ein lahmer Vogel.

„Als Eure Gefangene füge ich mich Eurer Stärke. Eure Berührungen stoßen mich ab." Diese Position erleichterte ihr, passiv zu bleiben.

„Lügnerin", knurrte er und presste seine Kiefer zusammen. Wie recht er hatte. Wenn er auch nur ahnte, welches Begehren er weckte, wäre sie leichte Beute. Sie war stolz darauf, standhaft geblieben zu sein.

Endlich ließ er von ihr ab. Sie begegnete seinem Blick, in dem unverhüllter Zorn lag. Scheinbar fühlte er sich in seiner Eitelkeit gekränkt, weil sie ihn zurückgewiesen hatte.

„Genug. Irgendwann wirst du mich anflehen, dich zu berühren."

Sie hatte ihr Ziel erreicht. Seltsamerweise befriedigte sie das nicht. Ihr Körper brannte noch immer vor ungestilltem Verlangen. Sie erschrak, weil sie sich ihm tatsächlich hingegeben hätte, wenn er mit seinen Liebkosungen fortgefahren wäre. Ihre Gefühle konnten nicht widersprüchlicher sein.

„Das wird nie geschehen, das schwöre ich." Das klang selbst in ihren Ohren unglaubwürdig.

„Man sollte nie etwas schwören, was man nicht einhalten kann."

Grob stieß er sie von sich. Er schien ihren Worten Glauben zu schenken.

Daniela fröstelte plötzlich. Er stand da und sah sie einfach nur an.

Für einen Moment glaubte sie, einen warmen Ausdruck in seinen Augen zu erkennen, aber der Eindruck verflog schnell. Sie musste sich geirrt haben, denn schon war sein Blick kalt und abweisend. Irgendetwas ging in ihm vor, was sie betraf. Die unsichtbaren Schwingungen zwischen ihnen verhießen nichts Gutes.

„Ich werde dir eine Lektion erteilen."

Was hatte er vor? Daniela konnte das Zittern, das sie erfasste, nicht unterdrücken, selbst wenn sie sich noch so dagegen wehrte. Würde er sie etwa mit Gewalt nehmen?

Hast du jetzt endlich begriffen, dass er ein Vampir ist? Die mahnende Stimme kehrte zurück. Er wird dich schänden und töten, und sich an deinem Blut laben. Vampire sind Bestien. Ohne Ausnahme.

Dieses Mal war sie froh über die Stimme, die sie endlich zur Besinnung brachte. Flucht! Das Wort hallte in ihrem Kopf wie ein Paukenschlag. Vielleicht gelänge es ihr, aus der Burg zu fliehen. Daniela versuchte, sich darauf zu konzentrieren, aber es gelang ihr nicht.

„Jeder Versuch ist zwecklos." Zum Teufel mit ihm, er hatte ihre Gedanken gelesen.

Er zog sie am Arm hinter sich her.

„Was habt Ihr vor?"

Sie erhielt keine Antwort.

Daniela versuchte, sich aus seinem Griff zu winden, doch eisern umspannte seine Hand ihren Arm. Je mehr sie sich wehrte, desto fester packte er zu.

Der Fürst führte sie durch einen endlos langen Korridor. Daniela hatte nach vierzig Türen aufgegeben, zu zählen.

„Wo bringt Ihr mich hin?"

„Schweig, widerspenstiges Weib!", fuhr er sie an.

Am Ende des Korridors, hinter der Galerie, hielt er an und öffnete eine Tür. Er schubste sie in den Raum, trat hinter sie und verschloss die Tür.

Die Einrichtung des Zimmers war verspielt. Bilder in Goldrahmen von elegant gekleideten Frauen, zierliche Sessel und ein riesiges Bett mit vielen Kissen unterstrichen dieses Flair. Rote Rosen auf schwarzem Grund, das Motiv, das den Raum dominierte. Man fand es auf den Bettbezügen, auf den Tapeten und den Vorhängen und passte eigentlich nicht zu einer mittelalterlichen Burg. In den vier Ecken standen marmorne Skulpturen von nackten Pärchen, die verschiedene Stellungen beim Liebesakt zeigten. Daniela musste bei diesem Anblick schlucken. Die Atmosphäre besaß etwas feminin Behagliches und zugleich Sinnliches. Die Einrichtung trug eindeutig die Handschrift einer Frau. Sie wollte lieber nicht wissen, wer sie gewesen war.

Daniela wagte nicht, sich zum Fürsten umzudrehen. Voller Anspannung wartete sie auf das, was folgen würde. Aber er blieb nur hinter ihr stehen. Warum sagte er nichts? Sein Schweigen machte sie nervös. Sie spürte seinen Atem in ihrem Nacken, der eine Gänsehaut verursachte. Noch immer näherte er sich ihr nicht.

Nach einer Weile hielt sie die beklemmende Atmosphäre nicht mehr aus, wandte sich um und sah ihn fragend an.

„Du wirst hier schlafen. Direkt neben meinem Schlafgemach." Lächelnd deutete er auf eine Verbindungstür auf der anderen Seite des Raumes, die zu seinem Gemach führte. Daniela stöhnte innerlich auf. Sie wusste schon jetzt, sie würde kein Auge zutun. Doch nicht nur wegen ihm, sondern weil sie aus der Burg fliehen wollte.

Verlangend glitt sein Blick über ihren Körper, bis er schließlich auf ihren

Brüsten verweilte. Sofort reagierte ihr Körper darauf. Abrupt drehte sie sich um. Sie musste von hier fort, so schnell wie möglich. Seine plötzliche Zurückhaltung befremdete sie.

„Gute Nacht. Ich wünsche dir lustvolle Träume." Er wandte sich um und lächelte, bevor er zur Verbindungstür lief.

„Für den Fall, dass du wieder auf den Gedanken kommst, zu fliehen, muss ich dich warnen. Ich brauche keinen Schlaf wie Sterbliche, und meinem Gehör entgeht nichts. Jeder Versuch ist zwecklos."

Es war seine Selbstgefälligkeit, die ihre Wut entfachte.

Daniela zog es vor, zu schweigen. Er verschwand im Nebenzimmer und zog die Tür hinter sich zu.

Dann wartete sie eben bis zum Morgengrauen, wenn alle in ihre Starre verfielen.

Wenig später war sie allein. Sie lauschte, ob sie nebenan ein Geräusch hörte, aber es war totenstill. Ihr Blick fiel auf die dicken Samtvorhänge. Sie könnte durch das Fenster klettern. Schließlich befand sie sich nur im ersten Stock. Auf Zehenspitzen schlich sie zum Fenster und schob den Vorhang beiseite. Erschrocken wich sie zurück, eilte zum nächsten Fenster, um auch dort nachzusehen. Ihre Hoffnung sank aufs Neue, denn dieser Raum besaß kein einziges Fenster, sondern nur gemauerte Nischen hinter den Vorhängen. Daniela war zum Heulen zumute. Die Mauern der Burg waren zu dick, um mithilfe ihrer mentalen Kräfte nach draußen zu gelangen. Wenn sie hier nicht bald herauskäme, würde sie noch verrückt werden.

Vielleicht gelang es ihr, die Tür zu öffnen, ohne dass er es bemerkte? Der Hoffnungsschimmer beflügelte sie.

Sie lugte durchs Schlüsselloch in sein Zimmer. Zu ihrer Erleichterung war es verwaist. Bestimmt hatte er sie seinem Gerede, ihm würde nichts entgehen, einschüchtern wollen. Wenn er dachte, sie von ihrem Vorhaben, zu fliehen, abzubringen, hatte er sich geschnitten. Daniela hätte vor Erleichterung fast gejauchzt. Wenn sie erst einmal hier draußen wäre, könnte sie niemand mehr aufhalten. Dieses Mal musste sie besonders vorsichtig vorgehen. Jedes noch so kleinste Geräusch würde ihm nicht entgehen. Ihr Herz raste, während sie lauschte. Alles blieb still. Nichts rührte sich. Sie hätte zu gern gewusst, was er wirklich trieb. Nachdem sie die Klinke hinuntergedrückt hatte, trat sie in den kerzenbeleuchteten Flur. Schatten tanzten an den Wänden, in denen sie Vampire zu erkennen glaubte. Ihre Nerven spielten ihr einen Streich, sagte sie sich, weil sie Angst davor hatte, an der Flucht gehindert zu werden.

Auch jetzt war der Flur leer. Sie grinste, bevor sie zur Treppe schlich, die am anderen Ende des Korridors lag. Kaum hatte sie das Geländer umfasst, erschrak sie. Deutlich spürte sie das Pulsieren des Blutdiamanten, der sich hier in der Burg befinden musste. Sie brauchte nur den feinen Schwingungen nachzugehen, um ihn zu finden. Es war das letzte Erinnerungsstück an ihre Mutter und die Dceras, das ihr geblieben war. Wenn sie ihn zurückließe, käme ihr das wie Verrat vor. Ohne ihn durfte sie nicht fliehen. Als sie sich umdrehte, prallte sie zu ihrem Entsetzen gegen Valerji, der mit verschränkten Armen vor der Brust und strenger Miene auf sie herabsah. In diesem Augenblick schien es, als würde ihr Herz aussetzen und das Blut in ihre Füße sacken. Ihre Flucht war früher beendet als befürchtet. Wie konnte sie nur so dumm sein, auch nur einen Moment lang zu denken, sie könnte ihn täuschen? Lernte sie denn gar nicht dazu? Wo war die wachsame Dcera geblieben, die sie einst gewesen war? Ihr Spürsinn? Ihr inneres Auge? Was war nur mit ihr los? Das war nicht mehr die Daniela, die Prag verlassen hatte, um sich an Drazice zu rächen. Die Schnelligkeit des Fürsten war beeindruckend und überraschte sie immer wieder aufs Neue.

Sie hätte vor Enttäuschung schreien können. Stattdessen blickte sie ihn herausfordernd an. Was mochte in ihm vorgehen? Darüber nachzudenken, verblieb ihr keine Zeit, wenn sie fliehen wollte. Aber was wäre mit dem Blutdiamanten? Sie konnte ihn nicht zurücklassen. Daniela fühlte sich hin- und hergerissen zwischen ihrem Wunsch, zu fliehen und der Aufgabe, den Blutdiamanten zu holen.

„Ich sagte doch, dass es zwecklos ist", sagte er und schüttelte den Kopf. War es das wirklich? Sollten all ihre Bemühungen umsonst gewesen sein? Daniela fühlte sich miserabel, weil sie kapitulieren musste. Es blieb ihr nichts anderes übrig, als hierzubleiben, denn den Blutdiamanten konnte sie unmöglich in seiner Obhut lassen. Aber sie durfte ihm auf keinen Fall zeigen, dass sie davon wusste und vor allem, welche Bedeutung er für sie besaß. Also musste sie das Fluchtspiel fortsetzen, um seinen Argwohn nicht zu wecken. Sie war so niedergeschlagen, dass sie fast in Tränen ausgebrochen wäre, und wagte nicht, ihn anzusehen.

Als er einen Arm nach ihr ausstreckte, duckte sie sich unter ihm hindurch und rannte die Treppe hinunter. Hoffnungslosigkeit erfüllte sie und ließ ihre Kräfte erlahmen. Valerij packte ihren Oberarm und hielt sie zurück. Sie starrte auf seine Hand, unter der ihre Haut prickelte. Eine angenehme Wärme breitete sich in ihrem Körper aus. Unvermutet umschlang er sie, und ehe sie begriff, befanden sie sich wieder im Schlafgemach. Er warf sie aufs Bett und sah wütend auf sie herab. Seine Nasenflügel blähten sich bei jedem Atemzug.

„War ich nicht deutlich genug?", herrschte er sie an.

Daniela blinzelte die aufsteigenden Tränen fort. Er hatte gewonnen, weil ihr Plan nicht durchdacht gewesen war, und sie ihn unterschätzt hatte. Aber irgendwann, wenn sie nur fest daran glaubte, würde die Stunde ihrer Flucht kommen, zusammen mit dem Blutdiamanten. Sie durfte nicht aufgeben. Die

Hoffnung war das Einzige, was sie aufrechterhielt, ihm und seiner düsteren Faszination zu entkommen.

Ich sagte Euch doch, Ihr könnt mich hier nicht festhalten. Ich werde nie aufgeben, zu fliehen."

Zuerst sah es aus, als wollte er etwas erwidern, doch dann drehte er sich um und verließ schweigend den Raum. Mit einem Knall fiel die Tür hinter ihm ins Schloss. Sie war gefangen wie ein Vogel in einem schwarzen Käfig. Rabenschwarz wie die Seele dieses Vampirs.

Daniela warf sich schluchzend in die Kissen. Sie hatte eine gute Gelegenheit verpatzt und bereute es bitter. Wann würde sich eine nächste bieten? Vielleicht war sie gezwungen, wochen-, gar monatelang zu warten, immer den eigenen Tod vor Augen. Und wie lange würde sie ihre Gefühle im Zaum halten können, die jedes Mal mit ihr durchgingen, wenn er sie berührte?

Sie weinte lautlos, bis sie irgendwann erschöpft einschlief.

20.

Daniela wusste nicht, ob es Tag oder Nacht war. Wie lange mochte sie geschlafen haben? Sie fühlte sich völlig zerschlagen. Irgendjemand hatte ihr ein Tablett mit Brot und Milch ins Zimmer gestellt und neue Kerzen angezündet. Anscheinend hatte sie lange geschlafen und das Frühstück verpasst. Ihr Magen knurrte. Sie sprang aus dem Bett und verschlang gierig das Essen. Plötzlich hörte sie eilige Schritte auf dem Flur, Türenschlagen, dann Stille. Wenig später vernahm sie flüsternde Stimmen und dann folgte Gekicher. Waren das Dienstboten? Neugierig lief sie auf Zehenspitzen zur Tür und drückte vorsichtig die Klinke hinunter. Sie war erstaunt, denn die Tür war wider Erwarten nicht abgeschlossen. Das wirkte geradezu wie eine Einladung zur Flucht. Ihr Herz hüpfte vor Freude in der Brust. Daniela öffnete die Tür nur so weit, bis sie hinausspähen konnte. Der Korridor war leer. Durch die hohen Rundfenster sah sie die roten Streifen am Himmel der untergehenden Sonne. Sie musste nicht nur eine Nacht, sondern auch noch einen ganzen Tag geschlafen haben. Wieder ein vergeudeter Tag, den sie besser für eine Flucht hätte nutzen können. Das Gekicher und Geflüster kam vom anderen Ende des Flurs. Eine Tür öffnete sich und ein Mädchen in weißer Korsage und Unterhose schlüpfte hinaus, um hinter der gegenüberliegenden Tür wieder zu verschwinden.

Verwundert folgte Daniela diesem seltsamen Schauspiel. Ein anderes Mädchen im Haus? Noch dazu ein Mensch und keine Vampirin? Sie konnte noch nicht lange da sein, sonst hätte sie ihren Geruch längst gewittert.

Irgendwie war es ein beruhigendes Gefühl, eine andere Sterbliche hier zu wissen. War sie vielleicht eine Hure? Doch sie roch kein getrocknetes Blut. Sie zuckte zusammen, als feste Tritte auf der Treppe erklangen und über der Brüstung ein dunkler Schopf auftauchte. Es bestand kein Zweifel, wem er gehörte: Valerij cel Bâtrân. Er hatte ihr gerade noch gefehlt. Ihre Hoffnung auf eine Flucht schwand mit seinem Erscheinen. Hastig zog sich Daniela zurück und verharrte mit klopfendem Herzen hinter der Tür. Der Fürst stoppte vor ihrem Zimmer und schien zu lauschen.

Ahnte er etwa, dass sie einen neuen Fluchtversuch plante, oder wollte er sich nur vergewissern, dass sie noch immer schlief? Ihr wurde ganz anders bei dem Gedanken, er könnte gleich ins Zimmer stürmen. Nach einer Weile hörte sie, wie er weiter den Flur entlanglief, und atmete erleichtert auf. Sie lugte wieder zur Tür hinaus und sah, wie er den Raum betrat, in dem kurz zuvor das Mädchen verschwunden war. Seine Stimme klang gedämpft, und sie konnte seine Worte nicht verstehen, aber der samtige Klang verursachte eine Gänsehaut. Das Mädchen kicherte erneut. Fürchtete die sie sich gar nicht in der Nähe dieses gefährlichen Vampirs? Ein Poltern erklang, wieder Kichern, ein lautes Stöhnen, bis es wieder still wurde. Hatte der Fürst das Mädchen etwa umgebracht und saugte ihr gerade das Blut aus? Aber hätte sie dann nicht vorher geschrien? Und das Stöhnen klang nicht schmerzvoll oder angsterfüllt, sondern im Gegenteil erregt. Danielas Neugier war geweckt. Sie schlüpfte in den Korridor und schlich zur Tür, hinter der eben noch die Geräusche erklungen waren. Weil es noch immer totenstill war, presste sie ihr Ohr gegen das Türblatt und lauschte. Nichts. Daniela zuckte mit den Achseln und überlegte, ob sie die Tür öffnen sollte, aber dann verwarf sie den Gedanken und kehrte um, als plötzlich hinter ihr die Tür knarrend aufsprang. Sie zuckte zusammen und befürchtete, dem Fürsten gegenüberzustehen, der sie beim Lauschen ertappte. Eine Bestrafung wäre ihr gewiss, und sie wollte gar nicht über die Art nachdenken. Aber niemand erschien, als hätte ein Geist die Tür geöffnet. Daniela wandte sich wieder um und warf einen Blick in den Raum. Kostbare orientalische Teppiche lagen auf dem steinernen Boden, Tierfelle zierten die Wände. Marmorne Skulpturen, nackt und in anzüglichen Posen bildeten eine Art Gang, der zu einer spanischen Wand führte. Lederbezogene Stühle mit hohen Lehnen standen aufgereiht davor und gewährten Voyeuren einen Blick durch die ausgeschnittenen Ornamente des Paravents auf das dahinterliegende Geschehen. Stoff raschelte und blondes Haar schimmerte durch die Löcher im Paravent.

„Wie möchtest du mich gerne haben?", fragte eine Mädchenstimme. Daniela war sicher, dass es das Mädchen war, das sie vorhin auf dem Korridor gesehen hatte. Sie verbarg sich hinter der Skulptur eines nackten Mannes und betrachtete den Sockel, auf dem ein Name eingemeißelt worden war. Daniela verdrehte sie Augen, denn ausgerechnet Eros, der Liebesgott, bot ihr Schutz. Als ihr Blick auf den erigierten Phallus der Statue fiel, musste sie schlucken. War das das Liebesnest Valerij cel Bâtrâns? Sie wagte kaum, zu atmen, um sich nicht zu verraten. Hatte der Vampir sie bereits gewittert oder war er so trunken vor Lust, dass er sie nicht wahrnahm? Jedenfalls ließ er sich nicht anmerken, dass er von ihrer Gegenwart wusste. Am liebsten wäre Daniela umgedreht, aber ihre unbändige Neugier ließ sie bleiben und verlangte, zuzusehen. Bei der Vorstellung, heimlich seine Liebesspiele anzuschauen, kitzelte es auf ihrer Haut, als liefe eine Armee Käfer darüber. Was würde der Fürst von der Blonden fordern? Daniela beugte sich weiter vor, um mehr sehen zu können. Durch das ovale Ornament erkannte sie das Mädchen, das langsam und mit einem lasziven Lächeln auf den vollen Lippen die Bänder ihrer Korsage öffnete. Sie warf den Kopf in den Nacken und schüttelte ihr Haar aus. Valerij cel Bâtrân lag auf einem Diwan und beobachtete sie amüsiert. Das lüsterne Funkeln in seinen Augen versetzte Daniela einen Stich. Genauso hatte er sie auch angesehen. War das bei jeder Frau so?

„Was hast du denn zu bieten?", stellte er die Gegenfrage. In seinem Blick lag etwas Lauerndes.

„Alles, was Ihr Euch wünscht, mein Herr."

„Zieh dich weiter aus. Ich möchte deinen Körper ausgiebig betrachten."

„Ich tue alles, was Ihr von mir verlangt."

Die Blonde verhielt sich für Danielas Geschmack etwas zu unterwürfig. Anscheinend auch für den Karpatenfürsten, denn ihr war nicht dieser Anflug von Langeweile in seinem Blick entgangen, der für einen winzigen Moment aufflackerte. Zum Teufel, was hatte dieser Vampir an sich, dass die Frauen sich ihm bereitwillig anboten? Was würde er danach von ihr verlangen? Daniela musste es wissen, um darauf vorbereitet zu sein. Lügnerin, schalt sie sich, du willst wissen, ob er ein guter Liebhaber ist. Ihr wurde heiß unter seinem Blick, obwohl er nicht ihr galt. Du willst, dass er dich genauso betrachtet wie das Mädchen.

Jetzt stand die Blonde nackt vor ihm. Daniela konnte nur ihre Kehrseite begutachten, die wirklich sehr ansehnlich war, viel runder und weiblicher als ihre eigene, bemerkte sie neidisch. Wenn der Fürst lieber eine Rubensfigur vorzog, was wollte er dann von ihr? Dich bestrafen. Daniela leckte sich über die trockenen Lippen.

„Dreh dich um", befahl Valerij. Die Blonde tat, wie ihr geheißen. „Und jetzt bück dich."

Auch das führte sie aus. Jetzt betrachtete er auch noch ausgiebig die Spalte des Mädchens. Daniela spürte, wie es in ihrer zu pochen begann. Valerij streckte seine Hand aus und berührte das Hinterteil der Blonden. Wie hypnotisiert verfolgte Daniela der Spur seiner schlanken, gepflegten Finger und hielt den Atem an. Sie wusste nur allzu gut, wie sie sich auf der Haut anfühlten. Unglaublich sanft. Sie schloss die Augen und glaubte fast, seine Hand an ihren Backen zu fühlen. Das Pochen in ihrem Schoß wurde immer stärker und ging in ein Ziehen über, das sich bis zu ihren Brüsten erstreckte. Auf einen Wink des Fürsten hin setzte sich das Mädchen vor ihn auf den Diwan und lehnte sich mit dem Rücken gegen seinen wohlgeformten Oberkörper. Er beugte sich vor und seine Lippen fuhren über ihren Oberarm hinauf zur Schulter und wanderten weiter zur Halsbeuge, während seine Hände ihre prallen Brüste umfassten und massierten. Stöhnend wand sie sich in seinen Armen, als er mit der Zungenspitze über ihre Ohrmuschel fuhr und mit einem schmatzenden Geräusch in der Mitte verschwand. Wie gebannt beobachtete Daniela jede seiner Liebkosungen und wagte kaum, zu atmen. Ihr Herz schlug wie verrückt und bei jeder neuen Körperstelle, der er seine Aufmerksamkeit zuwandte, schien es in der Brust zu springen. Ihre Haut brannte an den gleichen Körperstellen wie bei dem Mädchen, als wären Valerijs Lippen darüber gefahren. Das Beobachten erregte sie wie eine reale Berührung. In ihr loderte das ungezügelte Feuer der Leidenschaft, das nach Befriedigung schrie. Umso mehr störte es sie, nicht diejenige zu sein, der die Zärtlichkeiten galten. Wie geschickt seine Finger die Brustwarzen der Blonden zwirbelten, bis sie knallrot waren. Zwischen den leicht geöffneten Schenkeln der Blondine schimmerte es bereits feucht, was durch die rasierte Scham gut sichtbar war. Der intensive Geruch der erregten Frau stimulierte Daniela dazu, ihre eigene Hand unter das Hemd zu schieben, um ihren Venushügel mit dem Handballen zu kneten. Verdammt, sie wollte, dass Valerij sie ebenso anfasste wie die andere, um das Feuerwerk der Lust in sich zu spüren und in einem Sinnestaumel zu versinken.

Immer stärker gierte sie nach seinen Streicheleinheiten, sodass ihr Unterleib sich vor Verlangen zusammenzog. Daniela lehnte sich mit dem Rücken an die Säule und widmete sich ihrem eigenen Körper. Das laute und rhythmische Stöhnen des Mädchens verlangte erneut ihre Aufmerksamkeit. Sie war so in ihrer Lust gefangen gewesen, dass sie überdies die beiden fast vergessen hätte.

„Ich überlasse mich Euren geschickten Händen, mein Gebieter", stieß das Mädchen hervor, bevor sie sich quer über den Schoß des Fürsten legte und ihr Becken anhob.

Der Fürst legte eine Hand unter ihren Hintern und fixierte sie, während er sich vornüberbeugte und seine Zunge um ihren Bauchnabel kreisen ließ. Seine andere Hand schob sich zwischen ihre Schenkel und bearbeitete ihren Schoß sanft. Die Blondine zitterte leicht und rekelte sich, während sie ihre Finger in das Polster krallte. „Ihr versteht es, einer Frau die größte Lust zu bereiten", sagte sie heiser.

Ja, das verstand er wirklich. Am liebsten wäre Daniela zu ihm gelaufen und hätte die andere von seinem Schoß gestoßen, um sich von ihm verwöhnen zu lassen. Ihre Erregung schwoll so an, dass sie nur mit Mühe den Wunsch unterdrücken konnte, sich dem Gestöhne des Mädchens anzuschließen. Stattdessen biss sie sich fest auf die Lippen, damit ihr kein Laut entwich. Als Valerijs Zungenspiel immer kühner wurde und sich dem Venushügel der Blondine näherte, schnappte Daniela unwillkürlich nach Luft. Es war nur leise, aber sein Kopf ruckte hoch. Er sah zu ihr herüber, und sein Blick ließ keinen Zweifel offen, dass er sich ihrer Gegenwart bewusst war. Auch das noch! Hätte sie sich das nicht gleich denken können? Wie naiv sie war. Daniela schämte sich, weil sie ihn beim Liebesspiel beobachtete und obendrein dabei ertappt worden war. Ihre Wangen glühten. Es blitzte amüsiert in seinen Augen auf, bevor er sich weiter dem ihm dargebotenen Mädchenkörper widmete.

„Ja, macht weiter", stieß die Blondine hervor, während sie ihre zitternden Beine, soweit es ihr der Diwan erlaubte, spreizte. Das Brennen in Danielas Schoß wurde unerträglich. Der Drang, zu ihm zu laufen, wurde übermächtig. Es quälte sie, nur zuzusehen, anstatt sich selbst seinen Berührungen hinzugeben. Sie stand von Kopf bis Fuß in Flammen und konnte nicht mehr klar denken, weil das Verlangen sie beherrschte.

Immer wieder sah er zwischendurch auf, als wollte er sich vergewissern, dass sie ihn noch immer beobachtete. Sie spürte, wie viel Vergnügen es ihm bereitete, sie zu martern, in dem er eine andere verführte, um zu zeigen, was ihr in diesem Augenblick entging. Sie wollte nicht, dass er diese Frau berührte. Sie wollte, dass er sich überhaupt keiner anderen widmete, sondern sich ihr zuwandte. Plötzlich peinigte sie jeder Kuss, den er dem Mädchen schenkte. Daniela raste vor Eifersucht, ballte die Hände zu Fäusten und wäre am liebsten losgestürmt, um das Lustspiel zu unterbrechen.

Während sie verzweifelt darum bemüht war, ihre Fassung zurückzugewinnen, näherten sich feste Schritte durch den langen Korridor. Auch das noch! Hatte Valerij mithilfe seiner Gedanken seine Gefährten gerufen, um sie wieder einzusperren? Für eine Flucht war es zu spät, es gab nur den von den Statuen gesäumten Gang zur Tür, wo sie den Vampiren direkt in die Arme laufen würde oder alternativ die Flucht zu Valerij hinter den Paravent. Welch grandiose Aussichten. Der Karpatenfürst würde ihr spöttisch zulächeln und vielleicht sogar von ihr verlangen, an dem Liebesspiel teilzunehmen. Bei diesem Gedanken schüttelte es sie. Nie würde sie einen Mann mit einer anderen teilen.

Zu ihrem Erstaunen nahmen die beiden hereinstürmenden Vampire keine Notiz von ihr, sondern eilten direkt zum Karpatenfürsten. Sie wirkten sehr aufgeregt und begrüßten ihn nur mit einer knappen Verbeugung, bevor der Schmächtige das Wort an seinen Herrn richtete. „Verzeiht die Störung, Durchlaucht, aber unsere Nachricht duldet keinen Aufschub."

Valerij cel Bâtrân fluchte leise, während das Mädchen enttäuscht seufzte. Daniela konnte nicht verleugnen, wie sehr sie diese Unterbrechung begrüßte, weil das Treiben der beiden ein jähes Ende genommen hatte.

Valerij cel Bâtrâns Miene verdüsterte sich, als er seine Gefährten anblickte.

„Ihr platzt in meine Gemächer ohne Erlaubnis und erwartet, dass ich euch zuhöre?", donnerte der Fürst los und schubste das Mädchen, das immer noch über seinen Knien hing, von seinem Schoß hinunter. Sie zog einen Schmollmund, hob ihr Mieder auf und bedeckte damit ihre Blöße.

„Bitte, verzeiht …", stammelte der Vampir mit der Glatze.

„Herrgott, nun kommt zur Sache, damit ich mit meinen Vergnügungen fortfahren kann. Was ist so wichtig, dass es nicht warten kann?"

Valerij stellte sich vor seine beiden Gefährten. Er überragte beide um einen Kopf und mit seinem finsteren Gesichtsausdruck wirkte er nicht nur auf Daniela Respekt einflößend. Die beiden Vampire senkten ihre Blicke und nestelten nervös an ihren Hüten. „Prinz Razvans Rudel hat Bukarest verlassen und nähert sich unserer Grenze. Sie haben einige Dörfer verwüstet und zwingen die Bauern, sich ihnen zu unterwerfen."

Vampire versetzten die Menschen schon genug in Angst und Schrecken, aber jetzt auch noch Werwölfe? Daniela dachte an ihre Begegnung mit dem Werwolf zurück und die Angst, die sie empfunden hatte, kehrte schlagartig zurück. Bis auf dieses eine Erlebnis besaß sie keinerlei Erfahrung mit Werwölfen, aber das reichte ihr. Weitere Gräueltaten kannte sie nur aus Erzählungen, weshalb es ihr vor einem Kampf mit ihnen grauste. Auch weil sie diese Kreaturen nicht einschätzen konnte.

„Wie konntet ihr das zulassen?", rief der Karpatenfürst und schnaubte vor Wut. Starr stand er da und fixierte sie, als könnte sein Blick die beiden durchbohren. Die Mienen der Vampire verzerrten sich, und sie griffen sich an die Kehle. Plötzlich gingen sie in die Knie und röchelten. Dellen zeichneten sich an ihren Hälsen ab, als drücke eine unsichtbare Hand ihren Hals zusammen. Das konnte nicht möglich sein und doch sah sie es vor sich. Valerij cel Bâtrâns geistiges Potenzial übertraf alles, was sie je gesehen hatte. Es war ihm möglich, allein durch die Kraft seiner Gedanken den Vampiren die Kehlen zuzudrücken. Wozu war dieser Vampir noch fähig? Sie fröstelte angesichts der Fähigkeiten, die die eines gewöhnlichen Vampirs überstiegen.

„Hatte ich euch nicht befohlen, die Grenze zu bewachen? Und was habt ihr getan? Meinen Befehl missachtet. Stattdessen habt ihr eurer Wollust gefrönt. Ihr braucht es gar nicht zu leugnen, denn ich weiß genau, dass ihr wieder bei den Huren gewesen seid. Noch immer haftet an euch der Geruch ihres schalen Bluts." Er beugte sich vor und schnupperte wie ein Raubtier, das Witterung aufnahm. Seine Stimme klang tief und verzerrt, wie die eines Dämons und trieb Daniela eiskalte Schauder über den Rücken. Die Augen der Vampire traten hervor, und ihre Fänge schoben sich aus dem Kiefer. Unerwartet entspannten sie sich, denn Valerij cel Bâtrân wandte sich um. Die beiden sackten auf die Knie und rieben sich ihre Hälse.

„Ja", gaben die beiden keuchend zu.

„Ihr brecht noch heute Nacht auf, um Razvans Gefolge zu stoppen. Solltet ihr euch erneut meinem Befehl widersetzen, lasse ich euch an einem Pfahl in der Sonne schmoren." Die Vampire fielen vor ihm auf den Boden.

Daniela bewegten die widersprüchlichsten Gefühle. Eben noch war der Fürst ein liebevoller und einfühlsamer Liebhaber gewesen und nun unerbittlich und ohne Gnade gegenüber seinen Gefolgsleuten.

„Mein Herr, das könnt Ihr nicht tun. Wie können wir zu zweit die Werwölfe stoppen?", fragte der Schmächtige mit heiserer Stimme.

„Das ist doch Wahnsinn, Durchlaucht. Wir haben keine Chance gegen sie. Bitte, habt doch ein Einsehen. Wir bereuen unsere Schwäche zutiefst", pflichtete der andere seinem Kumpan bei.

Der Schmächtige zitterte, und Daniela glaubte, ein feuchtes Schimmern in seinen Augen zu sehen. Aber Vampire konnten doch nicht weinen, oder? Jedenfalls hatte sie nie dergleichen erlebt. Der andere wirkte wie erstarrt. Nicht einmal ein Fingerglied rührte sich.

Daniela musste zugeben, dass auch sie sich anstelle der Vampire vor Valerij cel Bâtrân gefürchtet hätte, der wie ein Racheengel vor seinen Gefährten stand und auf sie hinabblickte als wären sie Wanzen, die es zu zertreten galt.

„Das hättet ihr euch früher überlegen sollen. Aus meinen Augen!", brüllte er. „Und wagt es ja nicht, hierher zurückzukehren, ohne den Auftrag erfüllt zu haben. Eine Flucht ist zwecklos, ihr entkommt mir nicht. Und jetzt geht endlich!"

‚Eine Flucht ist zwecklos, ihr entkommt mir nicht', diese Worte dröhnten weiter in ihrem Kopf wie ein unheimliches Echo und ließen ihr die eigene Lage wieder bewusst werden. Gab es wirklich kein Entrinnen? Diese Vorstellung raubte jegliche Hoffnung. Schweigend verließen die Vampire den Raum.

Das Mädchen, das die ganze Zeit gelangweilt auf dem Diwan gesessen und alles beobachtet hatte, glaubte nun, das Liebesspiel wieder fortzusetzen und legte den Arm um den Nacken des Karpatenfürsten. Mit einer unwilligen Geste streifte er ihn ab, dass sie nach hinten fiel. Unter seiner Oberlippe kamen die Spitzen seiner Fangzähne zum Vorschein. „Es ist besser, wenn du ebenfalls gehst, sonst vergesse ich mich noch und lasse dich meine Wut spüren", sagte er und fauchte. Die Augen der Blonden weiteten sich vor Entsetzen. Daniela konnte ihren Angstschweiß riechen.

Das rüde Verhalten cel Bâtrâns bestürzte Daniela. So würde er sie also auch fortstoßen, wenn er in Rage geriet oder genug von ihr hatte. Die Vorstellung versetzte ihr einen Stich, und sie schluckte gegen den plötzlichen Kloß in ihrem Hals an. Die Blonde sprang auf, griff schluchzend nach ihrer Unterwäsche und eilte hinaus in den Korridor.

Wie betäubt verharrte Daniela auf der Stelle, obwohl alles in ihr danach drängte, wie die andere aus dem Raum zu flüchten. Der Marmor unter ihren Händen fühlte sich noch eine Nuance kälter an. Jetzt war sie mit ihm allein, ein äußerst beunruhigendes Gefühl, das ihr Herz rasen ließ.

„Ich weiß, dass du dich hinter der Statue versteckst", hörte sie ihn sagen und schrak zusammen. Das Blut schien vor Furcht in ihren Adern zu stocken. Sie hatte es sich nicht eingebildet, sondern er war sich ihrer Gegenwart die ganze Zeit über bewusst gewesen. Ihm entging wirklich nichts. Was sollte sie ihm antworten? Dass sie ihn beim Liebesspiel beobachtet und es auch noch genossen hatte? Ihre Wangen brannten vor Scham.

„Komm her", befahl er mit ruhiger Stimme, aber Daniela zögerte. Was wollte er von ihr? Glaubte er etwa, mit jedem umspringen zu können, wie er wollte? Sie würde sich jedenfalls nicht so demütig zeigen wie die anderen.

„Damit Ihr Eure Wut an mir auslassen könnt? Da könnt Ihr lange warten." Sie erschrak über ihre kühnen Worte, aber manchmal gelang es ihr eben nicht, ihre Zunge im Zaum zu halten.

„Du bist störrischer als ein Maulesel. Komm her." Sein Befehl duldete keinen Widerstand. Aber es bereitete Daniela ein diebisches Vergnügen, sich ihm zu widersetzen. „Muss ich dich dazu zwingen?" Der Klang seiner Stimme verriet, wie ungehalten er war. Womöglich würde er sie auch mithilfe seiner dämonischen Kräfte erwürgen. Daniela fröstelte und verschränkte die Arme vor der Brust. Er näherte sich ihr langsam, und als er vor ihr stand, streckte er seine Hand aus.

„Komm näher", bat er jetzt sanfter. Der weiche Tonfall und sein plötzlicher Stimmungswechsel verwirrten Daniela. „Bitte." Dieses eine Wort war süßer als Honig.

Daniela fasste sich ein Herz und trat einen Schritt vor, aber sie vermied es, ihn anzusehen. Was würde jetzt geschehen? Ihr Körper spannte sich voll banger Erwartung an. Würde er sie züchtigen? Bloß nicht darüber nachdenken, nicht in Panik geraten, ermahnte sie sich. Ihre Beine zitterten und ihre Hände wurden feucht. Sie zuckte zusammen, als seine Hand ihr Kinn anhob und sie zwang, ihn anzusehen.

„Ich weiß, dass du uns beobachtet hast. Und es hat dich erregt. Du hast dir vorgestellt, an ihrer Stelle auf meinem Schoß zu liegen." Sein Daumen strich über ihre Lippen und hinterließ ein Prickeln. Wieder schoss ihr die Schamesröte ins Gesicht. Unter halb geöffneten Lidern sah sie zu ihm auf und erschrak über das wilde Verlangen, das sie in seinen dunklen Augen las.

Ihr Körper reagierte mit einem sehnsüchtigen Ziehen, weshalb sie sich insgeheim verfluchte. Aber sie war machtlos gegen seine Anziehungskraft, die sie an nichts anderes mehr denken ließ als das Stillen ihrer Begierde. Ja, er hatte recht, sie hatte sich nichts mehr gewünscht, als von ihm liebkost zu werden. Doch das würde sie niemals zugeben.

„Ich gebe zu, Euch beobachtet zu haben. Doch was ich gesehen habe, hat mich abgestoßen. Eure Liebeskünste beeindrucken mich in keiner Weise." Daniela bemühte sich, seinem Blick standzuhalten, obwohl es ihr schwerfiel.

Es zuckte amüsiert um seine Mundwinkel. „Fast hätte ich dir die Lüge abgenommen, wenn dein Körper dich nicht verraten hätte." Seine Augen schienen ihren Körper Zentimeter für Zentimeter abzutasten, was ein Kribbeln in ihrem Bauch bewirkte. Langsam näherte sich sein Gesicht ihrem.

Wenn sie ihm jetzt keinen Einhalt gebot, würde sie ihm wie das Mädchen in die Arme sinken. Sie durfte es ihm nicht so leicht machen, denn sie wusste, dass er die Jagd liebte. Wenn sie sich ihm hingab, dann sollte er das niemals vergessen. Hastig wandte sie ihr Gesicht ab. Daniela befürchtete, er würde sich mit Gewalt einen Kuss rauben. Stattdessen ließ er sie gewähren und sah sie voll Erstaunen an. Sicherlich war er eine Abfuhr nicht gewöhnt. Wenn sie doch nur etwas gegen ihr Herzklopfen unternehmen könnte. Seine sinnlichen Lippen kräuselten sich zu einem Lächeln.

„Bildet Euch bloß nicht ein, dass ich voller Wonne wie dieses Mädchen in Eure Arme sinke." Und ob sie das täte. Daniela unterdrückte einen Seufzer.

„Höre ich da Eifersucht aus deinen Worten?" Am liebsten hätte sie ihm entgegengeschrien, dass sie innerlich vor Eifersucht tobte. Doch eher hätte sie sich die Zunge abgebissen, als sich zu verraten. Schuld an allem trugen ihre Unerfahrenheit und der innige Wunsch, die körperliche Liebe zu erleben. Das machte sie empfänglich für seine Annäherungen.

„Eifersüchtig? Wegen Euch? Vielmehr fand ich Euer rohes Verhalten abscheulich."

Das Lächeln auf seinen Lippen erlosch und seine Augen blickten sie kalt an.

„Was weißt du schon davon, wie man mit seinen Untertanen umgeht? Noch dazu, wenn es sich um Vampire handelt! Nur wenn sie mich fürchten, gehorchen sie mir. Haben sie keinen Respekt vor mir, verbünden sie sich vielleicht mit Razvan."

Valerij cel Bâtrân besaß jetzt etwas Wildes, Animalisches, das sie nur allzu deutlich daran erinnerte, dass er ein Vampir war. Daniela wusste nicht, was sie antworten sollte. Einerseits konnte sie ihn verstehen, andererseits machte ihr sein Verhalten Angst.

„Ich dachte, die Werwölfe müssten ihr Dasein in Bukarest fristen? Warum rebellieren Sie gegen Euch?"

„Was mag nur in deinem schönen Köpfchen vorgehen? Du schaffst es immer wieder, mich zu überraschen. Eine Sterbliche, die über dunkle Geschöpfe nachdenkt? Vampire und Werwölfe sind euch doch verhasst. Was kümmern dich da unsere Zwistigkeiten?"

Daniela atmete auf, denn sie hatte einen weiteren Zornesausbruch von ihm erwartet. Auch er überraschte sie immer wieder und warf sie in ein Wechselbad der Gefühle. Ja, sie hasste Vampire und Werwölfe, und es war ihr bislang gleichgültig gewesen, welche Fehden sie miteinander austrugen. Doch nun beunruhigte sie der Gedanke, Valerij cel Bâtrâns Herrschaft könnte ein jähes Ende finden, weil sie in diesem Fall ebenfalls in Gefahr geriete, wenn die Werwölfe die Burg stürmten ... Aber damit belog sie sich selbst. Es passte nicht in ihre Vorstellungswelt, dass dieser charismatische und mächtige Fürst in Bedrängnis geraten könnte.

„Mich interessiert alles." Vor allem alles, was ihn betraf.

„Du weichst mir aus. Dennoch will ich deine Fragen beantworten. Prinz Razvan fühlt sich als der wahre Karpatenfürst. Er hat es nie wirklich akzeptiert, sich einem Vampir zu beugen. Jetzt will er die Herrschaft an sich reißen." Es zuckte um seinen Mund und verriet Daniela, dass der Zorn noch immer tief in ihm schwelte. Valerijs Blick richtete sich in die Ferne. „Seit Beginn der Zeit regieren Liliths Kinder über Transsilvanien. Das verlangt der Vertrag, den meine Mutter und ich vor Tausenden von Jahren mit den Werwölfen abgeschlossen haben. Ich werde nicht dulden, dass Razvan ihn bricht."

„Und wenn es diesem Razvan gelingt, die Bauern und Eure Gefolgsleute auf seine Seite zu ziehen?"

„Fürchtest du etwa um mich?" Ein ungewohnt warmer Glanz trat in seine dunkle Augen, der ihr Herz schneller schlagen ließ.

Wenn er sie doch nicht so ansehen würde. Das machte sie nervös.

„Ich fürchte eher um mein Leben als um Eures. Schließlich könnten die Werwölfe Eure Burg stürmen. Ein Grund mehr für mich, jede Gelegenheit zu nutzen, Euch zu entfliehen."

Daniela glaubte in diesem Augenblick, ihn mit ihren Worten verletzt zu haben, denn sein Blick wirkte plötzlich starr, fast leblos. Einen Atemzug später war der Eindruck verflogen. Sie musste sich getäuscht haben. Valerij sprang nach vorn und umfasste ihre Schultern. Er senkte den Kopf und küsste sie wild. In seinem Kuss lagen Zorn und Begierde gleichermaßen. Dennoch wühlte er alle ihre Sinne auf. Die Tatsache, dass sie ihm auf Gedeih und Verderb ausgeliefert war, ließ jegliche Hoffnung schwinden. Daniela war verzweifelt und unterdrückte die aufsteigenden Tränen.

„Ich werde dich jetzt zurück zu deinem Gemach bringen." Er zog sie am Arm hinter sich her. Nie hatte Daniela sich so hilflos und einsam gefühlt.

21

Valerij drehte sich um und ging zur Verbindungstür.

„Ich werde sie offen lassen, damit du meine Nähe spürst und begreifst, dass du mir nicht entkommen kannst."

Seine Stimme klang ruhig, aber Daniela fühlte, dass es in ihm brodelte. Er blies die Kerzen aus und schlüpfte durch die Tür.

Nachdem er gegangen war, streckte sie sich auf dem Bett aus. Plötzlich fühlte sie sich erschöpft. Etwas Ruhe würde ihr jetzt guttun, um Kräfte zu sammeln und über einen weiteren Fluchtversuch nachzudenken. Sie dachte an das Geschehen von vorhin und den Zornesausbruch Valerijs. Er war unberechenbar, grausam und auf der anderen Seite sanft und verführerisch. Wie der Teufel in Person.

Zitternd schlüpfte sie unter die Bettdecke und kniff die Augen zu. Zwischendurch spähte sie im Dunkeln immer wieder zur Verbindungstür. Es machte sie nervös, ihn in der Nähe zu wissen. Jeden Moment konnte sie damit rechnen, dass er zu ihr herüberkäme und sich an ihr verging. Sie hörte ihr Herz laut pochen. Nebenan herrschte absolute Stille. Was er wohl tat? Lag auch er im Bett? Nein, er hatte doch gesagt, er würde keinen Schlaf benötigen. Was zur Hölle trieb er dann? Glotzte er Löcher in die Decke? Verdammt, warum konnte er nicht so wie die anderen Vampire sein! Er war so überlegen und höllisch anziehend.

Deutlich sah sie den Fürsten vor sich, die widerspenstige Strähne seines dunklen Haares, die ihm immer ins Gesicht fiel, wenn er den Kopf zur Seite drehte. Der sinnliche Mund, der sich zu einem spöttischen Lächeln kräuselte und die goldbraunen Augen, die sie mit glühenden Blicken bedachten. Valerij, sein Name klang fremd, doch irgendwie melodisch. Er passte zu ihm.

Was für sündige Gedanken. Herrgott, sie war eine Dcera, deren einzige Aufgabe es war, Vampire zu vernichten. Sie war froh, dass er die Kerzen ausgeblasen hatte.

Die Dunkelheit besaß etwas Tröstliches. Das war nicht immer so gewesen. Früher als Kind hatte sie sich bei Einbruch der Dunkelheit gefürchtet, wenn die Geschöpfe der Finsternis auf Suche nach Beute die Gegend durchstreiften. Dann war auch ihr Vater dem Ruf der Nacht gefolgt. Die Schritte ihrer Mutter hallten durch das Schloss, wenn sie ruhelos auf und ab wanderte. Daniela konnte ihre Furcht fühlen, die auch sie jedes Mal ergriff. Zum Trost kuschelte sie sich an ihre Schwester Katja. Ihre zitternden Hände verschränkten sich ineinander, als wollten sie sich nie mehr loslassen. Keiner redete über die Angst. Aber am nächsten Morgen war das Kissen von ihren Tränen feucht.

Jahre später hatte sie ihre Mutter verstanden, die von der Furcht um ihren

Vater getrieben keine Ruhe mehr fand. Drazice wartete auf eine Gelegenheit, ihren Vater zu töten. Und das war ihm auch eines Tages gelungen. Daniela schluckte den harten Kloß hinunter, der in ihrer Kehle saß.

Als es plötzlich knackte, horchte sie auf. Sofort richtete sich ihr Blick auf die Tür, als erwarte sie das Eintreten des Fürsten. Aber es war nur das Holz, das arbeitete. Sie rollte sich zusammen und grübelte weiter. Wie sehr doch ihr Schicksal dem ihrer Mutter ähnelte. Auch die hatte sich zu einem Geschöpf der Nacht hingezogen gefühlt. Ob ihre Mutter damals ebensolchen Abscheu empfunden hatte wie sie? Dennoch hatte sie ihren Vater über alles geliebt und war ihm in den Tod gefolgt. Eine Träne stahl sich aus Danielas Augenwinkel und rollte ihre Wange hinab. Zu viele Fragen, die mit warum begannen, geisterten in ihrem Kopf herum. Warum hatte ihre Mutter sich ausgerechnet in einen Dhampir verlieben müssen? Warum war sie eine Dcera und hatte das Erbe an sie weitergegeben? Warum mussten ihre Eltern sterben? Warum befand sie sich in der Gewalt des Karpatenfürsten?

Die Gedanken quälten Daniela. Lange warf sie sich unruhig im Bett von einer Seite auf die andere. Irgendwann schlief sie darüber ein.

Daniela rannte durch den verschneiten Wald. Im Sonnenlicht glitzerte der weiße Teppich, als bestünde er aus Edelsteinen. Atemlos rannte sie auf das väterliche Schloss zu, dessen hohe Türme wie drohende Finger gen Himmel ragten. Eine dunkle Wolke schob sich vor die Sonne, was ihr wie ein böses Omen vorkam. Von Neugier getrieben, rannte sie auf das Eingangsportal zu.

Als sie in die Halle stürmte, warf sie Handschuhe und Jacke achtlos auf den Boden, bevor sie die marmorne Treppe in den ersten Stock hinauflief.

Die Tür zur Bibliothek war nicht verschlossen. Sie wollte eintreten, als eine fremde Stimme sie zurückhielt. Besuch? Niemand hatte sich angesagt und bald würde es dämmern. Sie spähte durch den Spalt. Ihre Eltern standen vor dem Kamin und verständigten sich mit Blicken. Irgendetwas stimmte nicht.

Daniela sah nur den breiten Rücken des Fremden, der zwischen ihre Eltern trat und das Feuer verdeckte. Die drei redeten in einer Sprache, die sie nie gehört hatte. Ihr Vater ballte die Faust. Auch ihre Mutter und der Fremde wirkten aufgebracht. Die Atmosphäre im Raum war gespannt.

Wer war der Fremde und was wollte er? War auch er womöglich ein Vampir? Dunkles, gewelltes Haar fiel auf seine Schultern. Es glänzte im Schein des Feuers. Niemand, den sie kannte, konnte ihrem hochgewachsenen Vater direkt in die Augen blicken, bis auf den Fremden vor dem Kamin. Seine finstere Aura ließ sie nicht unberührt, sie fürchtete sich.

Die Worte ihrer Mutter klangen beschwörend, als wollte sie ihren Mann zu etwas überreden. Immer wieder warf sie anklagende Blicke zu dem Fremden hinüber. Aber ihr Vater schüttelte den Kopf und versuchte, sie mit Worten zu beschwichtigen. Leider drehte der Fremde sich nicht um. Daniela hätte zu gern sein Gesicht gesehen. Ehe sie sich versah, löste er sich in Nichts auf. Also doch ein Vampir!

Daniela setzte sich ruckartig auf, das Herz raste in ihrer Brust. Das Nachthemd klebte an ihrem schweißnassen Körper. In ihrem Kopf wirbelten die Gedanken durcheinander. Sie hatte von ihren Eltern geträumt. Das war kein normaler Traum gewesen. Alles, was sie gesehen hatte, entsprang ihrer Erinnerung. Sie presste eine Hand gegen die Schläfe. Wie hatte sie diese Begebenheit nur vergessen können? Den Grund für den Besuch des Vampirs hatte sie nie erfahren, nur die drohende Gefahr gespürt, die einen Tag später durch die Entführung ihrer Schwester zur Gewissheit geworden war. Es war einer der schwärzesten Tage ihres Lebens gewesen.

Ihre Eltern brachen auf, um ihre Schwester aus den Klauen Drazices zu reißen und kehrten nie zurück. Lange war sie voller Hoffnung auf ein Wiedersehen gewesen, hatte auf sie gewartet, bis Malvina sie mit sich nahm.

Der Schmerz kehrte mit voller Wucht zurück. Sie hatte alles verloren, was ihr lieb und teuer gewesen war, ihre Eltern, ihre Schwester, ihre Gefährtinnen und sich selbst, denn sie gehörte zu niemandem. Mit einem Mal fühlte sie sich entsetzlich einsam. Seit Kurzem war sie dazu noch der Willkür des skrupellosen Karpatenfürsten hilflos ausgeliefert, der sie zwingen würde, sich ihm zu unterwerfen. Dazu war ihm jedes Mittel recht, das von Gewalt bis Verführung reichte.

Sie fühlte sich am Ende ihrer Kräfte und schwamm in einem Meer der Hoffnungslosigkeit, das sie in die Tiefe riss. Noch mehr Schmerz und Erniedrigungen könnte sie nicht mehr ertragen.

Leise stand Daniela auf, lief zur Kommode und zog das Klappmesser aus der Schublade. Welchen Sinn besaß ihr Leben noch? Selbst wenn sie die Burg verließe, sie war eine Andere, voller Bitterkeit und noch mehr Hass.

Tränen rannen ihre Wangen hinab, während ihre zitternde Hand das Messer umklammerte.

„Tu es nicht. Du willst es doch auch eigentlich gar nicht, denn du bist stark", hörte sie ein Flüstern an ihrem Ohr. Es klang so warm und tröstlich.

Eine Hand entwand ihr sanft das Messer. Daniela ließ es geschehen, schluchzte auf und legte die Hände vors Gesicht. Es war das erste Mal seit Langem, dass sie weinte. Damals, als ihre Eltern gestorben waren, hatte sie nur eine unglaubliche Leere in sich gespürt und keine Träne vergossen. Durch die Dceras hatte sie die Wahrheit über den Mörder ihrer Eltern erfahren, und ihre Trauer schlug in Hass um, der fortan ihr Leben bestimmte. Seitdem jagte sie Vampire. Doch je mehr sie in die Hölle beförderte, desto weniger befriedigte das ihren Rachedurst, denn sie glichen alle gesichtslosen Wesen.

Arme umfingen sie und zogen sie an eine nackte, muskulöse Brust. Es fühlte sich gut an. Sie legte ihr feuchtes Gesicht an seine warme Haut und ließ ihren Tränen freien Lauf. In diesem Augenblick war es ihr gleichgültig, wer es war, an den sie sich lehnte. Sie suchte nur Trost und Vergessen.

Als ihr Tränenfluss versiegte, wurde sie sich dessen bewusst, dass er sie die ganze Zeit wie ein Kind beruhigt hatte. So konnte nie Valerij cel Bâtrân sein, der skrupellose Blutsauger, der sie gefangen hielt und sie, wenn sie sich ihm verweigerte, auch mit Gewalt nehmen würde.

Sein Atem streifte ihr Gesicht, als er den Kopf herabsenkte und sie küsste. In diesem Kuss lag so viel Gefühl, als bestünde sie aus zerbrechlichem Glas, dass es sie tief berührte und sie einen Seufzer nicht unterdrücken konnte. Seine Zunge glitt zwischen ihre Lippen und tastete sich in ihrem Mund vor, auf der Suche nach ihrem Pendant. Als sich ihre Spitzen trafen, durchflutete ihren Körper prickelnde Erregung, die mit jeder weiteren Berührung wuchs.

Daniela, die durch seine Küsse auf den Geschmack gekommen war, das Spiel des Verlangens weiter zu treiben, züngelte ungestümer. Sie wollte mehr von ihm und im Rausch der Sinne ertrinken, dass alles um sie herum an Bedeutung verlor. Nur dieser Augenblick zählte und nicht das Danach.

Ihre Hände legten sich auf seine nackten Schultern. Es erstaunte Daniela, wie weich und fest zugleich sich seine Haut anfühlte. Als er sie fester an sich presste, bemerkte sie, dass er splitternackt war. Sein Phallus war hart und drückte sich gegen ihren Bauch.

Plötzlich ließ er von ihr ab und zerriss mit einem Ruck das Nachthemd, bis auch sie nackt vor ihm stand. Dann spürte sie nur noch seine Lippen und Zunge, die über ihre Haut glitten und sie fast um den Verstand brachten.

Als sich sein Mund um eine Brustwarze schloss, stöhnte sie leise und gab sich dieser Liebkosung hin. Er saugte daran, leckte über die empfindliche Spitze, bis er sich der nächsten zuwandte. Wie oft hatte sie davon geträumt, aber die Realität übertraf ihre kühnsten Vorstellungen.

Von einer Welle der Erregung erfasst, krallten sich ihre Nägel in seinen Rücken, bis sie Blut zwischen ihren Fingern fühlte. Während er ihren Busen liebkoste, stöhnte er und seine Hände umfassten ihren Po. Mit dem Finger fuhr er durch ihre Ritze. Es kitzelte und das Blut schoss durch ihre Spalte. Sie drängte ihr Becken gegen seinen Unterleib und rieb sich an seiner Erektion. Feuchtigkeit drang aus seiner Eichel und benetzte ihren Bauch.

Oft genug hatte sie sich in ihren Träumen ausgemalt, wie sie auch ihn reizen könnte, doch jetzt beherrschte sie eine Scheu. Sie besaß keinerlei Erfahrung. Ihr Wissen resultierte einzig aus den Erzählungen der Gefährtinnen und der Huren und ihren Beobachtungen.

Daniela wusste nur, was sie selbst erregend fand. Doch wie war es bei ihm? Sie fühlte sich linkisch und plump. Unbewusst versteifte sie sich in seinen Armen. Als hätte er ihre Gedanken erraten, fasste er nach ihrer Hand und führte sie zu seiner Männlichkeit.

„Nimm und streichele ihn", flüsterte er. „So." Er legte ihre Hand an sein Glied und bedeutete ihr, von oben nach unten, von der Spitze zur Wurzel und über den Hodensack zu streichen.

Zaghaft umfasste sie seinen Schaft, der prall, aber angenehm samtig in ihrer Hand lag. Perfekt fühlte es sich an, wie alles, was sie von ihm ertastete und schmeckte, perfekt, ihr erster Liebhaber zu sein.

Mit dem Daumen wischte sie über seine Eichel und verteilte die Feuchtigkeit. Vorsichtig massierte sie die Spitze mit den Fingern, was ihm ein weiteres Stöhnen entlockte. Sein Phallus zuckte in ihrer Hand. Dass es ihm gefiel, ließ sie kühner werden. Langsam schob sie seine Vorhaut nach hinten und glitt mit der Hand tiefer, um sie im gleichen Tempo wieder nach oben streichen zu lassen. Das wiederholte sie mehrere Male. Nie hätte sie gedacht, dass eine Berührung diese tiefe Sinnlichkeit besitzen konnte.

Auch seine Hände erkundeten ihren Unterleib, fuhren über ihre Rundungen von Hüfte und Gesäß, bis sie sich nach vorn tasteten und ihrem Venushügel näherten. Durch ihre rasierte Scham war sie viel empfindlicher. Sie war froh, Ileanas Rat beherzigt und die Haare entfernt zu haben. Jede Berührung ging ihr durch und durch und breitete sich in heißen Wellen aus.

Wieder suchten seine Lippen ihre, erst zärtlich und dann fordernder. Daniela konnte nicht genug von seinen Küssen bekommen, die würzig schmeckten.

Er knabberte mit den Zähnen an ihrer Unterlippe und sog sie ein.

Daniela umfasste seinen Phallus fester und kraulte seinen Hodensack. Ein tiefes Knurren drang aus seiner Kehle. Gern hätte sie ihm jetzt in die Augen gesehen, um das Begehren darin zu lesen.

Wie auf Kommando saugten sich seine Lippen an ihr fest, als wollte er nicht mehr loslassen. Seine Hände suchten unterhalb des Venushügels nach ihrer Mitte. Während seine Zunge ihre umkreiste, teilte ein Finger ihre Schamlippen. Dass er sie an ihrer intimsten Stelle berührte, ließ sie für einen kurzen Augenblick verkrampfen. Wenn es auch das herrlichste Gefühl war, das sie dabei verspürte, war es dennoch ungewohnt. Doch ihre Scheu verflog zum Glück schnell, als sie sich an die Massage Ileanas erinnerte, die ihr gezeigt hatte, wie lustvoll eine Berührung sein konnte. Sie hatte recht gehabt. Nein, hatte sie nicht, das hier übertraf alle ihre Erwartungen. Gleichzeitig erschrak sie über die Heftigkeit ihrer Begierde, die voller Ungeduld nach Befriedigung schrie.

Mit dem Bein schob er ihre Schenkel auseinander, um sich eingehender mit ihrer empfindlichen Spalte zu befassen. Es schien, als besäße er tausend Finger, die sie überall verwöhnten. Unter der Geschicklichkeit seiner Hände glaubte sie, zu verbrennen. Immer tiefer gruben sich seine Finger in ihre Falten, bis sie die Perle darin fanden.

Sie hörte ihn leise lachen, wie ein Kind, das sich über ein begehrtes Spielzeug freute. Daniela bemerkte, wie ihr Kiefer anschwoll, in dem sich die Fangzähne verbargen. Mit aller Kraft versuchte sie, das Heraustreten der Zähne zu verhindern, um sich nicht zu verraten. Doch wie sollte sie sich darauf konzentrieren, wenn die Lust über ihr zusammenschlug?

Sie schämte sich ein wenig über die Nässe, die aus ihrer Scheide floss.

„Du riechst so wunderbar, dass es mich verrückt macht. Ich will dich schmecken", flüsterte er ihr ins Ohr.

Plötzlich hob er sie hoch, spreizte ihre Schenkel und legte sie um seinen Körper. Sie klammerte sich an ihn und bedeckte sein Gesicht mit unzähligen Küssen. Während er sie zum Bett trug, leckte sie gierig über seine Ohrmuschel. Die Seide kühlte angenehm ihre erhitzte Haut und knisterte leise. Er schob sie weit hoch zum Kopfende des Bettes, bevor er sich zwischen ihre Schenkel legte. Seine Haare kitzelten an ihrer Mitte, dass sie leicht zuckte. Doch das war nichts gegen das, was folgte.

Schon spürte sie seine Zunge, die ihren Kitzler umkreiste. Das fühlte sich unglaublich gut an. Ihr blieb fast die Luft weg. Ihre Hände griffen in sein Haar, das nach frisch geschlagenem Holz duftete und seidig durch ihre Finger glitt. Sie hörte lautes Keuchen und war bestürzt, dass es ihr eigenes war.

Das verstärkte sich noch, als er zärtlich abwechselnd ihre Schamlippen einsog und die Feuchtigkeit von ihnen leckte. Daniela zitterte. In ihrem Kopf rauschte es, als jagten Stürme hindurch. Sie hatte ihren Körper nicht mehr unter Kontrolle. Alles verlangte nach Befriedigung durch ihn. Aber sie wollte nicht allein den Höhepunkt erleben, sondern mit ihm zusammen. Es durchzuckte sie wie ein Blitz, als seine Zunge in sie eintauchte.

„Du bist wunderschön und riechst so gut, dass ich nicht genug von dir bekommen kann", flüsterte er. Als sein Atem ihre Spalte streifte, kroch ihr eine Gänsehaut den Rücken herauf. Sie spürte bereits den Höhepunkt nahen, als seine Zunge immer wilder in sie fuhr.

„Nimm mich." Mein Gott, sie flehte ihn an, sie zu nehmen. Jetzt fühlte sie sich tatsächlich wie eine Gefangene der Leidenschaft und sehnte sich danach, endlich mit ihm eins zu sein. Willig folgte er ihrer Bitte und legte sich auf sie. Auch er zitterte leicht und sie bemerkte, welche Mühe es ihn kostete, nicht ungestüm in sie einzudringen. Sie war ihm dankbar für seine Rücksicht, die diesem lustvollen Erlebnis Vollkommenheit verlieh. Nie hätte sie sich einen anderen Liebhaber vorstellen mögen.

Wieder küsste er sie, noch wilder, schneller, fordernder, dass es ihr schwindelte. Nur zu willig erwiderte sie seinen Kuss. Dabei schmeckte sie die salzige Nuance, die die Feuchte ihrer Scheide in seinem Mund hinterlassen hatte. Sich selbst zu schmecken, war unbeschreiblich und steigerte ihre Erregung ins Unermessliche.

Die Spitze seines Phallus pulsierte hart und fordernd gegen ihre Öffnung. Daniela wand sich unter ihm, weil sie das Ziehen in ihrem Unterleib kaum aushalten konnte. Wann würde er ihr endlich die ersehnte Erlösung schenken? Sanft drang er in sie ein. Ein leichter Schmerz durchzuckte sie, als ihr Jungfernhäutchen riss. Daniela schrie leise auf. Er hauchte ihr einen Kuss auf den Mund. Der Schmerz verebbte schnell, als er sich in ihr bewegte. Er füllte sie aus, hart und heiß und schenkte ihrem Körper die größten Wonnen. Ihre Körper passten perfekt zusammen, als wären sie füreinander geschaffen. Doch im gleichen Moment kehrte die alte Unsicherheit zurück. Was wäre, wenn sie ihn nicht befriedigen konnte? Ein Gefühl der Beklommenheit machte sich breit, denn alles, was sie sich wünschte, war, dass auch er die Kontrolle verlor. Bei Oana hatte sie gesehen, wie sie ihr Becken bewegte. Sie ahmte es nach und hörte, wie er die Luft geräuschvoll einzog.

Er richtete sich unerwartet auf und legte ihre Beine auf seine Schultern. Daniela wollte protestieren, weil sie ihn auf sich spüren wollte, Haut an Haut.

„Pst", er legte einen Finger auf ihren Mund. „Entspanne dich und genieße es."

Seine Stimme besaß etwas Beruhigendes, die sie tatsächlich entspannen ließ. Sie legte den Kopf zurück aufs Kissen und schloss die Augen. Bedächtig tauchte er in sie ein, bis er in immer schneller werdendem Rhythmus in sie stieß. Sie spürte seinen Hodensack gegen ihren Po schlagen. Das schmatzende Geräusch, das durch seine Bewegung entstand, klang so herrlich frivol. Er stöhnte hemmungslos, während er sie wild ritt.

Daniela gab sich ihm hin und genoss den Reiz in ihrer Mitte, der mit jedem Stoß unerträglich wurde. Endlich nahte der erlösende Höhepunkt, der Sterne vor ihren Augen tanzen ließ. Er schob ihre Beine wieder hinunter und legte sich auf sie. Sie fühlte seinen Mund an ihrer Halsbeuge.

„Ich begehre alles an dir", raunte er mit zitternder Stimme. „Alles, auch dein Blut."

Daniela war enttäuscht, dass er sie kurz vor ihrem Höhepunkt im Stich ließ. Doch als sie die feinen Stiche an ihrem Hals spürte, die von seinen Zähnen stammten, riss sie das erneut in den Strudel ungezügelter Leidenschaft. Sie ließ ihn gewähren. Seine Lippen stülpten sich über ihre Haut. Langsam trank er das Blut aus ihrer geöffneten Ader. Seltsamerweise war es ihr nicht unangenehm, wie sie immer angenommen hatte, im Gegenteil, ihre Erregung schwoll an, stärker, als sie es sich je vorstellen konnte. Der Druck, den sie an ihrem Hals verspürte, übertrug sich auf ihren Schoß. Ihre Hände umfassten seinen festen Hintern und kneteten ihn, um ihn zu schnellerem Rhythmus zu stimulieren.

Ihre Schreie vermischten sich, als er sich in sie ergoss.

Atemlos sank er auf sie und küsste ihren Mund und ihre Lider.

Ihr Herz raste noch immer, aber sie fühlte sich satt und zufrieden wie nie zuvor. Er war so unbeschreiblich zärtlich gewesen, hatte Rücksicht auf ihre Jungfräulichkeit genommen und sie zu nichts gedrängt, was sie nicht wollte. Doch ein bitterer Nachgeschmack blieb zurück. Sie drehte sich auf die Seite und kehrte ihm den Rücken zu. Seine Hand ruhte auf ihrer Hüfte.

Wie konnte sie es nur so weit kommen lassen? Sich einem Vampir hinzugeben, noch dazu, ihn von ihrem Blut trinken lassen, wo sie ihn hasste? Und sie hatte es auch genossen. Dennoch konnte sie nicht verleugnen, dass sie selbst jetzt dazu bereit wäre, das Ganze zu wiederholen mit einem solchen Verlangen, dass es sie erschreckte. Da war nicht nur die reine Lust, die sie beherrschte, sondern ein warmes Gefühl, tief in ihrem Inneren. Das Schlimmste, was sie befürchtet hatte, war eingetroffen. Sie hatte sich in einen Vampir verliebt. Michael würde sie dafür hassen, die toten Gefährtinnen ebenfalls. Sie hasste sich bereits selbst dafür. Wenn ihr Körper doch nur nicht vor Begierde glühen würde.

22.

Die Kerzen flackerten leicht und warfen bizarre Schatten an die Wand. Valerij hatte sie angezündet, weil er sie ausgiebig betrachten wollte. Mit den meisten seiner Geliebten genoss er danach Champagner, als wollte er ein letztes Prickeln fühlen, als Ausklang ihrer kurzen Affäre. Doch Mirela war anders. Er spürte die Spannung, die plötzlich zwischen ihnen bestand. Ihre Verzweiflung vorhin hatte die Mauer, die ihren Geist umgab, eingerissen, sodass es ihm möglich gewesen war, ihre Gedanken bruchstückhaft zu lesen. Jetzt war sie gefasster und es gelang ihm nicht, zu erfahren, was sie dachte.

Sie hatte ihm den Rücken zugewandt und wollte ihn glauben lassen, dass sie schlief. Ihre Atemzüge waren zwar gleichmäßig, aber angespannt. Nur ein Vampir vermochte zu unterscheiden, ob der Atem gepresster klang als normal.

Sie war ein einziges Mysterium, das einen ungeahnten Reiz auf ihn ausübte. Vorhin auf der Treppe war er wütend auf sie gewesen, als er sie bei der Flucht ertappt hatte. Am liebsten hätte er ihr den Hintern versohlt. Wie konnte sie es wagen, davonzulaufen? Anscheinend hatte sie noch immer nicht begriffen, dass sie ihm gehörte. Normalerweise nahm er sich das Begehrte, ohne zu zögern. Gut, die Frauen hatten sich ihm nur zu gern hingegeben, dafür musste er nur mit dem kleinen Finger winken. Das hier war etwas völlig Neues für ihn. Sie war die erste Frau, die ihn überraschen konnte. Valerij lächelte. Dieses Weib weckte Gefühle, die besser im Verborgenen geblieben wären.

Es hatte ihn viel Beherrschung gekostet, sich nicht sofort auf sie zu stürzen und sie rücksichtslos zu lieben. Dieser stolze Blick aus ihren eisblauen Augen und der Duft ihres Blutes brachten ihn um den Verstand. Was war nur in ihn gefahren? Er kannte sich selbst nicht mehr, seitdem er sie zum ersten Mal im Weiher baden gesehen hatte. Diese Anmut und das Temperament waren eine gefährliche Mischung, der er nicht widerstehen konnte. Sie bestimmte seine Gedanken, seine Gefühle. Aurika hatte recht, er war von ihr besessen. Es erschreckte ihn, wie viel Macht sie über ihn besaß, den mächtigen Karpatenfürsten, der seine Gegner skrupellos niederstreckte. Für eine Nacht mit ihr wäre er zu jedem Opfer bereit.

Früher hatte er sich die Frauen rücksichtslos genommen. Was interessierten ihn deren Empfindungen? Eine Nacht nur, dann verstieß er sie. Nichts an ihnen war so reizvoll gewesen, dass er sie ein zweites Mal geliebt hatte. Und es waren viele gewesen, deren Anzahl er nicht einmal annähernd schätzen konnte.

Dass Mirela Jungfrau gewesen war, erfüllte ihn mit einem gewissen Stolz, ihr erster Liebhaber zu sein. Bevor er sie kannte, bevorzugte er die erfahrenen, reifen Frauen, die wussten, wie sie ihn schnell und facettenreich befriedigen konnten. Jungfrauen mied er wie Pech und Schwefel und reichte sie an Petre weiter. Von Mirela forderte er alles. Die Scheu, mit der sie ihm begegnet war, rührte ihn. Es erstaunte ihn, wie sanft er sie liebkost und sich zurückgehalten hatte, obwohl sein Schaft vor Lust kaum zu bändigen gewesen war. Die Leidenschaft, mit der sie schließlich seine Zärtlichkeit erwiderte, hatte ihn überrascht. In ihr schlummerte ein verborgenes Feuer, das er aufs Neue entfachen wollte.

Doch das war es nicht allein, was sie derart anziehend machte. Das Mysterium, das sie umgab, musste er erforschen. Sie verheimlichte etwas, das spürte er. Welcher Zusammenhang bestand zwischen ihr und den Zigeunern? Sie hatte nichts mit ihnen gemeinsam. Irgendwann würde er hinter ihr Geheimnis kommen, so wahr er Liliths Sohn war.

Seufzend kuschelte sie sich tiefer in die Kissen. Seine Hand lag noch immer auf ihrer Taille. Ihre Haut fühlte sich kühl und zart an, und er spürte, wie ihn die Lust erneut überkam. Sein Phallus reckte sich bereits wieder in die Höhe. Ihr Blut und ihre Feuchte, die er vorhin schmecken durfte, verlangten nach mehr. Er streichelte ihre Hüfte hinab zu ihrem Po. Sie war so schön und begehrenswert, dass es fast schmerzte. Ihr Blut machte süchtig wie ein Rauschmittel.

Sie zuckte leicht und rückte ein wenig von ihm ab. Er rutschte auf der Decke hinterher und wollte sie an sich ziehen, aber sie stieß ihn von sich. Verdammtes Weib. Mit ihrer abweisenden Art schürte sie nur noch heißer das Feuer der Leidenschaft. Valerij legte sein Bein über ihre Hüfte und hielt sie fest. Hatte er eben noch eine willige Geliebte gehabt, entpuppte sie sich nun als kratzbürstig. Sie trat nach ihm, befreite sich aus der Beinklammer und rollte bis zur Bettkante.

„Halt!" Er roch die Feuchte ihrer Mitte und wusste, dass sie ihn genauso begehrte wie er sie. Die unsichtbare Mauer, mit der sie sich umgab, stürzte ein. Sie wehrte sich, weil sie es liebte, mit ihm zu spielen.

Sie sprang vom Bett auf, doch er packte schnell zu und zog sie wieder zurück. Schwungvoll warf er sie auf den Rücken und presste ihre Arme über dem Kopf zusammen.

„Lasst mich los!" Ihre Stimme klang schrill und ihre Augen schienen vor Wut Funken zu sprühen.

„Hast du vergessen, dass du mir gehörst?"

„Ich gehöre niemandem."

„Du *hast* bereits mir gehört. Durch mich bist du zur Frau geworden."

„Bildet Euch bloß nichts ein. Ihr habt mich dazu gezwungen, um die Huren zu retten."

„Jetzt lügst du schon wieder. Mach dir nichts vor, du hast es genauso genossen wie ich."

Er spürte, wie sehr sie gegen ihr Verlangen kämpfte. Sie trat um sich, dass Valerij sie mit seinem Körper auf dem Bett festnageln musste. Keuchend versuchte sie, sich unter ihm zu winden.

„Ihr habt bekommen, was Ihr wolltet. Warum tötet Ihr mich nicht endlich?"

Ihr Temperament war wirklich unübertrefflich. Ihren nackten Körper unter seinem zu spüren, heizte seine Wollust an. In seiner Phallusspitze kribbelte es.

„Ich töte, wann es mir beliebt. Mein Wort ist hier Gesetz. Noch möchte ich ein wenig Spaß mit dir haben."

Es amüsierte ihn, als sie die Augen weit aufriss. Er hatte keine seiner Geliebten umgebracht, wenigstens nicht, kurz nachdem sie sein Bett verlassen hatten. Und bei ihr wusste er schon jetzt, dass sie ihn noch länger mit ihrer Gegenwart beglücken sollte.

Nichts erwartete er ungeduldiger, als in ihre warme Feuchte vorzudringen, die ihn willig empfing.

„Ich hasse Euch." Ihre Augen verengten sich zu Schlitzen.

„Du wiederholst dich. Dein Körper hat dich verraten."

„Ihr unterschätzt mein schauspielerisches Talent. Ich gehöre zu den Zigeunern."

„Rede keinen Unsinn. Du gehörst nicht zu ihnen und hast nie dazugehört. Ich fühle, wie dein Blut vor Begierde durch deine Adern strömt. Also leugne nicht."

Sie schnaubte wütend. „Aufgeblasener … selbstherrlicher … Vampir", stieß sie hervor.

„Ich liebe dein Temperament. Es macht mich verrückt." Valerij beugte sich herab und presste seinen Mund auf ihren. Der Kuss sollte mehr eine Bestrafung sein, aber als er die Süße ihrer Lippen schmeckte, milderte er den Druck. Er schob seine Zunge in ihren Mund und umkreiste ihre. Zur Hölle mit diesem Weib, das seine Lust aufs Neue entfachte und seinen Verstand vernebelte. Plötzlich spürte er einen stechenden Schmerz auf der Lippe. Dieses Biest hatte ihn gebissen. Er leckte das Blut ab und flüsterte: „Das wirst du mir büßen."

Ihren Protest erstickte er mit einem erneuten Kuss, der derber ausfiel und ein Ziehen in seinen Lenden bewirkte. Sie war so süß und wild, dass er fast auf ihrem Bauch gekommen wäre.

Wenn er glaubte, ihren Widerstand zu ersticken, irrte er sich. Tatsächlich versuchte sie es immer wieder, ihn in die Zunge oder Lippen zu beißen. Valerij musste aufpassen, doch geschickt konnte er ihren Attacken entgehen. Es war ein Spiel, das ihm durchaus gefiel. Sie zu bändigen, war keine leichte Aufgabe, jedoch eine berauschende.

Schließlich war er es leid, sie mit seinen Händen festzuhalten. Er wollte sie lieber überall berühren und ihr Laute der Lust entlocken. Er umklammerte sie, nahm Schwung und rollte sich mit ihr über das Bett an den Nachttisch heran, in dem sich gewisse Liebesspielzeuge befanden. Mit einer Hand presste er sie weiterhin aufs Bett, während seine andere nach der Schublade hangelte. Als er in die Lade griff, lächelte er, denn das Gesuchte lag obenauf: zu Kordeln gewundene Seidenschals. Er umwickelte ihr Handgelenk und band das andere Ende des Schals an einem der Bettpfosten fest.

„Was soll das?", fauchte sie und zerrte an ihrer seidenen Fessel. Aber Valerij ließ sich nicht beirren und verschnürte auch ihren anderen Arm. Mirela keuchte unter ihm, weil sie sich bei ihren erfolglosen Befreiungsversuchen stark verausgabte.

„Wozu das Ganze? Ihr könnt andere haben. Trinkt mein Blut leer, es ist mir egal."

„Danke für die Einladung."

Sie zitterte aus Furcht und gleichzeitig aus Erregung. Sie war bereits so feucht, dass es intensiv danach roch. Ein herrlicher Duft, der wie ein Aphrodisiakum auf ihn wirkte. Am liebsten hätte er seinen Schaft gleich in sie versenkt, aber er zog es vor, sie mit seinen Liebkosungen gefügig zu machen.

Als er ihre gespreizten Beine am unteren Teil des Bettes festgebunden hatte, kniete sich zwischen ihre Schenkel. Es erregte ihn zusehends, ihren rasenden Puls zu hören, der das Blut durch ihre Adern jagte.

Seine Hände fuhren über die Innenseiten ihrer Schenkel und massierten sie leicht. Sofort versteifte sie sich wieder und starrte an die Decke. Er spürte, dass sie mit aller Macht gegen ihre aufkeimende Erregung kämpfte. Dann beugte er sich hinab und kitzelte ihre Scham mit seinem Haar. Dabei stieg ihm ihr Duft in die Nase, und er musste an sich halten, um sie nicht gleich wild zu züngeln. Bis zum Letzten würde er das Liebesspiel auskosten.

„Ich hasse dich", flüsterte sie. Er frohlockte, denn zum ersten Mal benutzte sie die vertraute Anrede. Anstelle einer Antwort zog seine Zunge eine feuchte Spur über die Innenseite ihrer Schenkel. Dann pustete er gegen ihre Scham und spürte, wie sie erschauerte. Mirela wurde unruhig und kniff ihre Pobacken zusammen.

„Ich hasse dich." Ihre Worte klangen halbherzig und atemlos.

Seine Fangzähne schoben sich vor Erregung aus dem Kiefer. Er schob seine Hände unter ihr Gesäß und hob es leicht an. Aus dem Augenwinkel erkannte er, wie sie ihre Hände ballte und die Lippen zusammenpresste.

Seine Zunge glitt langsam durch ihre Spalte und schlürfte die Feuchtigkeit auf.

Er lächelte zufrieden, als er bemerkte, wie sie die Luft anhielt.

„Es gefällt dir, nicht wahr?", fragte er und blies gegen ihre Scham. Sie schüttelte nur den Kopf.

Valerij musste bereits nach kurzer Zeit das Zungenspiel abbrechen, weil er sonst gekommen wäre. Dabei wollte er ihr eine Lektion der Lust erteilen und fiel ihr selbst fast zum Opfer.

Er zog ihre geschwollenen Schamlippen vorsichtig auseinander, um seinen Finger in sie einzuführen. Langsam bewegte er ihn in ihrer Scheide, die immer feuchter wurde. Sie war noch immer ein wenig eng, aber dem könnte er entgegenwirken, indem er einen weiteren Finger benutzte.

Sein Handballen massierte ihren Venushügel. Kurz sah er zu ihr auf und erkannte, dass ihre Lider flatterten. Noch immer riss sie sich zusammen. Kein Laut drang aus ihrer Kehle. Sie kniff die Lippen zusammen. Seine Finger tauchten in sie ein und zogen sich wieder zurück. Ihr Bauch spannte sich an. Er zog die Finger wieder aus ihr heraus und steckte stattdessen seinen Daumen hinein. Immer, wenn er ihn herausgleiten ließ, rieb er an ihrem Kitzler. Hatte sie eben geseufzt oder war es sein Wunsch?

Die anderen Finger wanderten weiter zu ihrem Po und suchten zwischen ihren Backen nach dem Einlass. Sofort kniff sie die zusammen, um ihn daran zu hindern. Zu spät, seine Finger fuhren tief in ihren Anus. Als er sie darin bewegte, stöhnte sie.

„Und das gefällt dir auch nicht?", fragte er lächelnd.

„Ich hasse das", keuchte sie.

Valerij lachte leise und fuhr weiter fort. Die warme Enge ihrer Öffnungen zu spüren, war mit nichts zu vergleichen. Eine Gänsehaut überzog ihren Körper.

Sein Hodensack zog sich zusammen, als er seinen erigierten Phallus an ihrem Schenkel rieb. Er stand kurz vor seinem Höhepunkt. Dumpf hörte er ihr Herz immer schneller schlagen, roch den verlockenden Duft ihres Blutes, eine Mischung, die sein Verlangen steigerte. Nichts zählte mehr als dieser Augenblick, in dem die Wogen der Begierde über ihm zusammenschlugen und ihn alles um sich herum vergessen ließen.

Hastig zog er die Finger aus ihr und legte sich auf sie. Während er eine Brustwarze gierig in seinen Mund sog, drang sein Phallus in sie. Getrieben von unbezähmbarem Verlangen nahm er sie nicht so zaghaft wie beim ersten Mal. Voller Ekstase stieß er tief in sie hinein, wieder und wieder, im schneller werdenden Rhythmus, der ihr Stöhnen begleitete, bis sie der Höhepunkt gemeinsam in schwindelerregende Gefilde der Lust katapultierte. Ermattet sank er auf sie nieder und vergrub sein Gesicht in ihrem duftenden Haar. Der Drang, noch einmal von ihr zu kosten, war so stark, dass es ihn alle Kraft kostete, ihm zu widerstehen. Noch einen Tropfen Blut von ihr zu trinken, konnte ihn trunken vor Lust machen. Er hätte sie noch ein weiteres Mal lieben können, aber er wollte sie nicht erneut fordern und Widerwillen wecken.

Er hauchte einen Kuss auf ihre feuchte Stirn und rutschte vorsichtig von ihr hinunter, um die Fesseln zu lösen. Ihr Gesicht glänzte und war von einer zarten Röte überzogen. Mit geschlossenen Augen lag sie da und rang nach Atem. Ihr Brustkorb hob und senkte sich schnell, dass ihre Brüste leicht wippten. Nicht nur ihr Körper erschien ihm vollkommen, sondern auch die ungezähmte Leidenschaft, mit der sie seine Liebkosungen erwidert hatte.

Während er sich über sie beugte und den ersten Schal entknotete, fiel sein Blick auf ein rotes Mal über ihrem Brustansatz. Seltsam, dass es ihm erst jetzt auffiel. Es besaß eine eigenartige Form, die ihn an etwas erinnerte. Sie hatte sein Innehalten bemerkt und schlug die Augen auf. Als sich ihre Blicke begegneten, überraschte ihn die Wärme, die darin lag.

Mit dem Zeigefinger deutete er auf ihr Mal.

„Ist nur ein bedeutungsloses Muttermal", erklärte sie und sah nach unten.

Täuschte er sich oder hatte er da eben eine gewisse Wachsamkeit entdeckt? Leicht hob er ihr Kinn an und suchte wieder ihren Blick.

Ihre schwarzen Wimpern glänzten seidig im Kerzenschein und brachten ihre Augen zum Strahlen.

„Und? Hat es dir etwa wieder nicht gefallen?", fragte er leise.

Sofort schnappte ihr Mund zu wie eine Muschel, und sie sah beiseite.

„Nun?", bohrte er nach.

„Sagen wir mal, es war passabel." Ihre Mundwinkel zuckten verräterisch.

„Passabel?" Ihr Körper strafte ihre Worte Lügen.

„Dann sollte ich vielleicht noch mal von vorne beginnen. Erst hier ..." Spielerisch biss er sie in die Lippe, dann in den Hals. „Und dann hier." Seine

Zunge leckte über ihr Kinn und ihren Mund, bis sie seinen Nacken mit den Armen umschlang und ihn voller Leidenschaft küsste.

23.

Anton pfiff noch immer vergnügt vor sich hin, als er das Zigeunerlager betrat. Während seine Laune ungetrübt war, fühlte er sich nach Verlassen Bukarests schwächer. In seinem Kopf schien ein ganzer Bienenschwarm zu schwirren, dass er keinen klaren Gedanken fassen konnte. Der Dämon ernährte sich wieder von seinen Kräften. Anton brauchte dringend Blut, um sich besser zu fühlen. Doch vor allem ein neues Opfer, denn bis zur Nacht des Blauen Mondes lagen nur noch zwei Nächte vor ihm.

Zielstrebig lief er auf den Wagen der Huren zu. Die Aussicht, von ihnen Blut zu trinken, beschleunigte seine Schritte.

Als er an den ersten Wagen vorbeilief, weckten aufgeregte Stimmen seine Aufmerksamkeit. Radu, der Anführer der Zigeuner, palaverte mit einem hochgewachsenen, rothaarigen Kerl, der eindeutig nach Vampir roch. Den hatte er noch nie hier gesehen. Einer Ahnung folgend, drückte Anton sich an einen der Wagen, um die beiden zu belauschen.

„Ich habe nichts mit der Sache zu tun. Will keinen Ärger mit euch Blutsaugern. Und schon gar nicht mit dem Fürsten." Radu hob abwehrend seine klobigen Hände. Die Haltung des Vampirs straffte sich. Anton spürte die feinen Vibrationen, die von ihm ausgingen. Der Vampir gierte nach Blut und vor ihm stand ein Opfer, das nichts von seinen Absichten bemerkte. Sterbliche waren noch dümmer als Werwölfe.

„Ist mir egal. Es ist hier im Lager geschehen. Die Hure hat es gesehen." Die Miene des Vampirs verzerrte sich. Seine Muskeln spannten sich an, bereit, sich auf den Zigeuner zu stürzen.

„Es war der Junge, der ihn vernichtet hat, keiner von uns. Begreifen Sie doch, niemand von uns wollte das."

Du kannst dich verteidigen, wie du willst, es wird dir nichts nützen. Anton belächelte den Zigeuner.

„Das schert mich einen Dreck. Ihr müsst das vor dem Fürsten verantworten."

Schon blitzten die Spitzen der Fangzähne unter der Oberlippe des Vampirs hervor. Jetzt erkannte das auch der Zigeuner und wich erschrocken zurück. Zu spät, der Vampir folgte ihm, Gier flackerte in seinen Augen.

„Was soll das?" Der Zigeuner versuchte, auszuweichen, aber der Vampir versperrte ihm den Weg. Er drängte Radu immer weiter zurück, bis er mit seinem Rücken gegen einen Wagen stieß und nicht mehr ausweichen konnte. Diese Gelegenheit nutzte der Vampir, um sich fauchend auf den Zigeuner zu stürzen und in seinem Hals zu verbeißen. Radu schrie auf, seine Knie knickten ein.

Gelangweilt kehrte Anton den beiden den Rücken zu. Er hätte sich zwar auch gern an dem Blut gelabt, aber er zog es vor, dem anderen Vampir nicht in die Quere zu kommen. Doch dann stoppte er, kehrte um und wartete, bis der Vampir sich satt getrunken hatte, bevor er auf ihn zulief.

Der rothaarige Vampir hob den Kopf und fauchte ihn wütend an. Blut tropfte von seinem Kinn. Anton bemerkte die pergamentene Haut seines Gegenübers, die ihm verriet, wie ausgehungert der Vampir gewesen war. Das Blut des Zigeuners besaß eine bittere Nuance wie Rattenblut, die ihn abstieß.

Der Mann zuckte noch immer unter dem Vampir, als wäre der Blitz in ihn gefahren, obwohl seine Augen leblos gen Himmel starrten. Dieser Kerl war zäh wie eine Katze, das Richtige für die Zeremonie der Schattendämonen. Er war überzeugt, dass sie den nicht ablehnen würden. Welch brillanter Schachzug, mit dem er seine Feinde besänftigen könnte.

Anton blieb auf Distanz und deutete lächelnd eine Verbeugung an.

„Der Sterbliche hat Ihr Mahl überlebt, wie ich sehe. Ich wäre Ihnen sehr verbunden, wenn Sie mir seinen Körper überlassen könnten. Sie verstehen?"

Er zwinkerte dem anderen verschwörerisch zu, der tief und dröhnend lachte, als säße er in einem Weinfass.

„Ich verstehe ... ich ziehe Weiber vor." Mit diesen Worten erhob sich der Vampir und ließ Anton mit dem ohnmächtigen Zigeuner allein.

Nachdem Anton den Zigeuner in seine Kutsche getragen hatte, beschäftigte ihn immer noch das Gespräch der beiden von vorhin.

Was hatte dieser Zigeuner von einem Jungen geredet? Ein Kind, das einen Vampir vernichtete? Meinte der etwa den Hurenbastard Ileanas? Unmöglich, der Junge war keinem Vampir gewachsen. Ein ungutes Gefühl machte sich in ihm breit. Er musste Oana befragen, die würde ihm sicher alles bereitwillig erzählen. Sein Magen knurrte laut. Das Angenehme mit dem Nützlichen zu verbinden war eine feine Sache. Lautlos betrat Anton den Wagen der Huren. Oana war allein. Sie kniete auf dem Boden und bürstete ihr Haar. Durch die transparente, weiße Bluse schimmerte ihre rosa Haut. Sie war noch eine Nuance bleicher als beim letzten Mal. Zu viele Vampire hatten von ihr getrunken. Antons Laune sank bei der Aussicht, ihr schales Blut zu trinken. Er hätte vielleicht besser in Bukarest bleiben sollen, um dort seinen Durst und die Lust zu stillen.

Die Hure zuckte zusammen und sprang auf, als er sich räusperte. Doch als sie ihn erkannte, entspannte sich ihre Miene, und sie schenkte ihm ihr betörendes Lächeln.

Betörend?

Ihr Lächeln *war* betörend gewesen, korrigierte sich Anton. Jetzt besaß es einen bitteren Zug und wirkte müde. Die Zeit war reif, sich nach einer neuen, frischen Bluthure umzusehen. Solch ein Bauernmädchen wie das im Salon Prinz Razvans wäre ihm durchaus recht. Unverbraucht und frisch. Sobald er nach Prag zurückkehrte, würde er sich nach anderen Weibern umschauen. Anton beglückwünschte sich zu der Idee, Mädchen für Liebes- und Blutdienste auch in Prag einfangen zu lassen. Dass es Jiri von Boskovic damals auf eine subtilere, elegantere Art und Weise getan hatte, verbannte er aus seinem Hirn. Er hasste die Vergleiche zwischen ihnen, denn er fühlte sich kultivierter als sein Vorgänger. Nie hatte er verstehen können, weshalb Elisabeth den Grafen ihm vorgezogen hatte.

„Wie schön, dass du wieder einmal den Weg zu deiner Hure gefunden hast", sagte Oana und leckte sich über die Lippen, während sie ihn mit einem frivolen Blick bedachte. Sie knöpfte ihren Rock auf und schob ihn über die Hüften. Achtlos schleuderte sie die Kleidung fort. Wie immer war sie darunter nackt. Ihre Hände glitten lasziv über die Innenseiten ihrer Oberschenkel nach oben zu ihrem rasierten Venushügel, wo sie sich streichelte.

„Ich bin nicht nur hierhergekommen, um deine Dienste in Anspruch zu nehmen."

Ihr Lächeln erstarb, und ihre Arme sanken herab.

„Aber das ist doch meine Aufgabe, deine Lust zu stillen."

Anton sprang nach vorn und umspannte ihre Kehle.

„Als meine Hure ist es deine Pflicht, mir *jeden* Gefallen zu erweisen."

Sie rang nach Atem, während ihre Augen aus den Höhlen quollen. Anton öffnete seinen Griff.

„Wir haben uns verstanden?"

Die Hure nickte. Röchelnd rieb sie sich die Stelle am Hals, die er eben noch umklammert hatte. Er tätschelte ihre Wange.

„So bist du meine folgsame Hure."

„Was ist vorhin geschehen?" Anton forschte in ihrer Miene, aber die blieb ausdruckslos.

„Ich weiß nicht, was du meinst." Ihre Stimme klang rau.

„Das weißt du ganz genau." Wenn Anton eines nicht duldete, war es, ihn für dumm zu verkaufen. Drohend holte er mit der Hand aus, als wollte er sie schlagen. Oana zuckte erschrocken zusammen.

„Ich … ich … es …", stammelte sie.

„Soll ich deinem Gedächtnis auf die Sprünge helfen? Ein Vampir wurde in eurem Lager vernichtet. Durch einen Jungen."

Er hatte ins Schwarze getroffen, denn die Hure zitterte. Aber sie schwieg.

„Wolltest du mir das etwa verschweigen?" Fieberhaft suchte sie nach

Worten.

„Nein, du warst doch nicht da, wie sollte ich es dir dann erzählen?" Er roch ihren Angstschweiß.

„Also rede."

„Nun ja, der Vampir wollte was von Roman. Aber der hat sich gewehrt und da kam dann dieser Mircea, Ileanas Neffe, der eigentlich keiner ist …"

„Der keiner ist? Was redest du für einen Unsinn." Wütend schnaubte er und riss sie am Arm.

„Er ist … eine Dcera. Die, die immer die Rothaarige begleitet hat."

Im ersten Moment glaubte Anton, sich verhört zu haben. Das konnte nicht möglich sein, er hatte alle umgebracht. Oder doch nicht? Zweifel stellten sich ein, deren Berechtigung er fieberhaft zu hinterfragen versuchte. Deutlich sah er wieder die Szene auf der Karlsbrücke vor sich, wo er die Karolyí gestellt hatte.

Er hatte sich doch selbst vergewissern können, wie sie in die Moldau gestürzt und leblos auf der Wasseroberfläche getrieben war. Wenn sie es tatsächlich überlebt hatte, war sie genauso zäh wie ihr verfluchter Vater. Andererseits hielt er ein Überleben im eiskalten, reißenden Fluss für unmöglich. Verfluchtes Weibsstück, das es nicht wert war, noch einen einzigen Gedanken an sie zu verschwenden. Dennoch war die Vorstellung ungeheuerlich, dass sie die ganze Zeit über bei den Zigeunern gewesen war. Anton bebte vor Zorn.

„Willst du mir wirklich weismachen, dass du die ganze Zeit über mit einer Dcera zusammengelebt hast, ohne mir etwas zu sagen?" Völlig außer sich packte er die Hure an den Schultern und schüttelte sie so lange, bis sie lauthals schrie.

„Bitte, ich habe es nicht gewusst … bis sie den Vampir vernichtet hat. Du musst mir glauben. Ich hätte es dir sofort erzählt, aber …" Immer wieder unterbrach sie ihre Rede für einen Schluchzer.

„Vielleicht hast du gehofft, dir durch das Wissen einen Vorteil zu verschaffen. Beim Karpatenfürsten? Gib es zu." Fauchend stieß er sie von sich, dass sie auf den Boden stürzte.

„Nein, nein. Ich habe selbst spät erfahren, was sie ist. Ileana hat sie die ganze Zeit als ihren Neffen ausgegeben. Sie haben uns alle perfekt getäuscht."

Drohend trat Anton einen Schritt auf sie zu. Er brachte jeden rücksichtslos um, der dieses Vampirjägerpack unterstützte.

„Du hast dich doch sonst um Ileana einen Dreck geschert. Wo ist denn dein Spürsinn geblieben? Hast du den in Prag zurückgelassen?"

Oana senkte den Blick.

„Du kannst mir nichts vormachen. Ich weiß, dass du lügst." Für diesen Frevel würde sie büßen.

Anton holte mit der Hand aus und schlug ihr ins Gesicht.

Oana schrie auf und kroch auf allen vieren vor ihm weg. In einer Ecke des Wagens kauerte sie sich zusammen und hielt einen Arm schützend vors Gesicht.

„Ich ... ich gebe zu, ich hatte eine Vermutung. Sie hat ein Mal. Hier." Ein Schluchzer unterbrach ihre Rede. Oana deutete mit dem Zeigefinger auf ihre Brust. „Wie ein roter Tropfen. Die alte Vettel sagte, es wäre das Mal der Dceras. Doch erst als ich sie gegen den Vampir kämpfen sah, hatte ich Gewissheit."

Sie wischte mit dem Handrücken die Tränen aus ihrem Gesicht.

„Du hast einer Dcera Unterschlupf gewährt und dich damit gegen mich gestellt, deinen Herrn und Beschützer. Du und die andere Hure werdet sterben." Antons Stimme vermischte sich mit dem des Dämons zu einem tiefen Grollen. Die Hure schlotterte vor Furcht.

Sie war wie eine Made, die sich in sein totes Fleisch fraß und die es zu zertreten galt. Er konnte ihren Anblick nicht mehr ertragen.

Oana presste ihre Hände vor den Mund und starrte ihn aus weit aufgerissenen Augen an. Dann fiel sie vor ihm auf die Knie und klammerte sich an seinen Beinen fest. Anton schleuderte sie mit einem Tritt hoch. Sie war Abschaum, nicht mehr.

Laut schrie sie auf, als sie gegen die Wand krachte und sich schließlich auf dem Boden krümmte.

Ihr Wimmern rührte Anton nicht. Zorn ballte sich in ihm zusammen und verlangte, sich wie ein gewaltiges Gewitter über der Hure zu entladen.

„Bitte hab Erbarmen. Ich tat nichts Unrechtes. Bitte, ich tue alles, was du von mir verlangst, aber vergib mir", flehte Oana.

Jedes weitere Wort von ihr schürte seine Wut.

„Wo ist die Dcera?"

Die Hure rang nach Atem.

„Der Fürst ... hat sie mitgenommen."

„Der Karpatenfürst?" Immer wieder durchkreuzte dieser Vampir seine Pläne.

Oana nickte. Antons Wut erreichte den Siedepunkt.

Er zerrte die Hure hoch, bis sie schwankend vor ihm stand. Eine kraftlose Gestalt mit dunklen Ringen unter den matten Augen.

„Ich habe dich aus der Gosse aufgelesen, dich beschützt, dich zu dem gemacht, was du bist. Was man erschafft, darf man auch zerstören."

Es würde ihm Vergnügen bereiten, sie wie einen Wurm im Staub zu zertreten. Doch vorher würde er sie quälen, mit ihr spielen wie eine Katze mit der Maus.

Oana taumelte, fing sich aber wieder. Ihre Gesichtshälfte war rot und geschwollen. Der Abdruck seiner Finger zeichnete sich darauf ab.

„Bitte …", flüsterte sie, während Tränen über ihr Gesicht rollten. „Bitte … ich habe … ich wollte …"

Er hatte genug von diesem Gejammer.

„Schweig! Du bist selbst schuld!" Mit einem Ruck zog er sie an sich. Zitternd hing sie in seinen Armen. Seine Hände zerrissen ihre Bluse, bevor er seine Fingernägel tief in ihr Fleisch bohrte. Oana riss den Mund auf, aber er erstickte ihren Schrei mit einem Kuss, in dem kein Begehren lag, sondern unverhohlener Zorn.

Er spürte das warme Blut, das über seine Finger rann, und atmete den Duft ein, den es verströmte. Es roch billig, fade und besaß nicht das Bouquet frischen Blutes.

Das der Dcera hingegen war eine einzige Versuchung gewesen. Doch die hatte ihn verschmäht. Jetzt war es ihr gelungen, ihren Tod vorzutäuschen. Kein Weib durfte ihn hinters Licht führen. Bald würde er auch sie töten. Es kam ihm bei näherer Betrachtung gar nicht ungelegen, dass der Karpatenfürst sie mitgenommen hatte. So könnte er zwei Fliegen mit einer Klappe schlagen. Während die Werwölfe sich um den Fürsten kümmerten, widmete er sich der Dcera.

Dafür musste er sich mit sterblichem Blut stärken.

Anton schlug seine Zähne in die Halsschlagader der Hure. Oana stemmte die Hände gegen seine Brust. Aber gegen seine Stärke vermochte sie nichts auszurichten. Gierig saugte er den Lebenssaft aus ihr, bis ihr Widerstand allmählich schwand. Das Herz pochte noch immer. Er löste sich von ihrer Halsbeuge und riss ihr mit einem Biss die Kehle aus dem Hals. Achtlos ließ er den toten Körper fallen. Ohne Bedauern sah er auf die blutbesudelte Tote herab. Sie hatte es nicht anders verdient. Keiner hielt Anton Drazice zum Narren.

24.

Daniela erwachte durch Stimmen und tastete nach Valerij. Sie schlug die Augen auf. Die andere Betthälfte war verwaist, aber noch warm. Zuerst glaubte sie, geträumt zu haben, bis sie wieder die Stimmen hörte, dieses Mal laut und deutlich. Eine gehörte Valerij, der sehr ungehalten war. Auch sein Gesprächspartner klang erregt.

Wie spät mochte es sein? Jegliches Zeitgefühl war ihr verloren gegangen. Sie vermisste das gleichmäßige Ticken einer Uhr. Daniela belächelte sich selbst. Was sollte ein Vampir mit einer Uhr anfangen, wenn Zeit für ihn keine Bedeutung besaß.

Plötzlich fröstelte sie und zog die Decke bis zum Kinn. Sie vermisste

Valerij. Die Kerzen waren fast heruntergebrannt, das Wachs klebte in einer dicken Schicht an den Messingständern. Die Stimmen verstummten abrupt. Ihnen folgte eine bedrückende Stille, als hielte die Welt den Atem an. Eine Weile lauschte sie, bevor sie sich auf die Seite rollte.

Am liebsten würde sie die letzte Nacht ungeschehen machen, doch andererseits bedeutete sie die Erfüllung ihrer Sehnsucht. Sie hätte es nie für möglich gehalten, sich in Valerij zu verlieben, in einen Vampir! Mit aller Kraft hatte sie gegen ihre Empfindungen gekämpft, um ihnen zum Schluss doch zu erliegen.

Eine Dcera hasst Vampire und vernichtet sie. Das waren einst Malvinas Worte zu einer Gefährtin gewesen, die sich mit einem Vampir eingelassen hatte. Damals konnte sie die Gefährtin nicht verstehen und stellte sich auf Malvinas Seite. Heute wusste sie, wie stark und fordernd Gefühle sein konnten, und wie sehr sie mit dem Verstand um die Oberhand rangen.

Valerij hatte sie mit seiner Leidenschaft überwältigt, sich ihre Unerfahrenheit zunutze gemacht und sie verführt. Verwechselte sie deshalb nicht Gefühle mit Wollust? So konnte es nur sein. Aber weshalb sehnte sie sich jetzt nach seiner Nähe, seiner Stimme, wenn es nur reine Lust gewesen war? Ein Blick von ihm berührte sie tief und weckte eine Leidenschaft, die sie nie für möglich gehalten hätte. Nie könnte sie das Verlangen in seinen Augen vergessen, als er sie liebte. Er würde nie ihre Gefühle erwidern. Für ihn bedeutete sie nur eine Gespielin unter vielen. Ihr wurde übel bei dem Gedanken, mit wie vielen Frauen er dieses Bett hier geteilt hatte.

War es ihrer Mutter auch so ergangen, als sie sich in ihren Vater, einen Dhampir, verliebt hatte? Wie war sie mit dem quälenden Zwiespalt umgegangen?

„Mutter, ich wünschte, du könntest jetzt bei mir sein. Ich hätte dich so vieles gefragt", flüsterte sie.

Valerij war so zärtlich gewesen, wie sie es nur in ihren Träumen erlebt hatte. Wenn sie die Augen schloss, glaubte sie noch immer, seine Hände und Lippen auf ihrer Haut zu spüren.

Ausgehungert hatte sie seine Küsse erwidert. Selbst als er sie ans Bett fesselte, gab sie sich ihm hin. Sie hatte ihm vertraut und war nicht enttäuscht worden. Die Intensität ihrer Lust erschreckte sie.

Sie musste ihn so schnell wie möglich vergessen, denn eine Zukunft an seiner Seite war undenkbar. Wenn er erführe, wer sie wirklich war, würde er nicht einen Moment zögern, sie zu töten. Als er das Mal auf ihrer Brust betrachtet hatte, war sie vor Angst erstarrt. Sie konnte aus seiner Miene nicht deuten, ob er ahnte, was es bedeutete. Es war nur eine Frage der Zeit, wann er von ihrer Lüge erfuhr. Vor diesem Augenblick fürchtete sie sich mehr als alles andere, nicht wegen des Todes, der ihr gewiss war, sondern weil er sie voller Abscheu behandeln würde. Dceras wurden vom Glück nicht verwöhnt, für sie existierte nur die Dunkelheit des Todes.

Zum ersten Mal in ihrem Leben hatte sie sich in der vergangenen Nacht lebendig gefühlt, ausgerechnet in den Armen eines Vampirs.

Keine ihrer Gefährtinnen war in Frieden gestorben, sondern sie hatten ihr Leben im Kampf gegen die Unsterblichkeit verloren. Daniela war des Kämpfens müde geworden und sehnte sich nach einem winzigen Stückchen Glück. Doch bestimmt nicht an der Seite eines Blutsaugers. Wenn sie ihn nicht mehr sah, würde sie ihn vergessen.

Lügnerin, meldete sich die Stimme ihres Gewissens zurück, du wirst ihn nie vergessen.

Daniela stand auf und wickelte sich in die Decke ein. Es war noch immer still. Sie musste sich vergewissern, dass Valerij nicht ins Nebenzimmer zurückgekehrt war, wenn sie zu fliehen versuchte. Auf Zehenspitzen schlich sie zur Tür, die offen stand und spähte in das dahinterliegende Zimmer. Auch hier brannten noch einige Kerzen und spendeten schummriges Licht. Der Raum war leer und besaß kein Bett. Stattdessen zierten deckenhohe Regale die Wände, vollgestopft mit Büchern. Davor stand ein ausladender Sekretär, auf dem sich Papier, Tintenfass und Feder befanden. Direkt daneben lächelte sie eine marmorne Statue an, eine Frau mit knabenhafter Gestalt, die einen Bogen in der Hand hielt und einen Köcher geschultert hatte. Auf dem Sockel stand der Name „Artemis, Jagdgöttin" geschrieben. Fast hätte Daniela sie für eine Dcera gehalten, wenn sie nicht nackt gewesen wäre. Liebevoll fuhr sie mit den Fingern über die glatte Oberfläche des Marmors, bevor sie sich weiter im Zimmer umsah. Irgendwie hatte sie sich das Zimmer eines Vampirs anders vorgestellt, mit wollüstigen Bildern und Blut in Karaffen. Sie unterdrückte ein aufsteigendes Kichern.

Daniela konnte nicht widerstehen, sich alles näher zu betrachten. Ob dieser Raum auch keine Fenster besaß? Sie zog einen Vorhang beiseite und sah im Mondlicht die Konturen der Berge. Der Ausblick von hier auf die raue Landschaft der Karpaten musste atemberaubend sein. Ob Valerij jemals hinaussah? Sie wusste nichts über ihn, kannte nur seine Qualitäten als Liebhaber. Vampire waren für sie bislang nur seelenlose Hüllen gewesen, die von ihrem Blutdurst gesteuert wurden. Aber wenn sie sich jetzt die Regale betrachtete, geriet ihre Vorstellung von einer blutrünstigen Bestie ins Wanken. Bücher verrieten viel über seine Besitzer. Ihre Decke schleifte über das Parkett, als sie zu einem der Regale hinüberlief.

Die meisten Bücher widmeten sich der Historie, Astronomie und Alchemie. Die ledergebundenen Bücherrücken glänzten, als hätte sie jemand liebevoll gepflegt. Gab es Vampire, die sich für die Wissenschaft interessierten? Ihr Vater war auch ein sehr belesener Mann gewesen, der mit den Alchemisten Prags verkehrte. Aber er besaß auch eine menschliche Hälfte, was bei Valerij nicht der Fall war. Der Karpatenfürst stellte das Bild eines Vampirs auf den Kopf und zeigte ihr, dass es mehr Facetten gab, als sie angenommen hatte.

Ihr Blick schweifte zum Sekretär, auf dem ein Briefbogen lag, dessen Kopf Valerijs Namen trug.

„Mein hoch geschätzter D..." stand dort und es wirkte, als wäre der Schreiber von irgendetwas unterbrochen worden. Die Buchstaben waren klar, schwungvoll und ohne irgendwelche Schnörkel, die Initialen überdimensioniert.

Die Schrift passte zu Valerij, sie war genauso markant wie er. Wer mochte der Adressat sein? Etwa Drazice? Es beruhigte sie nur, dass es sich um keine Frau handelte.

Daniela trat rückwärts und stieß gegen die marmorne Statue. Etwas Spitzes bohrte sich in ihren Rücken. Es war die aus dem Bogen ragende Pfeilspitze der Artemis. Daniela wollte sich abwenden, als sie plötzlich innehielt.

Am Köcher der Statue baumelte ein Lederbeutel, der ihr seltsam vertraut war. Sie schaute hinein und unterdrückte mühsam einen Aufschrei. Der Blutdiamant. Endlich hatte sie ihn gefunden. Sie presste voller Ehrfurcht den Beutel an ihre Brust. Das letzte Erinnerungsstück an ihre Eltern und ihr Leben als Dcera.

Doch wie war Valerij an ihn gelangt? Über den Baron? Der unvollendete Brief schien das zu bestätigen. Dass der Karpatenfürst mit dem verhassten Baron verkehrte, zog ihre Kehle zusammen. Anders konnte sie sich die Anwesenheit des Edelsteins nicht erklären. Drazice musste hier gewesen sein. Vielleicht war der Fürst selbst der Auftraggeber gewesen, den Orden der Dceras zu vernichten. Daniela wurde schwindlig und sie musste sich am Schreibtisch abstützen. Wie hatte sie nur einen Moment hoffen können, er würde mehr in ihr sehen als eine Gefangene.

Tapfer schluckte sie die Tränen hinunter, nahm den Blutdiamanten an sich und kehrte in ihr Zimmer zurück. Die Enttäuschung bohrte sich wie ein Messer in ihr Herz.

Sie stopfte den Lederbeutel unter die Wäsche in der Kommode. Hastig durchsuchte sie Schränke und Kommoden nach Kleidung und wurde fündig. Sie streifte sich ein Nachthemd und einen geflickten Wollrock über, der ihr bis zu den Knöcheln reichte. Besser als gar nichts.

Die Tür zum Korridor stand einen Spaltbreit offen. Sie verharrte auf der Schwelle, als sie erneut Stimmen vernahm. Feste Schritte hallten durch die Galerie herauf und weckten erneut Danielas Neugier.

Daniela lief leise den Korridor entlang, der an die Galerie grenzte. Durch die bleiverglasten Fenster fiel Mondlicht. Sie presste sich mit dem Rücken an die Wand und lugte vorsichtig um die Ecke. Irgendjemand lief unter ihr in der Halle herum. Um ihn zu erkennen, müsste sie sich weit über das Geländer beugen. Aber dann liefe sie Gefahr, entdeckt zu werden. Sie witterte einen seltsamen Geruch, der nur von dem Fremden ausgehen konnte, eine Mischung aus Fäulnis und einer bitteren Note, wie Weinraute sie besaß. Vampire strebten eher danach, ihren Geruch durch süße Parfüms zu übertünchen, anstatt sich mit einer bitteren Kräutertinktur einzureiben. Diese eigenartige Mischung war ihr schon einmal begegnet, nur fiel ihr nicht ein, wo es gewesen sein mochte.

Danielas Blick erfasste erst jetzt Valerij, der ihr den Rücken zugewandt vor dem Kamin stand. Unter dem weißen, eng geschnittenen Hemd erkannte sie das Spiel seiner Muskeln. Die Gefühle für ihn überrollten sie ungewollt aufs Neue. Sie hatte seinen festen Körper voller Begehren gestreichelt. Doch der Anblick, wie er so vor dem Kamin stand, die Arme auf das Sims gestützt, die breiten Schultern, das dunkle Haar, war ihr seltsam vertraut. Das glich einem Déjà-vu.

Wie konnte sie das nur vergessen haben. Die Szene im väterlichen Schloss, ihr Traum von den Eltern und dem Fremden vor dem Kamin ... Eiskalt lief es ihren Rücken hinab. Es war Valerij gewesen, der damals ihre Eltern in der Bibliothek aufgesucht hatte. Hatte er sie an Drazice verraten?

Daniela presste ihre Hände vor den Mund, während Tränen in ihre Augen stiegen. Ein unbestimmtes Gefühl sagte ihr, dass Valerij ihre Eltern an Drazice verraten hatte und somit die Schuld an deren Tod trug. Dabei wünschte sie sich sehr, es wäre nicht so gewesen.

Einem ersten Impuls folgend wollte sie ins Zimmer zurücklaufen und sich aufs Bett werfen, um ihren Tränen freien Lauf zu lassen, als der Fremde Drazices Namen erwähnte. Angespannt wartete sie auf Valerijs Reaktion.

Der Fürst wirbelte herum. „Was sagst du da? Er ist in Bukarest gewesen? Verfluchter Bastard. Ich hätte ihm gleich den Kopf abreißen sollen."

Valerij richtete sich auf und ballte seine Hände. Sie konnte seinen Zorn körperlich als feine Nadelstiche auf ihrer Haut fühlen.

„Er ist bei Prinz Razvan gewesen", erklärte der fremde Vampir mit ruhiger Stimme.

Der Fürst lief mit weit ausholenden Schritten im Kreis, bevor er wieder mit grimmiger Miene vor dem Kamin anhielt.

„Ihr wisst, Durchlaucht, welcher Gefahr ..."

„Ich weiß, was das bedeutet. Das brauchst du mir nicht zu erklären", unterbrach Valerij den anderen barsch.

Eine Weile schwiegen beide. Valerij griff nach einem Glas Wein, das auf dem Tisch stand, und stürzte den Inhalt hinunter. Wutentbrannt zerschmetterte er das Glas auf dem Boden. Daniela zuckte unter dem klirrenden Geräusch zusammen.

„Bis jetzt konnten wir die Aufstände der Bauern zerschlagen. Aber ..." Der Fremde stockte. Valerij hob die Brauen.

Daniela wagte nicht, zu atmen. Gebannt hing sie an seinen Lippen. Ihr

Herz klopfte viel zu schnell, dass sie schon befürchtete, Valerij könnte es hören. Aber er war so in das Gespräch vertieft, dass er nichts anderes wahrzunehmen schien.

„Einige der Bauern haben sich den Werwölfen angeschlossen. Sie überfallen mit ihnen die Dörfer in den Tälern, plündern, schänden und morden. Über ein Dutzend Dörfer wurden niedergebrannt. Und das ist erst der Anfang. Die Werwölfe verschleppen junge Bauernmädchen nach Bukarest."

Die Stimme des Fremden zitterte vor Erregung bei seinen letzten Worten.

„Es ist an der Zeit, ein Exempel zu statuieren", sagte Valerij mit fester Stimme.

„Was habt Ihr vor, Durchlaucht?"

„Alle Bauern, die den Schwur gebrochen haben, lasse ich an Bäume knüpfen und ausbluten. Ohne Ausnahme."

Daniela erschrak über das grausame Vorhaben Valerijs. Das war nicht der, der sie vorhin voller Zärtlichkeit und Hingabe geliebt hatte. Die Szene von neulich, als er zwei seiner Vampire die Kehle zugeschnürt hatte, war in ihrem Gedächtnis verhaftet geblieben. Auch hier zeigte er sich skrupellos und brutal. Von Ileana wusste sie, dass viele Bauern hungerten. Ein guter Grund, sich gegen den Landesherrn zu erheben. Die Werwölfe mussten den einfachen Leuten nur ein besseres Leben versprechen oder sie mit Geld bestechen, um sie auf ihre Seite zu ziehen. Dabei waren sie nicht einen Deut besser als Valerijs Gefolge, im Gegenteil, denn die Sterblichen dienten zum Stillen all ihrer Gelüste und als Nahrung. Daniela drehte sich der Magen um.

Würde Valerij wirklich in dieser Härte gegen die Bauern vorgehen?

Eine Tür knarrte, wieder folgten Schritte. Daniela wagte nicht, sich weiter nach vorn zu beugen.

„Sattel mein Pferd! Schnell!", befahl Valerij.

Die Schritte entfernten sich wieder.

„Durchlaucht, da ist noch etwas, was ich Euch sagen muss …"

Geräuschvoll atmete Valerij ein, und seine Miene verfinsterte sich.

„Also?"

„Gerüchte verdichten sich, eine Dcera habe den Angriff in Prag überlebt, obwohl Drazice allen etwas anderes weismachen wollte."

Daniela zitterte. Irgendwie erleichterte sie die Wahrheit, andererseits fürchtete sie sich vor Valerijs Verachtung, die sie nicht ertragen könnte. Wie würde er darauf reagieren? Ihre Fingernägel pressten sich in ihre feuchten Handflächen, während sie auf seine Antwort wartete.

„Eine verfluchte Vampirjägerin? Ist sie hier in den Karpaten?" Valerijs Haltung zeigte, mit welcher Entschlossenheit er vorgehen würde, sie zu töten. Daniela zuckte wie unter einem Peitschenhieb zusammen. Er würde nicht einen Moment zögern, sie umzubringen, wenn er erführe, dass sie diejenige war. Sicher bedeutete ihm ihre Liebesnacht nichts. Wenn diese

Erkenntnis nur nicht so schmerzen würde.

„Das halte ich für wahrscheinlich, denn sie wird Drazice verfolgen, um ihre Ordensschwestern zu rächen."

„Dann finde und töte sie. Ich will, dass du mir den Kopf dieses Weibes bringst, hast du mich verstanden?"

Daniela hatte das Gefühl, als risse man ihr den Boden unter den Füßen weg. Ihre Knie gaben nach, und sie musste sich an der Wand abstützen. Obwohl sie es befürchtet hatte, erschütterte es sie, den Hass aus Valerijs Blick zu lesen, der ihr galt. Und er wollte ihren Kopf als Trophäe! Nie wieder würden sie sich so nahekommen wie in der vergangenen Nacht. Wie hatte sie nur hoffen können, er könnte mehr als Begierde für sie empfinden. Sie fühlte sich, als stürzte sie in einen Abgrund.

„Wenn ich noch etwas bemerken darf, mein Fürst?" Wie eifrig sich dieser Vampir Valerij gegenüber benahm, als bereitete es ihm Freude, seinem Herrn schlechte Nachrichten zu überbringen.

„Was denn noch für eine Hiobsbotschaft!" Valerij lief unruhig auf und ab. Immer wieder fuhr er sich mit der Hand durch sein dichtes Haar. Sie erinnerte sich mit Wehmut, dass sie das in der Nacht auch getan hatte, und glaubte, noch die seidigen Strähnen zwischen ihren Fingern zu fühlen.

„Die Dcera ist Karolyís Tochter."

Der Fürst stoppte abrupt. Er starrte zu seinem Gesprächspartner, der noch immer nicht in ihr Blickfeld getreten war. Seine Miene blieb verschlossen, nur in seinen Augen trat ein nachdenklicher Ausdruck. Daniela Karolyí. So hatte sie schon lange keiner mehr genannt. Ihr Name war fast in Vergessenheit geraten, wie ihr Leben an der Seite ihrer Eltern. Für alle war sie nur Daniela, die Dcera, gewesen.

„Unmöglich. Karolyís Tochter wurde von Drazice umgebracht." Valerij schlug mit der Faust auf den Tisch.

„Der Fürst besaß zwei Töchter. Daniela, die Älteste, überlebte. Sie ist in Prag bei den Dceras aufgewachsen", antwortete der Vampir ruhig.

Ihr letzter Hoffnungsfunke starb, an den sie sich all die Jahre geklammert hatte. Auch Katja war tot, von Drazice getötet worden.

„Und es ist nicht möglich, dass du dich irrst?"

Daniela fragte sich, was es für Valerij ändern würde, eine Karolyí zu sein.

„Nein, Durchlaucht. Ich habe diese Information aus sicheren Quellen. Daniela Karolyí lebt."

„Du hattest recht. Sie wird sich rächen", ergänzte Valerij. „Wenn sie den Kampfgeist ihrer Mutter besitzt, wird sie nach Drazice auch uns vernichten wollen."

Eine beklemmende Stille beherrschte den Raum. Daniela fühlte sich, als hätte man ihr einen Hieb versetzt. Aber Valerij hatte sie richtig erkannt, sie hegte Rachegelüste gegen Drazice und würde alles daran setzen, sie zu befriedigen. Aber in einem irrte er sich, sie richteten sich nicht gegen ihn. Sie hatte ihn voller Hingabe geliebt, wie konnte er nur annehmen, sie wolle ihn ebenso vernichten? Seine Worte trafen sie bis ins Mark.

Valerij fuhr sich grübelnd mit der Hand übers Kinn.

„Vielleicht hat sie die Werwölfe gegen uns aufgewiegelt. Du musst sie finden, koste es, was es wolle. Wage es nicht, zurückzukehren, ehe du sie getötet hast."

Wie sehr musste er sie hassen, dass er ihr sogar unterstellte, mit den Werwölfen zu paktieren.

„Durchlaucht, alles geschieht nach Eurem Willen. Wir könnten zusammen aufbrechen", schlug der Fremde vor.

„Nein!", hallte Valerijs Ruf von den steinernen Wänden wieder.

„Ich gehe allein. Bis zum Morgengrauen kehre ich zurück. Du, Ciprian, bewachst meine Gefangene. Aber ich warne dich, sie ist verdammt gerissen. Sollte ihr die Flucht gelingen oder etwas zustoßen, dann werde ich dich an Razvan ausliefern."

Ciprian, das war doch einer der Vampire gewesen, die die Bluthuren im Zigeunerlager besucht hatten. Sie erinnerte sich genau an das Gespräch zwischen ihm und dem Vampir Petre, den sie vernichtet hatte. Damals war auch der Name Drazice gefallen. Weshalb hatte sie ihn nicht gleich an seiner Stimme erkannt? Ein ungutes Gefühl beschlich Daniela.

„Durchlaucht, ich gebe Euch mein Wort darauf."

„Enttäusche mich nicht."

Plötzlich sah Valerij zur Galerie hinauf, als spüre er ihre Gegenwart. Daniela schrak zurück und drückte sich wieder an die Wand. Sie rechnete damit, dass er gleich vor ihr stehen würde, aber nichts geschah.

Feste Schritte hallten durch die Eingangshalle, eine Tür knallte zu.

Eine Weile verharrte sie reglos und lauschte in die plötzliche Stille. Als sie von unten keinen Laut vernahm, wagte sie, über die Brüstung der Galerie nach unten zu sehen. Valerij war gegangen und diesen Ciprian konnte sie auch nirgends entdecken. Sie musste auf der Hut sein, denn der Vampir würde es sicher nicht riskieren, bei Valerij in Ungnade zu fallen.

Um kein Geräusch zu verursachen, nutzte Daniela ihre vampirische Fähigkeit, sich lautlos vor das Eingangsportal zu bewegen. Dieser Ciprian war auch gegangen. Jeden Moment rechnete sie damit, dass Valerij oder Ciprian auftauchten, um ihre Flucht zu verhindern. Aber nichts dergleichen geschah.

Vorsichtig schob sie den Riegel des Portals beiseite und wartete wieder eine Weile, was geschehen würde.

Nichts. Ein wenig seltsam war ihr schon zumute, alles war viel zu leicht.

Die Tür sprang auf und Daniela spähte hinaus. Über den Burghof schallte das Getrappel der Pferde aus dem Stall. Ihr Blick suchte im Halbdunkel nach dem Burgtor. Zum Glück befand es sich nur wenige Schritte entfernt.

Sie wollte gerade zum Tor laufen, als ihr jemand den Weg versperrte.

25.

Als Anton das Zigeunerlager verließ, fühlte er sich wie befreit. Sein Mord an der Bluthure und das Verschwinden ihres Anführers würden nicht lange unentdeckt bleiben. Er lächelte bei dem Gedanken, welch helle Aufruhr wegen der toten Hure im Lager herrschen würde. Das Blut Sterblicher besaß eine ganz besondere Geschmacksnote, wenn sie sich fürchteten. Zu schade, dass er den aufgeschreckten Haufen Ameisen nicht beobachten konnte. Es wäre eine amüsante Abwechslung gewesen.

Oanas Blut war zwar keine Gaumenfreude gewesen, aber es verlieh ihm wenigstens die Kraft, die er brauchte, um seinen Feldzug gegen den Karpatenfürsten einzuläuten.

Aus einem der folgenden Wagen trat ihm ein Vampir entgegen, der gerade seine Hose schloss. Als er Anton bemerkte, blieb er stehen und wischte sich mit dem Handrücken das Blut von den Lippen, als wenn es ihm peinlich wäre. Anton konnte sich das Grinsen nicht verkneifen. Er kannte ihn aus Bukarest, als er vor einigen Jahren mit ihm zusammen ein Bordell besucht hatte. Wie war noch gleich sein Name? Während Anton noch grübelte, begrüßte ihn der andere mit einem strahlenden Lächeln.

„Ah, sieh an, Baron Drazice. Was verschlägt Sie ins einsame Transsilvanien? In Prag sind die Huren doch um einiges attraktiver."

Langsam ging er auf Anton zu. Jetzt fiel Anton wieder ein, mit wem er es zu tun hatte. Sein Name war Ciprian. Er gehörte zwar zum Gefolge des Karpatenfürsten, aber Anton wusste, dass der Vampir nur bei cel Bâtrân blieb, um unter seinem Schutz zu stehen. Oft genug hatte Ciprian in Bukarest gegen seinen Herrn gewettert, weil er ihn ständig nur herumkommandiere.

Jetzt kam er Anton wie gerufen. Ihn zum Verbündeten zu haben, wenn er die Törzburg auskundschaftete, wäre ein Ass im Ärmel.

„Mein lieber Ciprian, Sie haben recht, in Prag widme ich mich lieber den frischen Damen, wenn Sie verstehen. Das Blut der Huren verliert im Laufe der Zeit seine Qualität. Sieht Ihr Herr es denn gern, wenn Sie das Zigeunerlager besuchen?"

Anton konnte sich dunkel erinnern, dass Ciprian einst erwähnte, der Karpatenfürst wollte die Zigeunerhuren alle aus seinem Land werfen. Sehr zum Missfallen seines Gegenübers.

Ciprians Miene verdüsterte sich schlagartig.

„Er verabscheut die Bluthuren und verbietet uns, sie aufzusuchen. Aber sie sind bereitwilliger und geben uns ihr Blut. Ich lasse mir nicht vorschreiben, wem ich meine Gunst schenke, auch nicht von cel Bâtrân."

Anton horchte auf. Er musste versuchen, den Vampir gegen den Fürsten aufzuhetzen. Und er hatte auch schon eine Idee, wie er das anstellen wollte. Jetzt galt es, den Köder auszulegen, damit der Fisch anbiss.

„Wie kann er das verbieten, wo er doch selbst eine zu seiner Geliebten erkoren hat?"

Ciprian erstarrte und riss die Augen weit auf. Es dauerte eine Weile, bis er sich gefasst hatte.

„Was sagen Sie da? Unmöglich, der Fürst würde sich nie mit einer von ihnen einlassen."

„So? Würde er das nicht? Dann wissen Sie wohl nichts von dem Weib, das er auf seiner Burg gefangen hält?"

Ciprians Miene verzerrte sich vor Wut.

„Das Weib ist eine Hure? Sind Sie sicher?", polterte der Vampir los.

„Allerdings. Ich selbst habe sie hier im Lager gesehen. Vertrauen Sie meinem Wort."

In seiner Wut fauchte Ciprian und ballte die Hände.

Der Fisch saß an der Angel. Anton klopfte sich für diesen genialen Schachzug innerlich auf die Schulter. Jetzt hatte er den Vampir so weit.

„Aber er hat uns die Hure verwehrt", stieß Ciprian hervor.

„Die Hure hat übrigens Ihren Gefährten Petre vernichtet. Aber der Fürst hat sie nicht für diese Tat getötet. Stattdessen hat er sie zu seiner Geliebten gemacht."

Anton beobachtete, wie sich Ciprians Miene immer mehr verdüsterte, und bohrte weiter.

„Hat er das etwa verschwiegen?"

„Das hat er", knurrte Ciprian.

„Wer weiß, was er sonst noch so alles verschweigt. Er zeigt Schwäche. Aber der Herrscher über die Karpaten darf keine Schwäche zeigen und vor allem seinen Gefährten keine wichtigen Dinge verschweigen. Wussten Sie, dass er Petre nach Bukarest geschickt hat, damit er sich mit der Werwölfin einlässt?"

„Mit dem Wolfspack?" Ciprian spie jedes Wort aus. Er bestand nur noch aus geballtem Zorn.

Anton genoss es, den Vampir gegen den Fürsten aufzubringen. Hass und Zorn lieferten die beste Unterstützung bei seinem Plan.

„Der Fürst ist es nicht wert, euer Herrscher zu sein. Er hat auch mich betrogen und bestohlen." Anton erzählte Ciprian, wie der Fürst den Blutdiamanten an sich genommen hatte. Dann winkte er den Vampir an sich heran, bevor er im Flüsterton fortfuhr: „Einige Vampire, darunter auch ich, haben sich mit den Werwölfen verbündet, um den Fürsten zu stürzen."

Ciprian schnellte schnaubend zurück.

„Ich verbünde mich nicht mit dem Wolfspack!"

„Allein werden wir es nicht schaffen. Das Bündnis ist nur Mittel zum Zweck. Wir wollen uns doch nicht die Hände am Untergang des Fürsten schmutzig machen. Ist die Mission der Werwölfe erfüllt, werden sie *uns* dienen."

Anton lachte auf und lauerte auf eine Regung seines Gegenübers, hinter dessen gerunzelter Stirn es zu arbeiten schien. Es galt, den Fisch weiter an der Angel zu halten.

„Vielleicht werden Sie der Herrscher über die Karpaten? Schließlich sind Sie ein cel Mare und könnten das gleiche Anrecht erheben." Mit Zufriedenheit bemerkte Anton, dass sich die Miene Ciprians augenblicklich bei der Vorstellung erhellte. Die cel Bâtrâns und die cel Mares hatten bereits im Mittelalter um die Vorherrschaft in den Karpaten gefochten, bis Letztere sich Mircea cel Bâtrân unterwarfen. Er stocherte in einer alten Wunde.

Natürlich würde er es verhindern, diesen sehr einfach gestrickten Geist zum Nachfolger cel Bâtrâns werden zu lassen. Schließlich gehörte jemand mit mehr Niveau und Einfluss als Varelijs Nachfolger bestimmt. Jemand wie er selbst. Allein die Vorstellung, die Vampirclans aus Prag und den Karpaten würden zu einer Macht wachsen, der niemand trotzen würde, beflügelte ihn zu weiteren Plänen. Endlich würde auch die Werwolfplage ausgelöscht werden.

„Sie haben recht. Die Zeit für einen Umsturz ist gekommen. Und die Zeit ist günstig, denn der Fürst befindet sich auf dem Weg in die Bergdörfer und kehrt erst vor dem Morgengrauen zurück. Also, welche Pläne haben Sie?"

In wenigen Worten berichtete Anton von seinem Besuch bei Prinz Razvan. Aufmerksam hörte Ciprian zu, ohne ihn zu unterbrechen.

„Ich würde vorschlagen, Sie reisen zur Törzburg und versuchen noch weitere Gefolgsleute des Karpatenfürsten für unseren Plan zu gewinnen. Derweil werde ich eine Botschaft an Prinz Razvan senden. Noch in dieser Nacht treffen wir uns auf der Burg."

Per Handschlag besiegelten sie ihren Pakt, bevor sie in verschiedene Richtungen das Lager verließen.

Am Rande des Lagers saß ein altes Weib vor dem Zelt und starrte ihn argwöhnisch an. Die hässliche Alte war auf einem Auge blind. Eine weiße Schicht lag über der Iris wie bei einem toten Fisch. Über ihrem grellbunten Kleid mit unzähligen Flicken trug sie eine graue Wollstola, die sie unter ihrem Kinn zusammenhielt. Es störte Anton, wie sie ihn mit Blicken maß. Er stoppte und wandte sich zu ihr um.

„Was starrst du mich so an, Alte?", fuhr er sie an.

Ihr gesundes Auge funkelte wie ein Smaragd. Der Blick daraus war kälter als der Tod. Anstelle einer Antwort kicherte sie. Anton pumpte sich vor Wut auf. Was erdreistete sich dieses alte Weib? Keiner durfte sich über ihn lustig machen. Drohend baute er sich vor ihr auf.

„Wenn dir dein Leben lieb ist, hör auf!" Seine Worte zeigten keine Wirkung, im Gegenteil, sie riss ihren zahnlosen Mund weit auf und lachte noch lauter.

Mit Gebrüll stürzte Anton sich auf die Alte. Doch als er glaubte, sie am Arm zu packen, hielt er nur noch die graue Wollstola in der Hand.

„Verfluchtes Hexenpack!" Er schmiss die Stola auf den Boden und knurrte.

„Hihi, da musst du schon schneller sein, Vampir", hörte er ihre heisere Stimme hinter sich. Aber als er sich umdrehte, war sie nicht zu sehen.

Wieder folgte ihr heiseres Lachen hinter ihm.

Dieses Spiel, das sie mit ihm trieb, machte ihn rasend. Doch dann winkte er ab, weil er sich nicht mehr von ihr provozieren lassen wollte. Anton schnaubte wütend, bevor er das Lager verließ und sich zu seiner Kutsche begab.

Ihr Lachen folgte ihm.

„Eines Tages wirst auch du deinen Meister finden, Vampir."

Der Zigeuner lag noch immer bewusstlos auf dem Boden der Kutsche. Fliegen schwirrten um das getrocknete Blut an seinem Hals. Angewidert griff Anton nach einer Decke und warf sie über den Mann. Wenigstens wäre dieser ihm nützlich.

Danach lehnte er sich aus dem Fenster und trieb den Kutscher zur Eile an. Wenn er diesen Zigeuner an die Schattendämonen übergeben hatte, würde er zur Törzburg aufbrechen.

Er lehnte sich zurück und schloss die Augen. Über den Dämon in seinem Inneren vermittelte er die Botschaft an die Schattendämonen, wo sie sich treffen wollten. Manche Vampire verfügten über die Gabe des Gedankenlesens, er leider nicht. Der Austausch über den Dämon war schneller und genauer als die telepathischen Eigenschaften seiner Gefährten.

Die Kutsche preschte über die einsame Landstraße in Richtung Norden zum Fuß der Berge. Der Zigeuner unter der Decke begann, sich zu regen. Anton rollte mit den Augen und verpasste dem am Boden Liegenden einen Tritt gegen den Hinterkopf.

Ein Stöhnen folgte, dann blieb er reglos liegen. Sein Körper würde sowieso bald ein neues Dasein fristen, als Tagwandler. Der Dämon weilte so lange in ihm, bis die sterblichen Kräfte verbraucht waren. Nach der Vereinigung mit einem Dämon folgte der Zigeuner nur noch seinen Gelüsten, die Wollust und Fressgier hießen, ganz wie es dem Dämon in seinem Inneren beliebte.

Die Fahrt dauerte Anton viel zu lange. Er wollte die Übergabe schnell hinter sich bringen. Erste Zweifel, die Dämonen könnten sein Angebot ausschlagen, schlichen sich ein. Er schüttelte den Kopf. Dieses hier glich einem Kartenspiel, bei dem es galt, den Gegner auszutricksen, indem er alles auf eine Karte setzte. Anton rieb sich die Hände. Er liebte das Spiel, diesen gewissen Nervenkitzel, der durch das Risiko entstand.

Er beschloss, die Sache voller Optimismus anzugehen und den Dämonen den Zigeuner als Tribut zu verkaufen. Schließlich musste er es nur geschickt anstellen, ihn schmackhaft anpreisen.

Der Dämon in seinem Inneren regte sich, was bedeutete, dass die anderen nicht mehr weit entfernt waren.

Anton schnippte mit den Fingern, der Kutscher verstand sofort. In halsbrecherischem Tempo galoppierten die Pferde auf die Bergkette zu. Über den Gipfeln prangte der Mond, der in zwei Nächten seine ganze Fülle erreichte. Die Nacht, in der der Mond sich blau verfärbte, war eine bedeutungsvolle Nacht, denn Blau war die Farbe der Kälte und damit die der Dämonen.

Der Dämon in ihm wurde immer unruhiger, sodass Anton dem Kutscher befahl, anzuhalten. Gleich darauf fielen die Tiere schnaubend in den Schritt und blieben nach einer Weile stehen.

Anton stieg aus der Kutsche und stellte sich vor den Kutschbock.

„Wenn ich unseren Gast ausgeladen habe, kehrst du in den Wald zurück. Du weißt doch, wo das Zigeunerlager liegt?"

Der Kutscher nickte.

„Aber sieh zu, dass dich niemand sieht. Wenn ich hier alles Geschäftliche erledigt habe, kehre ich zurück."

Wieder nickte der Kutscher.

Anton hob den Zigeuner hoch und schulterte ihn. Mit weit ausholenden Schritten lief er auf eine Gruppe Tannen zu. Hatte eben noch der Wind ihre Äste bewegt, herrschte nun Stille. Auf ihren Ästen glitzerte Raureif. Sie waren hier. Er fühlte ihren kalten Atem, der ihn wie ein eisiger Mantel umhüllte. Anton warf den Zigeuner zu Boden. Selbstbewusst erwartete er die Ankunft der Schattendämonen.

Der Dämon in ihm wuchs und quetschte seine toten Eingeweide beiseite. Hinter ihm tänzelten die Pferde und wieherten aufgeregt, dass der Kutscher Mühe hatte, sie im Zaum zu halten. Sie spürten die Gefahr, die ihnen entgegenkam. Verzweifelt versuchte der Kutscher, die Rösser mit der Stimme zu beruhigen. Dann knallte die Peitsche und die Kutsche setzte sich schwerfällig in Bewegung. Der Kutscher wendete in einem Bogen um Anton, bevor er erneut die Peitsche schwang. Die Pferde rasten zurück, als wäre der Leibhaftige hinter ihnen her. Lange noch hörte Anton ihre trommelnden Hufe, bis sie schließlich verstummten.

Das Warten auf die Schattendämonen machte ihn nervös, denn der Dämon in ihm gebärdete sich immer wilder, als wollte er seinen Leib sprengen.

Das für die Schattendämonen typische Surren erklang, schwoll an und ebbte erst ab, als sie wie eine geballte, schwarze Wolke vor ihm schwebten. Einer löste sich aus dem Pulk, eine schwarze Säule mit rubinrot glitzernden Augen, die sich Anton langsam näherten.

„Ist das das Opfer?", dröhnte die tiefe, verzerrte Stimme des Dämons durch die Stille der Nacht. Unheimlich echote der Ruf weiter.

„Ja, das ist er. Ein besonders zähes Exemplar, wie geschaffen für euch", pries Anton den Zigeuner an und wickelte ihn aus der Decke.

Der Schattendämon schwebte über dem leblosen Körper und schien ihn zu begutachten.

„Nicht gut genug." Jede Faser in Antons Körper spannte sich an. Seine Befürchtungen bestätigten sich. Aber noch gab er nicht auf.

„Was fehlt ihm, was ihr begehrt?", fragte er und gab seiner Stimme einen samtenen Klang. Eigentlich wollte er hinzufügen, sie sollten ihn sich doch genauer ansehen, aber er schwieg. Die Dauer seiner Unsterblichkeit hing von ihnen ab.

„Wir wollen den Körper einer Frau, damit wir der Wollust frönen können. Dieser da ist nicht begehrenswert genug."

„Nicht nur als Frau könnt ihr eurer Lust folgen …"

„Diesen da nehmen wir nicht. Wir verlangen ein neues Opfer."

Anton zuckte zusammen, die Stimme dröhnte in seinem Kopf wie ein Hammerschlag.

Noch einmal versuchte er, die Dämonen von dem Zigeuner zu überzeugen.

Er knöpfte die Hose des Mannes auf und deutete auf dessen Phallus, der aus dem Schlitz herausquoll.

„Ist der nicht prächtig? Weiber begehren so ein Gemächt."

Die Schattendämonen zeigten sich unbeeindruckt.

„Wir verlangen eine Frau … etwas Besonderes."

„Vielleicht hätte ich da etwas Passendes für euch …" Anton rieb sich das Kinn und zögerte eine Antwort hinaus, weil er im Geist alle Weiber durchging, die für die Dämonen infrage kämen. Nur eine erfüllte seiner Meinung nach die Anforderungen der Dämonen.

„Rede!", forderte der Dämon.

„Im Zigeunerlager gibt es eine Hure, die könnte ich euch holen. Sie ist besonders hübsch und sehr erfahren. Durch sie könnt ihr mehr die Wollust erleben als durch jede andere. Gleich morgen Nacht, wenn ihr wollt."

Es wäre nicht schwer, Ileana zu greifen, um sie den Dämonen vorzuführen.

„Wir wollen keine Hure!", donnerte der Dämon los, dass Antons Brustkorb vibrierte.

„Aber sie erlebt die meiste Lust", entgegnete Anton. Diese nichtsnutzigen Dämonen mit ihren hohen Ansprüchen! Bei diesen Gedanken durchfuhr seinen Leib ein Schmerz, als höhlte ein Messer sein Innerstes aus. Verdammt, er hatte den Dämon in sich vergessen, der sich wegen seiner frevelhaften Gedanken rächte.

„Hast du nichts anderes zu bieten als Huren und Zigeuner?"

Der Dämon näherte sich seinem Gesicht bis auf Fingerbreite. Sofort vereiste Antons Nase. Er presste seine Hand vors Gesicht. Ein entstellter Vampir wäre das Schlimmste, was er sich vorstellen könnte. Zwar wuchsen die Körperteile nach, aber bei manchen dauerte es lange Zeit, bis sie wieder so hergestellt waren wie vorher. Und diese Zeit hatte er nicht. Er war zu eitel, um der Welt mit einer verstümmelten Nase gegenüberzutreten. Seine Hand fühlte sich vom Atem des Dämons bereits taub an.

„Ich weiß nicht, was ihr meint ..." Anton lallte, denn seine Zunge war schwer wie Blei in seinem Mund. Er trat einen Schritt zurück, aber der Dämon hielt den gleichen Abstand.

„Wir wollen die Dcera."

Anton zuckte bei dem Wort Dcera leicht zusammen. Es ärgerte ihn, dass er nicht selbst darauf gekommen war, denn auf diese Weise könnte er sich ihrer endgültig entledigen. Andererseits barg das Verschmelzen einer Dcera mit einem Schattendämon ein hohes Risiko für Vampire.

In den Adern einer Dcera floss Liliths Blut, das ihnen die Fähigkeit verlieh, gegen den durch Vampirblut ausgelösten Wandel immun zu sein. Außerdem besaßen sie das innere Auge, eine Art siebten Sinn, der Vampiren überlegen war. Wenn dieses mit vampirischen Fähigkeiten verschmolz, würde dieser Jägerin kein Geschöpf der Finsternis entgehen. Doch noch ein viel wichtigerer Grund sprach dagegen: Er wollte sie für sich haben.

„Fürchtest du dich vor ihr, Vampir?" Die sonore Stimme des Dämons riss ihn aus seinen Überlegungen.

„Natürlich nicht. Ich habe schließlich den Kampf in Prag gegen sie gewonnen."

Anton warf sich in die Brust.

„Sie hat überlebt. Du bringst uns bis morgen die Dcera und der Tribut ist abgegolten. Und dieses Mal kommst du uns nicht davon."

Anton protestierte nicht.

„Und wenn ich eure Hilfe brauche?" Schließlich stand zwischen der Dcera und ihm der Karpatenfürst.

„Der Dämon in dir wird wissen, wann du uns brauchst."

Der Dämon zog sich zurück. Anton betrachtete seine Hand, die er zum Schutz vor seinen Mund gehalten hatte. Sie war bleich mit roten Flecken und wellte sich. Da müsste er wohl eine Zeit lang einen Handschuh tragen. Aber besser die Hand als die Nase.

„Morgen Nacht. Wir bestimmen den Treffpunkt."

„Ja, ja, gewiss." Anton verneigte sich vor den Dämonen.

Im selben Augenblick packten die Dämonen den noch immer bewusstlosen Zigeuner.

„Ich dachte …"

Antons Protest erstarb, als ein Dämon sich ihm in rasanter Geschwindigkeit näherte und ihn hoch in die Luft schleuderte. Als er schmerzhaft auf seinen Knien landete, waren die Schattendämonen bereits mit ihrem Opfer verschwunden.

Anton schlug wütend mit der Faust auf die Erde, bevor er sich aufrappelte. Ihm verblieb nicht viel Zeit. Diese Nacht würde eine schicksalsträchtige werden. Er musste vor dem Eintreffen der Werwölfe die Törzburg erreichen, um die Dcera zu entführen. Hoffentlich befand der Karpatenfürst sich wirklich, wie Ciprian gesagt hatte, auf dem Weg in die rebellischen Bergdörfer und kehrte nicht vor dem Morgengrauen zurück. Cel Bâtrân würde würdig von Razvan empfangen werden. Anton seufzte zufrieden angesichts der Aussicht, endlich an sein Ziel zu gelangen. Nur einen Wimpernschlag später befand sich Anton im Innenhof der Burg.

26.

Ausgerechnet der, den sie am meisten hasste, stellte sich ihr in den Weg: Drazice! Als er dicht vor ihr stand, kehrte der Schmerz um den Verlust der Gefährtinnen und ihrer Eltern mit solcher Wucht zurück, dass ihr für einen Moment schwindlig wurde. Wie lange hatte sie auf diese Möglichkeit gewartet, sich danach gesehnt, ihm das Schwert ins tote Herz zu bohren. Aber jetzt war dafür der falsche Moment. Gleichzeitig machte es sie fassungslos, weil er sich hier auf Valerijs Burg befand.

Breitbeinig baute Drazice sich vor ihr auf, die Arme lässig vor der Brust verschränkt, mit einem selbstgefälligen Lächeln auf den Lippen.

„Sieh an, wen haben wir denn da? Ich dachte, du wärst in der Moldau ersoffen. Bist du von den Toten auferstanden, Dcera?"

Danielas Magen krampfte sich zusammen. Es kribbelte in ihren Händen, ihn zu vernichten. Weshalb musste sie ihm ausgerechnet jetzt begegnen, wo sie unbewaffnet war? Es war, als hätte sich das Schicksal gegen sie verschworen und missgönnte ihr, den Rachedurst zu stillen. Zorn und Enttäuschung kämpften in ihr um die Oberhand. Das Nachthemd, das sie über dem Rock trug, war fast durchsichtig und verbarg nicht viel. Unter dem anzüglichen Blick des Barons fühlte sie sich nackt. Es ging eine Gefühlskälte von ihm aus, die sie abstieß. Er würde nicht einen Moment zögern, sie zu töten. Ihm jetzt auch noch unbewaffnet gegenübertreten zu müssen, war eine Tatsache, die sie nicht gerade beruhigte. Dennoch straffte sie die Schultern und erwiderte seinen Blick. Wie oft hatten sie sich in Prag so gegenübergestanden, mit dem Unterschied, dass sie dort stets die Armbrust bei sich getragen hatte. Die Waffe in der Hand hatte ihr damals Selbstsicherheit verliehen, die sie jetzt vermisste. Auf keinen Fall durfte sie zeigen, dass sie sich ihm unterlegen fühlte.

„Drazice! Und ich dachte, Ihre Gebeine würden längst in der Hölle schmoren."

Er legte den Kopf in den Nacken und lachte schallend. Als sich ihre Blicke wieder begegneten, flackerte das blaue Dämonenfeuer in seiner Iris.

„Den Gefallen kann ich dir nicht erweisen. Und wenn ich eines Tages in die Hölle fahre, nehme ich dich mit."

Bei seinen letzten Worten sprang er auf sie zu, aber Daniela, die seine Attacken kannte, wich aus. Das war knapp gewesen, und sie war froh, sich wenigstens auf ihre Sinne verlassen zu können.

„Noch genauso langsam wie damals." Obwohl aus der Übung, war sie noch immer schneller als er. Wenigstens hierin war sie im Vorteil. Aber würde das reichen? Ihre Zweifel ließen sich nicht einfach wegwischen.

Wütend bleckte er die Zähne. Hätte sie doch wenigstens ein Messer bei sich. Gegen einen Vampir zu kämpfen war schwer genug, aber gegen einen Schattendämon ohne Waffen war sie chancenlos.

Lauernd umkreisten sie sich. Schon früher hatte sie sich in einer ähnlich gefährlichen Situation befunden, aber ihre Kräfte verhalfen ihr immer, das Blatt zu ihren Gunsten zu wenden. Ihre ganze Konzentration galt dem Gegner, der glaubte, dieses Mal leichtes Spiel zu haben.

Wenn er sich zu sicher fühlte, wurde er nachlässig. Diese Chance musste sie nutzen, um in die Burg zurückzulaufen und sich mit einem der Schwerter aus der Galerie zu verteidigen. Dieser Plan beflügelte sie.

„Deine Angriffslust ist auch weniger geworden, Dcera. Gib auf, dieses Mal kannst du mir nicht entkommen." Er schnalzte mit der Zunge.

Lass dich nicht provozieren, sagte sie sich, bewahre einen kühlen Kopf. Zur Hölle, es gelang ihr nicht, gelassen zu bleiben, weil alles in ihr danach schrie, Drazices Ära ein Ende zu bereiten.

„Ihre Arroganz dafür mehr. Freuen Sie sich nur nicht zu früh." Krampfhaft versuchte sie, sich zu konzentrieren, um den Spagat zwischen dem Kampf und dem Abschirmen ihrer Gedanken zu schaffen.

Das kostete sie viel Kraft und sie befürchtete, im Laufe des Kampfes zu viel einzubüßen und dem Vampir zu unterliegen. Sie spürte den wachsenden Druck auf ihren Schläfen.

„Ah, ich verstehe, du hoffst, der Karpatenfürst eile seiner Gespielin zu Hilfe. Aber er wird einer Dcera nie helfen, verstehst du? Nie!"

Drazices Fangzähne ragten bereits über seine Unterlippe.

„Ich bin weiß Gott dazu in der Lage, mich selbst zu verteidigen, wie Sie wissen."

„Warten wir's ab, mein Täubchen."

Täubchen! So nannte er sie seit damals, als sie sich zum ersten Mal begegnet waren. Sie hasste dieses Kosewort genauso wie ihn.

Mit einem Aufschrei sprang sie hoch und trat ihn voller Wucht in den Brustkorb, bevor sie nach einem Überschlag wieder auf dem Boden landete. Drazice wurde zwar zurückgeschleudert, konnte sich aber abfangen und war im Nu wieder dicht vor ihr.

Daniela kannte seine Taktik zur Genüge und sprang über ihn hinweg.

Sie war froh, dass sie trotz der mangelnden Übung noch immer die gleiche Schnelligkeit besaß und ihm wenigstens auf diesem Gebiet ebenbürtig gegenübertreten konnte. Doch alles bedeutete nur ein Verlängern des Kampfes, wenn sich ihr keine andere Fluchtmöglichkeit bot. Sie verfluchte sich selbst, weil sie ohne den Blutdiamanten geflohen war, mit dem sie den Vampir hätte in Schach halten können.

Drazice wirbelte herum und schnappte ihren Arm. Ruckartig zog er sie heran und presste sie an sich. Sein fauliger Körpergeruch weckte Ekel. Sie stemmte die Fäuste gegen seine Brust, aber er hielt sie unerbittlich fest.

Sie schloss für ein paar Sekunden die Augen, um sich auf ihre Vampirschnelligkeit zu konzentrieren, die sie an einen anderen Ort befördern sollte. Doch es gelang ihr nur halbherzig, denn der Dämon in ihm saugte bereits von ihrer Kraft. Sie konnte sich zwar aus seinen Armen winden, aber er bekam sie wieder zu fassen.

Mit einem mächtigen Satz gelang es ihr, sich seiner Umklammerung zu entziehen. Blitzschnell drehte sie sich um und rannte geradewegs auf das Eingangsportal zu, das sie kurz zuvor verlassen hatte. Atemlos, aber erleichtert, öffnete sie das Portal und stürmte hinein. Doch Daniela erschrak, als Ciprian sie in der Halle abfing. Wo kam der jetzt her? Sie war wütend auf sich, weil sie versagt hatte.

„Anton, welches Glück uns zuteilwird – das Liebchen des Fürsten. Er ist ihrer überdrüssig geworden, wie mir scheint, sonst hätte er sie nicht meiner Obhut überlassen. Finden Sie nicht auch, dass wir jetzt an der Reihe sind, mit ihr Spaß zu haben?"

Ciprian grinste frivol und rieb sich die Hände, während Drazice hinter ihr leise lachte. Sie musste hier weg, und zwar schnell. Daniela spielte alle Möglichkeiten durch, wie sie die beiden austricksen konnte. Aber das Ergebnis war niederschmetternd. Ihre aussichtslose Lage trieb sie an den Rand der Verzweiflung. Noch nie hatte sie sich Vampiren derart ausgeliefert gefühlt.

Die Worte dieses Ciprians, Valerij wäre ihrer überdrüssig geworden, bohrten sich wie giftige Pfeile in ihr Herz. Es bestätigte das Bild, das sie von ihm besaß, auch wenn sie sich sehnlichst etwas anderes wünschte. Der Gedanke, er könnte sie verstoßen und an die Vampire weiterreichen wie alle anderen, war ihr unerträglich.

„Erst bin ich an der Reihe, mein Guter", beanspruchte Drazice das Vorrecht für sich und sein lüsterner Blick traf sie.

Daniela wurde ganz flau im Magen. Eher würde sie sterben, als einem dieser Vampire zu Willen zu sein. Wie sehr wünschte sie sich plötzlich Valerij herbei. Aber das machte keinen Sinn, denn auch er wäre nur allzu bereit, die verhasste Dcera umzubringen.

Die Vampire schafften Daniela in die Halle und zerrten sie die Treppe hinauf. Daniela wehrte sich voller Verzweiflung, aber sie musste letztendlich kapitulieren.

„Das werdet ihr noch bereuen, das schwöre ich", keuchte sie.

Ciprian verdrehte ihren Arm und grapschte an ihren Busen, während er ihr ins Ohr raunte: „Dein Blut riecht köstlich." Seine Zunge leckte über ihren Nacken. Ihre Nackenhärchen stellten sich auf, und die Stelle war eiskalt und feucht. Sie hätte sich vor Ekel schütteln können. Selbst wenn sie heute sterben müsste, würde sie bis zum letzten Atemzug kämpfen.

Ciprian stieß eine der Türen mit dem Fuß auf. Gemeinsam schleppten sie sie strampelnd zu dem Bett, das an der Wand stand, und warfen sie darauf.

Ciprian drückte sie an den Schultern nach unten, während Drazice ihre Beine spreizte, das Nachthemd nach oben schob und mit den Fingern über die Innenseiten ihrer Schenkel strich. Er leckte sich über die Lippen und stöhnte. Noch nie hatte sie jemand so gedemütigt. Tränen schossen in ihre Augen, die sie krampfhaft vor beiden zu verbergen suchte, denn die würden sich an ihrer Schwäche ergötzen. Wenn sie doch nur eine Lösung fände, ihnen zu entkommen oder sie in Ohnmacht fiele, damit sie deren gierige Hände nicht mehr ertragen musste. Von Ekel erfasst, zitterte sie.

„Endlich wirst du mir gehören." Gier flackerte in seinen Augen, seine Stimme zitterte vor Erregung. Sein Gesicht war androgyn und wirkte auf viele überaus anziehend. Daniela störte sich an dem zynischen Zug, der sein Lächeln begleitete. Die etwas kantig geratenen Gesichtskonturen standen im Kontrast zu der femininen Weichheit seiner bartlosen Lippen. Daniela hatte oft genug beobachtet, wie selbstbewusst er sich Frauen näherte, die gleich seinem Charme verfielen. Ein satanischer Charme. Seine Gespielinnen ließen sich täuschen, weil sie Schönheit mit Unschuld und Arglosigkeit verwechselten. Aber Drazice war alles andere als das. Seine finstere Gesinnung übertraf alles, was sie bislang kennengelernt hatte. Daniela spannte ihre Muskeln an. Eher würde sie sterben, als dass sie sich dem Baron hingab.

„Niemals!" Sie versuchte, ihre Beine aus Drazices Klammergriff zu befreien, wand sich wie eine Schlange, aber er war einfach zu stark. Verdammt! Sie wollte keine aussichtslose Lage akzeptieren.

Vielleicht hätte sie bei Ciprian mehr Erfolg?

Sie blickte zu ihm auf und schauderte, als seine Fangzähne aufblitzten, von denen Speichel auf sie herabtropfte.

Drazices eiskalter Atem streifte ihren Venushügel. Sofort senkte sie den Blick und sah, wie er die Lippen spitzte und gegen ihre feuchte Mitte blies. Daniela presste ihre Pobacken zusammen, so gut es ging. Wäre Valerij es gewesen, der dort zwischen ihr kniete, hätte sie es genossen, so aber sträubte sich ihr Körper vor Widerwillen gegen jede Berührung. Ihre Muskeln verkrampften vor Wut so sehr, dass es schmerzte. Wenn sie sich doch nur befreien könnte, dann ...

Drazices Zunge zog eine kalte, feuchte Spur über ihren Oberschenkel, die Daniela vor Abscheu erschaudern ließ. Dann stülpte er seine Lippen über ihren Venushügel und sog die Haut ein. Sie spürte seine spitzen Eckzähne wie feine Nadelstiche. Abwechselnd leckte, saugte und knabberte er, während er wie ein brunftiger Eber stöhnte. Ihr Herz raste, während sie sich hilfloser denn je fühlte. Zeigte das Schicksal kein Erbarmen mit ihr? Aber sie hätte sich eher die Zunge abgebissen, als auch nur einen wimmernden Laut auszustoßen. Diese Genugtuung wollte sie beiden nicht geben.

Er drehte seinen Kopf, und ehe sie den nächsten Atemzug tat, biss er sie in den Schenkel. Ein heftiger Schmerz durchzuckte Daniela und ließ sie aufschreien. Schon spürte sie das warme Blut über ihre Haut laufen. Der Vampir leckte eifrig das Blut. Je schneller er leckte, desto mehr verfiel er einem Rausch. Daniela wurde so übel, dass sie glaubte, sich übergeben zu müssen. Wie viel musste sie noch ertragen? Nur ihrem unbändigen Überlebenswillen verdankte sie, sich zusammenzureißen.

In der Ekstase lockerte sich Drazices Griff um ihre Füße, was sie kurz aufatmen ließ.

Ciprian, vom Blut und Treiben des anderen stimuliert, beugte sich vor, um Drazice zu beobachten und daran teilzuhaben. Er ließ ihre Schultern los und streckte gierig die Zunge heraus. Daniela spürte, wie sich ihre Muskeln in der Rage anspannten.

„Lassen Sie mich auch mal", stieß Ciprian hervor und rutschte auf Knien um sie herum. Als er von ihr abließ, zögerte Daniela nicht eine Sekunde, sondern stieß Drazice mit den Beinen von sich und rollte auf die Seite. Sie kippte über den Rand des Bettes und knallte auf die Knie. Die brannten höllisch, aber sie hatte es geschafft. Sie rannte hinaus in den Korridor. Doch die beiden Vampire folgten ihr sofort.

Daniela reagierte blitzschnell, und ehe die beiden sich versahen, befand sie sich auf der Galerie und schnappte sich eines der Schwerter von der Wand.

Endlich hatte das Blatt sich gewendet, und sie konnte wieder aufatmen.

Geschickt schwang sie die Waffe in der Luft. Jetzt gewann sie an Selbstsicherheit und war nicht mehr bereit, sich noch einmal von den beiden überwältigen zu lassen. Der Biss an ihrem Schenkel brannte bei jedem Schritt.

Plötzlich fühlte sie ein unangenehmes Kribbeln auf der Haut. Drazices Dämon wirkte auf sie ein, ihre Glieder wurden schwerer. Lass dich nicht von ihm verwirren, sieh nach unten. Immer wieder war sie versucht, Drazice anzusehen, aber sie schaffte es mit letzter Kraft, dem Drang zu widerstehen.

Ihre Augen folgten der Bewegung des Schwertes, um sich vom Dämon nicht irritieren zu lassen.

„Du entkommst uns nicht, Schlampe!", keifte Ciprian.

„Keine Sorge, mein Freund, überlassen Sie mir dieses Weibsstück. Ich hatte bereits mehrere Male das Vergnügen, mich mit ihr messen zu können. Und sie zu *besiegen*."

Der Baron grinste siegesgewiss.

Daniela fiel der fragende Blick Ciprians auf, der zwischen ihr und Drazice hin- und herflog.

„Ich freue mich schon, Sie in Aktion zu sehen, Drazice. Worauf warten Sie noch? Ich will jetzt endlich ihr Blut schmecken."

„Komm, Drazice, zeig deinem Kumpan, wie du mich angeblich besiegst." Daniela winkte ihn mit dem Finger heran. Ganz so sicher, wie sie vorgab, fühlte sie sich nicht. Aber es gelang ihr besser als vorhin, als Drazice überraschend vor ihr aufgetaucht war, sich auf ihren Dcera-Sinn zu konzentrieren. Sie versuchte, anhand Drazices Miene zu deuten, welche Strategie er verfolgte. Wollte Ciprian tatsächlich nur der Auseinandersetzung beiwohnen? Wenn sie seinen verschlagenen Blick sah, mochte sie nicht daran glauben.

Die Miene des Barons verzerrte sich vor Wut, während Ciprian dem Schauspiel aufmerksam folgte.

Drazice sprang nach vorn, um ihr das Schwert aus der Hand zu reißen. Daniela, die sein Vorhaben vorausgeahnt hatte, wich zur Seite. Sie warf einen flüchtigen Blick über die Schulter. Jetzt befand sie sich nicht weit von der Treppe entfernt, die in die Eingangshalle hinabführte. Das Portal stand sperrangelweit offen. Sie musste die beiden auf Abstand halten und vor allem einen kühlen Kopf bewahren. Im Geist verglich sie alle Alternativen. Sie besaß nur eine Chance, wenn sie schnell genug war. Mit einem Satz hechtete sie über die Brüstung der Galerie nach unten und sprintete nach draußen und weiter in den Stall. Dort würde es den Vampiren schwerer fallen, sie zu wittern. Zu ihrer Erleichterung brannte im Inneren eine Laterne, die es ihr erleichterte, ein geeignetes Versteck zu finden. Aber sie musste sich leise verhalten, um die Pferde nicht zu erschrecken. Über ihrem

Kopf befand sich der Heuboden. Durch die schmale Dachluke fiel das Mondlicht, durch die sie aufs Dach gelangen konnte. Die Vampire überquerten bereits den Innenhof und näherten sich dem Stall. Kein Sterblicher hätte deren Schritte gehört, aber ihrem Gehör entging es nicht. In Windeseile streckte sie die Arme empor und zog sich an der Luke zum Heuboden hoch. Oben angekommen kroch sie mit dem Schwert in der Hand durch den riesigen Heuhaufen bis unter die Luke. Drazice und der andere Vampir betraten den Stall. Sie schnaubten laut, als sie Witterung aufnahmen.

Daniela blickte zur geöffneten Dachluke hinauf. Die Pferde wieherten und stampften aufgeregt. Jetzt musste sie schnell handeln, bevor die beiden sie bemerkten. Sie schwang sich hinauf und krabbelte durch die schmale Öffnung.

Draußen empfing sie ein sternenklarer Nachthimmel. Aber es blieb keine Zeit, den Anblick zu bewundern, denn die Vampire hatten ihre Flucht durch die Luke längst bemerkt und hefteten sich an ihre Fersen. Sie balancierte über den Dachfirst, der fast ans Burgtor grenzte, katapultierte sich mit einem mächtigen Satz nach unten und spurtete in den angrenzenden Wald. Ein ungutes Gefühl beschlich sie, als sie die Vampire nicht mehr hinter sich hörte. War Valerij zurückgekehrt? Oder sannen sie auf einen Hinterhalt? Die Aussicht auf ein Aufeinandertreffen ließ sie fast in Panik geraten. Es sind Vampire, mit denen du fertig werden kannst, versuchte sie, sich Mut zuzusprechen.

27.

Valerij ritt in Begleitung drei seiner Gefolgsleute den schmalen Pass hinauf, der sich zwischen steilen Felswänden schlängelte. Auf der anderen Seite des Gebirges lagen die transsilvanischen Dörfer, die sich laut Ciprian mit Prinz Razvan gegen ihn verbündet hatten. Der Gedanke, diese Dcera könnte die Werwölfe zur Rebellion gegen ihn aufgebracht haben, erschien ihm mit jeder Minute plausibler. In diesem Moment bereute Valerij, Karolyí damals vor Drazice gewarnt zu haben.

Der Grund dafür war, dass er diesem Speichel leckenden Baron keinen Triumph gönnte. Wegen Karolyí und seiner Frau war Drazice einst aus Prag geflohen. Jahre später kehrte er zurück, viel stärker als zuvor, durch das Bündnis mit den Schattendämonen, von dem er sich erhoffte, über alle Vampire zu herrschen.

Lange hatte Valerij mit sich gerungen, ob er Drazices Rachepläne verschweigen sollte, aber Liliths Blut, das auch durch Karolyís Adern floss, verband. Außerdem freute sich Valerij, endlich die Pläne dieses eitlen Pfaus

Drazice zu durchkreuzen.

Er erinnerte sich an den Abend, als wäre es erst gestern gewesen.

Karolyí war über seinen Besuch überrascht gewesen und begegnete ihm mit distanzierter Höflichkeit, aber interessiert, während seine Frau ihn voller Argwohn betrachtete. Auch Valerij fühlte sich in der Nähe einer Vampirjägerin nicht gerade wohl. Dennoch konnte er nicht verleugnen, welch begehrenswerte Frau die Dcera gewesen war, mit ihren hohen Wangenknochen, dem lieblichen Antlitz und dem stolzen Blick. Der gleiche Stolz im Blick, den auch Mirela besaß. Mirela! Valerij unterdrückte einen Seufzer.

Wegen Ciprians Berichten hatte er sie viel zu schnell verlassen müssen. Die Hingabe, mit der sie seine Liebkosungen erwidert hatte und ihr feuriges Temperament gingen ihm unter die Haut. Wenn sie lächelte, leuchteten ihre Augen wie Saphire. Er verspürte ein warmes Gefühl, als würde die Sonne auch für ihn aufgehen und die ewige Dunkelheit verdrängen. Sie gehörte ihm. Er konnte es kaum erwarten, sie wieder in die Arme zu schließen und zu lieben.

„Was wollte die Hexe von Ihnen, Durchlaucht?", unterbrach ihn einer seiner Gefährten, der sich an seine Seite gesellte.

„Albernes Hexengeschwätz", wiegelte Valerij den anderen ab, denn er verspürte keine Lust, über Aurika und ihre dunklen Vorahnungen zu reden.

Als er vorhin sein Pferd bestiegen hatte, war Aurika aus der Burg gelaufen, um ihn aufzuhalten.

„Mein Herr, bitte verzeiht, aber Ihr müsst mich anhören."

Sie griff nach seiner Hand und sah mit sorgenvollem Blick zu ihm auf.

„Was willst du von mir, Hexe?" Valerij, der zum Aufbruch drängte, war die Störung nicht willkommen gewesen.

„Ihr dürft nicht gehen. Ich habe großes Unheil in meiner Kugel gesehen, das über die Karpaten fallen wird. Verrat. Rebellion. Jemand will Euch vernichten."

„Was redest du da für wirres Zeug? Wer sollte sich gegen mich stellen? Die Werwölfe? Das ist nichts Neues." Valerij entzog ihr seine Hand.

„Nein, es ist jemand unter ihnen." Aurikas grüne Augen schweiften über die anderen Vampire und zurück zu Valerij.

Sofort protestierten seine Gefährten und versicherten ihm ihre Treue. Valerij schenkte ihre Beteuerungen Glauben, denn die meisten kannte er schon mehr als zweihundert Jahre. Zwei von ihnen hatten sogar an seiner Seite gegen die Werwölfe gekämpft.

„Siehst du jetzt ein, dass du dich irrst? Alles ehrliche Gefolgsleute. Unter ihnen gibt es keinen Verräter. Und jetzt geh und langweile mich nicht." Valerij stieß die Hexe fort und drückte seine Hacken in die Flanke des Pferdes.

„Ihr werdet es noch bereuen, mein Herr!", rief sie ihm hinterher, als er davonritt. Aber Valerij wollte nichts mehr hören. Erst versuchte sie ihm Mirela auszureden, und nun verdächtigte sie auch noch seine Gefährten. Er hatte ihr zu viel Freiheiten gewährt und die dreiste Hexe glaubte, sich überall einzumischen. Das Maß war voll! Wenn er zurückkehrte, würde er sie aus der Burg werfen. Wie gut, dass Ciprian über Mirela wachte. Er kannte die heimtückische Hexe, die sicherlich keinen Moment zögern würde, irgendeine Schändlichkeit an Mirela zu erproben.

Hinter der nächsten Kurve im Tal lag das winzige Bauerndorf, dem Valerij zuerst einen Besuch abstatten wollte. Dieses Mal würde er keine Gnade unter den Verrätern walten lassen.

Er trieb seine Gefährten zur Eile an, denn er konnte es kaum erwarten, Vergeltung zu üben. Die Hufe der Pferde trommelten den steinigen Weg entlang. Aus der Ferne hörte er die Dorfhunde wie toll bellen. Der Wind trug Brandgeruch mit sich. Einer dunklen Vorahnung folgend, galoppierte er entschlossen vorwärts, seine Gefährten folgten ihm.

Rauchsäulen wie skelettierte Finger streckten sich in den schwarzen Himmel. Ein Dutzend Häuser brannte lichterloh. Die Hunde verstummten, als sie sich dem Dorfrand näherten. Eine plötzliche Stille kehrte ein. Niemand von den Bauern versuchte, die Flammen zu löschen. Waren sie etwa geflohen? Oder hatten sie selbst die Häuser angezündet? Oder waren sie alle von den Werwölfen verschleppt worden?

Gemeinsam mit seinen Gefährten ritt Valerij den schmalen Pfad hinab. Die Hunde rannten mit eingekniffenen Schwänzen winselnd davon. Das ungewöhnliche Verhalten der Tiere und die bedrückende Stille ließen ihn wachsam sein. Vom Brandgeruch überlagert, schwebte ein bissiger Raubtiergeruch über allem.

„Werwölfe", sagte Valerij und fluchte laut.

Alles diente dazu, ihre Macht zu demonstrieren.

Einer der Vampire sprang vom Pferd und lief die schmale Straße zwischen den brennenden Häusern entlang. Auch Valerij stieg ab. Die Werwölfe begaben sich in den Dörfern auf die Suche nach Weibern und Fleisch. Wieder und wieder brachen sie den Vertrag, der ihnen verbot, auf transsilvanischem Boden zu jagen, dem Revier der Vampire. Dafür würden sie büßen.

Sein Gefährte kehrte mit grimmiger Miene zurück.

„Von den Bauern sind nur noch Reste da. Weiber und Kinder haben sie mitgenommen", berichtete er.

Valerij presste seine Kiefer fest aufeinander und knirschte vor Zorn mit den Zähnen.

„Lasst uns zum nächsten Dorf reiten", befahl er und bestieg sein Pferd.

Aber auch im nächsten Dorf erwarteten sie nur Aschehaufen, wo einst die Bauernhäuser und Gesindehütten gestanden hatten. Valerij und seine Gefährten ritten weiter durch das Tal, über dem der Tod wie eine dichte

Rauchwolke schwebte. Alle Dörfer waren dem Erdboden gleichgemacht worden.

Valerij ballte die Hand zur Faust und streckte sie empor.

„Zurück zur Törzburg!", befahl er und ritt voran.

Sie durchquerten den Wald und gelangten an die Lichtung, auf der sich das Zigeunerlager befand. Auch hier bot sich ihnen das gleiche Bild der Verwüstung wie in den Dörfern zuvor. Die Wagen waren ausgebrannt, die Leichen verstümmelt und nackt.

Hinter Valerijs Stirn überschlugen sich die Gedanken. Alles, was er fühlen konnte, war Rache. Dennoch befremdete ihn das Verhalten der Werwölfe. Zwar waren Überfälle an der Grenze nicht ungewöhnlich oder selten, aber dass sie sich in die Nähe der Törzburg wagten, war seit der letzten Schlacht vor fünfhundert Jahren nicht vorgekommen. Jeden Werwolf, der sich ihm widersetzte, würde er töten oder versklaven.

28.

Daniela war müde und fror. Hier oben in den Bergen sanken die Temperaturen in der Nacht sehr schnell. Außerdem war alles feucht vom Regen. Die Nässe durchdrang rasch die Kleidung.

Sie kannte sich in dieser Gegend nicht aus und schätzte deshalb, das Zigeunerlager erst gegen Morgen zu erreichen. Zur Orientierung half ihr der Abendstern, der hell am Firmament leuchtete. Früher hatte Malvina immer Geschichten erzählt, wenn sie alle zusammen um das Feuer gesessen hatten, dass die Sterne die Seelen der Verstorbenen waren. Mit Wehmut dachte Daniela an diese Zeit und die Gefährtinnen zurück, die sie so schmerzlich vermisste.

Für eine kurze Weile hatte Valerij ihr die gleiche Geborgenheit mit seiner Umarmung vermittelt. Selbst jetzt glaubte sie noch die Wärme seines Körpers zu spüren, wenn sie die Augen schloss. Nichts ersehnte sie sich mehr in diesem Moment, als in seinen Armen Vergessen zu finden. Doch er war nicht hier, und er würde sie auch niemals mehr an sich drücken. Ihre Liebe blieb unerfüllt. Ja, sie liebte Valerij wider alle Vernunft. Doch sie musste ihn schnell vergessen, genau wie die leidenschaftliche Nacht, in der sie ihre Jungfräulichkeit verloren hatte. Wenn sie sich doch nur nicht so verdammt einsam fühlen würde. War es ihr nie vergönnt, auch ein wenig Glück zu finden?

Du schwelgst im Selbstmitleid, tadelte sie sich und stöhnte auf.

„Deinen ersten Liebhaber vergisst du nie", hatte Ileana ihr vor einigen Tagen erklärt und dabei so traurig ausgesehen, dass es Daniela gerührt hatte.

Daniela wurde das Gefühl nicht los, im Kreis gegangen zu sein.

Nach einiger Zeit wurden ihre Beine und das Schwert in ihrer Hand immer schwerer. Sie hatte bereits den Wald am Hang hinter sich gelassen und ein Tal durchschritten. Jetzt durchwanderte sie einen weiteren Waldstreifen, in dem sich neben Tannen mit ausladenden Zweigen auch Laubbäume befanden.

Hatte sie die Eiche mit der Dreiergabel nicht schon einmal passiert? Sie war zu erschöpft, um klar denken zu können. Hunger und Durst plagten sie. Sie musste sich ein wenig ausruhen. Doch das Gras war nass und kalt.

Mondlicht fiel auf eine Gruppe Tannen, neben denen ein schwarzer Fleck an den Felsen sichtbar war. Vielleicht eine Höhle? Sie lief darauf zu, um sich zu vergewissern. Das Mondlicht reichte nicht aus, um sich ein klares Bild zu verschaffen, also tastete sie die Felsen ab. Es war eine Nische, an deren Fuß ein schmaler Durchgang in den Felsen führte, hoch und breit genug für sie, um hindurchzuschlüpfen. Aber das Betreten einer Höhle war gefährlich, denn sie wusste von den Zigeunern, dass in den Bergen Bären lebten. Sie reckte den Kopf durch das Loch und schnupperte. Außer dem Geruch von Fledermauskot witterte sie nichts. Sie zwängte sich durch den schmalen Spalt. Der steinige Boden war hart und rau. Zitternd vor Kälte rollte sie sich zusammen und fiel sofort in den Schlaf.

Daniela schmiegte sich in Valerijs Arme, hob ihren Kopf und fuhr mit der Zunge über seine Lippen. Er schmeckte köstlich nach Obst. Als sie seinem Blick begegnete, voller Wärme und Begierde, spürte sie, wie der Funke der Leidenschaft erneut auf sie übersprang. Sie zog seinen Kopf zu sich herunter und küsste ihn. Alles fühlte sich richtig und gut an, als seine Lippen sich auf ihre legten. Hungrig stieß seine Zunge in ihren Mund, neckte ihre mit schnellen Schlägen, bevor sie ihre gesamte Mundhöhle spielerisch leckend in Besitz nahm. Daniela konnte nicht aufhören, ihn zu schmecken und umklammerte fest seinen Nacken. Mit jedem Zungenschlag wuchs diese fieberhafte, wilde Gier nach ihm. Ihr Körper drängte sich enger an ihn. Immer leidenschaftlicher erwiderte er ihren Kuss. Ungestüm knabberte er an ihren Lippen, rieb seinen nackten, harten Körper an ihrem und steigerte ihre Erregung zu unvorstellbarer Intensität.

Seine Finger wanderten ihren Rücken entlang bis zu ihrem Po, gruben sich in ihre Backen und glitten weiter über ihre Hüften nach vorn zu ihrem Venushügel. Er stöhnte in ihren Mund, als seine Hand über ihr Geschlecht fuhr.

Daniela konnte nicht in Worte fassen, welche Wonnen seine Hände ihr bereiteten. Plötzlich warf er sich nach hinten und zog sie mit sich, bis sie auf ihm lag. Hart drückte sich sein Schaft in ihren Unterleib. Sie sah in sein Gesicht. Das Entzücken, das sich darin ausdrückte, steigerte ihre Vorfreude, von ihm in Besitz genommen zu werden. Leise knurrte er, schob sich zwischen ihre Schenkel und vereinte sich mit ihr. Er nahm sie ungezügelt und gebieterisch, und bereitete ihr damit bittersüße Qualen. Sie glaubte, den unglaublichen Reiz in ihrem Schoß nicht mehr auszuhalten, bis der erlösende Höhepunkt nahte und sie wie eine gewaltige Woge überrollte. Sein Lustschrei echote in ihren Ohren. Eine Gänsehaut überzog ihren Körper und sie musste sich schütteln.

Daniela schlug benommen die Augen auf. Widerwillig löste sie sich von dem Traum, der ihrer Sehnsucht entsprang. Sie fühlte sich einsam. Es gab niemanden, zu dem sie gehörte, selbst wenn sie es sich noch so sehr wünschte. Sie wollte zu Valerij gehören, aber dieser Wunsch würde sich nie erfüllen.

Drazice wusste nun, dass sie noch am Leben war, und es war nur eine Frage der Zeit, wann er sie erneut im Kampf stellte. Valerij würde sich auf seine Seite schlagen. Sie lächelte bitter.

In der Höhle war es jetzt unerträglich kalt geworden. Daniela schlotterte am ganzen Körper, der von ihrem lebhaften Traum noch immer glühte. Immer wieder fielen ihr die Augen zu. Aber sie durfte jetzt nicht einschlafen.

Die Gefahr, bei den weiter sinkenden Temperaturen in der Nacht zu erfrieren, war groß. Zitternd zog sie die Beine an und umschlang sie mit den Armen. Langsam wiegte sie sich vor und zurück. Aber das half nicht gegen die Kälte. Was hätte sie darum gegeben, in Valerijs Armen zu liegen, anstatt die Nacht in dieser Höhle zu verbringen. Um die Müdigkeit zu überwinden, erhob sie sich, streckte ihre steifen Glieder und massierte sie.

Plötzlich zuckte sie zusammen, als sie in der Ferne einen Wolf heulen hörte. Es klang so schaurig, dass es ihr wieder eiskalt den Rücken hinablief. Dieses durchdringende Geheul konnte nicht aus der Kehle eines gewöhnlichen Wolfs stammen, sondern nur von einem Werwolf. Auf eine weitere Begegnung mit ihnen wollte sie es nicht ankommen lassen.

Sie rappelte sich auf, zog ihre Kleidung glatt und griff nach dem Schwert.

Ihr Mund war ausgetrocknet und Hunger und Durst kehrten zurück.

Hier konnte sie nicht länger bleiben, denn das Wolfsgeheul näherte sich. Sie kroch durch den Höhlenspalt nach draußen. Wolken schoben sich vor den Mond, sodass sie nur schemenhafte Umrisse erkennen konnte. Sie musste sich auf ihr inneres Auge verlassen, das sie führen würde. Daniela schloss die Augen und konzentrierte sich auf den Sinn der Dcera, der ihr in die Wiege gelegt worden war. Aber es fiel ihr schwer, denn ihr Magen knurrte und lenkte ihre Gedanken in andere Bahnen.

Langsam lief sie zwischen den Tannen weiter und hoffte, dass die Wolken am Himmel weiterzogen, damit sie sich wieder an den Sternen orientieren konnte. Doch dieses Mal schien sich das Schicksal gegen sie zu stellen. Sie musste höllisch aufpassen, wohin sie trat, weshalb sie nur langsam vorankam. Das Heulen der Wölfe echote in den Bergen.

Lief sie wieder im Kreis? Verfolgten sie sie? Ihre Hand umklammerte fest das Schwert, während sie angestrengt auf jede noch so kleine Bewegung achtete.

Als neben ihr Zweige knackten, fuhr sie herum und starrte in die Dunkelheit. Die Wolkendecke riss für einen Moment auf. Im Mondlicht erkannte sie ein flüchtendes Reh, das sie aufgeschreckt hatte. Das Herz klopfte ihr trotzdem bis zum Hals. Jeden Moment rechnete sie mit dem Angriff eines Werwolfs und warf immer wieder einen Blick über die Schulter zurück.

Dann verstummte das Wolfsgeheul und über den Wald legte sich eine bedrückende Stille, als hielt die Welt den Atem an.

Das plötzliche Gefühl, verfolgt zu werden, ließ sie losrennen.

Auf dem moosigen Boden fiel ihr das Laufen leicht, aber der vor ihr liegende, steinige Pfad, ließ sie innehalten. Sicherlich mündete er in die Straße zur Burg. Da konnte sie unmöglich barfüßig entlanglaufen. Daniela wollte sich ihrer vampirischen Schnelligkeit bedienen, aber ihre Kraft verließ sie. Für einen Moment überlegte sie, einen Baum hochzuklettern, um in seiner Krone Schutz zu suchen. Doch die Bisswunde an ihrem Bein schmerzte so stark vom Laufen, dass sie das Vorhaben verwarf. Sie entschied sich, den Pfad zu überqueren, der die beiden Waldstücke trennte. Ihrem Gefühl folgend, rannte sie geradeaus, bis sie eine Lichtung erreichte. Sie zögerte keinen Augenblick und lief quer über die Wiese. Kurz bevor sie die Bäume erreichte, wurde sie von einem Paar gelb funkelnder Augen gestoppt. Daniela packte das Schwert mit beiden Händen und hob es hoch. Mutig stellte sie sich dem Gegner entgegen. Weitere Augenpaare folgten, die unaufhaltsam zwischen den Bäumen näher kamen. Tiefes Knurren hallte durch den Wald. Daniela witterte den beißenden Geruch, der den Werwölfen vorauseilte. Ein halbes Dutzend näherte sich ihr, die Muskeln angespannt und jederzeit zum Sprung bereit. Blindlings war sie in eine Falle dieser Bestien gelaufen. In den Karpaten schien sie sich auf ihre Sinne nicht mehr verlassen zu können.

Immer mehr Werwölfe schoben sich aus dem Dickicht und umzingelten sie. Im selben Moment zogen die Wolken fort und gaben dem Mondlicht freie Bahn. Der Anblick der schwarzen Werwölfe im silbrigen Mondlicht wirkte irreal. Ihre blutunterlaufenen Augen starrten sie voller Gier an. Die massigen Leiber duckten sich und schlichen im Kreis um Daniela, die fieberhaft nach einer Lösung ihrer miserablen Lage grübelte. Sie hatte mannigfach in brenzligen Situationen gesteckt, aber diese hier übertraf alle Vergangenen bei Weitem. Fast hätte Daniela freudlos aufgelacht. Drazice und sein Kumpan hatten sie in die Arme der Werwölfe getrieben.

Die Werwölfe fletschten ihre Zähne, vor denen sie Respekt besaß. Hart schluckte sie gegen den aufsteigenden Kloß in ihrem Hals. Das Resümee ihrer Überlegungen war niederschmetternd, eine Flucht zwecklos, denn die Bestien würden sofort die Verfolgung aufnehmen. Also blieb ihr nur, bis zum Letzten zu kämpfen.

Die Werwölfe zogen langsam, aber stetig, den Kreis enger.

Daniela wirbelte um die eigene Achse, bereit, das Schwert gegen die Gegner zu führen. Wie ein Ring der Finsternis schienen die Bestien ihr den Atem abzuschnüren. Mit gesenkten Köpfen und peitschenden Ruten näherten sich die Wölfe Schritt für Schritt. Das Schwert rutschte in Danielas feuchten Handflächen hin und her. Eines hatte sie von den Dceras gelernt, die Angst im Kampf zu unterdrücken, obwohl ihr Herz in der Brust vor Furcht raste und ihr Verstand zur Flucht riet. Das Schwert surrte durch die Luft dicht vor den Wölfen, die ihr mit einem tiefen Knurren antworteten. Ihre flach angelegten Ohren und weit aufgerissenen Schnauzen zeugten von unbändigem Zorn. Immer wieder brach einer aus und wagte sich einen Schritt vor. Sie fühlte sich wie David gegen Goliath, nur dass sie nicht im Kampf gegen die Überzahl die Gewinnerin sein konnte. Daniela erahnte ihr Agieren im Voraus und gebot ihnen mit dem Schwert Einhalt. Das halbherzige Verhalten der Werwölfe befremdete sie. Keiner setzte zum Sprung an, um sie niederzustrecken.

„Traut ihr euch etwa nicht, mich anzugreifen? Ich bin allein." Nach ihren Worten waren die Werwölfe kaum zu halten. Gleich würden sie wie eine reißende, blutgierige Meute über sie herfallen und sie in tausend Stücke reißen. Aber nichts dergleichen geschah. Sie blieben auf Distanz. Als ein Surren über ihnen ertönte, begriff Daniela.

Die Werwölfe wichen vor Drazice zurück, als dieser inmitten ihres Kreises landete. Gleich hinter ihm folgte Ciprian. Breitbeinig stellte der Baron sich vor sie hin und musterte sie abschätzend. Danielas Hände vibrierten um den Schwertknauf. Sie hätte ihm liebend gern einen Streich mit der Klinge verpasst. Doch ihre Gefühle durften auf keinen Fall die Oberhand gewinnen, wenn sie eine Chance haben wollte.

„Nun, Dcera, so schnell hast du mit unserem erneuten Zusammentreffen wohl nicht gerechnet." Sein heiseres Lachen ärgerte sie.

„Immer, wenn man mit dir nicht rechnet, bist du da. Aber dir wird noch das Lachen im Halse stecken bleiben."

In den Augen des Barons flackerte kurz das blaue Dämonenfeuer auf. Sie durfte sich auf keinen Fall von seinem Blick gefangen nehmen lassen. Bewusst sah sie zur Seite.

Angeheizt durch die geladene Atmosphäre breitete sich Unruhe unter den Werwölfen aus.

Drazice hob einen Arm. „Wartet. Die Dcera gehört mir." Nur widerwillig hielten sich die Werwölfe zurück. Danielas Blick flog von Drazice zu den

Werwölfen und zurück. Was zur Hölle hatte dieser Vampir mit denen zu tun? Welches Bündnis bestand zwischen ihnen? Der Baron schreckte vor nichts zurück, um an Macht zu gewinnen.

Langsam und siegesgewiss trat er auf sie zu. Daniela ging einen Schritt rückwärts und wurde gleich darauf von den Werwölfen hinter ihr in die Schranken verwiesen.

„Haben die Schattendämonen dich verlassen, dass du jetzt noch ein paar Wachhunde brauchst? Früher hast du deine Beute allein gejagt." Was hatte sie schon zu verlieren?

Prompt folgte die Reaktion des Vampirs, dessen Miene sich zu einer diabolischen Fratze verzerrte. Seine Fangzähne lugten bereits weit aus seinem Mund.

„Wie habe ich unsere Plänkeleien vermisst. Wahrscheinlich werde ich sie auch vermissen, wenn ich dir das Blut aus deinen Adern gesaugt habe."

„Dazu musst du mich erst kriegen, Drazice." Sie kniff die Augen zusammen und verlagerte ihr Gewicht von einem Bein auf das andere. Die Werwölfe in ihrem Rücken machten sie nervös. Wenn der Vampir auch nur ahnte, wie erschöpft sie sich fühlte, würde er einen Angriff nicht lange hinauszögern.

„Das werde ich", keifte er und hob zum Sprung an. Aber er stoppte in der Bewegung, als trommelnde Hufe nahende Reiter ankündigten.

„Verschwindet", zischte der Baron den Werwölfen zu. Als sie zögerten, wiederholte er seine Order. „Verschwindet. Ihr wisst, was ihr zu tun habt. Razvan erwartet euch."

Der Name Razvan schien eine magische Kraft zu besitzen, denn die Werwölfe drehten sich um und rannten ohne Protest in den Wald zurück.

Vier Reiter näherten sich in wildem Galopp. Danielas Herz schlug höher, als sie Valerijs Geruch witterte. Wie würde er reagieren, wenn er sie hier vorfand, noch dazu in Gesellschaft Drazices? Sie war sicher, der Baron würde ihm brühwarm erzählen, dass sie eine Dcera war. Daniela fürchtete sich vor diesem Moment mehr als vor jedem anderen. Valerijs Hass war ihr gewiss und all ihre Befürchtungen bewahrheiteten sich auf schmerzvolle Weise.

Der Karpatenfürst zügelte sein Pferd und sprang ab. Seine Augenbrauen zogen sich drohend über seiner Nasenwurzel zusammen, als er Drazice erkannte und schließlich zu ihr blickte. Daniela nahm nichts anderes um sich herum wahr als seine Gegenwart. „Mirela?" Er kniff die Augen zu Schlitzen zusammen, als träumte er.

„Was suchst du hier, noch dazu an der Seite Drazices?" Sein Tonfall klang scharf.

Sie suchte krampfhaft nach Worten, aber ihr fielen keine ein.

„Wie nanntet Ihr dieses Weib da drüben? Mir scheint, da liegt eine Verwechslung vor", mischte sich Drazice ein. In seinen Augen lag etwas Lauerndes wie bei einem Raubvogel, kurz bevor er zum Sturzflug auf seine erspähte Beute ansetzte.

Valerij ballte die Hände und fletschte die Zähne. Er war kurz davor, sich auf den Vampir zu stürzen.

„Was machen Sie noch in meinem Land?"

„Ich bin hier, um Euch zu warnen. Vor diesem Weib! Verzeiht, Durchlaucht, wenn ich zunächst etwas richtigstelle. Dieses Weib, das sich Euch unter einem anderen Namen vorgestellt hat, ist keine andere als die Dcera, die überlebt hat. Ihr Name ist Daniela Karolyí. Sie ist die Tochter des Schattenfürsten."

„Eine schlechte Lüge, aber ich habe Sie durchschaut, Drazice."

Ein kleiner Funke Hoffnung keimte in Daniela auf, das Schicksal könnte zu ihren Gunsten entscheiden und Valerij würde Drazice keinen Glauben schenken. Doch das zerschlug sich, als sie das hämische Grinsen auf den Lippen des Vampirs erkannte.

„Sie besitzt ein besonderes Mal. Hier", Drazice tippte mit dem Finger an seine Brust, „wie ein Blutstropfen geformt. Das Erbe ihrer verfluchten Mutter. Ihr könnt Euch davon überzeugen, dass ich die Wahrheit spreche." Drazice trat auf Daniela zu, um das Hemd herunterzuziehen, aber sie schwang drohend ihr Schwert. Bei der Bewegung verrutschte der Stoff und Valerijs Miene verfinsterte sich schlagartig.

„Ergreift sie", befahl er seinen Begleitern, die daraufhin Daniela überwältigten und packten. Das Schwert, das sie ihr aus der Hand geschlagen hatten, fiel vor ihre Füße. Ein bitterer Zug umgab Valerijs Mund. Eine eiskalte Hand umfasste Danielas Herz, das dumpf und schwer in ihrer Brust klopfte. Jetzt war es heraus. Irgendwie war sie erleichtert, weil Valerij nun die Wahrheit kannte. Zugleich bedeutete es ihr Todesurteil, das ihr die Tränen in die Augen trieb.

„Ist das wahr?" In Valerijs Stimme schwang eine bittere Note. Daniela suchte krampfhaft nach Worten, aber ihr fiel nichts zu ihrer Verteidigung ein. Verzweifelt sah sie ihn an und hielt seinem vernichtenden Blick stand. Weshalb wurde ihr gerade in diesem Moment bewusst, wie sehr sie ihn gegen jede Vernunft liebte?

„Ist das wahr? Antworte!" Seine Stimme klang tief und verzerrt, seine Augen weiteten sich und glänzten golden wie ein Talerstück. Daniela wagte nicht, Drazice anzusehen, denn sie hätte seinen triumphierenden Blick nicht ertragen können.

Langsam nickte sie, während Tränen über ihre kalten Wangen hinabliefen.

Die Verachtung, die ihr von Valerij entgegenschlug, bedrückte sie mehr als die Furcht vor dem Tod.

„Hast du mich nicht verstanden, Dcera?"

Die Abfälligkeit, mit der er das Wort Dcera aussprach, zerschlug den letzten Funken Hoffnung, dass er ihre Gefühle erwiderte.

„Was wird mit ihr geschehen? Können wir jetzt alle ihr Blut trinken?", hörte sie Ciprians aufgeregte Stimme.

„Du Narr! Das Blut einer Dcera würde dich in Asche verwandeln, wenn du kein geborener Vampir bist", entgegnete Drazice.

„Durchlaucht, wenn ich etwas vorschlagen dürfte ..." Erwartungsvoll sah der Baron zu Valerij auf. Als der Fürst nicht antwortete, fühlte Drazice sich ermutigt, mit seinem Vorschlag fortzufahren.

„Sie ist uns nicht von großem Nutzen. Das Beste wäre, ich brächte sie nach Prag zurück und verbrenne sie dort auf dem Scheiterhaufen wie eine Hexe."

„Nein! Das Urteil fälle ich allein und vollstrecke es."

„Aber Durchlaucht, bedenkt, ich könnte Euch von dieser Last befreien. Wir schließen ein Bündnis."

„Ein Bündnis? Mit Ihnen?", donnerte Valerij los.

„Es hätte viele Vorteile. Ihr und ich wären stark genug, die Schatten-dämonen zu besiegen. Dafür beseitige ich die Dcera und kämpfe mit Euch gegen die Werwölfe."

Valerij runzelte die Stirn. Sie wollte ihm erzählen, dass Drazice log, doch sie schwieg, denn Valerij würde einer Dcera nicht glauben.

Die Stille war so unheimlich, dass Daniela die Luft anhielt. Unter Valerijs abweisendem Blick ballte sich ihr Magen zusammen. Welches Urteil würde sie erwarten? Würde Valerij sie etwa Drazice ausliefern, so wie er es mit ihren Eltern getan hatte? Wie hatte sie nur glauben können, er wäre anders als die anderen Vampire. Gebannt hing sie an seinen Lippen.

„Sie ist eine Dcera und wird gegen mich kämpfen", bestimmte er. Seine Worte versenkten sich wie Pfeile in ihrem Herzen.

„Aber Durchlaucht", protestierte Drazice, „überlegt doch nur, welche Vor-teile ein Pakt zwischen uns mit sich brächte."

Valerij gab Drazice keine Antwort, sondern trat auf sie zu. Seine Aura war gebieterisch, dunkel und durchdrang sie. Es fühlte sich kalt und trostlos an, wie der Tod selbst.

„Du wirst gegen mich kämpfen. Das ist es doch, was du dir immer ge-wünscht hast, Dcera? Jetzt hast du die Gelegenheit. Du wirst meine Über-legenheit spüren und begreifen, dass du nicht jeden Vampir bezwingen kannst."

Er hatte sie längst besiegt und ahnte es nicht einmal. Plötzlich fühlte sie sich wie betäubt und alles Blut sackte augenblicklich in ihre Füße. Die Ge-wissheit, dass Valerij sie eigenhändig töten wollte, ließ sie verzweifeln. Als sie seinen Blick auffing, wusste sie, dass er sie quälen würde, bis er ihr den Todesstoß versetzte.

Selbst wenn er es von ihr forderte, sie konnte nicht gegen ihn kämpfen, weil sie ihn liebte. Eine verfluchte Liebe. Wenn sie sich ihr Herz aus dem Leib schneiden könnte, um die Liebe zu ihm zu vergessen, hätte sie es getan.

„Lasst sie los und gebt ihr das Schwert zurück, damit sie gegen mich kämpfen kann."

„Ich kämpfe nicht gegen dich, Valerij." Daniela warf das Schwert auf den Boden und hielt seinem eisigen Blick stand. Sie war bereit, durch seine Hand zu sterben.

Valerij umfasste grob ihren Arm, hob das Schwert auf und zog sie hinter sich her. Drazice und den anderen Vampiren bedeutete er, ihnen nicht zu folgen. Er zerrte sie unbarmherzig tiefer in den Wald hinein. Daniela fühlte sich erschöpft. Ihre Glieder waren kalt und steif. Sie stolperte und fiel der Länge nach hin. Knurrend riss er sie hoch und lief mit ihr weiter. An einer kleinen Lichtung hielt er an und warf ihr das Schwert zu Füßen.

„Heb es auf", forderte er. Aber Daniela weigerte sich. Alles in ihr sträubte sich gegen einen Kampf mit ihm.

„Heb es auf!", herrschte er sie an.

Widerspruchslos hob sie es auf.

„Du kannst mich töten, mich dazu zwingen, gegen dich zu kämpfen, aber meinen Willen wirst du niemals brechen", sagte sie heiser.

29.

Valerij konnte es noch immer nicht glauben, dass die Frau, die er von allen begehrte und jetzt vor ihm stand, die gesuchte Dcera sein sollte. Mirela oder Daniela, wie sie wirklich hieß, hatte ihn hintergangen und belogen. Die Enttäuschung steckte in seinem Herz wie ein giftiger Stachel. Der Zorn, der wie ein Sturm in ihm wütete, verlangte nach Vergeltung. Er war versucht, seine Hände um ihre Kehle zu legen, um das Leben aus ihr herauszuquetschen wie den Saft aus einer Frucht. Doch dieser Tod wäre viel zu gnädig. Wie viele seiner Gefährten außer Petre hatte sie auf ihrem Gewissen? Endlich würde sie für ihre Taten büßen. In einem Kampf konnte er ihr Wunden zufügen, jede für einen der vernichteten Vampire. Sie sollte Höllenqualen erleiden, so wie ihre Opfer – und wie er selbst. Ihr Tod war die Genugtuung für die Schmach, die er durch sie erfahren hatte. Ihr Arm, der das Schwert hielt, sank kraftlos herab. Er fing ihren Blick auf.

Wenn sie ihn doch nicht mit diesen blauen Augen ansehen würde, die auf den Grund seiner schwarzen Seele zu blicken schienen. Der gewohnte Glanz darin war erloschen. Ihre Augen weckten Erinnerungen in ihm, die er vergessen wollte. In der Nacht hatte sie sich ihm mit einer flammenden

Leidenschaft hingegeben, wie er es nie zuvor bei einer Frau erlebt hatte. Valerij bezweifelte für einen Augenblick, das richtige Urteil gefällt zu haben und durch den Kampf ihren Tod hinauszuzögern. Doch dann rief er sich erneut ins Gedächtnis, welche Schuld sie auf sich geladen hatte. Sie glich einem Racheengel, der mit seiner Schönheit betörte, aber nur darauf wartete, ihm das Herz aus dem Leibe zu schneiden.

In allem sollte Aurika recht behalten. Verfluchte Prophezeiung, verfluchte Hexe und verfluchte Dcera. Er musste sie aus seinen Gedanken verbannen, sie seiner Erinnerung entreißen. Das schaffte er nur, wenn er sie umbrachte. Er hatte alle anderen Weiber vergessen, da würde es ihm auch bei ihr gelingen.

Dass sie das Schwert auf den Boden fallen ließ und sich sträubte, gegen ihn zu kämpfen, brachte ihn nur noch mehr auf und verwirrte ihn.

„Nimm das Schwert und kämpfe, Dcera!", schrie er und trat einen Schritt auf sie zu. Aber sie stand reglos da und dachte nicht daran, die Waffe aufzuheben. Sie reckte ihr Kinn empor und sah ihn herausfordernd an.

„Nimm jetzt endlich das Schwert. Du bist eine Dcera. Deine Bestimmung ist der Kampf." Er fauchte und zeigte ihr seine Fangzähne. Was bezweckte sie damit? Wollte sie zur Märtyrerin werden?

Sie schüttelte den Kopf. „Ich will, dass du meinem Leben ein Ende setzt. Ich kämpfe nicht gegen dich, Valerij."

Ihr zögerliches Verhalten machte ihn noch wütender. Er wollte gegen sie kämpfen, den Schmerz spüren, den sie ihm mit der Klinge beifügte und ihr das Gleiche antun.

Mit einem Aufschrei sprang er nach vorn. Aber sie wich keinen Schritt beiseite. Seine Fingernägel mutierten im Sprung zu Klauen, mit denen er das dünne Hemd zerriss und ihre weiche Haut aufschlitzte. Er musste ihr Schmerz zufügen, in der Hoffnung, dass sie sich besann und sich endlich zur Wehr setzte. Sie zuckte zusammen, gleichzeitig bissen ihre Schneidezähne in die Unterlippe. Seine Krallen hatten feine Schnitte auf ihren Schultern und Brustkorb hinterlassen, aus denen Blut hervorquoll. Aber noch immer bewegte sie sich nicht.

Zitternd stand sie vor ihm und erwiderte seinen Blick aus weit aufgerissenen Augen, die ihn an ein verschrecktes Tier erinnerten.

„Verdammt noch mal, wehre dich!"

Valerij riss sie mit einem Satz zu Boden. Sie stürzte rückwärts und stöhnte auf, als er sich auf sie warf. Sein Mund suchte ihre Kehle, um sie ihr aus dem Hals zu reißen. Doch ihren weichen Körper an seinem zu fühlen, ihren Herzschlag zu hören, weckte erneut das Begehren in ihm. Durch den dünnen Hemdstoff fühlte er ihre harten Knospen an seiner Brust. Das ließ ihn zögern, und er war versucht, sie hier zu nehmen. Seine Hand fuhr über ihre weiche Haut am Hals und spürte ihren flatternden Puls.

Doch dann fiel sein Blick auf das rote Mal und der Zorn übermannte ihn aufs Neue.

Langsam beugte sich Valerij mit geöffnetem Mund zu ihrer Halsbeuge hinab. Ihr Körper bebte vor Angst unter ihm, aber sie wehrte sich noch immer nicht.

„Was zögerst du noch? Töte mich, Valerij", flüsterte sie. Eine Träne stahl sich aus ihrem Augenwinkel. Dieser Duft von Salz vermischt mit dem ihr eigenen Blutgeruch ließ seinen Phallus anschwellen. Was war nur mit ihm los? Weshalb zögerte er?

Weil sie dich beherrscht, hörte er Aurikas Stimme in seinen Ohren, als stünde sie neben ihm. Damit musste endlich Schluss sein. Sein Kopf senkte sich wieder tiefer, dass die Spitzen seiner Zähne bereits ihre Haut berührten, unter der ihr Puls jetzt wie verrückt raste.

Doch durchdringendes Wolfsgeheul ließ ihn unerwartet innehalten. Er spürte die Kampflust seiner Gefährten.

Sofort sprang er auf. Schwer atmend setzte sich auch Daniela auf und sah ihn fragend an. Aber er konnte sich jetzt nicht mit ihr befassen, denn seine Sinne schlugen Alarm. Sein feines Gehör nahm Kampfgeräusche wahr. Blitzschnell drehte er sich um und kehrte zu seinen Gefährten zurück. Daniela würde er sich später vornehmen. Sie konnte ihm nicht entgehen.

Sicherlich würde Drazice, feige, wie er war, fliehen und die anderen im Stich lassen, wenn er es nicht schon längst getan hatte.

Als Valerij an die Stelle zurückkehrte, an der er die anderen verlassen hatte, stand er Razvan und einer Handvoll Werwölfe gegenüber, die ihn feindselig musterten. Der Rudelführer trat ihm als Einziger in menschlicher Gestalt gegenüber.

Valerijs Blick suchte nach den Gefährten. Zwei von ihnen waren der Übermacht der Werwölfe zum Opfer gefallen, der dritte geflohen. Auch Drazice war verschwunden. Er würde seinen Gefährten später zur Rechenschaft ziehen. Doch jetzt war nicht die Zeit, um abzurechnen.

Valerij sah auf, als der Werwolf auf ihn zustampfte. Der Boden bebte unter seinen Füßen.

„Razvan", sagte Valerij und begegnete dem Blick des Herannahenden mit der gleichen Feindseligkeit.

„Du wagst es, in die Karpaten zurückzukehren?" Valerij betrachtete Razvan voller Abscheu.

Razvans Mundwinkel zogen sich vor Wut nach unten. Er ballte seine riesigen Fäuste, dass die Adern an seinen Armen wie dicke Kordeln hervortraten.

„Um mir das zurückzuholen, was mir gehört! Ich bin der rechtmäßige Fürst der Karpaten, cel Bâtrân! Ich und nicht du!", keifte der Werwolf und pochte mit der Faust gegen seinen Brustkorb.

Valerij reagierte auf den Ausbruch des Werwolfs gelassen.

„Dazu musst du mich schon besiegen. Muss ich dich an unseren letzten Kampf erinnern?" Razvan war ihm damals im Kampf unterlegen. Damals stand er Razvan allein gegenüber, während ihn heute Werwölfe umzingelten. Zwar verschafften Valerijs dämonische Kräfte einen großen Vorteil, dennoch würde es schwer werden, gegen diese Übermacht zu gewinnen.

„Ihr fühlt Euch zu sicher, cel Bâtrân", erklang eine vertraute Stimme hinter Razvan. Der bullige Rudelführer trat beiseite und gab den Blick auf Drazice frei, in dessen Augen das blaue Dämonenfeuer glomm. Auch diesen Gegner durfte er nicht unterschätzen. Valerij knurrte vor Zorn. Er würde dem Baron für den Verrat den Kopf abreißen. Das feiste Grinsen Drazices machte ihn rasend. Er verfluchte sich tausendfach dafür, ihn verschont zu haben.

„Drazice, Sie dreckiger Verräter. Dieses Mal sind Sie zu weit gegangen, als Sie sich mit den Werwölfen gegen mich verbündet haben. Es wird mir eine Freude sein, Sie mitsamt dem Wolfspack in die Hölle zu befördern." Valerijs Augen verengten sich, während seine Nasenflügel vor Wut bebten.

Drazice legte den Kopf in den Nacken und lachte.

„Gebt auf. Eure Zeit ist um, Karpatenfürst. Ihr habt keine Chance gegen Prinz Razvan und sein Rudel."

Die Wölfe scharrten mit den Pfoten im Staub und funkelten ihn an. Sie warteten voller Ungeduld auf das Kommando des Anführers zum Angriff.

„Ein cel Bâtrân kapituliert nie." Valerijs Stimme verzerrte sich, wurde tiefer und dröhnender, wie immer, wenn die dämonische Seite in ihm im Zorn die Oberhand gewann.

Anton Drazice seufzte und rollte mit den Augen.

„Ich sehe keinen Eurer Gefolgsleute mehr. Ihr seid allein. Sie wissen längst, dass Ihr verloren habt, und sind geflohen." Drazice feixte.

„Drazice, du irrst dich, er ist nicht allein."

Valerijs Kopf flog herum. Daniela stand neben ihm mit glühenden Wangen und hielt das Schwert in der Hand.

Sie war wieder zurück, die Kriegerin mit dem entschlossenen Blick.

In diesem Moment bewunderte er ihren Mut und gleichzeitig verstand er nicht, weshalb sich eine Dcera auf die Seite eines Vampirs schlug, der sie gerade hatte umbringen wollen. Ein seltsam warmes Gefühl breitete sich in seiner Brust aus, das er nicht beschreiben konnte.

Drazices Miene verdüsterte sich schlagartig, als er Daniela erblickte.

„Ihr enttäuscht mich, cel Bâtrân. Ich dachte, Ihr hättet die Dcera längst umgebracht."

„Das könnte dir so passen", stieß sie hervor.

Valerij spürte, wie die Hassfunken zwischen den beiden hin- und herstoben.

Stellte sie sich nur an seine Seite wegen Drazice, dem sie seit langer Zeit auf den Fersen war? Oder auch um seinetwillen? Wenn Letzteres zuträfe, bedeutete das, dass sie etwas für ihn empfand, und er sich, was ihre Hingabe im Bett betraf, nicht geirrt hatte. Valerij wagte kaum, darauf zu hoffen. Razvan betrachtete Daniela mit einem finsteren Blick und knurrte drohend. Valerij kannte diese untrüglichen Zeichen des Werwolfs.

Daniela von Werwölfen zerrissen? Niemals. Eine eiserne Hand schien Valerijs Dämonenherz zu umspannen. Die Furcht um sie machte ihn wahnsinnig. Er trat vor, doch schon wurden sie von der Meute umzingelt. Daniela schwang das Schwert, bereit für einen bevorstehenden Kampf. Sie war zwar wehrhaft, aber gegen eine Handvoll Werwölfe besaß sie keine Chance. Er kannte Razvan lange genug, um zu wissen, dass er ihn dazu bringen musste, einen Zweikampf mit ihm auszufechten, so wie damals.

„Halt!" Valerijs tiefe dämonische Stimme hallte durch die Ebene und ließ die Gegner stoppen. Auch Razvan hielt in der Bewegung inne, obwohl Valerij spürte, dass der Prinz seine geballte Wut kaum noch kontrollieren konnte.

„Halt!", rief Valerij erneut, als einer der Werwölfe den Kopf zurücklegte und heulte. „Razvan, dir geht es doch nicht um dieses sterbliche Weib, sondern um die Revanche und um dich und mich. Du wartest doch seit Langem darauf, dich erneut mit mir zu messen. Lass uns kämpfen. Der Sieger ist der neue Karpatenfürst."

Valerij beobachtete gespannt jede Regung im Gesicht des Werwolfs. Würde er sich darauf einlassen? Razvan gierte nach Macht und Ruhm und behauptete von sich, der Stärkste aller dunklen Geschöpfe zu sein. Valerij müsste sich sehr irren, wenn der Werwolf sich diese Gelegenheit entgehen ließe, wo er sich siegessicher fühlte, durch seine Kraft, die in den letzten Jahrhunderten gestiegen war. Hinter der kantigen Stirn schien es fieberhaft zu arbeiten. Sicherlich wog er seine Chancen ab. Nur weil Valerij einen ewig währenden Kampf gegen die Werwölfe vermeiden wollte und das Gesetz der Karpaten es gebot, dass Vampire und Werwölfe Seite an Seite lebten, hatte er Razvan damals verschont und sein Rudel verbannt. Doch jetzt war die Zeit gekommen, mit dem Werwolf endgültig abzurechnen. Er war es nicht wert, ein Rudel zu leiten.

Razvan grinste breit. „Also gut!", brüllte er zurück. „Ich kann es kaum erwarten, dich zwischen meinen Pranken zu zermalmen."

„Noch hast du das Duell nicht gewonnen. Aber zuvor habe ich noch eine Bedingung." Valerij hoffte, mit seiner betonten Gelassenheit seinen impulsiven Gegner rasend werden zu lassen. Razvan war kein Taktiker, kämpfte nicht mit seinem Hirn, sondern vertraute einzig auf seine körperliche Stärke. Das war ihm bereits damals zum Verhängnis geworden.

„Was für eine Bedingung?", Razvan stützte die Hände in die Hüften. Er keuchte vor unterdrücktem Zorn.

„Dieser Kampf ist die Wiedergutmachung für unseren letzten. Also die gleichen Bedingungen. Sobald sich einer deiner Gefolgsleute einmischt, hast du verloren." Valerij wandte den Kopf zu Drazice. „Das gilt auch für ihn."

„Von mir aus. Du hast keine Chance gegen mich. Meine Kräfte sind seit unserem letzten Aufeinandertreffen gewachsen", fauchte der Werwolf zurück. Valerij nickte lächelnd, aber er wusste, dass er Razvan niemals unterschätzen durfte.

„Schluss jetzt mit dem ganzen Gerede. Los, fangen wir endlich an!", forderte Razvan und scharrte voller Ungeduld mit der Fußspitze auf dem Boden.

„Sollte sich einer von uns nicht an die Abmachung halten, werden Lilith und Istar, die uns das Leben schenkten, die Schuldigen vernichten." Valerij sah, wie Drazice leicht zusammenzuckte. Die feige Ratte fürchtete sich vor Lilith, weil sie den Dämon in ihm beherrschte.

Razvan brummte zustimmend.

Valerij sah nur flüchtig zu Daniela, aber lang genug, um die Furcht in ihren Augen zu erkennen, die ihm galt und auch den liebevollen Ausdruck darin. Diese Wärme durchflutete seinen ganzen Körper und taute sein erstarrtes Dämonenherz auf. Er hätte sie gern beruhigt, aber vor den anderen wäre es das Eingeständnis einer Schwäche gewesen. Hoffentlich würde sie nicht die Torheit begehen und versuchen, den Kampf auf irgendeine Weise zu beeinflussen. Plötzlich stiegen Zweifel an seinem Vorhaben in Valerij auf. Würden die Werwölfe sich wirklich an die Abmachung halten? Wenn er jetzt gegen Razvan kämpfte, könnte er sie vielleicht nicht beschützen. Durfte er das wirklich riskieren? Andererseits sah er nur die Möglichkeit, einen Krieg abzuwenden, indem er die Fehde auf einen Zweikampf beschränkte. Sie war eine Dcera, noch dazu Karolyís Tochter, und weiß Gott nicht wehrlos, beruhigte er sich. Dennoch kroch die Angst um sie in seine Glieder. Valerij spekulierte darauf, dass die Werwölfe sich nach der Vernichtung ihres Rudelführers ihm als Karpatenfürst unterwarfen. Den Gedanken an eine Niederlage schob er von sich. Er hatte Razvan schon einmal besiegt. Dennoch durfte er dessen Stärke und Schnelligkeit niemals unterschätzen. Wenn es ihm gelang, den Werwolf zu verwunden, würde er ihn blind vor Wut und ohne Vorsicht attackieren. Valerij vertraute aus Erfahrung darauf, dass Ravzans Angriffslust überwog und ihn vielleicht seine aufmerksame Verteidigung kostete.

„Auch du, Dcera hältst dich heraus!", rief er Daniela zu und verlieh seiner Stimme die erforderliche Strenge. Daniela kniff missbilligend die Lippen zusammen. Aber dann schien sie seine Absicht zu begreifen und nickte. Erleichtert fiel ein wenig die Spannung von Valerij ab, denn er hatte Protest befürchtet. Hoffentlich würde sie sich auch daran halten. Er kannte ihren Eigensinn, der sie oft wider alle Vernunft agieren ließ, wie die Fluchtversuche, die sie in Razvans und Drazices Arme getrieben hatten.

Auf ein Handzeichen Razvans hin traten die Werwölfe zurück. Drazice stand etwas abseits und beobachtete das Geschehen mit einem abfälligen, aber siegesgewissen Lächeln.

Kaum standen Valerij und Razvan sich gegenüber, herrschte absolute Stille. Aber Valerij konnte Danielas schnellen Herzschlag hören. Wie gerne hätte er ihr vorhin gestanden, was er für sie empfand. Erst jetzt im Angesicht der Gefahr begriff er, wie viel sie ihm bedeutete und dass das, was er für sie fühlte, pure Begierde überstieg.

Razvan verwandelte sich in einen Wolf und setzte zum Sprung an. Valerij nahm den stärker werdenden Raubtiergeruch wahr, der von den anderen Werwölfen stammte, die erregt das Geschehen verfolgten. Sie fieberten mit ihrem Rudelführer und stimmten ein schauderliches Geheul an, wie damals, als sie die Burg stürmen wollten. Valerij katapultierte sich mit ausgebreiteten Armen über seinen Gegner hinweg. Da musste Razvan sich schon etwas anderes einfallen lassen, wenn er ihn kriegen wollte. Mit gesenktem Kopf und tiefem Knurren raste der Werwolf wieder auf ihn zu. Valerij verharrte auf der Stelle, ließ ihn nah genug herankommen, in der Absicht, ihn dann zu treffen oder gar mit einem Schlag niederzustrecken. Er konzentrierte sich darauf, seine dämonischen Kräfte im Körper zu sammeln. Als hätte ein Blitz in ihn eingeschlagen, zuckten seine Hände. Die Energie floss heiß durch die Adern, um sich in seinen Fingern zu speichern. Dann schoss das blaue Dämonenfeuer aus seinen Fingerkuppen und traf Razvan. Der Werwolf wurde hoch in die Luft geschleudert, über seine Gefolgsleute hinweg, die ihre Köpfe einzogen. Mit einem dumpfen Knall landete er hinter ihnen auf dem Boden. Jetzt war das Rudel nicht mehr zu halten. Sie stellten sich mit gefletschten Zähnen vor Valerij auf, um ihren Anführer abzuschirmen.

„Steh, auf, Razvan! Der Kampf ist noch nicht beendet. Oder willst du dich hinter deinen Gefährten verstecken?", rief Valerij.

Der Werwolf rappelte sich schwerfällig auf. „Macht Platz!", schrie er sein Gefolge an und rammte ihnen seine Ellbogen in die Flanken, als er sich seinen Weg nach vorn bahnte. Doch ehe Razvan den Kampf aufnehmen konnte, stürzte ein Werwolf aus dem Kreis und sprang auf Valerij zu, um sich in seiner Kehle zu verbeißen. Valerij, der das erahnt hatte, reagierte schnell, vollführte einen Überschlag und traf mit seinen Füßen den Werwolf genau zwischen den Ohren. Der Widersacher rollte mit den Augen und sank röchelnd zu Boden.

Er hatte das Abkommen gebrochen. Valerij empfand für Razvan nur Abscheu und Verachtung.

„Das wirst du bereuen!" Mit diesen Worten stürzte sich der Werwolf laut brüllend auf ihn. Prinz Razvan holte im Sprung mit seiner Pranke aus, die in der Größe der eines Bären nicht nachstand. Valerij war schnell, aber dieses Mal nicht schnell genug, um auszuweichen. Der Hieb traf ihn mit voller Wucht an der Hüfte und brachte ihn zu Fall. Heftiger Schmerz durchzuckte ihn, der seinen Groll gegen Razvan ins Unermessliche steigerte. Der Werwolf hatte nicht nur Hemd und Hose zerfetzt, sondern ihm auch eine tiefe Fleischwunde zugefügt, die sich nicht bis zum Ende des Kampfes verschließen würde. Hinter sich hörte er Danielas Entsetzensschrei, der ihn aus der kurzen Benommenheit riss. Valerij sprang auf, gerade rechtzeitig, um einer weiteren Attacke Razvans zu entgehen. Die Wunde beeinträchtigte ihn, er war nicht mehr so wendig wie vorher und der Schmerz benebelte sein Hirn, dass er seine dämonischen Kräfte nicht vollends entfalten konnte. Der Zorn in Valerij wuchs umso mehr, als die Werwölfe ihren Anführer anfeuerten. Razvan zog knurrend einen Kreis um ihn. Er lauerte auf eine Gelegenheit, ihm ins Genick zu springen, um die Kehle herauszureißen, das spürte Valerij und ließ seinen Gegner nicht aus den Augen.

„Du hast verloren, Razvan, als dein Gefährte unsere Abmachung brach. Du bist eines Karpatenfürsten nicht würdig!", schleuderte Valerij ihm entgegen.

„Das werden wir ja sehen."

Immer wieder stieß der Werwolf vor, aber Valerij gelang es, ihn abzuwehren. Dabei fühlte er Danielas Angst, die wellenartig zu ihm hinüberschwappte und auf seiner Haut kratzte. Dieses Schauspiel musste ein Ende haben, bevor das Rudel seine Wut nicht mehr unter Kontrolle hatte. Plötzlich zuckten Blitze am Himmel. Liliths Rache für den Verrat des Werwolfs, der Valerij angefallen hatte. Dann folgte tiefes Donnergrollen, das weit durch die Berge schallte. Die Blitze richteten sich auf die Werwölfe, die in wilder Panik im Zickzack sprangen und versuchten, zu entkommen. Lilith würde dafür sorgen, dass keiner mehr ihre Fehde störte. Valerij näherte sich Razvan und provozierte ihn. „Bist du schon des Kampfes müde? Wo bleibt deine viel gerühmte Kühnheit? Oder fürchtest du dich so sehr vor mir?" Er lachte laut und stellte zufrieden fest, dass der Werwolf außer sich vor Zorn war. Der Geifer tropfte aus seinem Maul.

„Darauf kannst du lange warten. Bis jetzt war es ein amüsantes Spiel, aber nun werde ich dich in Stücke reißen!", prahlte Razvan und flog mit einem gewaltigen Satz auf Valerij zu.

„Valerij!", schrie Daniela.

Das Dämonenfeuer, das aus Valerijs Körper trat, umhüllte ihn wie eine bläulich schimmernde Glasglocke. Der Werwolf prallte daran ab, flog darüber hinweg und landete mit einem Wutschrei auf der anderen Seite. Das Dämonenfeuer erlosch augenblicklich. Bevor Razvan sich umdrehen konnte, hechtete Valerij auf den Rücken des Gegners, wo er sich im zotteligen Fell verkrallte. Razvan bäumte sich auf, um den Angreifer abzuschütteln. Brüllend kreiselte er und versuchte, mit dem Maul nach Valerij zu schnappen. Doch er traf immer nur ins Leere. Valerijs Arm umschlang die Kehle des Gegners und drückte mit aller Kraft zu. Razvan röchelte, seine Beine knickten ein. Die Werwölfe jaulten. Valerij wollte nur noch eines: Razvan besiegen und vernichten.

„Du hast keine Chance gegen mich. Damals schenkte ich dir aus Gnade das Leben, aber heute wird dein Rudel sehen, wie ich einen Abtrünnigen vernichte."

Valerij spürte, wie der Körper unter ihm erstarrte. Razvan erhielt seine gerechte Strafe. Valerijs Griff um Razvans Hals wurde enger, bevor er die Fangzähne im Hals des Werwolfs versenkte. Das Blut schoss in einem Schwall aus der Halsschlagader. Der schnelle Blutverlust schwächte Razvan, dessen Verteidigung behäbiger wurde. Ein weiterer Biss in den Nacken brachte ihn schließlich ganz zu Fall. Valerij presste das Dämonengift aus seinem Kiefer und spritzte es in die geöffnete Ader Razvans. Röchelnd blieb der Werwolf liegen und verwandelte sich allmählich zurück.

Valerij ließ fauchend von ihm ab und stand auf. Razvans Körper zuckte durch das Dämonengift, sein Oberkörper bäumte sich auf, bis er in sich zusammensackte und seine Glieder wie im Schüttelfrost zitterten. Gurgelnde Laute drangen aus seiner Kehle und roter Schaum bildete sich vor seinem Mund. Die Blitze, die die anderen Werwölfe in Schach hielten, endeten abrupt mit einem gewaltigen Donnerschlag. Winselnd kam Razvans Gefolge näher und betrachtete voll Entsetzen den grausamen Todeskampf ihres Anführers, bis seine Glieder erschlafften und sein Kopf mit weit aufgerissenen Augen auf die Seite kippte. Valerij hörte, wie der Herzschlag des Werwolfs immer langsamer und leiser wurde, bis er ganz verstummte.

„Euer Anführer ist tot!", rief Valerij mit verzerrter Stimme. „Ich habe ihn besiegt. Ab jetzt werdet ihr meinen Befehlen folgen. Ich bin der Karpatenfürst, euer Herr. Wenn euch nicht das gleiche Schicksal ereilen soll, unterwerft euch!" Waren sie so weit eingeschüchtert durch den Tod ihres Rudelführers, dass sie ihm folgen würden? Die aufkommenden Zweifel versuchte Valerij, zu unterdrücken. Langsam näherten sich die Werwölfe und neigten ihre Köpfe.

„Kehrt nach Bukarest zurück und erzählt allen, was geschehen ist."

Während die Werwölfe sich entfernten, suchte Valerijs Blick nach Daniela. Tränen der Freude und Erleichterung schimmerten in ihren Augen. Noch immer hielt sie das Schwert in der Hand.

Valerij wollte nur noch eines: Daniela in die Arme schließen und mit Zärtlichkeit überschütten. Tränen rollten über ihre Wangen, als sie ihm schluchzend und mit ausgebreiteten Armen entgegenlief. Valerij erstarrte, als er sah, wie Drazice ihr folgte und das Schwert aus der Hand riss. Wie konnte sie so unvorsichtig sein und ihn vergessen?

„Daniela! Das Schwert!", schrie er, aber seine Warnung kam zu spät. Bevor Valerij sich erneut seiner dämonischen Kräfte bedienen konnte, hatte Drazice Daniela gepackt und hielt die Klinge an ihre Kehle. Valerij stoppte und besann sich wieder auf seine Kräfte. Das Dämonenfeuer trat aus seinen Händen, um Drazice zu vernichten. Aber es erlosch sofort. Irgendetwas stimmte nicht. Danielas Augen weiteten sich vor Furcht.

„Lassen Sie sie sofort los, oder ich vergesse mich!"

Drazice lachte hämisch, bevor seine Miene versteinerte. „Niemals!"

„Dann sind Sie nach Razvan der Nächste."

Valerij machte es stutzig, dass Drazice sich so selbstsicher gab.

„Zu spät, Karpatenfürst. Ihr habt Eure Chance vertan. Heute stehe ich unter dem Schutz der Schattendämonen. Ein besonderes Bündnis, gegen das Ihr machtlos seid. Bleibt, wo Ihr seid oder ich schlitze Eurer Geliebten den Hals auf." Einen Moment wog Valerij ab, ob der Vampir ihn anlog.

Aber als er sah, wie die Baumkronen in rasanter Geschwindigkeit vereisten, wusste er, dass der Baron die Wahrheit sprach.

„Sie müssen mit Satan selbst im Bunde stehen …" Jetzt wusste er, weshalb sein Dämonenfeuer versagte. Die Angst um Daniela ließ Valerij fast den Verstand verlieren.

Die Schattendämonen schwebten wie ein schwarzer Schleier auf sie zu. Am liebsten hätte er Drazice endlich vernichtet, aber wegen der Dämonen musste Valerij von ihm ablassen, denn dämonische Kräfte neutralisierten sich. Außerdem durfte er sich nach Liliths Gebot nicht gegen seine Brüder wenden. Sie alle waren Liliths Kinder. Er fühlte sich so verflucht machtlos!

„Valerij …", flüsterte Daniela. Ihre blauen Augen ruhten auf ihm, und er spürte, dass sie versuchte, ihm ihre Gedanken mitzuteilen. Eine Flut ihrer Worte drang in seinen Geist. Valerij erschrak, als er verstand, welch kühnen Plan sie verfolgte, um Drazice das Schwert zu entreißen. ‚Tu es nicht', schickte er seine warnenden Gedanken zu ihr, denn der Schattendämon im Baron war stark. Das blaue Feuer in seiner Iris besaß eine Leuchtkraft, wie er es nie zuvor gesehen hatte.

„Sei still!", herrschte der Baron sie an und presste die Klinge noch fester an ihre Kehle. Die Schattendämonen surrten wie ein Bienenstock und hüllten Drazice und Daniela ein. Welchen Pakt musste dieser Vampir eingegangen sein? War Daniela etwa der Preis? Trotz der Gesetze könnte er das niemals zulassen. Aber das Gesetz gebot auch, dass man das Eigentum eines anderen Dämons nicht für sich beanspruchen durfte.

„Dämonen, das Gesetz verbietet euch, mich zu berauben. Die Dcera ist meine Gefangene, so wie unsere Mutter es bestimmt hat", richtete Valerij das Wort an seine Dämonenbrüder. Sie würden das Gebot der Mutter nicht brechen und sich gegen ihn stellen, das wusste er. Aber was war mit

Drazice? Valerij traute diesem verschlagenen Vampir nicht. Seine Sorge galt Daniela und ihrem Vorhaben. Sie würde doch nicht etwas Unüberlegtes tun?

„Wir haben nicht gewusst, dass sie dir gehört", ertönte die tiefe, schnarrende Stimme eines Schattendämons.

„Ja, aber für mich existieren eure Gebote nicht ... die Dcera gehört jetzt mir ..." Drazices Protest brach ab, als die Schattendämonen zurückwichen. Der Baron nahm das Schwert von ihrer Kehle und holte aus. Im selben Augenblick gelang es Daniela, sich Drazices Umklammerung zu entwinden. Valerij eilte ihr zu Hilfe. Als sie herumwirbelte, um dem Baron das Schwert zu entreißen, stieß dieser es ihr mit einem Kreischen in den Leib.

„Nein!", gellte Valerijs Schrei durch die Nacht. Er spürte ihren Schmerz, der wie eine gewaltige Welle gegen ihn brandete. Aber das war nichts gegen die Verzweiflung, die er in diesem Augenblick durchlebte.

Daniela sackte zusammen und presste die Hände gegen den Bauch. Stöhnend sank sie auf die Knie. Sie schwankte für einen Moment, bevor sie vornüberkippte.

„Das ist der Preis für Euren Sieg!", rief Drazice. Die Schattendämonen hüllten ihn ein, als Valerij sich auf ihn stürzen wollte. „Und dieser ist unser", ertönte es aus ihren Reihen. Dann verschwanden sie mit dem Vampir, dessen Gelächter in Valerijs Ohren dröhnte.

Nur einen Atemzug später kniete Valerij neben Daniela und beugte sich über sie. Das Schwert steckte noch in ihrem Körper, die Spitze ragte aus dem Rücken. Ihre Glieder nahmen eine unnatürliche Lage ein. Blut rann aus ihrem Mundwinkel.

Sie jetzt so hilflos liegen zu sehen, mit ausgebreiteten Armen, wie ein sterbender Vogel, dieser Anblick schnitt sich in sein Herz wie eine Klinge. Er spürte ihren schwachen Puls. Valerij schloss für einen Moment die Augen. Wie konnte er nur so blind gewesen sein. Das, was er für sie fühlte, entsprang nicht nur einem animalischen Begehren, sondern er liebte sie aus der Tiefe seines schwarzen Dämonenherzens. Die Erkenntnis traf ihn mit voller Wucht und kam viel zu spät. Sie würde sterben, für ihn.

Er bettete ihren Kopf in seinen Schoß und sah zärtlich auf sie hinab. Alle Zeichen seiner Liebe hatte er bis vorhin verdrängt, weil er sich nicht eingestehen wollte, dass ausgerechnet sie, eine Dcera, seine Seelenpartnerin und Gefährtin sein könnte. Dass er sie jetzt verlieren sollte, ließ ihn verzweifeln.

Ihre bläulich verfärbten Lider flatterten und hoben sich. Sie sah ihn aus weit aufgerissenen Augen an. Die Wärme ihres Blickes ging ihm unter die Haut. Er wagte kaum, zu glauben, dass sie seine Gefühle erwiderte und doch glaubte er, Liebe in ihren Augen zu lesen. Ihre Lippen formten die Frage, wo Drazice geblieben sei.

„Törichtes Weib, wen interessiert Drazice?", widersprach er liebevoll und strich eine blutverkrustete Haarsträhne aus ihrem Gesicht, während er gegen aufsteigende Tränen kämpfte. Sie beugte ihren Kopf vor und hustete. In einem Schwall spuckte sie Blut aus. Stöhnend vor Schmerzen krümmte sie sich. Er zog sie in die Arme und wiegte sie wie ein Kind.

„Daniela, ich liebe dich. Du darfst mich jetzt nicht verlassen. Verdammt, hast du mich verstanden?" Sie lächelte schwach, bevor sie ein weiterer Hustenanfall schüttelte. Ihr Herzschlag wurde immer leiser. Wenn er jetzt nicht handelte, war sie verloren.

Das konnte er nicht ertragen. Sein Hirn suchte krampfhaft nach einer Lösung. Alle Möglichkeiten spielte er im Geist durch, um sie im gleichen Moment zu verwerfen. Wäre sie eine Vampirin, würde sich ihr Körper von selbst regenerieren. Sie war nur eine Dcera, aber sie trug ebenso Liliths Blut in sich wie er. Ohne sie in einen Vampir zu verwandeln, könnten Liliths Blut und Gift sie vielleicht retten. Wenn es nicht schon zu spät war.

Zuerst musste er das Schwert aus ihrem Körper ziehen, damit die Wunde sich nach dem Trinken seines Blutes schnell verschloss. Wenn sie das überlebte, war noch nicht alles verloren.

Danielas Bewusstsein schwand langsam.

„Daniela, hör mir zu." Valerij tätschelte ihre Wange. „Wenn du mich liebst, dann kämpfe um dein Leben, Dcera."

Sie schlug wieder die Augen auf und sah ihn geistesabwesend an. Ihr Geist bereitete sich darauf vor, ihren Körper zu verlassen.

„Daniela!", schrie er. „Bleib bei mir!"

Er packte das Schwert und zog es mit einem Ruck aus ihrem Leib. Ihr Körper bäumte sich kurz auf, bevor er in sich zusammensackte, als wäre er nur eine leere Hülle. Valerij geriet in Panik, als er ihren Herzschlag nicht mehr hören konnte, und presste sein Ohr auf ihre Brust. Erleichtert atmete er auf, als er ihn ganz schwach wahrnahm. Mit einem Biss riss er seinen Unterarm auf. Das Blut floss heraus und tropfte auf ihren Mund. Aber sie leckte es nicht.

Als ihr Herz aussetzte, stockte ihm der Atem. Von Panik erfasst, sie nicht rechtzeitig retten zu können, presste er mit aller Kraft das Dämonengift aus seinem Kiefer, legte seine Lippen auf ihren Mund und pumpte es in sie hinein.

Doch ihr Herz schlug immer noch nicht. In diesem Moment wünschte er sich zum ersten Mal während seines Vampirdaseins, wie ein Mensch sterben zu können. Stattdessen musste er bis in alle Ewigkeit diesen Schmerz ertragen. Er vergrub sein Gesicht in ihrem Haar, um noch ein letztes Mal ihren Duft aufzunehmen. Ihr Körper zuckte ein letztes Mal, bevor er erschlaffte. Daniela war gestorben. All seine Bemühungen waren umsonst gewesen. Valerij drückte sie an sich und murmelte immer wieder ihren

Namen, bevor Schluchzer seinen Körper schüttelten.

Er konnte und wollte nicht verstehen, dass das, was er gerade gefunden hatte, ihm wieder genommen worden war. Eine solch starke Frau wie Daniela starb doch nicht einfach. Aber als sie sich noch immer nicht regte, erlosch in ihm der letzte Funken Hoffnung. Nie mehr würden ihre blauen Augen ihn herausfordernd ansehen, ihre Stimme seinen Namen rufen. Er würde Lilith bitten, sein schwarzes Dämonenherz aus dem Körper zu schneiden, denn ohne Daniela wollte er nicht mehr sein.

Valerij hob sie auf seine Arme und stand auf. Nie dürfte ein Wurm an ihrem vollkommenen Körper nagen. Er würde sie verbrennen.

Behutsam trug er sie zu seinem Pferd, das weit entfernt vom tragischen Platz des Geschehens stand. Plötzlich hörte er ein dumpfes Klopfen in ihrer Brust und verharrte. Ihr Herz schlug wieder! Valerij konnte es kaum fassen und drückte sein Ohr gegen ihre Brust. Er hatte sich nicht getäuscht, ihr Herz pochte tatsächlich. Langsam hob und senkte sich ihr Brustkorb.

Zitternd hoben sich ihre Lider. Ihr Blick war klar und liebevoll. Konnte das wirklich möglich sein? Im Überschwang der Gefühle küsste er ihre Stirn, ihre Wangen und ihren Mund.

„Ich glaubte, dich verloren zu haben", raunte er zwischen den Küssen.

„So schnell gebe ich nicht auf. Habe ich geträumt oder hast du mir deine Liebe gestanden?"

Er lächelte sie an. „Nein, du hast nicht geträumt. Ich liebe dich, Daniela."

„Und ich liebe dich bis ans Ende der Zeit. Küss mich, sonst glaube ich wirklich noch an einen Traum."

30.

Valerij betrachtete Daniela, die nackt vor dem Spiegel stand. Ihre Hände fuhren über ihren Bauch.

Die Wunde war vollständig verheilt, nicht einmal eine Narbe war zurückgeblieben. Wie knapp sie dem Tod entronnen war, trieb Valerij noch immer einen eiskalten Schauder über den Rücken.

„Was ist?", fragte er.

„Keine Narbe zu sehen. Das ist wie ein Wunder."

Valerij lachte. „Vampirblut besitzt auch gute Eigenschaften."

Daniela schnitt eine Grimasse. Über ihr Gesicht fiel ein Schatten.

„Hätte ich ihm nicht in die Augen geblickt, hätte ich ihn besiegt. Aber der Dämon in Drazice ließe meine Glieder erschlaffen. Die Bilder vor meinen Augen verschwammen. Das hat er ausgenutzt und mir das Schwert aus der Hand gerissen. Alles ging so schnell. Dann spürte ich nur noch diesen übermächtigen Schmerz und bekam keine Luft mehr. Alles drehte sich, immer schneller, bis mir schwarz vor Augen wurde. Ich sank auf die Knie und schmeckte Blut im Mund. Drazice murmelte etwas, wie ‚die Schatten-dämonen sollen kommen‘. Schließlich wurde alles um mich herum dunkel.“

„Es ist vorbei. Quäle dich nicht mit den Erinnerungen.“

„Ich muss aber immerzu daran denken …“

„Dann muss ich dich wohl auf andere Gedanken bringen.“

Sie spitzte lächelnd die Lippen. „Und wie?“

Anstelle einer Antwort trat Valerij hinter sie und schlang seine Arme um ihren Leib. Er küsste sie auf die Schulter, bevor er sie hochhob und zum Bett hinübertrug.

Behutsam legte er sie aufs Bett und betrachtete ausgiebig ihren nackten Körper. Sein Phallus stand bereits aufrecht. Sie lächelte anzüglich, als sie es bemerkte. Er begehrte sie so sehr, dass ein Blick von ihr genügte, um ihn derart zu erregen. Nichts konnte ihn davon abhalten, diese Frau zu lieben. Langsam legte er sich auf sie.

„Du bist schön wie eine Göttin“, sagte er lächelnd und zeichnete mit dem Finger die Konturen ihres Gesichts nach. Er konnte sich nicht an ihr satt-sehen. Während er das Gefühl ihres weichen Körpers unter sich genoss, drapierte er spielerisch ihr schwarzes Haar zu einem Fächer auf dem Kissen. Sanft streichelte sie seinen Rücken und hielt seinen Blick gefangen. Vor lauter Glück hielt er die Luft an. Als ihre Hände zu seinem Hintern hinab-glitten und ihn kneteten, küsste er sie voll ungezügelter Leidenschaft. Seine Zunge tanzte wild mit ihrer, während seine Muskeln unter ihren Händen vibrierten. Nie könnte er von ihrem Geschmack genug bekommen, so lockend und köstlich war er. Immer tiefer züngelte er in ihre Mundhöhle, um jeden Winkel ihres feuchten Inneren zu schmecken.

Er legte seine Hand auf ihre Brust, als müsse er sich vergewissern, dass ihr Herz tatsächlich schlug. Als er ihre kraftvollen Herzschläge fühlte, konnte er kaum fassen, dass ihm die Rettung geglückt war. Fortan würde er sie mit Argusaugen bewachen, damit nichts und niemand sie trennen konnten. Ob sie ahnte, dass er sie mit seinem Blut und Gift unsterblich gemacht hatte? Jetzt gehörte ihnen die Ewigkeit. Alles fühlte sich richtig an. Sie war für ihn geschaffen, so wie Lilith es ihm prophezeit hatte.

Er knabberte an ihren Lippen, rieb seinen Körper an ihrem und steigerte seine Erregung zu einer Intensität, die ihn zittern ließ.

Mit sanftem Druck schob er sich zwischen ihre Schenkel, um in sie einzu-dringen. Doch sie drückte ihre Hände gegen seinen Brustkorb und schob ihn von sich. Herausfordernd sah sie zu ihm auf.

„Nicht so stürmisch, du musst mich erst von deinen Liebeskünsten über-zeugen.“

Sie wusste bereits jetzt, wie sie ihn verrückt machen konnte. Wenn sie ihn hinhielt, steigerte das sein Verlangen umso mehr. Sie wollte spielen, das gefiel ihm.

„Ich will dich aber jetzt nehmen. Vergiss nicht, dass du jetzt mir gehörst."

Sie verzog ihren Mund. „Ich gehöre niemandem." Trotzig reckte sie ihr Kinn empor.

„Widerspenstiges Weib", sagte er zärtlich. „Ich werde dich so verwöhnen, dass du mich anflehen wirst, mich endlich mit dir zu vereinen."

Seine Zunge hinterließ eine feuchte Spur hinter ihrem Ohr.

„Wie gefällt dir das?", flüsterte er ihr ins Ohr.

„Bilde dir bloß nichts ein. Das reicht noch lange nicht, um mich zu überzeugen", antwortete sie und konnte ein wohliges Seufzen nicht unterdrücken.

Er lachte leise. Da würde er wohl schwerere Geschütze auffahren müssen. Jeden Zentimeter ihrer Haut, vom Hals abwärts bis zu ihrer Brustwarze bedeckte er mit leichten Küssen. Seine Finger zwirbelten die harten Knospen. Dabei sah er auf und beobachtete ihr Gesicht. Sie hatte ihre Augen geschlossen. Ihre Lippen zitterten leicht. Eine tiefe Freude erfasste ihn, dass die Frau, die er liebte, nicht nur einem Traum entsprang. Sein Mund übernahm die Aufgabe seiner Finger, stülpte sich über ihre Brustwarze und saugte daran. Daniela wand sich unter ihm und drückte mit einer Hand seinen Kopf nach unten, damit er ihre Brustwarze tiefer in den Mund nahm. Seine Zunge leckte über die rote Knospe, bevor er sich der zweiten zuwandte.

„Das gefällt dir auch nicht?", fragte er zwischendurch.

„Du kannst das noch besser", erwiderte sie heiser.

„Biest." Er neckte ihre Brustwarze, in dem er spielerisch mit den Zähnen hineinbiss.

Sie holte tief und geräuschvoll Luft.

„Reicht dir das immer noch nicht, um für mich bereit zu sein?", flüsterte er und erntete ein Kopfschütteln.

„Du willst alles, nicht wahr?"

„Ja", stieß sie hervor.

Unvermutet ließ er von ihr ab, doch nur, um sich um die eigene Achse zu drehen.

Daniela blinzelte. Was hatte er vor? Dann erblickte sie seine steife Männlichkeit, die über ihrem Gesicht schwebte. Ein winziger Tropfen glitzerte auf der Eichel. Mit der Hand schob er seinen Phallus an ihren Mund heran und bedeutete ihr, ihn mit den Lippen zu nehmen. Daniela leckte gierig über die feuchte Eichel. Er schmeckte so herrlich salzig und frisch, dass es eine wahre Wonne war, ihn zu lecken und an ihm zu saugen.

Sie hob ihren Kopf und schob ihre Lippen über sein Glied.

Für einen Moment stoppte sie, als sie spürte, wie seine Zunge in ihre Spalte drang. Doch dann begann sie, sein wildes Zungenspiel zu genießen, das ihr eine heiße Welle nach der anderen über den Körper jagte.

Wie sollte sie sich auf ihn konzentrieren, wenn seine Liebkosungen sie derart erregten?

„Denke an nichts und lass dich einfach fallen", murmelte er. Sein Atem, der über ihre feuchte Spalte strich, bereitete ihr eine Gänsehaut.

Daniela versuchte, sich auf seinen Schaft zu konzentrieren, der hart und trotzdem anschmiegsam war und den sie immer tiefer in ihrem Mund aufnahm. Valerij stöhnte, als seine Zunge über ihren Kitzler fuhr. Sie wusste nicht, was sie mehr erregte, seinen Phallus in ihrem Mund zu schmecken oder sein Lecken an ihrem Schoß. Er steigerte seinen Zungenschlag und saugte ihre Liebesperle in den Mund. Daniela wollte ihn in sich spüren und den Höhepunkt erleben. Wenn er allerdings das intensive Spiel mit Zunge und Lippen dort weiter betrieb, könnte sie ihren Höhepunkt nicht mehr zurückhalten.

Sie ließ seinen Schaft los und bat ihn sehnsüchtig, sie endlich zu nehmen.

Leise lachend drehte Valerij sich wieder herum, legte sich neben sie, zog sie herüber und setzte sie auf seine Hüften. Daniela zitterte in freudiger Erwartung. Valerij schob seine Hände unter ihren Po und drückte ihn hoch. Mit einem kraftvollen Stoß drang er in sie ein. Sie hatte fast vergessen, wie gut er sich in ihr anfühlte. Jede Kontur seines Geschlechts spürte sie deutlicher, als sie auf ihm saß. Als sie seinem Blick begegnete, glaubte sie, in der Tiefe zu ertrinken. Sie bewegte ihr Becken vor und zurück, hob es an, um ihn anschließend nur noch tiefer in sich aufzunehmen. Valerij, dem das Tempo nicht ausreichte, umfasste ihre Hüften und übernahm die Kontrolle. Sie stützte sich mit den Armen auf. Ihr Haar ergoss sich wie ein schwarzer Wasserfall auf seine muskulöse Brust. Mit harten, schnellen Stößen ritt er sie. Ihre im gleichen Rhythmus wippenden Brüste wurden von seinen Händen umspannt.

Aus seiner Kehle drang ein tiefes Stöhnen, das sich mit dem ihren vermischte.

Sie verlor die Kontrolle über ihren Körper, der in der Ekstase sich ganz dem Reiz hingab, den sein Phallus ihr bereitete. Heiß schoss das Blut durch ihre Adern. Schließlich erreichte sie den Gipfel der Lust und schrie es laut hinaus. Nach zwei weiteren Beckenstößen kam auch Valerij und ergoss sich in ihr. Auch er schrie. Daniela sank auf ihn hinab und legte ihren Kopf an seine Brust. Sie war erstaunt über den Herzschlag darunter. Valerij war eben nicht wie die anderen Vampire. Alles, was zählte, war ihre Liebe. Zärtlich strich er über ihren Rücken und küsste sie aufs Haar. Daniela schwelgte im Augenblick köstlicher Ruhe. Die Welt schien stillzustehen.

Später, als sie entspannt nebeneinanderlagen, konnte sie die Frage, die sie seit Langem bewegte, nicht mehr zurückhalten.

„Was hast du damals von meinem Vater gewollt?" Valerij sah sie verständnislos an.

„Du warst damals auf dem Schloss meines Vaters. Ich erinnere mich genau, wie du vor dem Kamin gestanden hast. Ihr habt in einer Sprache geredet, die ich nicht verstanden habe."

„Wir haben russisch gesprochen, weil wir uns nicht sicher waren, ob uns jemand belauscht. Ich habe ihn besucht, um ihn vor Drazice zu warnen." Valerij klang aufrichtig, sein Blick war offen und klar.

„Was leider nichts genützt hat." Daniela kämpfte erneut gegen die aufsteigenden Tränen an, wie immer, wenn sie an ihre Familie dachte. Der Schmerz würde nie enden.

„Wie meinst du das, es hätte nichts genützt?" Valerij stützte sich auf einen Arm und sah sie an. Die Wärme, die in seinen Bernsteinaugen lag, tröstete sie.

„Weil er sie trotzdem umgebracht hat", antwortete sie bitter.

„Drazice? Er hat deine Eltern nicht getötet." Daniela traute ihren Ohren nicht.

„Was sagst du da? Aber alle haben mir bestätigt, dass Drazice der Mörder gewesen ist."

Valerij schüttelte den Kopf. „Nein, er ist dazu viel zu feige. Er hat sich vor deinen Eltern gefürchtet. Und weil er so feige ist, hat er lieber deine Schwester entführt, als sich mit ihnen anzulegen."

„Erzähl mir mehr", drängte sie.

„Deine Eltern sind damals so verzweifelt gewesen. Sie haben dich bei den Dceras abgegeben, bei denen sie dich in guter Obhut wähnten, bevor sie sich auf die Suche nach deiner Schwester und Drazice begaben. Ich weiß das, weil ich sie ein Stück begleitet habe, als sie einem Hinweis folgend zum Schwarzen Meer aufgebrochen sind."

In Danielas Kopf schwirrten die Gedanken durcheinander. Sollte sie vielleicht viele Jahre mit einer Lüge gelebt haben?

„Warum haben mich alle im Glauben gelassen, meine Eltern wären von Drazice getötet worden?" Alle hatten sie angelogen, Malvina, Hana und die anderen Dceras.

„Sie haben das sicher nur getan, um dich zu schützen."

Trotzdem war Daniela von ihren Gefährtinnen enttäuscht. Nie hätte sie ihnen eine derartige Lüge zugetraut. Andernfalls konnte es bedeuten, dass ihre Eltern noch lebten und irgendwo in Russland suchten. Und wenn sie doch getötet worden waren? Daran mochte sie jetzt nicht mehr glauben, sondern sich an den winzigen Funken Hoffnung klammern, der zart in ihr keimte.

„Dann leben sie vielleicht noch!" Daniela schwang sich aus dem Bett und eilte zum Kleiderschrank.

„Halt! Daniela, warte. Was hast du vor?" Jetzt stand auch Valerij auf.

„Nach ihnen suchen natürlich." Sie öffnete den Schrank und zerrte Hose, Hemd und Stiefel heraus.

„Und wenn sie doch nicht mehr leben? Warum sind sie nach all den Jahren nicht zu dir zurückgekehrt?", gab Valerij zu bedenken. Sie würde sich auch von ihm die Hoffnung nicht nehmen lassen.

„Ich weiß es nicht, aber es muss einen triftigen Grund dafür geben. Selbst wenn jetzt nur ein winziger Funke Hoffnung besteht, dass sie leben, werde ich nach ihnen suchen. Nichts wird mich davon abbringen. Und dann jage ich Drazice."

Sie griff nach dem Schwert, das neben ihr auf der Kommode lag, und betrachtete es nachdenklich. Diese Waffe hatte viele Vampire vernichtet. Aber der Triumph währte immer nur einen Moment lang. Danach kehrte die Leere zurück, die sie empfand, seitdem sie ihre Familie verloren hatte. Würde es nach Drazices Vernichtung ebenso sein? Nein, Valerij war an ihrer Seite und gab ihr alles, was sie sich wünschte.

Valerij stöhnte auf und riss sie aus ihren Grübeleien.

„Weißt du eigentlich, wie bizarr das ist? Ein Vampir, der eine Dcera auf der Jagd nach einem anderen Vampir begleitet?" In seinen Augen blitzte es amüsiert auf.

Sie lächelte. „Ja, das ist es."

Danielas Miene wurde plötzlich ernst.

„Valerij, ich möchte bald aufbrechen und nach meinen Eltern suchen."

„Diese Idee gefällt mir viel besser, als Drazice hinterherzujagen. Wir brechen schon bald auf." Er küsste sie auf die Nasenspitze. „Ich verspreche dir, dass wir sie finden werden. Und dann suchen wir nach Drazice, damit er endlich das bekommt, was er verdient."

Glücklich umschlang sie seinen Nacken und küsste ihn. Valerij war das Beste, was ihr hatte geschehen können. Sie liebte ihn aus tiefstem Herzen und könnte nicht mehr ohne ihn sein.

Kim Landers, glücklich verheiratet und Mutter zweier Söhne, lebt in der Nähe von Hannover. Die Autorin ist absolute Tiernärrin: 5 Katzen und 3 Pferde nennt sie ihr Eigen! Die meisten ihrer Romanideen entstehen auf dem Rücken ihrer Pferde. Neben ihrer Autorentätigkeit betreibt Kim Landers ein Informations- und Rezensionsportal für deutschsprachige AutorInnen. Unter anderem Namen veröffentlichte sie bereits mehrere Romane und Kurzgeschichten in den Genres paranormaler Liebesroman, Fantasy und Historie.

www.kim-landers.de

WEITERE ÜBERSINNLICH-EROTISCHE TITEL IM PLAISIR D'AMOUR VERLAG:

Sarah Schwartz – BLUTSEELEN 01: AMALIA
Erotischer Vampirroman
14,90 Euro (D), broschiert
ISBN 9783938281642

Als Amalia auf den verführerischen Aurelius trifft, ahnt sie, dass ihre Zusammenkunft mehr als ein Zufall ist. In erotischen Träumen hat sie Aurelius bereits gesehen und seine Gegenwart löst in ihr rätselhafte Erinnerungen aus. Amalia fühlt sich, als sei sie für Aurelius bestimmt, gibt sich ihm vertrauensvoll hin und lässt sich von ihm in die Tiefen ihrer Lust entführen. Doch was als aufregende Zeit mit einem geheimnisvollen Mann beginnt, verwandelt sich in einen Albtraum, als Amalia erkennen muss, dass Aurelius und seine Freunde Vampire sind, und sie selbst der Schlüssel zu einem düsteren Geheimnis ist, das vor Jahrtausenden im Nebel der Geschichte verloren ging ...

Band 1 der Blutseelen-Trilogie.

Sabine Schönberger (Fotos) & Astrid Martini (Text) - SCHWANENSEE
19,99 Euro (D), broschiert, DIN A4, 84 Seiten, 65 Farbabbildungen
ISBN 9783938281543

Schwanensee - das wohl berühmteste Ballett aller Zeiten erzählt die märchenhafte Liebesgeschichte der in einen Schwan verzauberten Prinzessin, die durch die Liebe eines Prinzen vom Bann eines bösen Zauberers erlöst wird. 1895 wurde das Ballett von P.I. Tschaikowski in der uns heute bekannten Form in St. Petersburg uraufgeführt, dem Ballett selbst liegt ein altes Märchen zugrunde. Gemeinsam mit der Bestsellerautorin Astrid Martini („Zuckermond") hat die Fotografin Sabine Schönberger aus der Geschichte um bösen Zauber, falsches Spiel und erlösende Liebe ein ebenso romantisches wie erotisches Bilder- und Märchenbuch für Erwachsene gezaubert.
"So sexy haben Sie Schwanensee noch nie gesehen." – BILD

www.ingramcontent.com/pod-product-compliance
Lightning Source LLC
Chambersburg PA
CBHW031058020726
47495CB00007B/1945